OÙ EST KELSEY CHASE ?

GREGG OLSEN

TRADUIT DE L'AMÉRICAIN PAR
FLORIAN DENNISSON

L'OISEAU
NOIR

Titre original : « The sound of rain »

Pour Judy, parce que c'est une battante

PROLOGUE

Je regarde ma sœur et j'ai envie d'éclater de rire. Elle est debout dans sa cuisine en train de se verser un très bon chardonnay. Ses poignets, comme ses chevilles, sont parfaits. Ses doigts sont fins et l'un d'eux est orné d'un diamant Tiffany, une pierre montée sur un anneau en platine dont Cy lui a fait la surprise pour sa demande de fiançailles il y a quelques années. J'aurais pu avoir une bague aussi. J'aurais pu avoir un mari. Un enfant. Dans cet ordre.

Maintenant, je n'ai rien. Littéralement. Rien.

— Tu ne peux rester ici qu'une nuit, Nicole, dit Stacy en brandissant son verre de vin vers la lumière et en le faisant tourner, comme si elle se prenait pour une sommelière.

Une belle sommelière. Elle a la peau claire, des cheveux blonds et des yeux saphir. J'ai la peau plus mate et des cheveux que j'aimerais voir ressembler aux siens à la lumière du soleil. Et mes yeux sont simplement marron, pas cuivrés.

Je suis assise sur un tabouret de bar tandis qu'elle est penchée au-dessus de moi.

— Bien, dis-je à Stacy. Une nuit. C'est tout.

— Juste toi. Pas ton chien. Shelby doit rester dans ta voiture.

Je la déteste.

— C'est bon, dis-je, même si ça ne l'est pas vraiment.

Elle m'offre enfin un verre de vin et je le prends. J'aimerais engloutir toute la bouteille, prendre des cachets et oublier que je dois être reconnaissante de tout ce qu'elle a fait pour moi. Elle est une sorte de mante religieuse, elle me serre dans ses bras et me tient fermement pendant qu'elle me dévore la tête et me dit qu'elle fait tout ce qu'elle peut pour « me soutenir ».

— Stacy, dis-je alors que nous sortons de la cuisine pour nous diriger vers la table à manger en noyer provenant de chez Room & Board.

La lumière ondoie sur nos lunettes alors que le soleil descend dans le ciel.

— Je sais que je peux m'en sortir, continué-je. Je sais que je peux me ressaisir.

Stacy laisse mes mots en suspens pendant qu'elle continue à faire tourner son vin. C'est une ruse. Elle laisse planer un silence pour que je rampe vers elle. Mais je ne tombe pas dans le panneau. Dans son piège.

— Je déteste dire ça, lâche-t-elle, parce que je ne suis personne pour juger les autres. Ce n'est pas ce que je suis. Tu le sais, Nic ; tu sais, plus que quiconque, que je n'ai jamais, jamais été du genre à juger.

Quelle menteuse.

— Je sais, dis-je la bouche au bord de mon verre soudainement vide. Je sais.

— J'ai bien réfléchi, ajoute-t-elle, ses yeux bleus roulant sur moi avant qu'elle ne détourne le regard. Tu vois, je pense que te permettre de retarder l'inévitable ne fera que nuire à ton rétablissement. Tu avais besoin de toucher le fond. C'est ce que disent les livres. C'est ce que dit ta thérapeute.

Elle s'arrête, boit une gorgée. Je reste muette parce que je la connais. Elle va tirer sur moi à boulets rouges.

— Tu la vois toujours, n'est-ce pas ?

Je hoche la tête. Intérieurement, je demande à Dieu comment il se fait que cette femme en face de moi, qui est ma meilleure amie depuis le jour de sa naissance, puisse être aussi condescendante.

Et oui, je pense, *je vois toujours ma psy. Comme si tu en avais quelque chose à faire.*

— Tu dois te remettre toute seule, poursuit-elle. Je me suis documentée en attendant mon cours de yoga. Les jeux d'argent sont censés être une maladie. Et les choix que tu as faits jusqu'à maintenant sont de ta faute et de celle de cette maladie. Tu ne peux t'en sortir que si tu touches le fond et que tu sais que la seule manière d'atteindre la lumière du jour est de reconnaître tout ça, quelque chose dans le genre.

— C'est vrai.

Qu'est-ce que je peux dire d'autre ? Elle a tout et j'ai tout perdu. Stacy a le dessus. Les rôles sont inversés. Elle fait semblant d'être triste, mais je sais qu'elle adore chaque minute de cet interrogatoire.

Les chances que nous continuions notre relation une fois que je serai guérie sont très, très minces.

— Je n'ai pas d'argent, lâché-je dans un spasme, comme si j'avais le syndrome de Gilles de la Tourette.

Elle fait flotter sa boisson dans l'air et cherche un dessous de verre (« Un carreau de carrelage Arts & Crafts, 1914, reconverti en sous-bock ! »).

— Je ne pourrais pas te donner un autre centime, dit-elle. Cy dit que la banque Sonntag est fermée.

— Qu'est-ce que je vais faire ? lui demandé-je, comme si le syndrome était toujours en moi.

— Tu trouveras ton chemin. J'ai foi en toi. T'aider plus que je ne l'ai fait ne ferait que retarder ta guérison. Les choses que tu as faites sont graves. Dommageables. Blessantes pour nous tous. Tu dois les assumer. Cy et moi sommes d'accord sur ce point. De plus, nous sommes des gens très occupés et t'avoir ici ne ferait qu'ajouter une couche de stress à nos vies. Un stress dont nous n'avons pas besoin en ce moment.

Je regarde la bouteille. Je me sens tellement diminuée à ce moment-là que je n'ai même pas la confiance en moi nécessaire pour me servir un autre verre et encore moins pour frapper ma sœur à la tête avec.

Elle ramasse la bouteille, puis son verre, et se dirige vers la cuisine. Je reste assise pendant une seconde.

— Mon Dieu, Nic, tu viens ? Tu dois arrêter de t'apitoyer sur ton sort et m'aider à préparer le dîner.

Quand elle disparaît, je me lève et je fais glisser le bord dentelé du sous-verre en terre cuite sur la surface mate et impeccable de sa table à manger. J'y laisse une bonne rayure bien profonde que, j'espère, elle découvrira le lendemain de mon départ.

Cette nuit-là, je me retrouve dans la chambre d'Emma. Cy, le mari de Stacy, est en déplacement pour présenter les produits de sécurité de Microsoft lors d'une conférence à Bologne et ma sœur a cédé à l'insistance de la petite Emma pour qu'elle dorme avec sa mère dans le lit de ses parents. La chambre d'amis a été assiégée par des peintres plus tôt dans la journée, alors mon sac et moi avons été relégués dans l'antre de l'enfant de quatre ans. La reine Elsa de *La Reine des neiges* nous scrute depuis tous les coins de la pièce. J'aimerais être congelée. C'est ça. Cryogénisée comme un milliardaire, dans l'espoir qu'on puisse me ramener quand on aura enfin trouvé comment mettre fin à ma manie compulsive.

J'ai fait entrer Shelby dans la maison et je sais que c'est ma dernière nuit avec elle. Peut-être même la dernière pour toujours. Je ne sais pas si je l'emmènerai à la SPA ou si je resterai devant le supermarché à supplier quelqu'un de la ramener à la maison. Elle est chaude, comme une bouillotte. Je peux à peine la regarder dans les yeux parce qu'à ce moment-là, c'est le seul être vivant qui soit vraiment de mon côté. Elle sait que, si les erreurs que j'ai commises ne peuvent être effacées, elles ne définissent pas qui je suis à l'intérieur. Si je regarde dans ses yeux bruns pleins d'âme, je vais recommencer à pleurer, et je ne suis pas une pleureuse.

Pendant qu'Elsa et Shelby me surveillent, je fouille dans mon portefeuille. Ma carte de police. Ma carte de fidélité du casino de Snoqualmie. Mes cartes de crédit annulées : Nordstrom, Saks, American Express. Je sais que je devrais les découper, mais quelque chose au fond de mon cerveau irrationnel me dit qu'en les détruisant, je perdrais encore plus de ce que je suis.

Qui j'étais.

Je lis une des lettres que Danny m'a écrites.

Nicole, je suis désolé pour ce que j'ai fait. Je suis désolé de t'avoir entraînée dans ma chute. Je veux que tu le saches. Peu importe ce qui arrive. Rien de tout cela n'est de ta faute. J'aimerais pouvoir te serrer dans mes bras à nouveau.

Je la déchire immédiatement, me demandant si je dois la jeter en l'air comme des confettis ou dans les toilettes et tirer la chasse.

Les toilettes, je pense.

Je tiens la carte du casino dans ma main et je me souviens de la fois où toutes les machines ont fonctionné quand j'en avais vraiment besoin. J'avais été mise en congé administratif de la criminelle et j'avais décidé qu'il était temps de rénover ma cuisine. Qui fait ça ? Quelqu'un en profond déni, voilà qui. En attendant les résultats d'une enquête qui, j'en étais sûre, n'allait pas dans mon sens, j'ai dû faire face à des semaines sans revenu. J'étais tombée en disgrâce. Les ouvriers qui ont refait mes sols étaient de jeunes gens très bien. Ils n'ont pas mérité quelqu'un comme moi.

— Je suis désolée, ai-je dit au contremaître. J'ai un problème de trésorerie en ce moment.

Il était jeune et je pensais que je pouvais le manipuler.

— J'ai besoin d'être payé, a-t-il répondu, ses traits comme gravés dans un bloc de grès.

Je ne peux pas.

— D'accord, ai-je dit. Bien sûr. Mais je n'ai pas d'argent.

Il s'est rapproché. Je ne pouvais pas la lui faire à l'envers. Tenter de duper quelqu'un d'aussi bon que lui, alors que j'étais aussi mauvaise que je l'étais, n'allait pas pouvoir bien se terminer.

— Vous avez dit que vous le feriez, a-t-il lancé.

J'ai fait un pas en arrière.

— C'était à l'époque.

— C'était il y a deux semaines. Qu'est-ce que vous me chantez, « à l'époque » ? Cinquante pour cent d'acompte, le reste à la fin. Vous me devez 6 500 dollars.

— Je comprends vos conditions, lui ai-je répondu, mais comme je l'ai dit, vous devrez attendre.

Il n'avait pas l'intention de me lâcher. Je le sentais et j'avais raison.

— Je vous donne vingt-quatre heures.

— Et après ? ai-je tenté. Vous ferez quoi, après ?

« Bloc de grès » a rétorqué :

— Je viendrai ici et je défoncerai tout ce que nous avons construit.

Je l'ai regardé fixement.

— Vous ne feriez pas ça. Vous savez que je suis agent de police, hein ?

— Je sais que vous *étiez* agent de police.

Il m'a eue.

— C'est vrai, ai-je dit. Je l'étais.

Ce soir-là, je suis montée dans ma voiture avec 80 dollars sur mon compte et je me suis rendue au casino de Snoqualmie, à l'est de Bellevue. C'est en ligne droite sur la I-90. Pas de feux rouges. Juste une longue étendue de chaussée menant aux contreforts des Cascades. Je savais que je pouvais gagner, car je n'avais pas gagné depuis très, très longtemps. Mes chances étaient bonnes, si je restais maligne et concentrée. Ma machine préférée ne me laisserait pas tomber. C'était ma chance. Je pouvais le faire. Je me suis répété encore et encore que Dieu prendrait soin de moi. J'avais la foi. J'ai prié. J'ai promis que je ne demanderai plus jamais, jamais rien d'autre.

Dieu avait déjà entendu tout ça.

Le casino semblait perpétuellement en période de Noël : lumières clignotantes, visages heureux partout. La fumée formait une légère brume au-dessus d'un couple de joueurs que je reconnaissais, mais à qui je n'avais jamais adressé la parole. Ils étaient assis à leurs machines préférées, cigarettes pendantes aux lèvres et regards fixes devant eux. J'espérais qu'ils allaient perdre. Je sais que ce n'est pas gentil, mais au fond de moi, j'étais certaine du fait qu'il devait y avoir des perdants pour qu'il puisse y avoir des gagnants. J'en avais plus besoin qu'eux.

Ma carte créditée de mes derniers 80 dollars, j'ai traversé l'étage jusqu'à une machine *DaVinci Diamonds*. J'ai toujours aimé cette machine. Son mélange d'œuvres d'art iconiques et de pierres précieuses était un cran au-dessus des machines *The Dukes of Hazzard* ou *Tic-Tac-Toe* qui occupaient les personnes en face de moi. J'étais meilleure que ça. J'avais étudié l'histoire de l'art avant d'entrer dans les forces de l'ordre.

Je suis restée assise là toute la nuit. J'avais envie de faire pipi. Vraiment. Mais je n'ai pas osé quitter ma machine. Je savais que Mona Lisa me sourirait. Et si je m'éloignais une seule seconde, elle se mettrait en colère. J'ai ralenti mon rythme cardiaque. J'étais calme. Le bouton chromé était comme mon Glock de service, froid au toucher. Le pouvoir au-delà du pouvoir. Alors que le début de soirée se muait en fin de nuit, j'étais à l'intérieur de mon propre espace, appuyant sur les boutons, faisant rouler à ma guise les images de diamants et de rubis, et les œuvres d'art de vieux maîtres. J'étais debout. Rembrandt ! Picasso ! J'étais assise. J'ai dit à Dieu que c'était vraiment la dernière fois que je venais au casino ; bien que, dans mon esprit, je voulais dire *ce* casino.

Pas *tous.*

Je n'ai rompu ma concentration qu'une seule fois, lorsqu'une jeune femme agaçante a crié victoire quatre chaises plus loin. *Mon Dieu,* me suis-je demandé, *est-ce que ça veut dire que cette rangée est morte et qu'il n'y a rien pour moi ? Ne me fais pas ça. Ne me fais pas ça !*

Quatre heures plus tard, j'avais 6 700 dollars. J'avais la baraka. J'étais la déesse de ma rangée et les gens se rassemblaient autour de moi pour se délecter de ma grandeur, de mon aura. J'étais un aimant. J'avais quelque chose ce soir-là. J'ai fait ce que je devais faire. C'était un sentiment plus fort que tout ce que j'avais connu.

Le genre de sentiment qui fait vibrer d'électricité toutes les parties sensibles de votre anatomie.

Je me suis assise sur les toilettes du casino avec mon argent dans une main, me soulageant enfin. J'ai serré la liasse de billets comme une balle antistress en mousse pendant que je vidais ma vessie.

Je suis une gagnante. Serrage de main par ci, serrage de main par là. *C'est bien ce que je suis !*

J'ai garé ma voiture sur une place juste à côté de la porte du Walmart à Issaquah. *Une place de chanceuse !* Mon état d'euphorie diminuant quelque peu, je me suis précipitée dans les allées, chargeant mon chariot de papier toilette, de savon et de nourriture pour chien, pour Shelby. Dix minutes plus tard, le rush a disparu. Je savais exactement ce que je faisais. J'ai jeté un coup d'œil dans un miroir près du rayon des sous-vêtements féminins. Je ne me ressemblais plus. Mes vêtements étaient sales. Mes cheveux, plats et non coiffés. Les mots de ma défunte mère à propos de mon apparence me sont venus à l'esprit à ce moment-là.

— Tu n'es pas vraiment belle, mais tu marques les esprits.

Stacy était la sœur jolie. J'étais censée être l'intelligente. La mémorable. Maintenant, j'étais presque sûre de marquer les esprits pour toutes les mauvaises raisons.

J'ai fait des courses chez Walmart parce que, même si j'allais payer ce contremaître le lendemain, j'avais besoin de provisions pour me dépanner pendant que je tombais sous le joug de ma propre faiblesse. J'allais me rendre dans un autre casino, un endroit où personne ne connaissait mon nom, mais où tous ceux qui occupaient un siège devant une machine à sous connaissaient les gens de mon espèce. Les hommes et les femmes qui ne se détachent de leur chaise qu'à minuit pour faire la queue au distributeur et retirer plus d'argent qu'ils ne peuvent se permettre de perdre.

Une petite fille aux cheveux noirs et aux yeux bleus est passée près de moi dans ce Walmart presque vide. Sa mère, une femme aux dents en forme de cacahuètes et au teint d'arc-en-ciel, a tiré sur la petite fille pour qu'elle avance.

Puis la fille m'a regardée droit dans les yeux.

Mes genoux ont faibli et j'ai agrippé la poignée de mon chariot pour me stabiliser. Ce n'était pas Kelsey Chase, évidemment. Elle aurait pu être sa sœur. Sa jumelle. Je me suis demandé si Dieu avait envoyé cette fille et sa misérable mère à Walmart pour me punir de lui avoir menti. Je me suis demandé si l'apparition de cette fille à Walmart était là pour me rappeler le plus grand échec de ma vie.

Rien n'arrive par hasard.

Alors que je regarde Elsa dans sa magnifique robe bleu et argenté dans la chambre parfaite d'Emma, une larme menace de couler de mes yeux, mais je l'arrête. Je sais que je vais m'enfoncer encore plus que je ne l'ai fait jusqu'à présent, mais pas au point de ne pas y survivre. Shelby me fait un câlin. Je ne laisserai pas sa douce nature me faire pleurer. Je n'ai pas le droit d'aimer qui que ce soit. Demain, je me débarrasserai d'elle, car elle représente un fardeau. Elle sera mieux sans moi.

Peu importe.

Les chiens ne sont pas autorisés dans les refuges pour femmes. C'est là où je vais.

En fermant les yeux et en sentant le petit corps chaud de Shelby contre le bas de mon dos, je pense à Kelsey Chase, comme je le fais presque toujours. Comme je le ferai probablement toujours. Elle aurait quatre ans la semaine prochaine, si elle était encore en vie. Elle serait plus intelligente que la fille de Stacy. Elle ne serait jamais intéressée par ces conneries de Reine des neiges. Je suis aussi sûre de ça que je suis sûre d'avoir laissé tomber Kelsey. J'essaie de penser à autre chose, mais elle ne me laisse jamais faire. Un couteau s'insère dans une peau rose, sans taches. Le rouge s'étale sur de parfaits draps blancs en coton égyptien. Une tache d'une teinte plus sombre macule le sol.

Venge-moi.

LIVRE I

AVANT MA CHUTE

1

« Elle n'est restée que peu de temps dans la voiture », dit Angela Chase alors que nous nous tenons devant sa berline BMW bleu nuit, entourée par le ruban jaune familier des scènes de crime.

Le jeu de couleurs détonne avec les décorations de Noël du magasin Target du Factoria Mall qui surplombe la scène.

Noël est dans deux jours. Une fille a disparu.

Tout sonne faux dans ce tableau.

Une petite foule tourne autour de la BMW et quelques jeunes policiers en uniforme la repoussent, mais elle se resserre au gré du vent. Certains sont furieux que leurs proches soient enfermés dans le magasin.

— J'avais allumé les sièges chauffants, enchaîne Angela. Elle n'est restée seule qu'une minute ou deux.

— Dites-moi encore une fois ce qui s'est passé, dis-je.

La mère de la fille disparue me regarde droit dans les yeux. Ses yeux verts me révèlent une sorte d'anxiété. Elle tient toujours un sac Target. Son fils Samuel, cinq ans, s'accroche à sa main. Il tient aussi un sac Target et essaie de ne pas pleurer alors que le monde s'écroule autour de lui.

— Je veux rentrer chez moi, lâche Angela. Samuel a froid et mon mari va se mettre en colère si je ne rentre pas avant lui.

— Il vient ici, il est en chemin, lui rétorqué-je.

Angela laisse échapper un soupir.

— C'est parfait, dit-elle. Tout simplement parfait.

Alors que nous sommes là, dans le froid et l'humidité, mes yeux se posent sur l'un des autres officiers qui participent aux recherches. Pas besoin de mots. Cette mère ne semble pas du tout préoccupée par la disparition de sa fille. Elle est plus concernée par ce que son mari va penser si son dîner n'est pas prêt quand il rentrera à la maison. Je m'interroge sur leur vie de famille. Un manteau coûteux, Burberry, évidemment. Une voiture que je ne pourrais jamais m'offrir. Coiffure et maquillage parfaits. Je n'ai aucune idée de ce qu'est sa vie de famille, mais vu la façon dont elle se comporte, je suis sûre que je ne voudrais jamais échanger ma place avec elle. Elle est évasive dans un moment où d'autres mères s'agripperaient au ruban jaune et nous hurleraient de retrouver leur fille.

— Je sais qu'on a déjà parlé de ça, continué-je, mais on va recommencer.

— Je ne peux pas. Je suis trop bouleversée. J'ai froid. Samuel doit rentrer à la maison. Il a école demain, Montessori.

— Madame Chase, votre fille a disparu.

Le sac d'Angela glisse du bout de ses doigts et percute le trottoir mouillé. Elle commence à s'effondrer. D'une manière étrange, j'en suis heureuse. Je commençais à me demander où elle stockait ses sentiments. Ou si elle en avait.

Comme si la libération des émotions de sa mère l'autorisait à faire de même, Samuel pleure désormais. La pluie commence à tomber et un agent apporte des parapluies rouges à l'effigie de Target.

— Nous ferons de notre mieux pour la retrouver, dis-je.

Alors que nous sommes là, la pluie roulant sur les parapluies, un homme se fraie un chemin dans la foule détrempée. Il est grand, avec des cheveux noirs ondulés qui lui frôlent les oreilles. Il porte un long manteau noir et ses chaussures sont coûteuses et seront probablement abîmées par la flaque d'eau qui nous a soudainement encerclés comme un fossé. Samuel court vers lui et Angela suit, enroulant son bras autour de lui.

— Elle a encore fait des siennes, Julian, dit-elle en pleurant sans larmes. Tu sais comment elle peut être. On se débrouillait très bien. On allait bien. Et puis tout d'un coup, elle a piqué une crise. J'avais des courses à faire. Je devais acheter quelques cadeaux de dernière minute. Je l'ai ramenée à la voiture et lui ai dit de s'asseoir, et Samuel et moi sommes rentrés dans le magasin. Je le jure devant Dieu, c'était juste pour une minute. Juste une petite minute.

Julian Chase dit à sa femme que tout va s'arranger. Il est sûr que Kelsey va bien.

— Elle a dû retourner dans le magasin, dit-il. Tu te souviens de la fois où elle s'est cachée dans le cellier ?

Au moment où je me présente, les clients piégés dans le Target sont libérés. Certains semblent soulagés en sortant. D'autres, furieux de ce désagrément. Ils regardent tous le groupe qui se tient près de la BMW bleue d'Angela Chase.

— J'ai entendu dire qu'ils ont laissé leur enfant dans la voiture et maintenant elle a disparu. Qui laisse son enfant dans une voiture ? demande une femme, assez fort pour qu'Angela l'entende.

— Ouais, dit son compagnon qui est plus âgé et plus en colère, il existe même une loi contre ça.

— Aucun signe d'elle, lance Bart Collins, l'officier qui dirige les recherches à l'intérieur du magasin, quand il nous rejoint.

Il a la quarantaine, des sourcils en forme d'enclume et des yeux bleus sympathiques. Il porte une veste par-dessus sa chemise marron. Son pantalon de treillis est moucheté d'éclaboussures provenant du chariot rouge vif d'un client qui passe devant nous en hâte.

Julian Chase se raidit à cette affirmation.

— Elle doit être là-dedans, dit-il en balayant du regard les gens qui sortent en masse du magasin. Je vais aller la chercher.

Il se détache d'Angela et se dirige vers l'entrée. Un officier, fraîchement sorti de l'académie, l'air complètement sérieux, l'arrête.

— Vous ne pouvez pas entrer, monsieur, dit Bart Collins.

— Vous ne pouvez pas m'arrêter, rétorque Julian en essayant de dépasser l'officier. C'est ma fille qui a disparu.

Julian Chase, cadre dans une société internationale de streaming vidéo, est du genre à prendre les choses en main. Je l'ai su à la seconde où il s'est approché d'Angela, bousculant les badauds et les curieux comme s'ils étaient de vulgaires quilles de bowling et qu'il était tout sauf une boule qui va atterrir dans la gouttière. Mais le flic ne bouge pas d'un iota.

— Monsieur, vous devez nous laisser faire notre travail.

Il s'arrête et regarde l'officier Collins. Il est à la fois effrayé et en colère. Cette tentative de tour de force était une mascarade. Une manière de s'assurer qu'il n'allait pas simplement rester debout sous la pluie, attendant que quelqu'un lui dise que Kelsey a bel et bien disparu.

— Alors, faites votre putain de travail ! ordonne-t-il. Trouvez ma petite fille ! Vous êtes en train de terrifier sa mère et son frère.

Il voit les sourcils épais de Collins se rétrécir et il se laisse emporter par le torrent d'émotions. La peur. La confusion. L'urgence.

— Pardon, marmonne-t-il. Trouvez-la.

Un magasin Target vide est un endroit étrange. De larges allées. Des touches de rouge partout pour rappeler la couleur du logo de l'entreprise, mais avec l'approche de Noël, il y a saturation de rouge et de vert. Une inquiétante austérité remplit l'espace. Même le morceau de Noël de Mariah Carey ne parvient pas à détendre l'atmosphère. Pas une seule personne ne pousse un chariot ou n'erre sans but à la recherche du cadeau de dernière minute qui rendra son Noël parfait. Une femme portant une étiquette indiquant « Sherry, chef d'équipe » dispose les cassettes de surveillance sur un comptoir mélaminé rouge et elle n'a pas l'air très heureuse.

— C'est la procédure habituelle, dis-je, même si je sais que certains commerces rechigneraient et attendraient qu'on leur présente un mandat.

— Ce n'est pas ça, dit-elle. Ça, je comprends. La politique de Target est de collaborer avec la police chaque fois que c'est possible.

Je note son nom.

— Je n'arrive juste pas à croire que quelqu'un ait perdu son enfant ici, dans le magasin, ajoute-t-elle en frottant une tache croûteuse sur son pantalon. Ça me rend malade de penser qu'un pervers fait ses courses ici. Et juste avant Noël. Ça me rend malade. Vraiment.

— On ne sait pas ce qui s'est passé, déclaré-je. Mais je peux vous promettre que nous ferons tout notre possible pour la retrouver.

Les délinquants sexuels. Il y a des années, personne ne leur prêtait attention. On les imaginait comme des fous furieux qui vivaient seuls ou dans le sous-sol de leur mère, des croque-mitaines qui rôdaient dans les cours d'école, les terrains de jeu et les fêtes foraines. Ils étaient là, mais personne ne les voyait jamais. Tout cela a changé avec l'arrivée d'Internet et des registres où sont consignés les détails de leurs crimes, leurs photos et leurs adresses. Il s'est avéré que les délinquants sexuels étaient le gars – et parfois la fille – d'à côté.

— À propos de ces cassettes, dit Sherry, la chef d'équipe, elles ne sont pas terribles.

— Nous sommes habitués au noir et blanc de mauvaise qualité, affirmé-je.

Elle esquisse un sourire inquiet.

— Ce n'est pas tant qu'elles sont merdiques, c'est que, eh bien, certaines caméras sont en panne.

— Certaines ?

— La plupart.

— Très bien, fais-je en essayant de contenir ma déception. Je suis sûre qu'on va trouver ce dont on a besoin.

— Je l'espère bien.

Les agents de la police de Bellevue ont scruté chaque centimètre du magasin, y compris les coffres de rangement qui auraient pu contenir un petit corps. Aucun signe de la petite fille d'Angela et Julian Chase.

Elle a bel et bien disparu.

Une alerte *Amber* est lancée pour informer tous les habitants de l'État de Washington – c'est-à-dire tous ceux qui regardent la télévision, possèdent un téléphone ou écoutent la radio – que Kelsey Chase a été vue pour la dernière fois dans le parking du magasin Target du Factoria Mall à Bellevue, une banlieue à l'est de Seattle. La petite fille de trois ans a des cheveux bruns et bouclés, pèse dix kilos et mesure quatre-vingt-six centimètres. La dernière fois que sa mère l'a vue, elle portait un manteau de laine rose, un pull à carreaux blancs et roses, un jean et une paire de chaussures Elmo.

Noël étant dans deux jours, la brigade criminelle est en sous-effectif. Danny Ford, mon partenaire à plus d'un titre, va chez les Chase tandis que je reste au Target pour finir avec l'équipe médico-légale qui examine, photographie et prépare le remorquage de la BMW. Le labo va l'analyser à la recherche d'empreintes, de traces et d'éléments biologiques. La voiture, pour ce que nous en savons, est la scène du crime.

Alors que je me tiens là, les lumières clignotantes bleues et rouges se reflètent sur l'asphalte brillant et quelques personnes se rassemblent. Un couple apporte des fleurs, créant un mémorial de fortune plus rapidement qu'une mouche à viande femelle pondrait des œufs sur un nouveau cadavre.

Ce qui est très, très rapide.

Une femme accompagnée de sa fille adolescente s'approche de moi après avoir déposé un bouquet d'œillets rouges, un autocollant Safeway encore fixé dessus.

— J'espère que vous allez arrêter la mère, dit-elle.

Elle est habillée tout en noir ; l'uniforme de l'élite ou les habits d'une personne en deuil perpétuel. Toujours difficile de savoir avec certitude dans l'Eastside.

— Vous allez le faire, n'est-ce pas ? demande-t-elle.

Son ton est excessivement amer et elle semble enhardie par son adolescente, qui hoche la tête de haut en bas.

Je me contente de l'imiter en opinant du chef. Je ne sais pas trop quoi dire. Ou plutôt ce que je devrais dire.

— Laisser son enfant dans sa voiture sans surveillance n'est-il pas censé être illégal ? demande la mère.

— C'est le cas, maman, intervient la fille avant que je puisse répondre.

Elles s'en vont et je reste là pendant que la dépanneuse s'éloigne avec la BMW.

Quel genre de mère laisse son enfant dans la voiture comme l'a fait Angela Chase ?

Danny m'envoie un texto depuis la maison des Chase, à quelques kilomètres de là.

« Angela Chase a pris un somnifère et s'est couchée. Julian a dit qu'elle viendrait faire une déposition demain. J'ai regardé autour de la maison. Rien. On se voit plus tard. »

Qui prend des somnifères quelques heures après la disparition de son enfant ?

Angela Chase ne ressemble à aucune autre mère que j'ai rencontrée. Frénétique est le mot qui définit le mieux la plupart d'entre elles. Déchaînées. Désespérées. La plupart avalent du café.

Il faut les forcer à manger pour qu'elles ne s'évanouissent pas. Pendant toute la durée de l'enquête, elles restent concentrées sur ce qui se passe, s'assurent que la police fait tout ce qu'elle peut.

Angela ? Elle n'est pas comme ça. Pas du tout.

Angela a pris quelques pilules et s'est couchée pour la nuit.

2

Danny et moi jouons la bande sur un moniteur dans une des salles de stockage des preuves à la brigade de police de Bellevue. Danny et moi avons une relation compliquée. Trop compliquée. Il n'est pas mon patron à proprement parler, bien qu'il agisse comme tel. Il a quelques années de plus et a plus d'expérience, mais une partie de moi pense qu'il y a quelque chose en lui qui me voit comme une menace.

Sherry, la chef d'équipe chez Target, avait raison. Les cassettes ne sont pas terribles. Nous sommes assis là, dans la pénombre, à examiner les vidéos ; d'abord de la caméra 1, celle près de la porte d'entrée.

— La voilà, lancé-je en reconnaissant Angela Chase à son manteau de créateur coûteux.

Elle est entrée avec une foule de personnes et il est difficile de voir si les enfants étaient avec elle.

— On dirait qu'elle tient la main de Samuel, continué-je, mais je ne peux pas vraiment le voir. Je ne vois pas du tout Kelsey.

— Je vais ralentir, dit Danny en attrapant la télécommande.

Même au super ralenti, je n'arrive pas à voir quelqu'un d'autre qu'Angela.

— Passe à la caméra suivante, dis-je.

— Oui, madame, dit Danny. J'aime quand tu es si sûre de toi.

En fait, il n'aime pas. Pas du tout. Il préfère que je suive ses directives. Il a dit ça seulement parce qu'il veut me rappeler qu'il mène la danse. C'est mon supérieur. Je suis toujours un niveau en dessous de lui. Bientôt, cette affaire, *mon* affaire, sera *son* affaire. Il me dira que les médias seront mieux servis en écoutant un enquêteur plus expérimenté. Que ça ne veut pas dire que je ne dirige pas l'affaire, mais que c'est mieux, dira-t-il, pour la communauté.

Je sais qu'il fera ça. Je sais que je le laisserai faire. Ma relation avec mon propre père m'a placée dans la catégorie des femmes qui acquiescent pour obtenir leur assentiment. C'est la partie de moi que je déteste le plus, le premier élément que je changerais si seulement je pouvais. Ma mère a quitté mon père, ma sœur et moi quand j'avais sept ans. Stacy n'avait que quatre ans. J'avais tellement peur que notre père nous abandonne aussi que j'ai fait tout ce que j'ai pu pour nous maintenir ensemble. Ça signifiait ne jamais repousser les limites, car je ne voulais pas le rendre malheureux de quelque façon que ce soit. J'ai perdu une partie de ce que j'aurais pu devenir. Stacy était plus jeune. Maman lui manquait, mais elle ne s'est pas sentie abandonnée. Je ne l'aurais pas laissée faire. Elle était mon bébé. Je sais que j'ai bien fait de l'élever, car elle a tout ce que j'ai toujours voulu. Elle a su comment grandir et vivre sa vie.

C'est quelque chose que j'essaie toujours de faire.

— Voilà Angela, dis-je en tapant du doigt sur l'écran.

Elle est debout près d'un présentoir d'accessoires de salle de bains de la marque Nate Berkus et regarde la caméra en l'air.

— C'est un peu bizarre, dit Danny en me regardant.

J'acquiesce et ensuite Angela disparaît du cadre.

Nous regardons les images des six caméras suivantes, dont trois semblent diffuser les images d'un blizzard du Dakota du Sud. Dans la dernière bande, nous n'avons qu'un aperçu d'Angela et de Samuel alors qu'ils font la queue à la caisse. C'est si fugace que nous continuons la lecture image par image, en espérant quelque chose de plus.

Je regarde Danny.

— Aucun signe de l'enfant, lâche-t-il.

— La chef d'équipe avait raison. Ces cassettes sont inutiles. Elles ne vont pas du tout nous aider à trouver Kelsey. Je ne suis même pas sûre qu'elle était là. Personne ne l'a vue.

Danny tape du doigt sur la pile de déclarations recueillies par un des agents auprès des personnes bloquées à l'intérieur du magasin.

— Un témoin dit qu'elle les a vus tous les trois. Elle a dit que la petite fille se comportait comme une gamine et que sa mère menaçait de lui donner une fessée devant tout le monde.

Je saisis la déclaration et la lis.

— Tu as raison, dis-je. Elle dit avoir vu la mère emmener la fille et le garçon vers la porte d'entrée.

— Oui, jusqu'à la voiture, où elle a laissé l'enfant.

— Je ne sais pas. Peut-être que ce témoin a tout faux. C'est la seule sur des dizaines interrogés.

— Probablement, ajoute Danny. Tout ce que je sais, c'est que si j'étais un parieur, et tu sais que je le suis, je parierais sur un taré de pédophile qui cherche à rendre son Noël plus joyeux.

— C'est dégueulasse.

— Je dis juste ce que je pense qu'il s'est passé.

Je lis la suite de la déposition et je lève les yeux vers Danny.

— Elle dit que la petite fille portait un manteau bleu.

— La mère dit que le manteau était rose, intervient Danny.

Je pose le rapport.

— Elle dit que la fille était blonde.

— Encore une qui veut être un témoin à tout prix, conclut Danny.

Je change le sujet pour quelque chose d'utile.

— On doit réinterroger les parents.

— Sans déconner, lance Danny.

— La mère fait de l'obstruction à l'enquête, fais-je. Elle nous sort des excuses. Elle dit qu'elle est trop stressée, qu'elle a besoin de se ressaisir.

— C'est probablement ce dont elle a besoin.

— Sa petite fille a disparu. Pourquoi elle n'explose pas ?

— Ouais, dit Danny, c'est probablement la pire chose qui puisse arriver à un parent. Elle est étrange, je te l'accorde. Mais elle n'est pas du genre à abandonner son enfant.

J'appelle et je tombe encore sur sa boîte vocale.

— Madame Chase, ici Nicole Foster, de la police de Bellevue, fais-je. Il va vraiment nous falloir une déposition officielle de votre part. Je sais que c'est un moment très difficile, mais nous avons besoin de votre aide pour retrouver Kelsey. Rappelez-moi.

3

Le lendemain matin, c'est la veille de Noël. Toujours pas de nouvelles d'Angela. Ni de son mari. L'histoire de leur fille est à la une des trois journaux télévisés du matin à Seattle. Une enfant disparue pendant les vacances, c'est tragique.

Et ça fait de l'audimat.

Danny et moi consultons le registre des délinquants sexuels. Il se tient au-dessus de moi et grignote un cookie laissé là par le service des archives depuis la soirée de la veille.

— Quoi ? demande-t-il, pensant que je le juge. J'ai faim.

Ce qui n'est pas mon cas. Du moins, pas maintenant.

— Tu mets des miettes sur mon clavier, dis-je. C'est tout.

Il hausse les épaules.

— Désolé.

Je sais qu'il ne l'est pas. Danny n'a jamais été désolé pour quoi que ce soit dans sa vie.

Kelsey n'a disparu que depuis quelques heures, mais on sent tous au fond de nous que cette affaire est de la pire espèce.

Le genre qui a rarement une fin heureuse.

Il y a plus d'une douzaine de résultats dans un rayon de trois kilomètres autour du Target du Factoria Mall. Le nombre ne me surprend pas. La zone autour du centre commercial est composée d'un mélange d'appartements, de condominiums, de maisons individuelles et, chose rare dans l'Eastside, d'un parc pour *mobile homes*. C'est ce dernier, du nom de Lake Washington Mobile Estates, qui retient le plus notre attention. Il est situé juste à côté du centre commercial et un sentier utilisé par les résidents relie le quartier au parking de Target. La carte imprimée du registre donne l'impression que la page a été éclaboussée de sang. Chaque point rouge indique l'endroit où vit un délinquant sexuel.

— Bon sang, s'exclame Danny, on dirait qu'il y a une convention de pédophiles là-dedans.

J'examine le rapport indiquant qui vit où et, plus important encore, qui a fait quoi pour mériter une telle place dans cette liste.

— On peut exclure le genre qui aime les relations avec des petits garçons, dis-je.

Danny laisse tomber d'autres miettes avant de lâcher :

— Sans déconner.

— Il y a lui. Et lui, ici. Et eux, fais-je en saisissant un marqueur et en noircissant les points rouges. Il en reste quatre.

— On peut enlever elle et elle, ajoute Danny. Je doute que ces garces aient fait quoi que ce soit. Elles aiment les garçons.

J'acquiesce. Je me souviens d'une des femmes du registre. Son nom est Sally Ann Meriwether. Elle a maintenant la quarantaine et vit dans le parc à *mobile homes* depuis sa sortie de prison, il y a presque cinq ans. Elle était professeure de catéchisme à Sainte-Louise, une église catholique située à l'est de Bellevue. Elle a eu des relations sexuelles avec deux adolescents.

— Elle était plutôt sexy, fait Danny.

Je lui lance un regard.

— Eh bien, reprend-il, je comprends que c'était une prédatrice, mais si j'étais un de ces garçons, je ne pense pas que je me serais plaint.

C'est une conversation que nous avons déjà eue.

— Ils ont été victimes d'une prédatrice, rétorqué-je.

— J'ai bien compris, dit-il, moqueur. C'est vrai. Une prédatrice.

Cela nous laisse avec trois portes auxquelles frapper. Trois hommes âgés de dix-neuf à soixante-quinze ans sont sur le point de subir le protocole, qui est le prix à payer pour leurs crimes. Peu importe ce qu'ils ont fait, peu importe comment ils ont payé leur dette, aucun ne peut échapper à ce qu'il a fait. Ça les suit comme une ombre, où qu'ils aillent.

L'entrée de Lake Washington Mobile Estates est tout sauf grandiose. Quelqu'un a tenté d'annoncer le nom du quartier à l'aide d'un panneau fait maison constitué d'une planche de contreplaqué peinte. La forme me rappelle immédiatement son origine : un panneau de basket. Les intempéries et l'absence de cotisations des propriétaires ont eu raison de l'écriteau. Le W de Washington s'est effacé.

Un terrain avec quelques balançoires et un parcours d'obstacles se trouve juste derrière le panneau. Danny fait une remarque sur le fait que l'aire de jeux est comme un magasin de bonbons pour les délinquants qui vivent dans le quartier. Je ne réponds pas. Je continue de penser à Kelsey et au fait qu'elle a été emmenée quelque part. À la façon dont elle pourrait être piégée dans l'un des *mobile homes*.

— Putain de merde, lance Danny. Ils fêtent vraiment Noël ici.

— C'est vrai, dis-je, constatant l'abondance de lumières et de décorations qui recouvrent à peu près tout.

Les guirlandes délimitent les terrasses, éclaboussent de leur halo les arbres aux branches nues et s'enroulent autour des mâts de drapeau comme une invasion de vignes vierges.

— Les factures d'électricité doivent être follement élevées, dit Danny. C'est certain.

Je ne lui dis pas que j'ai passé une partie de mon enfance dans un endroit comme celui-là, près d'Hoquiam ; une ville industrielle en perpétuelle difficulté sur la côte de Washington ; un endroit où le ciel et l'eau sont plus gris que l'aile d'une mouette. Toute l'année. Tous les jours. Je ne mentionne pas que ma mère, qui avait des ambitions bien plus grandes que ce qu'Hoquiam pouvait offrir, a quitté mon père, ma sœur et moi. Je ne dévoile pas que, alors que nous n'avions pas d'argent, mon père a insisté pour mettre en place le plus grand spectacle de lumières de la ville. Peu importait que la facture d'électricité ne tienne pas jusqu'aux vacances. Il a pris le risque. « Il faudrait être un sacré rabat-joie pour nous couper les vivres à Noël », nous disait-il, à Stacy et moi.

Je ne dis pas à Danny toutes les choses de mon passé, parce que j'ai promis de tout garder en moi. Stacy m'a forcée. Elle m'a dit que je n'aurais pas de famille si elle devait expliquer notre passé à Cy. Alors je ne dis jamais un mot. Je ne parle pas de la fois où l'électricité était coupée et où nous cuisinions le dîner sur un réchaud de camping dans le jardin. Je ne dis jamais à personne que mon père est toujours en vie et qu'il souffre de la maladie d'Alzheimer dans une maison de soins payée par le gouvernement à Aberdeen. La différence entre Stacy et moi est que je pense que tout ce qui nous est arrivé nous a rendues meilleures d'une certaine manière. Qu'il y a quelque chose de bon à trouver au milieu du chaos. Quelque chose de plus compréhensif. Compatissant.

J'aime à penser que c'est vrai.

Les essuie-glaces du SUV de Danny doivent être changés. Les lumières des décorations de Noël projettent des traînées de couleur sur le pare-brise, ce qui rend difficile la distinction des bons numéros des maisons.

Rien n'est plus triste qu'une caravane par un jour de décembre bruineux.

C'est du moins ce que je pense alors que nous nous frayons un chemin dans les rues étroites en posant des questions aux personnes qui – par chance ou par malchance – n'ont pas bougé de cet endroit alors que Bellevue florissait autour d'elles. Des bâches bleues tiennent les gouttes à distance. Un vélo d'enfant se tient à côté d'une voiture qui n'a sans doute pas roulé depuis des années. Ses roues s'enfoncent dans le sol détrempé comme si la terre essayait de l'aspirer pour la faire disparaître.

— Moi je parle. Toi, tu ouvres l'œil, dit Danny.

D'accord, connard, je pense.

— Entendu, acquiescé-je à la place.

Danny est le chef par intérim de notre groupe d'enquête et mon amant : deux choses que je remets en question presque quotidiennement. Il est beau, comme le sont parfois les flics. Son corps est son passe-temps. Son téléphone est rempli de *selfies* pris devant le miroir de son appartement de Bellevue. Il n'y a rien de pornographique dans ces images, mais il fait une fixation sur son apparence. C'est un narcissique et je me demande ce que ça dit de moi, qui suis prête à coucher avec un homme dont les yeux fouillent constamment par-dessus mon épaule à la recherche de son propre reflet.

Nous travaillons en équipe sous la direction de notre lieutenant, Evan Cooper. D'autres binômes s'occupent des résidents des lots 47 et 102. Danny et moi allons vers le lot 23. Nous cherchons Alan Dawson, mais il n'y a aucune réponse quand on frappe. On appuie sur la sonnette. On regarde par les fenêtres. La télé dans la pièce de devant est éteinte. Le sapin de Noël brille. Nous dépassons un tas de ferraille et du bois de chauffage pour faire le tour du *mobile home*, mais nous ne trouvons aucune indication qu'il y ait quelqu'un à l'intérieur.

— Je me demande où est Dawson, dit Danny. J'aimerais boucler ça avant que les fédéraux ne s'en mêlent. C'est *mon* affaire.

Mon affaire, dit-il. Je le laisse faire.

— C'est Noël, Danny, ajouté-je en indiquant un père Noël gonflable dans le jardin du voisin. Les gens sortent. Ils passent du temps en famille.

Il rejette mes mots.

— Les pervers s'asseyent et regardent du porno. Quelle que soit la date.

Je pense lui rétorquer que les pervers sont aussi des personnes, mais je résiste.

— Peut-être bien, dis-je finalement. Demandons à la femme d'à côté. Elle regarde par la fenêtre.

Son nom est Viola Richards. Mon père aurait dit qu'elle a un joli visage, pour ne pas la blesser par rapport à son poids. Je suppose qu'elle a une centaine de kilos en trop. Ses cheveux sont rassemblés en un chignon argenté. Elle porte deux petites boules de Noël en guise de boucles d'oreilles.

Une institutrice à la retraite, je pense, bien que j'espère que non. Ce que j'espère, c'est que la pension d'un enseignant lui permettrait de se payer une meilleure maison de retraite que ce parc de mobile homes.

— Les Dawson sont partis, dit Viola depuis la porte d'entrée après qu'on lui a montré notre carte de police et dit qu'on était là pour une enquête de routine.

— Où ça, madame ? demande Danny.

— Je n'en ai aucune idée. Charlene a une sœur à North Bend. Elle ne parle pas vraiment à ses parents. Peut-être qu'ils sont allés là-bas, chez la sœur. Ils ne peuvent pas être partis très longtemps. Elle m'a laissé un mot pour nourrir le chat, précise-t-elle en jetant un œil à la maison des Dawson, puis revient vers nous. Vous êtes ici pour cette fille, n'est-ce pas ?

— Nous sommes juste là pour une enquête de routine, madame, dit Danny.

— De routine, mon cul ! lâche-t-elle sur un ton cassant. Je sais ce que vous mijotez. Dès qu'il y a le moindre soupçon de quoi que ce soit qui implique un homme et une jeune fille, vous vous précipitez chez les Dawson.

— On pourrait le croire, dis-je, mais ce n'est pas ça.

— Conneries ! dit Viola.

D'accord, peut-être pas une enseignante à la retraite, me dis-je. Je n'ai jamais entendu une prof parler comme ça.

— Pourquoi vous ne les laissez pas tranquilles ? demande-t-elle. Alan a payé sa dette. Et si vous voulez mon avis, il ne le méritait pas. C'est un bon garçon. Charlene le soutient. Des conneries, tout ça ! Tous les mois ou presque, vous débarquez ici avec vos gros sabots comme si tous ceux qui vivaient ici étaient des moins que rien.

— Personne ne pense ça, lui assuré-je.

J'aimerais pouvoir lui dire que j'étais autrefois une de ces personnes. Quand on vivait dans un endroit comme Lake Washington Mobile Estates, on ne se considérait pas non plus comme des moins que rien. Parce que ce n'était pas ce qu'on était.

— Ça se passe toujours de la même façon quand quelqu'un vient fourrer son nez par ici, comme vous le faites maintenant. Vous pensez que quelqu'un comme Alan est une ordure à cause d'une erreur qu'il a commise. Ce n'est pas juste. Il ne ferait pas de mal à une mouche.

— Personne ne pense ça, répété-je.

— Si, rétorque-t-elle en pointant son doigt sur moi puis sur Danny. Vous deux. Vous pensez que vous valez tellement mieux. J'ai enseigné à l'école primaire d'Enatai pendant trente-trois ans.

Eh bien, voilà. Mon instinct ne m'a pas trahie.

— Les parents là-bas avaient un paquet d'argent, reprend-elle. Ils m'ont fait des cadeaux. Ils m'ont dit que j'étais la meilleure chose qui leur soit arrivée. Certains ont même dit que j'étais comme un membre de leur famille. Mais ce n'était pas vrai. Je le savais bien.

— Je suis désolée, fais-je.

Viola ramasse un chat roux. Elle indique que le félin s'appelle Tracks, tout en accueillant les vibrations de l'animal visiblement satisfait.

Je lui tends ma carte et lui demande de m'appeler dès que les Dawson seront de retour.

— Je ne le ferai probablement pas, dit-elle. Je leur dirai que vous êtes passés. C'est tout ce que je peux faire.

Je la remercie et Danny et moi commençons à partir.

— Vous savez quoi, inspecteurs, vous et moi ne sommes pas si différents.

Je retiens mon souffle une seconde. Je ne sais pas comment elle pourrait deviner mon passé. Je n'en ai pas prononcé un mot. Je n'ai fait qu'y penser.

— Comment ça, madame Richards ? demande Danny. En quoi serions-nous semblables ?

— Vous ne pouvez pas encore le voir, dit-elle en reposant le chat. Mais un jour viendra et vous saurez. Les gens qui sont si heureux de vous voir, ceux qui vous traitent comme si vous étiez l'un des leurs, vous abandonneront. Vous faites partie du service public. C'est comme ça que les gens qui ont ces voitures de luxe et des maisons avec vue vous considèrent.

Danny hausse les épaules et conclut :

— Peut-être bien.

— Ce n'est pas *peut-être,* relance-t-elle. C'est un fait.

Lorsque nous remontons dans la voiture, Danny se tourne vers moi.

— Quelle connasse ! lâche-t-il. On arrive en essayant de faire notre boulot pour une affaire en cours et elle nous fait la leçon sur notre statut au sein de la communauté. Quelle connerie ! Je parie que c'était la pire prof du monde et que les parents de cette école ne la supportaient pas.

Je ne dis pas à Danny ce que je pense. Je n'ai pas besoin d'en parler maintenant. Mais je suis presque sûre que Viola Richards a raison. Stacy serait d'accord avec elle, c'est certain. Elle me rappellerait que tant que nous prétendons venir d'une famille décente, les gens nous traiteront comme si nous étions des leurs. Dieu sait que le Cy de Stacy, pour sa part, ne se soucie que des apparences. Je me demande si Danny serait avec moi s'il savait d'où je viens.

Il est tard et nous avons faim. Danny suggère qu'on dîne ensemble. Je sais où ça va nous mener et en dépit du fait que ce ne soit pas bien, *pas bien du tout,* j'acquiesce.

4

Alors que nous roulons vers l'est sur la I-90 en direction du casino de Snoqualmie, nous parlons de Julian et Angela Chase. Nous évoquons les choses qui ne collent pas. Le fait qu'Angela refuse de nous parler. La façon dont elle s'est plainte que son mari allait piquer une colère si elle ne rentrait pas avant lui. Le fait que le rapport du labo indique qu'aucune autre empreinte digitale que celles d'Angela, des enfants et de Julian n'ait été trouvée sur la BMW.

— Quelque chose ne tourne pas rond dans cette famille, dis-je.

Tout en gardant les yeux sur la route, Danny répond :

— Toutes les familles sont détraquées. Toi et ta sœur, vous êtes en plein dans une relation amour/haine.

— Et j'ai la nette impression que tu aimes me le faire remarquer dès que tu en as la possibilité. Danny, tu n'as pas besoin de me le rappeler.

— Je ne pense pas qu'Angela Chase soit du genre à supprimer son enfant, dit-il. Je parie sur le pervers des mobile homes.

Il parle d'Alan Dawson.

— Il avait 17 ans quand il a couché avec cette fille de 15 ans, précisé-je.

— C'est un pervers.

— Peut-être, rétorqué-je, mais avoir des relations sexuelles avec sa petite amie mineure, qui est désormais sa femme, c'est quand même loin de l'enlèvement d'une petite fille.

— Qui dit qu'il ne l'a pas déjà fait avant et qu'on n'est pas tout simplement passés à côté ? Des ordures pareilles passent à travers les mailles du filet tout le temps.

Le lieutenant Cooper nous informe par texto que les autres habitants du parc ont été contrôlés. Tous avaient des alibis solides. Alan Dawson n'est toujours pas réapparu. La sœur a dit à la police que lui et sa femme étaient déjà partis de North Bend au moment de l'enquête de voisinage.

Ce soir-là, je gagne une centaine de dollars aux machines à sous, tandis que Danny perd près de 5 000 dollars à la table de black jack. Je sais que c'est une petite victoire de rien du tout, mais je sais aussi qu'il ne vaut mieux pas remuer le couteau dans la plaie. Il n'aime pas être surpassé par qui que ce soit. Il a pété les plombs quand un des gars de la brigade de Bellevue a été promu avant lui. Il a dit que c'était parce que l'autre officier était asiatique et qu'il y avait eu des pressions pour faire de la discrimination positive. Je n'en suis pas si sûre. Je ne l'ai jamais dit, mais pour moi, Ken Yamamoto était le meilleur candidat.

Je déambule dans le casino pendant que Danny s'attarde au bar, s'apitoyant sur son sort auprès des autres grands perdants de la soirée. Finalement, cet endroit est peut-être plus triste que le parc à mobile homes où Alan Dawson vit. De faux conifères géants remplissent la salle de bal et d'énormes boules rouges et dorées sont suspendues à des banderoles qui bougent très lentement, tandis que les gens se dirigent vers leur chaise préférée, leur tabouret de bar préféré, leur serveuse préférée. L'équipe marketing du casino fait la promotion de lots à gagner ayant pour thème la période de Noël. Tout ce battage et ce scintillement me poussent à repenser au réveillon chez Stacy et Cy et à la façon dont Emma s'est émerveillée d'un vieux *Mon petit poney* que je lui ai apporté.

— Je l'ai retrouvé dans les affaires de papa, ai-je dit à ma sœur.

Stacy m'a lancé un regard. Sans sourire. Un simple coup d'œil.

— On aurait pu lui en offrir un neuf, Nic, a-t-elle dit en sirotant son chardonnay dans un verre en cristal de Baccarat.

C'était, après tout, une occasion spéciale. C'était l'un des jours où moi, la vieille tante célibataire, étais invitée à faire partie de la famille.

Emma a saisi la représentation en plastique de ce qui s'approchait le plus du rêve de posséder une écurie pour une petite fille. Un rêve fait de chevaux roses, de crinières violettes et de bijoux qui ne perdent jamais leur éclat.

— C'est celui avec lequel on jouait, ai-je dit à Stacy. Tu t'en souviens ?

Elle a regardé la boîte.

— Tu as passé un coup de lingette antibactérienne ?

— J'ai enlevé la poussière. Je ne pensais pas qu'il fallait le désinfecter. Il était rangé dans un placard. Dans une boîte. Personne d'autre que nous ne l'a touché.

Stacy a fait une grimace dédaigneuse et a englouti son vin. Elle allait probablement se saouler, puis se coucher, me laissant seule avec Cy pour qu'il me parle de toutes les choses qu'il a à faire chez Microsoft et du fait qu'il n'y a pas assez de temps dans la journée, ou la nuit, pour illustrer son importance dans cette société. Ça se passait comme ça quand on se voyait. Il parlait. J'écoutais.

Et c'est à peu près comme ça que ça s'est passé. Bien que ce jour-là fût un peu différent, heureusement. Il était distrait. Il n'arrêtait pas de baisser les yeux sur son téléphone.

— Tout va bien ? ai-je demandé.

— Ouais. Juste un escadron d'emmerdes tout droit venu de Chine. Ils veulent conquérir le monde, mais ils ne sont pas capables de fabriquer un téléphone digne de ce nom. Parfois, je me demande pourquoi je me donne la peine.

Il a tapoté une réponse par texto.

J'ai envisagé de lui dire que j'avais un cancer du sein, juste pour voir s'il faisait encore attention à moi, mais ça n'aurait servi à rien. J'étais pour lui un meuble qui venait avec sa femme. Une malle sans rien dedans. Rien d'utile.

— Cy, ai-je dit, je pense que je vais décoller.

Il a levé les yeux.

— Hein ? Il est tôt.

— Je travaille demain, ai-je répondu en allant chercher mon manteau et mon sac à main sur la console massive près de la porte d'entrée.

— C'est dommage.

J'ai roulé les épaules en m'habillant.

— Il faut bien que quelqu'un fasse le boulot.

— Que fait ton petit ami ? Tu ne vas pas passer la journée avec lui ? C'est Noël, pour l'amour du ciel.

— On travaille sur une affaire.

— Bonne soirée, Nicole, a-t-il dit tout en gardant les yeux rivés sur le jeu de solitaire de son téléphone.

— Souhaite un joyeux Noël à Stacy et Emma, ai-je conclu en fermant la porte et en me dirigeant vers ma voiture.

5

Julian Chase est assis en face de Danny et moi dans la salle d'interrogatoire. Nous avons essayé trois fois de les faire venir, lui et sa femme, pour faire une déposition officielle, mais Angela fait barrage.

— Elle est trop bouleversée, nous dit son mari. Elle ne peut même pas manger ou dormir. Vous rendez les choses très difficiles pour elle. Faites votre travail et retrouvez Kelsey. Ma femme vous a déjà dit tout ce qu'elle sait.

Au début, on pousse l'affaire de la manière douce. On dit à son avocat que nous sommes désolés. Que nous comprenons que rien ne peut être pire que la disparition d'un enfant. Qu'on a à cœur de retrouver Kelsey. Qu'elle est notre principale préoccupation du moment. Que nous avons besoin de son aide pour la retrouver. Puis on change de ton, en déclarant à l'avocat qu'une mauvaise image colle à Angela. Qu'elle paraît indifférente. Peut-être même coupable.

Et pourtant, Angela hésite encore. Elle dresse un mur autour d'elle. Elle nous dit qu'on ferait mieux de passer notre temps à chercher Kelsey et de la laisser tranquille.

Désormais, nous avons au moins Julian Chase devant nous.

Kelsey a disparu depuis quarante-huit heures. C'est le lendemain de Noël et on dirait qu'une bombe d'or et d'argent a explosé en plein milieu de la brigade de police de Bellevue, exhibant les restes des papiers d'emballage après la séance de distribution de cadeaux qui m'a valu quatre bons d'achat.

Je sais, les bons d'achat sont offerts aux gens que personne ne connaît vraiment. Au professeur. Au chauffeur de bus. À l'officier deux bureaux plus loin.

— Je suis inquiet, dit Julian, qui a du mal à trouver les mots.

— On comprend, dis-je.

— Est-ce que le FBI va apporter son aide ? demande-t-il. Ils devraient apporter leur soutien pour retrouver Kelsey.

— Nous avons envoyé un rapport au *Centre national pour les enfants disparus et exploités*, lui indiqué-je. Ce n'est pas une affaire fédérale. Aucune demande de rançon n'a été faite.

Il a l'air abattu. Des cernes soulignent ses yeux. Même ses cheveux ondulés qui ont si aisément pris la pluie lorsque nous étions sur le parking du Target sont aplatis.

Danny entre dans la pièce et prend un siège alors que je demande à Julian s'il veut du café. Il dit qu'il en veut un. Danny aussi. Je les laisse seuls et reviens avec deux tasses et des sachets de crème et de sucre. J'en veux aussi, mais je n'ai que deux mains.

— Comment tenez-vous le coup, monsieur Chase ? relancé-je.

— Julian, corrige-t-il. Pas bien.

Je hoche la tête et fais glisser vers lui la crème et le sucre.

— Je le prends noir, merci.

Danny prend la parole.

— Vous avez dit au téléphone que vous pensiez que votre femme ne vous disait pas tout.

Il boit à petites gorgées.

— Oui. On a fait le tour du sujet plusieurs fois. C'est dur. C'est comme si elle ne voulait même pas en parler.

— Qu'est-ce qu'elle vous a dit ? demandé-je.

— La même chose qu'elle vous a dite au Target. Kelsey a fait une crise. Elle l'a emmenée dans la voiture. Elle l'a laissée là et quand elle est revenue, elle avait disparu.

— D'accord, dis-je. C'est ce qu'elle nous a dit.

— À quoi pensez-vous, Julian ? demande Danny.

Julian s'adresse à moi.

— Vous êtes une femme. Vous ne feriez pas ça à votre enfant, n'est-ce pas ?

Il me fixe d'un regard doux et perçant.

— Je n'ai pas d'enfant, mais, si j'en avais, je ne ferais pas ça, lui dis-je.

— Vous avez raison. Je pense que c'est le cas de la majorité des mères.

Julian baisse les yeux sur son café.

— Elle n'a jamais vraiment aimé Kelsey, vous savez, enchaîne-t-il.

Les mots m'assaillent, mais ils sont difficiles à digérer.

— Non, dis-je. Je ne savais pas. Qu'est-ce que vous voulez dire ? Kelsey a-t-elle été maltraitée ? Est-ce que vous pensez que votre femme aurait pu faire du mal à votre fille ?

Le silence remplit la salle d'interrogatoire.

— Elle ne s'est jamais vraiment attachée à Kelsey, dit-il. Samuel est tout pour elle. C'est comme ça depuis le jour de sa naissance. Kelsey, elle, est venue au monde avec une mère qui ne semblait pas se lier d'affection avec elle.

Je repense à ma propre mère, à la façon dont elle était si disposée à s'éloigner de Stacy et moi. Nous n'étions rien pour elle. Et pourtant, chaque jour jusqu'à l'adolescence, nous la cherchions partout où nous allions. Au centre commercial. Pendant les sorties scolaires. J'ai même cru la voir à la préfecture le jour où j'ai eu mon permis de conduire.

Ce n'était pas elle, bien sûr.

— Je ne sais pas ce qui s'est passé, dit-il. Je n'arrive même plus à trouver le sommeil, vous savez. Rien qu'à vous dire tout ça, j'ai l'impression de m'enfoncer dans le pire des endroits possibles et je ne veux pas m'y rendre.

Le silence, de nouveau. Danny et moi restons sans rien dire. Nous voulons que Julian Chase parle.

Nous voulons analyser ses paroles.

Julian se lève.

— C'était une erreur, dit-il. Je n'aurais pas dû venir. Dieu sait que Kelsey est là, quelque part. Quelqu'un la retient prisonnière. Nous devons la retrouver. La ramener à la maison. Ma femme…

— S'il vous plaît, restez, le prié-je. Aidez-nous à la retrouver. C'est pour ça que vous êtes là, n'est-ce pas ?

Il retourne à son fauteuil et s'enfonce dedans.

— Oui. C'est pour ça que je suis là.

Pendant les quarante-cinq minutes suivantes, Julian nous raconte la vie d'Angela. Elle est née en France d'un père américain et d'une mère française et possède la double nationalité. Elle vient d'une famille aisée. Elle travaille à temps partiel dans une boutique du centre-ville de Bellevue « parce qu'elle veut s'occuper ». Elle parle cinq langues. Elle met occasionnellement un blog à jour sur les pâtisseries sans gluten. Elle s'est classée parmi les dix premières au concours de *Miss Washington Teen USA.* Ils se sont rencontrés sur Internet.

— Elle va considérer ça comme une trahison, dit-il en continuant à distiller sa biographie dans la salle d'interrogatoire. C'est une maniaque du nettoyage, conclut-il, retenant ses derniers mots en l'air le temps d'un instant.

— Vous pensez à quelque chose ? demandé-je.

Ses yeux s'accrochent aux miens.

— Oui, répond-il. Quand on est rentrés du Target ce soir-là, la maison sentait l'eau de Javel.

Danny me fixe, mais ne dit rien.

— C'est inhabituel ?

Julian détourne le regard. Je peux sentir qu'il est sur le point de craquer.

— Oui, ça l'est. La femme de ménage ne passe pas le mercredi.

— Peut-être qu'elle a modifié son emploi du temps à cause des vacances ? tente Danny.

Julian n'a pas l'air convaincu.

— J'ai appelé Marta, dit-il. Elle m'a dit qu'elle ne reviendrait qu'après les vacances.

— Vos déclarations à propos de votre femme sont plutôt

sérieuses, dit Danny. Vous avez autre chose pour soutenir cette thèse ? À part une maison propre ?

Le ton de Danny me surprend. Étant donné les circonstances, ça va au-delà de la confrontation. Je lui lance un regard furtif.

Il a compris le message et je suis presque certaine qu'il fera une réflexion plus tard à ce sujet.

— Les cadeaux de Noël, répond Julian en me regardant.

Je sens qu'il est attiré vers moi. Il sait que je me soucie vraiment de Kelsey. Danny se soucie de l'affaire. *Son* affaire.

— Oui ? demandé-je.

— Cette nuit-là, je n'ai pas pu dormir. Je suis resté assis sur ma chaise à regarder le sapin de Noël en me demandant où était Kelsey.

Il commence à être ému à ce moment-là. C'est comme un cri silencieux, le genre que font les hommes. Pas de bruit, juste des larmes et la lutte pour les empêcher de couler.

— Elle m'a dit qu'elle était allée acheter des bas de Noël chez Target.

— Oui, dis-je, en l'incitant à continuer de la manière la plus douce qui soit. Elle nous a dit ça.

Je le regarde lutter à nouveau contre les larmes. Il bafouille. Il fait tout ce qu'il peut pour continuer.

— Il n'y avait rien pour Kelsey dans ses courses.

Ses yeux humides restent fixés sur les miens.

— Vous avez dit qu'elle favorisait Samuel. Peut-être que c'était encore ça.

Il secoue lentement la tête.

— Non. Elle a spécifiquement dit qu'elle faisait les courses pour les deux. Pourquoi achèterait-elle des cadeaux seulement pour Samuel ?

— Elle était en colère contre Kelsey, dit Danny. Elle a piqué une crise dans le magasin.

Julian prend un moment pour retrouver son calme. Il met ses mains sur son visage et se recule un peu. Il fait de son mieux pour ne pas craquer.

— C'est vrai, dit-il. Mais elle m'a bien parlé des deux enfants.

— Les deux, répété-je.

— Où voulez-vous en venir, Julian ? demande Danny.

Julian l'ignore. Il me regarde. Il pense que je comprends ce qu'il traverse.

— Je ne crois pas que Kelsey ait jamais été au Target, dit-il, ses cordes vocales se resserrant et ses mots nous parvenant presque dans un murmure. Je pense qu'il est possible que ma femme lui ait fait quelque chose.

6

Nous sommes retournés au mobile home et nous prenons notre temps pour scruter les environs. Un panneau gravé du nom des propriétaires nous indique qui vit ici : « Les Dawson ». Danny ouvre la porte moustiquaire déchirée et frappe.

Une femme d'une vingtaine d'années répond. Elle porte un uniforme que je reconnais. Elle travaille chez Panera Bread. Elle est jolie, avec des cheveux blond paille, des yeux verts et une bande de taches de rousseur sur l'arête du nez. Ses dents sont tordues, mais blanches. Si je l'avais vue en dehors de ce parc à mobile homes, dans autre chose que son uniforme, je n'aurais jamais deviné qu'elle a épousé un délinquant sexuel.

— Charlene Dawson ? demande Danny.

— Je me suis doutée que ce serait vous, répond-elle. Les gens de votre espèce traînent toujours dans les parages quand il arrive quelque chose comme ça.

Son ton est raide, mais plus résigné que colérique.

— Je suis Danny Ford et voici Nicole Foster ; nous sommes inspecteurs de la police de Bellevue, dit-il. Nous sommes ici pour parler avec Alan. Est-ce qu'il est là ?

— Il est au travail, dit Charlene en poussant la porte.

— Non, il n'y est pas, rétorqué-je. Nos collègues se sont rendus à la carrosserie. Il n'y était pas.

Quelque chose scintille dans ses yeux.

— Je ne peux pas vous aider, dit-elle. Je dois aller bosser. Pourquoi ne faites-vous pas votre travail tout en nous laissant tranquilles ? conclut-elle, une colère graduelle dans la voix.

Danny colle son pied au montant de la porte pour qu'elle ne puisse pas la fermer complètement.

— Où est-il ? demande-t-il. Ou faut-il que vous veniez avec nous à la brigade faire une déposition ?

— Je dois travailler. Et je ne sais pas où il est en ce moment. Pourquoi vous ne comprenez pas que ce qu'Alan a fait il y a dix ans n'a rien à voir avec la fille qui a disparu à Target ?

— C'est un délinquant sexuel, dit Danny. Il sera toujours la première personne qu'on voudra interroger. C'est comme ça que ça marche.

Son visage est soudainement rouge.

— Laissez-nous tranquilles, bon sang !

Je recule légèrement, ma main frôlant instinctivement mon arme à feu alors qu'elle tend la main vers son sac à main derrière elle, mais elle ne fait que le saisir et elle pousse ensuite la porte.

— Je vais bosser, lâche-t-elle en claquant la porte et en descendant les marches en trombe. Alan est un homme bon, nous rappelle-t-elle. Vous continuez à faire la même erreur encore et encore. Ce n'est pas un prédateur. Je l'aime. Je l'ai toujours aimé.

Charlene monte dans sa voiture, une vieille Toyota qui a du mal à démarrer. À travers les vitres embuées et la tache mouillée sur la vitre côté conducteur, je l'aperçois une dernière fois. Son visage est maintenant écarlate et je suis presque certaine qu'elle va pleurer pendant tout le trajet jusqu'au Panera Bread.

Danny tourne la poignée de la porte, mais elle est verrouillée et nous retournons au bureau.

Alan Dawson avait dix-huit ans et suivait des cours au Bellevue College lorsqu'il a été arrêté et condamné pour détournement de mineur. Sa victime était Charlene Canter, une élève de quinze ans du lycée de Sammamish. Son père, un gestionnaire de bas niveau chez Boeing, était le type d'homme qui avait tout fait dans les règles, mais ne semblait jamais arriver à rien. Lorsque sa femme les a quittés, lui et leurs enfants, pour un homme au salaire plus élevé, il a semblé s'adapter. Mais alors que personne ne pouvait le voir, sa colère était devenue comme l'une de ces lignes de faille souterraines déchiquetées, inconnues jusqu'à ce que la terre décide de trembler. Lorsqu'il a découvert que Charlene avait une relation sexuelle avec Alan, il s'est précipité à la police et l'a signalé.

Alan, comme l'a dit le policier au sergent de service, n'était pas « *l'ampoule la plus brillante du lustre* » quand on l'a interrogé. Il a admis avoir une relation avec Charlene, bien qu'il ait dit qu'il ne savait pas que c'était illégal. « *Nous sommes tous les deux des adolescents*, a-t-il dit. *Je suis son petit-ami. Je l'aime vraiment.* »

— *C'est ce que disent tous les pervers*, a dit l'officier qui a pris la déposition.

Finalement, Alan a plaidé coupable et a été condamné à deux ans de prison au pénitencier de Monroe, situé à une heure au nord-est de Seattle. C'est le genre d'histoires qui passent le plus souvent inaperçues. Lorsqu'il a été libéré, Charlene et lui se sont mariés et ont emménagé dans le mobile home de sa mère.

Et bien qu'ils aient refait leur vie, il y avait une petite chose à laquelle aucun des deux ne pouvait échapper : le crime d'Alan le plaçait dans le registre des délinquants sexuels.

Une liste qui, comme la police aime à le dire, continue à porter ses fruits.

Lorsque je la vois plus tard à la brigade de police, Viola Richards se tient raide près du comptoir d'accueil, les yeux inquiets et un sac en plastique noir à la main. La voisine et ardente défenseure d'Alan Dawson s'est soudainement transformée en adversaire. Elle a appelé plus tôt pour dire qu'elle avait trouvé quelque chose.

— Quoi ? lui ai-je demandé.

Bien que soit elle qui ait passé l'appel, le silence a envahi le téléphone.

— Madame Richards ? ai-je relancé.

— Je vous l'apporte, a-t-elle dit, la voix chevrotante et distraite. Ce n'est pas bon. Ce n'est pas bon du tout.

J'ai insisté.

— Qu'est-ce que vous avez trouvé ?

Mais Viola a raccroché. Je suis restée assise à mon bureau pendant vingt minutes, me demandant si je devais prendre ma voiture et me rendre à Lake Washington Mobile Estates.

Et constater par moi-même ce qu'elle avait trouvé.

Viola porte un jogging rose clair qui, je le soupçonne, s'explique plus par ses mensurations que par le fait qu'elle revienne d'une séance de course à pied. Elle me voit et se retourne vers la porte.

— Madame Richards, la hélé-je.

De nouveau, exactement comme au téléphone un peu plus tôt, une longue pause.

— Je n'aurais pas dû venir, dit-elle enfin, en pivotant lentement pour me faire face.

Je n'en suis pas sûre, mais je pense qu'elle a pleuré. Son maquillage bleu foncé a légèrement coulé.

Je garde mes yeux sur les siens et lui indique de me suivre.

— Je n'aurais vraiment pas dû venir, répète-t-elle.

Ses mains sont agitées et le sac émet un son crépitant de plastique contre plastique.

Contre ce qui se trouve à l'intérieur, quoi que ça puisse être.

Nous nous dirigeons dans une petite pièce adjacente à la réception. Ce n'est pas une salle utilisée par le service pour les interrogatoires, mais un espace aménagé pour offrir aux employés de bureau et aux autres candidats à des postes administratifs un endroit où remplir des papiers, qui date du temps d'avant que tout se fasse en ligne.

Elle pose le sac sur la table. Il est noir, avec des poignées jaunes qui ressemblent à un nœud fantaisie.

Un cadeau.

Pas un que Viola voudrait trouver, j'en suis sûre. Pas un qu'elle voudrait m'offrir. Pourtant, c'est ce qui se passe. Je lui propose du café ou de l'eau. Elle décline. Elle ne veut rien. Elle veut être n'importe où sauf ici.

Je la fixe alors que je détache les boucles de plastique jaune qui maintiennent le contenu en sécurité dans ce cocon de plastique noir.

Je regarde à l'intérieur. Ce que je vois me coupe le souffle. Je sais exactement ce que c'est.

— Où avez-vous trouvé ça ? demandé-je.

Viola observe longuement le sac et entrelace ses doigts pour éviter de trembler. Son monde a été ébranlé. Tout ce qu'elle voulait croire a été remis en question.

— Inspectrice, dit-elle, la voix hésitante, ça me rend malade.

— Madame Richards, dis-je en la poussant doucement, où avez-vous eu ça ?

Viola Richards ne s'effondre pas, mais elle est au bord du gouffre. Elle me dit qu'elle s'occupait du chat des Dawson, Tracks, pendant leur absence.

— Ils gardent Tracks dans la salle de bains quand ils sont absents, parce que c'est le genre de chat qui griffe les meubles quand il est en colère, ce qui est tout le temps le cas quand Charlene n'est pas là. J'ai ouvert la porte pour le nourrir et ce petit con est sorti. Il était rapide comme l'éclair. Il s'est enfui par la porte d'entrée et a filé sous le porche.

Elle s'arrête pour prendre une respiration. Elle regarde le sac maintenant. Elle se souvient de ce qu'elle a ressenti lorsqu'elle a fait la découverte.

— Ça me rend malade, dit-elle.

— Je sais, dis-je. Vous l'avez trouvée sous le porche ?

— Oui, répond-elle en hochant la tête. C'est là que je suis tombée dessus.

Je crois qu'elle va vomir. Elle aimait ses voisins. Elle était convaincue qu'Alan était innocent de tout méfait. Elle l'a même dit au journal local. Il est évident que la partie d'elle qui voit le bien dans l'histoire d'amour des Dawson est en proie au doute.

— Je me suis souvenue de ce que portait la petite fille à la télévision, dit-elle. Mon petit-fils a les mêmes chaussures…

Elle s'arrête de parler et appuie sa main tremblante sur son abdomen. Sa peau est blême. En me tendant la chaussure, elle sait que sa vie a changé à jamais. Pourtant, je sens que Viola Richards ne se préoccupe pas vraiment de ce qui va lui arriver à elle. Elle était dévouée aux Dawson. Elle les aimait. Elle était sûre que c'était simplement de pauvres gens qui l'emporteraient un jour dans la vie.

Plus maintenant.

— Vous avez besoin d'aller aux toilettes ? demandé-je.

Elle se lève de sa chaise.

— Oui, je crois que je vais vomir.

En tant que preuve, la valeur de la chaussure que Viola a trouvée alors qu'elle surveillait le chat des Dawson est discutable. Elle n'a pas été collectée selon un protocole légal et un avocat de la défense s'en donnerait à cœur joie si on utilisait un jour cette chaussure dans une salle d'audience. Christine Seiko et son équipe l'ont soumise à une batterie de tests en laboratoire et n'ont pas réussi à trouver de traces d'ADN.

— C'est comme si elle avait été nettoyée, me dit-elle. Quelques poils. Sans surprise, d'origine féline.

— Kelsey portait des chaussures comme ça quand elle a disparu, dis-je.

— Exact, répond-elle tandis que nous examinons la chaussure, désormais étiquetée, et à laquelle il manque un morceau de tissu qu'un technicien du laboratoire médico-légal a découpé pour une analyse complémentaire. Les chaussures comme ça, ça court les rues.

Elle rit de son jeu de mots.

Je souris ; un réflexe plus qu'autre chose.

Danny fait pratiquement la roue dans la salle de repos. Il s'est entraîné à son club de fitness et les veines de son cou sont gonflées comme des *ziti* à la sauce vodka, son plat préféré dans notre restaurant italien. Danny aime être gonflé à bloc. Il aime être le centre de l'attention. C'est comme ça. Il veut toujours que tout le monde voie que c'est un dur à cuire et qu'il est intelligent. J'imagine qu'il existe un côté gentil chez lui, un côté plus doux ; je ne sais simplement pas où le trouver ni si je dois continuer à le chercher. Mais c'est possible.

Il se verse une tasse de café et régale les officiers, y compris notre lieutenant, avec cette histoire de chaussure et ce que ça signifie.

Il me jette un regard.

— Écoute, on n'a pas besoin de l'utiliser au tribunal, dit-il, comme si j'avais déjà exprimé mes doutes. On a un moyen de pression maintenant pour mettre ce pervers au pied du mur. Il a tué Kelsey Chase. Dawson est un putain de malade. J'ai hâte d'effacer cet air suffisant de son visage. Pervers un jour, pervers toujours.

Je déteste interrompre son petit spectacle et je sais que je vais en entendre parler plus tard, mais je dois le dire.

— Il n'y a aucune preuve que la chaussure est celle de Kelsey.

Il hausse les épaules et roule un peu les yeux. Il est dédaigneux.

— Je faisais ce boulot alors que tu étais encore à l'académie, dit-il. Je sais de quoi je parle.

J'ai envie de lui donner un coup de pied dans les couilles et de lui faire savoir que je ne me laisserai plus faire. Je peux imaginer la pointe de ma chaussure aller droit à l'endroit qui le mettrait à genoux.

— On a assez de preuves, dit-il. Assez pour secouer sa putain de cage et voir ce qui en tombe.

— Il y a un million de chaussures comme celle-là, persisté-je. Elle pourrait appartenir à n'importe qui.

Les autres officiers ressentent la tension sous-jacente et tous, sauf notre lieutenant, sortent de la salle de repos.

— Peu importe à qui appartient la chaussure, dit Danny. On l'a et on va l'utiliser pour coincer cet enfoiré.

— On l'interpelle, dit Cooper.

— Écrasons ce tas de merde, dit Danny.

7

L'air dans la salle d'interrogatoire stagne. L'atmosphère est silencieuse. Personne ne dit rien. Danny et moi sommes assis d'un côté d'une longue table blanche au plateau en formica qui semble provenir de la cafétéria d'un hôpital. Alan Dawson, vêtu d'un t-shirt Metallica, d'un jean noir et de bottes, regarde fixement dans le vide. Je sens l'odeur de cigarette et de café qui se diffuse dans l'air à chacune de ses respirations nerveuses. Il mesure un mètre quatre-vingt-dix et pèse quatre-vingt-dix kilos. Il a les cheveux longs, non pas parce qu'il aime le style, je pense, mais parce qu'il ne va pas régulièrement chez le coiffeur. Contrairement à Danny. Je n'ai jamais vu les cheveux de Danny prendre plus d'un centimètre. C'est comme s'il avait des cheveux de poupée. Toujours de la même longueur. Les yeux d'Alan sont d'un brun terne et vides. Seule la perle de sueur sur sa lèvre supérieure trahit l'état de nervosité dans lequel, j'en suis sûre, il est. Il s'est déjà retrouvé dans une pièce comme celle-ci. Peu de gens aiment revivre la même situation sans cesse. Ceux qui reviennent dans ce genre d'endroits le font rarement de leur plein gré. Alan est assis, seul. Pas d'avocat. Charlene est dehors dans la salle d'attente. Elle l'a serré dans ses bras avant qu'il ne nous suive jusqu'ici. Je peux sentir son parfum *Jennifer Lopez* qui s'est accroché à sa chemise.

— Tu sais pourquoi tu es là, dit Danny.

— Je ne suis pas stupide, répond-il.

Je me retiens. J'ai dit à Danny avant l'entretien que je veux bien jouer au bon flic, mais que je ne serai pas le flic muet.

— Non, enchaîne Danny, personne ne dit que tu l'es. Tu es ici parce qu'on enquête. Tu comprends ça, n'est-ce pas ? Tu es ici parce que tu as dit aux officiers que tu voulais aider.

— Ouais, dit-il. Je sais tout ça. Mais il y a une chose que vous devez savoir. Je ne connais pas cette petite fille.

Danny contracte les muscles de ses bras comme s'il était prêt à taper du poing sur la table. Mais c'est juste de l'esbroufe et je le sais. La moitié de ce que nous faisons dans cette pièce est un numéro. Nous mentons. Nous cajolons. Nous promettons. Nous faisons semblant de nous soucier de tout ça. Et c'est le cas. Nous nous soucions de défendre une cause et de redresser un tort. Danny est plus dans la zone grise que moi, mais au fond, je ne me plains jamais de ses tactiques parfois musclées.

— C'est bon, Alan, dis-je. On doit juste revoir certaines choses. Tu sais comment certaines personnes ne rigolent pas avec la procédure, fais-je en jetant un coup d'œil à Danny comme si j'étais irritée.

Danny plaque une photo sous les yeux d'Alan.

Je propose à Alan du café ou de l'eau, mais il secoue la tête.

Pendant les trois heures qui suivent, nous parlons. Nous nous disputons. Nous plaidons. Nous nous frayons un chemin dans la tête d'Alan et nous essayons d'en extraire exactement ce que nous cherchons.

Des réponses.

La vérité.

L'histoire.

De son côté, Alan oscille entre la détermination et l'incertitude. Il y a deux Alan dans cette pièce. Nous voulons que le plus faible gagne du terrain. Nous voulons que l'Alan qui est venu ici de son plein gré écarte l'Alan qui veut s'éviter un nouveau séjour en prison.

— Tu as un faible pour les jeunes filles, dit Danny, presque sorti de nulle part. C'est le cas de certains gars. C'est peut-être quelque chose qui est réprimé au plus profond de notre ADN. Chez des types, ça remonte à la surface.

— Quoi ? demande Alan, soudainement alerte. Vous êtes malade. La fille dont vous parlez était une enfant.

— Écoute, fait Danny, je sais que tu ne voulais pas que les choses dégénèrent. Tu as l'air d'être un type bien. Oui, tu as eu tes problèmes, mais bon sang, ça nous est tous arrivé de déconner un jour.

Alan ne répond pas pendant un instant. Il baisse les yeux sur la surface de la table et se penche ensuite pour croiser mon regard.

— Parle-nous, dis-je. On est là pour t'aider. Il y a un moyen de t'en sortir et en faisant ce qu'il faut, même si c'est difficile, tu te sentiras mieux.

— M'aider ? Aucun de vous n'en a quelque chose à faire de moi. Vous n'en avez rien à foutre de la vérité non plus. Si c'était le cas, vous sortiriez et vous chercheriez le tueur.

— Qui a dit qu'elle était morte ? demandé-je.

Alan cligne des yeux.

— Personne. Je pense juste que c'est probablement ce qui lui est arrivé.

— Pourquoi tu penses ça ? demande Danny. À moins que tu ne saches quelque chose à ce sujet ?

Alan fait parcourir ses doigts le long de son cou, desserrant le col de sa chemise.

— Tout le monde pense qu'elle est morte. Qu'un pervers l'a kidnappée et l'a tuée.

— Je sais qui est ce pervers, intervient Danny. Je le regarde droit dans les yeux en ce moment même.

— Vous n'avez rien contre moi, se défend Alan. Parce que je n'ai rien fait à cette petite fille.

— Nous avons retrouvé une de ses chaussures. Chez toi.

Il a l'air perplexe. Pas faux, mais réel. Ou peut-être qu'il a juste l'air confus ou piégé.

— Je ne sais pas de quoi vous parlez, dit-il.

Danny colle son visage contre celui d'Alan.

— La putain de chaussure que tu as essayé de cacher. La chaussure que tu as enlevée à la petite fille, avec ses autres vêtements, quand tu l'as violée.

Alan me regarde dans l'espoir que je le soutienne, j'imagine. Mais je ne lui suis d'aucune aide. Je ne suis pas le flic agressif au visage rouge que Danny se délecte à être en ce moment. Je sais que s'il s'entraîne à la salle de sport, ce n'est pas pour m'impressionner. Il ne fait pas ça pour attirer le regard des autres femmes. Mais pour des moments comme celui-ci. Les muscles de son cou sont aussi épais qu'un tuyau d'incendie.

— Pourquoi me traitez-vous comme ça ? demande Alan.

Danny est en furie.

— Pourquoi as-tu baisé et tué une petite fille ?

Comme s'il avait été frappé, Alan reste assis avant de parler.

— Ce n'est pas moi. Je n'ai rien fait de tel.

— Tu me donnes envie de gerber, dit Danny.

Alan semble sur le point de s'effondrer. Je m'attends à ce qu'il nous demande d'appeler son avocat, mais il ne le fait pas.

— Vous vous trompez sur moi, dit-il. Vous avez juste une dent contre moi.

— C'est la faute des autres, c'est ça, Alan ?

Danny ne fait aucun effort pour cacher son mépris. Je l'ai vu quand il n'obtenait pas ce qu'il voulait au bureau ou quand il perdait au casino. Et voilà que ça recommence.

Alan Dawson flotte sur une mer déchaînée. Il essaie de rester à flot.

Mais il est en train de sombrer.

— Les flics s'en prennent à moi, dit-il. Charlene et moi étions amoureux. Nous nous sommes mariés. Nous allons fonder une famille. Mais vous n'arrêtez jamais, hein ?

— Nous arrêterons quand tu diras la vérité, dit Danny en se penchant plus près de lui.

Son souffle est chaud contre le visage d'Alan. Il profite de ce moment pour retourner la photo. On y reconnaît instantanément Kelsey Chase. Cette même photo a été diffusée dans tous les médias locaux : télévision, radio, presse écrite et surtout sur Internet, où Lane Perry, blogueur spécialisé dans les faits divers criminels, l'a utilisée pour accroître l'audience de sa chronique *Eastside Crime Watch*.

Alan repousse sa chaise. C'est comme si la vue de la petite fille le repoussait.

— Où est-elle ? le presse Danny.

— Je ne sais pas, répond Alan. Je vous l'ai dit. Je ne sais rien de cette fille ni de sa chaussure. Je le jure. Vous pouvez demander à Charlene. Elle vous le dira.

— Elle nous a dit qu'elle ne savait pas où tu étais le jour où Kelsey a disparu, fait Danny.

— Je suis resté à la maison, malade. J'avais une gastro.

Danny repousse sa chaise.

— Vraiment ? demande-t-il. Tu peux faire mieux que ça, Alan. Tu peux trouver une autre excuse.

— C'est la vérité.

— Tu n'as pas vu de médecin, n'est-ce pas ? interrogé-je.

Alan secoue la tête.

— Je n'ai pas d'assurance maladie. Je suis resté au lit.

— C'est ça, dit Danny, affichant maintenant du dégoût. Tu me files la gerbe.

— Je ne lui ai rien fait. Je le jure, répète-t-il en me regardant.

Et je fais semblant de compatir en hochant légèrement la tête.

Mon téléphone vibre et je baisse les yeux sur le message. Je le montre à Danny.

— Juste une seconde, dit-il.

Il se lève, sort et lâche une dernière phrase :

— Ça pue ici.

Je me retrouve seule avec Alan.

— Tu es sûr que tu ne veux rien ? demandé-je.

— Je veux partir. Je ne veux pas faire attendre Charlene.

Je ne lui dis pas qu'il peut partir à tout moment. Il n'a pas été arrêté. Il est venu de son plein gré. Je ne suis pas convaincue de sa culpabilité comme semble l'être Danny. Je ne lui dis pas non plus ce que le SMS vient de m'apprendre : un autre binôme d'enquêteurs a interrogé Charlene et elle est partie en larmes.

— Dis-nous simplement ce qui s'est passé, lui demandé-je, en levant les yeux pour observer le miroir sans tain.

— Rien, répète-t-il. Il ne s'est rien passé.

— C'était un accident ? C'est ce qui s'est passé ? Tu voulais seulement lui parler et elle a eu peur ? Tu as essayé de la faire taire ? Je parie que c'est ce qui s'est passé.

Des larmes roulent sur le visage d'Alan, mais il n'émet aucun son.

— Vous autres, vous ne me laisserez jamais être libre, se désole-t-il. Vous autres, vous pensez qu'une seule erreur – qui n'en était pas une – fait de moi une ordure. Vous pensez que je ne suis rien. Que je suis un monstre. J'ai couché avec ma petite amie alors qu'elle était à une semaine de son seizième anniversaire. J'avais dix-sept ans et demi. Vous. La presse. Vous dites tous que c'était une jeune fille de quinze ans et que moi j'étais majeur. On n'avait qu'un peu plus de deux ans d'écart. Deux putains d'années.

Je sais que si son père n'avait pas porté plainte avec autant de véhémence, les choses auraient pu se passer autrement. Mais je ne lui confesse pas ça. Je dis simplement : « C'était contraire à la loi. »

Alan s'essuie les yeux à l'aide de son t-shirt Metallica.

— Je ne savais pas. Je ne le savais vraiment pas.

— Tu sais que ce n'est pas une excuse. Ne pas savoir que quelque chose n'est pas légal n'est pas une défense.

Il ne dit plus un mot. Je sais que, jusqu'à ce moment-là, il pensait que j'étais une sorte d'alliée et, à tout le moins, quelqu'un qui écouterait réellement son point de vue. Quelqu'un avec un esprit ouvert. Mais, comme Danny, je suis ici pour découvrir ce qui est arrivé à Kelsey Chase.

Rien d'autre ne compte.

Après quelques minutes de silence, Danny revient et prend un siège. Son expression est sinistre. Il a un dossier à la main et il laisse échapper un soupir. C'est comme s'il apportait la clé du mystère, ce qui est arrivé à Kelsey.

Et ça ne va pas rendre Alan Dawson le moins du monde heureux.

— Tu dois nous dire la vérité, lâche-t-il. Les parents de la petite fille ont besoin de savoir ce qui lui est arrivé.

— C'était un accident, dis-je en regardant Danny.

Alan, dont le front est maintenant mouillé par la transpiration, ne dit rien.

— Un accident ? répète Danny.

— Je ne sais pas, dit Alan, à deux doigts de perdre la tête. Je n'en sais rien du tout.

— Tu veux vraiment la peine de mort, Alan ? demande Danny. Tu sais que tu as le choix. Le nœud coulant ou une aiguille.

D'une manière ou d'une autre, le mécanicien au statut de délinquant sexuel retrouve sa détermination.

— Je n'ai rien fait, déclare-t-il. Je vous l'ai dit et répété. Je ne l'ai jamais vue.

Danny repousse son corps de la table, précipitant ainsi le bureau sur Alan et le secouant encore plus.

— Tu l'as tripotée et tu l'as tuée, dit Danny avec des mots si glacés qu'ils se briseraient sous une bonne brise.

Alan enroule ses bras autour de sa poitrine. La manche de son t-shirt remonte juste assez pour exposer un tatouage pour la première fois. C'est le nom de Charlene sur une rose rouge.

— Ce n'est pas moi, dit-il. Ce n'est pas moi.

Danny pose sa main sur le dossier. Je connais cette technique, mais je ne l'ai jamais utilisée dans un interrogatoire. Pour être honnête, j'ai toujours trouvé que ça frôlait la limite à ne pas dépasser. Légal, mais pas correct.

— Nous avons des preuves, Alan, poursuit Danny. Je pensais que tu voudrais bien faire, sans qu'on soit obligé de te foutre au pied du mur. Pour une fois dans ta vie de merde, est-ce que tu peux faire ce qui est juste ?

— Je ne l'ai jamais vue. Je le jure !

— Bordel, Alan ! Soyons sérieux, dit Danny en accentuant la

pression. T'as le pouvoir de changer les choses et de faire ce qui convient. On vient de recevoir les résultats d'ADN sur les draps de ton lit et on sait que Kelsey y était.

Son visage se crispe.

— C'est un putain de mensonge !

— C'est toi qui mens ! L'ADN ne ment pas.

Alan cligne des yeux. Il s'effondre.

— Peut-être que j'ai eu un trou noir ? Peut-être que je ne me souviens de rien ?

— C'est ça, enchaîne Danny, changeant son ton pour paraître plus civil. Tu ne te souviens pas. Mais tu sais qu'elle était là, n'est-ce pas ?

Alan a l'air perdu et complètement désorienté. Des larmes coulent sur ses joues.

— Oui, je suppose qu'elle y était, c'est possible, dit-il. J'imagine qu'elle était là. Je ne sais pas comment. Honnêtement. Je ne sais pas. Je ne l'ai jamais vue. Ce n'est pas moi. Je veux rentrer chez moi.

— Tu es libre de partir, Alan, dis-je, encore surprise qu'il n'ait pas demandé un avocat.

Danny ajoute une couche.

— Libre pour l'instant.

Nous regardons Alan reprendre ses esprits et sortir.

— Qu'y a-t-il dans le dossier ? demandé-je.

Danny ouvre le dossier et en sort une seule feuille de papier.

— Le menu de chez Jimmy John's, répond-il. Cal va passer une commande. Sandwich à la dinde pour toi, c'est ça ?

Mon sourire n'est pas des plus francs.

— Oui, c'est ce que je préfère, terminé-je.

Le lendemain matin, quand je reviens d'un passage à la banque pour transférer de l'argent d'un compte presque vide à un autre, c'est le branle-bas de combat à la brigade. Danny se tient au centre du reste de l'équipe. Il tient des aveux signés. Ils sont dactylographiés plutôt qu'écrits à la main.

— Qu'est-ce que c'est ? l'interrogé-je.

— Alan Dawson. Il a presque tout avoué.

Première nouvelle.

— On lui a bien mis la pression, hier, dis-je.

— Ça, c'est sûr.

— Mais il n'a rien avoué, Danny.

— À moi, si. Il m'a tout avoué.

C'est alors qu'Evan Cooper arrive à grandes enjambées. Le lieutenant Cooper a quarante-neuf ans. Lui et sa femme Deanna ont quatre filles, si bien que lorsqu'on entre dans son bureau, on a l'impression de se retrouver dans un meeting sur l'émancipation féminine. Une douzaine de photos des jumelles et de leurs petites sœurs ornent la surface de la crédence derrière le bureau du lieutenant. Il est chauve, légèrement bedonnant, mais son regard s'illumine comme un phare dans la nuit quand il parle de ses filles. C'est grâce à lui que je suis inspectrice.

— Nous avons besoin de plus de gens comme vous, m'a-t-il dit un jour.

— Vous voulez dire de moins de trente ans ? ai-je rétorqué.

— Plus de diversité, a-t-il précisé. Un jour, quelqu'un comme vous dirigera cet endroit. C'est comme ça que les choses doivent se passer.

Je savais qu'il voulait dire qu'une femme pourrait être aux commandes. Ou peut-être même devrait l'être.

— Bon travail, Foster, me dit-il alors qu'il m'aperçoit depuis le cercle d'admiration qui s'est formé autour de Danny.

— Merci, dis-je sans savoir vraiment pourquoi.

Une fois que tout le monde est parti et que Danny et moi sommes seuls dans son box, je tends la main, saisis le papier et jette un œil sur la déclaration.

« Le 23 décembre 2014, j'étais seul à la maison. Je suis allé à Target pour tuer le temps. J'étais en arrêt maladie et devais rester à la maison. Je

n'avais pas d'autre idée que de jeter simplement un œil. Peut-être acheter du pop-corn ou autre chose. J'avais déjà fait tous mes achats pour Noël. En rentrant chez moi, j'ai vu une petite fille qui pleurait à la fenêtre d'une BMW. Elle était seule. Je lui ai demandé où étaient ses parents. Elle a répondu qu'elle ne le savait pas. Je lui ai demandé si elle voulait de l'aide pour les retrouver. Elle a dit OK. Je n'avais pas l'intention de lui faire quoi que ce soit. Je ne sais pas pourquoi j'ai fait ça, mais je l'ai fait sortir de la voiture. Je lui ai dit que ses parents étaient peut-être dans les environs et que nous devions chercher. Il pleuvait, alors je l'ai portée pour qu'elle n'ait pas froid. Nous n'avons trouvé sa famille nulle part sur le parking, alors je l'ai emmenée chez moi par le sentier à travers les bois. Je me suis endormi et j'ai perdu connaissance. Quand je me suis réveillé, je l'ai trouvée dans mon lit. Je ne sais pas ce qui s'est passé. J'ai eu tellement peur. Je ne voulais pas retourner en prison. Je ne savais pas quoi faire. Je ne voulais pas que ma femme voie la fille chez nous, alors je l'ai enveloppée dans un drap et je l'ai emmenée sur le parking au sud de l'East Channel Bridge. Il commençait à faire sombre et personne ne m'a vu. J'ai mis son corps dans l'eau et je suis rentré chez moi. Je suis désolé pour ce que j'ai fait. Je suis désolé d'avoir déçu ma femme et les personnes qui m'ont fait confiance.

Signé,

Alan Dawson »

— Quand a-t-il dit tout ça ? demandé-je.

Danny me jette un regard exaspéré et dédaigneux – mon Dieu, ce qu'il peut être con parfois – et me prend le papier des mains.

— À l'instant. J'ai fait une nouvelle tentative pour l'interroger.

Je me fais la réflexion qu'il doit y avoir quelque chose qui cloche chez moi pour supporter Danny Ford. Il n'est pas bon pour moi. Pas bon dans ma vie. Pas bon dans mon travail. Mais comme une moule sur un rocher, je suis apparemment collée à lui.

— Je ne savais pas que tu l'avais convoqué, Danny. Pourquoi tu ne m'as pas attendue ? On est une équipe. Du moins, je pensais qu'on l'était.

— Tu sais comment c'est, dit-il. Il faut saisir les occasions.

Frapper le fer quand il est chaud. Il voulait se confier. Je l'ai interrogé.

— Du bon travail, rapide en plus, fais-je. Ça a dû être un sacré interrogatoire.

— J'aimerais dire que j'étais dans une forme rare – c'est ce que j'ai dit à Cooper – mais en fait, c'était juste le bon moment, le bon endroit. Il était prêt à cracher le morceau. Tu serais arrivée au même résultat si tu avais été là.

— Mais je n'étais pas là.

Il hoche la tête.

— Exact. Et alors ? Ce qui compte, c'est que ce putain de salaud va payer pour ce qu'il a fait.

J'énonce l'évidence.

— D'accord, sauf qu'il n'y a rien pour étayer ses propos.

— On n'a pas besoin du corps de Kelsey pour engager des poursuites.

— On a quand même besoin de quelque chose.

— On a la chaussure.

— On ne sait pas si c'est sa chaussure.

— Le labo dit que les traces ADN sont les leurs. Celui d'Alan et de la petite.

— Je ne savais pas.

— Tu vois ce qui arrive quand tu t'absentes ?

— Tâchons de retrouver Kelsey, tranché-je.

8

L'East Channel Bridge relie Bellevue à Mercer Island, un paradis pour agent immobilier, avec des maisons le long du rivage du lac Washington qui valent des dizaines de millions de dollars. Chacune d'entre elles. Le vent est brutal, mais au moins la pluie verglaçante dont le météorologue à la voix de baryton nous a avertis ce matin n'est qu'un crachin régulier. Je m'emmitoufle dans mon manteau alors que Danny et moi sortons de son véhicule garé juste à côté de celui des techniciens de la police scientifique, arrivés avant nous sur le parking jonché de canettes de bière et de mégots de cigarettes. Le bourdonnement et le bruit sourd des banlieusards qui traversent le pont menant à l'île, puis à Seattle par un autre pont de l'autre côté, propage un brouhaha de basse fréquence. Le lac est profond de plus de soixante mètres par endroits. L'eau est d'un noir d'encre. La boue au fond cache d'innombrables épaves de bateaux, sept avions, quelques wagons de charbon et des ferries, et sans doute de nombreux corps lestés et envoyés dans les profondeurs.

— Salut, Nicole, me hèle Christine Seiko.

Christine et moi avons commencé à travailler à la police de Bellevue en même temps. Elle a deux ans de moins et deux fois plus d'ambition. Elle a été promue superviseure du laboratoire criminel, s'est mariée et est devenue la mère d'un petit garçon adorable en seulement quelques années. Parfois, je pourrais me noyer dans ma propre jalousie, contrariée que rien de tout ça ne me soit encore arrivé. Je m'accroche à une bouée de sauvetage. Mais pas aujourd'hui.

— Hé, dis-je. Quelque chose d'intéressant ?

Christine secoue la tête puis aperçoit Danny. J'ai l'impression qu'elle ne l'aime pas tant que ça. Je note mentalement de lui poser la question plus tard. Mais je sais que je ne le ferai pas. Je sais déjà que ce n'est pas un homme pour moi, de la même manière que je sais que l'idée que le chocolat est bon pour la santé n'est que ça ; une idée.

— Je doute qu'on trouve quelque chose, dit Danny. Le temps a été pourri et cet endroit a vu plus d'action qu'une maison close.

Il pointe le bout de sa chaussure pour indiquer un préservatif de couleur violette.

Christine acquiesce puis se remet au travail. Elle et son équipe ont tracé une grille et font tout ce qu'ils peuvent pour fouiller chaque centimètre carré de la zone autour de la rampe de mise à l'eau pour voir si Alan a laissé quelque chose, n'importe quoi, derrière lui.

Danny et moi parlons de l'affaire, nous projetons de dîner ensemble et il promet de ne plus jamais me tenir à l'écart de l'enquête.

— Je suis désolé, Nic, dit-il. J'ai juste eu de la chance et j'ai misé dessus.

— Je ne dis pas que tu n'as pas fait du bon boulot, ajouté-je, mais, tu sais, je ne peux m'empêcher de penser que tu ne m'as pas assez mise à contribution sur cette enquête.

Je sais que si Christine et son équipe n'étaient pas là, il enroulerait ses bras autour de moi et contracterait ses muscles comme s'il essayait de me transmettre de l'amour.

— Je suis désolé, bébé, fait-il. J'ai compris la leçon.

Je lui adresse un sourire bref, malgré le fait que je déteste qu'il m'appelle ainsi au travail.

• • •

Quatre-vingt-dix minutes après notre arrivée, Christine déclare la scène de crime passée au crible.

— Rien, dit-elle. Je ne pensais pas que nous trouverions quelque chose. Nos gars vont draguer la zone autour de la rampe de mise à l'eau au cas où il aurait lesté le corps. Il ne faudrait pas grand-chose. Elle est plutôt petite. Quelques pierres de la taille d'un poing pourraient la faire couler jusqu'au fond.

Je regarde Danny.

— Dawson a-t-il dit quelque chose à ce sujet ?

— Non. Il n'a pas parlé de ce qu'il a fait après l'avoir amenée ici.

Je me rends compte que Danny ne le lui a pas demandé. Je suis presque certaine que moi, je l'aurais fait.

— Le lac ne rend pratiquement jamais ce qu'il a pris, fait Danny. Il y a plus de merde là-dessous que dans une décharge publique. Disons deux grandes décharges.

Christine se retourne et se dirige vers son SUV noir.

— Ouais, ajoute-t-elle, s'il n'a pas lesté son corps avec quelque chose, alors il est probablement parti à la dérive. Si c'est le cas, nous devrons attendre que quelqu'un le remarque et nous appelle.

Je scrute le rivage et aperçois les luxueuses propriétés sur Mercer Island, de l'autre côté. Les restes des roseaux qui longent les bords du lac émergent des eaux peu profondes tels les poils cassés d'une vieille brosse, juste au nord, sous la pénombre du tronçon de l'autoroute I90 qui alimente le trafic de Seattle à Boston. À ce moment précis, je souhaite plus que tout au monde retrouver Kelsey. C'est comme une douleur à l'intérieur. Le tic-tac d'une horloge qui me rappelle chaque seconde qu'elle est là, quelque part. Elle a disparu. Je le sais. Mais c'est plus que ça. Elle est perdue. Elle a besoin de moi pour être retrouvée.

Nous montons dans la voiture et Danny jette des coups d'œil autour de lui pour s'assurer que personne ne regarde, puis il pose sa main sur mon épaule comme s'il avait besoin de se stabiliser pour faire marche arrière. Notre liaison a toujours été ainsi. Un jeu en quelque sorte. Nous prétendons que personne ne sait pour nous deux, mais je doute que ce soit un si grand secret. Danny est bavard. Je le sais.

Cette nuit-là, nous roulons vers l'est jusqu'au casino en empruntant le même tronçon de l'autoroute qui passe devant l'endroit où Kelsey a été abandonnée. Je pense à elle pendant tout le temps où nous sommes là-bas et je veux plus que tout en parler, mais Danny est de trop bonne humeur pour partager mon angoisse. Il gagne déjà 1000 dollars à la table de black jack. Je tire la poignée d'une machine à sous, alors que j'ai su que c'était une erreur à la seconde où j'ai inséré ma carte de jeu.

Cluedo. C'est le nom de la machine, une sorte de jeu d'enquête qui me permet de me focaliser sur ce qui est arrivé à la petite fille qui occupe mes pensées. Je bois un gin-tonic et regarde mon solde tomber à zéro après une trop brève rafale de gains.

Nous dînons, puis nous allons chez moi. J'aime bien quand Danny passe la nuit à la maison, même si je suis sûre que je veux quelque chose de plus que ce qu'il peut m'offrir. On s'embrasse et on tombe sur le lit. Lorsque nous faisons l'amour, c'est comme un jeu où il n'y a qu'un seul gagnant et c'est sa spécialité. Par moments, je me demande si c'est quelque chose que nous faisons ensemble ou simplement quelque chose qu'il me fait. Lorsque je grimpe finalement sur lui, j'ai l'impression que c'est moins moi qui prends le contrôle et qui cherche à obtenir ce qui me plaît que lui qui est prêt à me donner quelque chose.

Nous nous embrassons et il se retourne. Cette relation est complètement ratée et je le sais.

9

Le lieutenant Cooper apparaît devant mon bureau. Il tient son téléphone comme s'il était contondant. Son visage est sinistre. Si sinistre que je me demande si quelque chose est arrivé à l'une de ses filles.

— Je pense que nous l'avons peut-être trouvée, dit-il.

Il n'a pas besoin de me dire de qui il s'agit.

— On a contacté le centre d'appels du comté de King il y a une heure, précise-t-il.

Il baisse son téléphone et appuie sur le bouton de lecture d'un enregistrement.

— *Hé, j'ai trouvé quelque chose ici, juste à côté du sentier près de Rattlesnake Ridge,* dit une voix d'homme.

Son ton est urgent. Bouleversé.

– *C'est un cas d'urgence ?* demande la répartitrice.

– *Ça pourrait l'être. Bon sang, je ne sais pas.*

La répartitrice demande à l'appelant de fournir plus d'informations. Elle prend en note le nom de l'homme, son adresse, et confirme son numéro de téléphone portable. Elle fait tout cela sur un ton monotone qui suggère qu'un script est enregistré sur l'écran de son ordinateur et qu'elle prend bien soin de ne rien oublier.

Il n'y a pas de « Comment ça, ça pourrait être une urgence ? Pourquoi m'appelez-vous pour me raconter ces conneries ? » Juste un « Qu'avez-vous trouvé, monsieur ? » déclamé de façon monocorde.

— *Un corps,* répond Darrell Hamilton, trente-trois ans, en avalant un peu d'air. *Je crois que j'ai trouvé un corps. On dirait un petit enfant. Difficile à dire, ça pourrait être des déchets en décomposition que des campeurs à la con ont laissés ici.*

— *Pourriez-vous l'examiner de plus près ?* demande l'agent. *Je ne peux pas envoyer les forces de l'ordre pour un sac d'ordures.*

— *Bon sang, est-ce que je suis obligé de le faire ?* s'interroge l'homme, un soupçon de peur dans la voix.

— *Faites-le, s'il vous plaît.*

— *D'accord. Juste une seconde, c'est difficile d'accès.*

Il souffle un peu, le combiné capte le son de ses pas dans la neige croûteuse. Ensuite, on peut entendre les déplacements de son corps qui remue des blocs de glace qui flottent sur l'eau.

— *Oh mon Dieu !* s'exclame-t-il. *Oh mon Dieu !*

— *Darrell, calmez-vous.*

Il a toute son attention désormais.

— *Qu'est-ce que c'est ?* reprend-elle. *Que voyez-vous ?*

— *C'est un corps,* dit-il. *C'est un corps. Une petite fille, je crois. Vous voulez que je le déballe ? C'est enveloppé dans un drap.*

— *Non ! Non,* fait la femme, *ne touchez à rien. Restez où vous êtes. J'envoie quelqu'un tout de suite. Ne touchez à rien, je répète, rien. Veuillez vous éloigner du corps.*

— *Oui,* dit-il, *je ne touche à rien. Je suis de retour sur le sentier maintenant. Qui diable aurait pu faire une chose pareille ? Quelle personne saine d'esprit pourrait faire ça ?*

— *Beaucoup de gens,* dit-elle. *Il y a toutes sortes de personnes dans ce monde. Je vais vous mettre en attente pendant une minute et informer mon superviseur de ce qui se passe. Je veux que vous restiez en ligne jusqu'à ce que je vous reprenne.*

Son ton est passé de l'indifférence à une inquiétude indiscutable.

— Très bien, fait-il. D'accord.

La nouvelle ne me provoque pas de pincement au cœur. Je ne sais pas pourquoi. Je me demande si c'est parce que j'ai déjà fait le deuil de Kelsey Chase. Je me calme et monte dans ma voiture de location pour aller annoncer ça à la famille. Danny suit une formation à l'académie de Burien et je sais qu'il sera déçu de n'avoir pas été présent, mais la découverte du corps a déjà fait la une des journaux. Les alertes Google font vibrer mon téléphone en continu.

Julian et Angela Chase vivent près du sommet de Somerset, un lotissement en haut d'une colline qui offre aux résidents une vue magnifique sur la chaîne des montagnes Olympiques, sur Seattle et le lac Washington. La famille Chase vit dans une maison des années 1960, qui a été entièrement restaurée pour redevenir ce qu'elle était autrefois. Mais en mieux. L'adjectif *chic* me vient à l'esprit et *chic* est un mot que je ne pense pas avoir jamais prononcé.

Samuel, l'enfant de cinq ans qui était avec sa mère au magasin Target le jour où sa sœur a disparu, répond à la porte. Immédiatement, une main surgit autour de lui et l'agrippe.

— Samuel, tu ne dois jamais répondre à la porte ! Je te l'ai déjà dit mille fois.

C'est Angela. Elle me regarde et, sans un mot, me fait signe d'entrer. Elle a changé de look. Ses cheveux bruns ont été coupés court depuis la dernière fois que je l'ai vue. Elle porte un pantalon sombre et un pull en cachemire blanc. Ses boucles d'oreilles sont là pour prouver quelque chose ; prouver qu'elle a de l'argent. Beaucoup d'argent. Elle me rappelle ma sœur en cet instant. Pas dans sa couleur, bien sûr. Mais dans le fait qu'elle est parfaite en tout point. Mais désormais, avec les nouvelles que je suis venue lui annoncer, beaucoup moins. Je veux mettre mes bras autour d'elle et la serrer comme une amie. Je veux lui présenter mes sincères condoléances.

— Julian est-il à la maison ? demandé-je, même si je pense que ce n'est pas le cas.

Il travaille en ville et souvent tard. C'est le milieu de la journée.

— Non, dit-elle. Il n'est jamais à la maison.

Les mots se coincent un peu dans ma gorge. J'ai besoin de lui dire quelque chose de vraiment terrible, mais je pense qu'il y a un moyen d'adoucir le choc. C'est une pensée tellement stupide. Je regarde Samuel, qui joue avec un carton Amazon vide.

— Il faut qu'on parle, me lancé-je. C'est une très mauvaise nouvelle, j'en ai peur. Nous devons parler, seule à seule.

Elle me conduit dans la cuisine, où une jeune femme que je prends pour l'assistante d'Angela s'affaire à de la paperasse que je suppose être associée au blog de pâtisseries sans gluten d'Angela ou à la boutique qu'elle a ouverte à Bellevue. La jeune fille semble avoir environ dix-neuf ans. Ses cheveux sont blonds, longs et façonnés en une large tresse.

— Mariel, dit Angela, pourrais-tu emmener Samuel dans sa chambre ?

Lorsque Mariel disparaît de mon champ de vision, je demande à Angela si elle ne préfère pas attendre Julian. Ils ont tous deux besoin d'entendre ce que j'ai à dire.

— On ne l'a jamais annoncé publiquement, dit Angela, mais Julian et moi sommes séparés.

— Je suis désolée d'entendre ça, fais-je en la suivant jusqu'à la table de la cuisine et en m'asseyant.

Elle me propose du café, du thé, de l'eau, tout ce que je veux. Je refuse.

— Vous allez sûrement entendre aux informations qu'une découverte a été faite près de North Bend.

Ses yeux verts se fixent sur les miens.

— Vous avez retrouvé Kelsey ?

Je secoue légèrement la tête.

— Nous n'en sommes pas sûrs. Mais le corps est celui d'un enfant. Une fille. Environ le même âge et la même taille que votre fille. Nous ne pouvons pas en être certains tant qu'il n'a pas été examiné. Je suis vraiment désolée de vous rapporter cette nouvelle.

Ses yeux verts ne clignent pas. Ils ne se remplissent pas de larmes. Sa bouche se resserre un peu.

— Comment est-elle morte ?

— Nous ne le savons pas non plus.

— Est-ce qu'il l'a agressée ?

— Désolée, déclaré-je, avec fermeté. Nous ne savons pas.

La bouche d'Angela se contracte davantage et elle détourne le regard pour le plonger dans la vue splendide qu'elle a depuis chez elle. C'est un après-midi gris acier. Les nuages au-dessus des montagnes Olympiques écrasent avec force la ligne de crête dentelée.

— Vous ne semblez pas savoir grand-chose, détective Foster, n'est-ce pas ? demande-t-elle, toujours le regard détourné. Je sais que vous pensez le contraire. Vous entrez et sortez de la vie des gens avec un insigne qui vous donne un accès total chaque fois que vous voulez mettre votre nez quelque part.

Je n'ai pas vu cette remarque venir. Je sais que le chagrin et le choc fusionnent parfois en une sorte de mélange toxique qui peut conduire à des résultats imprévisibles, mais tout de même.

— Je ne fais que mon travail, dis-je, bien que mes mots semblent sonner creux, même pour moi.

— Je ne veux pas la voir, dit-elle. Je veux juste oublier que tout ça s'est passé. Je veux que vous partiez. J'ai *besoin* que vous partiez. Vous n'avez aucune idée de ce que ça fait d'avoir son nom partout dans les journaux et sali par des rumeurs, son mariage déchiré par des mensonges. J'ai dû me couper les cheveux et changer de Starbucks à cause du désordre que vous et vos collègues m'avez fait subir.

— Nous essayions juste de savoir ce qui est arrivé à votre fille, rétorqué-je en me levant de ma chaise.

— Vous savez où se trouve la sortie.

— Allez-vous le dire à votre mari ?

Son regard reste fixé sur le paysage.

— Vous lui direz. Je sais que vous l'aimez bien. Vous avez son portable. Appelez-le.

Ses mots me tombent dessus comme une massue. C'est vrai que j'aime bien Julian Chase. J'ai de la peine pour cet homme. Sa femme n'a pas été le meilleur témoin sur cette affaire tragique. Elle est allée dans tous les sens avec sa déposition. À un moment donné, alors que nous étions devant le Target, je lui ai même demandé si elle prenait un traitement.

Elle tenait un café qu'on lui avait offert. Elle l'a siroté et a ricané alors que nous étions près de la voiture. Je l'avais offensée.

— Les médicaments, c'est pour les faibles, a-t-elle dit. Je me demande ce que vous, vous prenez.

Elle a bu une nouvelle gorgée sans me quitter des yeux.

— Et si vous ne prenez rien, vous devriez, a-t-elle poursuivi. Les femmes comme vous, qui courent partout et agissent comme si elles se souciaient de tout et de tout le monde, gaspillent l'oxygène destiné à ceux qui en valent vraiment la peine.

J'avais touché un point sensible, ce qui m'a surpris. Je ne pensais pas qu'elle pouvait en avoir un.

10

Le jour suivant la récupération du corps de Kelsey à Rattlesnake Ridge, Danny et moi recevons des copies électroniques du rapport d'autopsie provenant du bureau du médecin légiste du comté de King à Seattle. Nous les lisons en même temps depuis nos box respectifs. Je peux entendre Danny murmurer à quel point le tueur est tordu et la façon dont il va le coincer, mais je fais la sourde oreille et me concentre sur le rapport. La cause de la mort est l'asphyxie. L'hémorragie pétéchiale – la rupture des petits vaisseaux sanguins dans les yeux de Kelsey – indique que son alimentation en oxygène a été stoppée de force. Il y a une autre blessure, une coupure sur son abdomen, mais elle est petite et n'est pas la cause du décès. Cependant, les photos accompagnant le document montrent une petite tache de sang rouge sur le drap blanc dans lequel elle a été trouvée.

Étonnamment, si l'anus de la petite fille de trois ans est dilaté, c'est à cause des conditions de congélation. Il n'y a aucun signe d'abus sexuel, qui était la base supposée de l'enlèvement. Ses organes internes contiennent des cristaux de glace, ce qui indique qu'elle a été congelée pendant qu'elle était sur la berge. Bien qu'elle pèse un peu moins que lors du premier signalement de sa disparition, le contenu de son estomac indique qu'elle a pris un repas composé de croquettes de pommes de terre et d'un hamburger avant de mourir, ce qui diffère de ce que Julian, d'après sa femme, a indiqué comme étant son dernier repas.

« De la pizza, a-t-il dit. Elle a emmené les enfants manger une pizza avant d'aller chez Target. »

Une analyse toxicologique indique qu'elle a reçu une dose assez importante de dextrométhorphane et d'antihistaminique – deux médicaments que l'on trouve dans le Dimetapp, qui est un médicament contre le rhume qu'on peut administrer aux enfants. Pourtant, selon le rapport de l'examinateur, l*a victime ne montre aucun signe d'inflammation respiratoire.*

Danny apparaît dans mon box.

— On a dû droguer la gamine, dit-il. Dawson était en arrêt maladie, tu te souviens ? Il lui a donné une bonne dose de Dimetapp pour l'assommer avant de l'agresser.

Je lève les yeux.

— J'en doute, affirmé-je. Le médecin légiste dit qu'il n'y a aucun signe d'agression sexuelle.

— Qui sait ce qu'il lui a fait ? Les monstres sont capables de beaucoup de choses et peuvent le dissimuler quand ils font ça depuis aussi longtemps que Dawson.

Je ne veux pas avoir à nouveau cette conversation. *Pourquoi a-t-il une telle obsession pour ce type ?*

— Le Dimetapp, c'est pour les enfants, dis-je. Charlene et Alan n'en ont pas.

— Seulement pour les enfants ?

— Exact, dis-je à Danny. Les parents s'en servent pour tranquilliser leurs enfants tout le temps.

Il croise les bras et contracte ses biceps. Il fait ça souvent. Un tic nerveux ? Un geste agressif ? Je n'en ai jamais été certaine.

— Je ne savais pas que tu étais une telle spécialiste des enfants, lâche-t-il.

Ce n'est pas le cas, évidemment, mais j'ai une nièce et j'ai moi-même été une enfant un jour. Je ne lui réponds pas.

Je continue à lire alors qu'il me surplombe en contractant ses muscles.

Le dernier élément du rapport indique que le drap qui a été utilisé pour cacher et transporter Kelsey a été remis à Christine Seiko pour examen.

Je la repère dans le hall. Aucun sourire sur le visage de Christine, aucun bonjour. Elle me regarde avec des yeux pleins d'excuses.

— Qu'est-ce qu'il y a ? demandé-je.

— Il n'y a rien sur le drap, à part une tache de sang appartenant à Kelsey. Aucun fluide. Aucune trace ; sauf quelques fibres qui correspondent à la veste en polaire portée par le randonneur qui l'a trouvée.

— Ce type doit bien être le plus chanceux des criminels au monde.

— Ça m'en a tout l'air, ajoute Christine dans un hochement de tête, mais honnêtement, je suis déconcertée. Le drap et le corps étaient immaculés, comme s'ils provenaient d'une salle blanche. Celui qui a fait ça à Kelsey savait vraiment ce qu'il faisait.

Je réfléchis avant de le dire à voix haute.

— Comme s'il l'avait déjà fait auparavant…

— Exactement, dit-elle avec un soupir. Quelqu'un qui a déjà de l'expérience.

11

Une semaine plus tard, Christine Seiko et moi nous retrouvons pour un café au Denny's le plus proche du bureau. C'est un repaire de flics à l'ancienne, un endroit où nous n'avons pas besoin de nous inquiéter que quelqu'un panique en apercevant nos armes. Elle m'a envoyé un message pour me dire qu'elle a été intriguée par quelque chose et qu'elle voulait m'en parler.

Nous nous installons dans une cabine le long des fenêtres de la façade. Le restaurant a connu des jours meilleurs. Le vinyle craquelé des banquettes a été réparé avec du chatterton. Les lignes du faux chêne constituant la table ont été effacées par d'innombrables coudes, frottements d'assiettes et couverts.

— J'ai entendu dire qu'ils allaient bientôt fermer, dit Christine.

— C'est dommage. Beaucoup de souvenirs ici, ajouté-je. Pas tous bons. Mais un sacré paquet.

Nous faisons signe à la serveuse.

— Juste un café, dit Christine.

— Moi aussi.

— Quelque chose me dérange dans l'affaire Dawson, m'avoue-t-elle enfin lorsque la serveuse s'éloigne. Les preuves ne pointent pas vers lui.

Je hoche la tête.

— Ce n'est pas une seule preuve que nous examinons, dis-je, c'est la somme de chaque pièce qui place Alan Dawson là où il doit être.

Christine boit une gorgée. Ses lunettes sont neuves et j'ai envie de dire que je les aime bien. Mais je ne le fais pas. Elle est indéniablement mal à l'aise.

— Je comprends, Nicole. Mais il n'y a aucune preuve physique sur le corps de Kelsey. Pas un cheveu. Pas une cellule de peau. Pas de fluides.

— Il a été prudent, concédé-je. Il a fait de la prison. Il regarde *Les Experts*. Je ne sais pas comment, mais il a su aseptiser son corps pour ne pas laisser de trace de son ADN.

Christine soutient mon regard.

— C'est là où je veux en venir, Nicole. Ce n'est pas seulement qu'il n'y avait pas de son ADN sur son corps, ses vêtements ou le drap dans lequel elle a été emmaillotée. Il n'y avait l'ADN de *personne*. Est-ce que tu comprends à quel point c'est exceptionnel ?

Je sais qu'elle ne voulait pas être condescendante à ce moment-là. Ce n'est pas sa façon de faire.

— Pas impossible, rétorqué-je.

Son téléphone sonne, mais elle l'ignore.

— Tu ne t'attendrais pas à trouver l'ADN de sa mère sur elle ? demande-t-elle. Celui de son frère ? Peut-être même un échantillon inconnu de quelqu'un qui l'a frôlée chez Target ?

— Je ne sais pas. Je suppose que oui.

Je demande plus de café. J'ai déjà englouti ma tasse. Christine en a à peine bu. Je me sens nerveuse, mais je ne sais pas pourquoi.

— Il a avoué, Christine. Il a admis qu'il l'avait enlevée. Qu'il l'avait tuée.

— J'ai jeté un œil à ses aveux, dit-elle sur un ton légèrement défiant. Il n'a jamais dit qu'il l'avait tuée. Il n'a jamais utilisé son nom. Il n'a jamais rien dit de tout ça. J'ai relu sa confession, ajoute-t-elle. Je me suis dit que Danny ou toi avez peut-être manqué quelque chose. Peut-être a-t-il indiqué comment il a réussi à cacher son corps et à s'en débarrasser sans que personne ne le voie. À North Bend, en plus ! Ça me paraît être un long chemin à parcourir. Il nous a dit *près du pont de l'East Channel,* tu te souviens ?

— Bien sûr que je me le rappelle. Il a de la famille à North Bend, dis-je. Il était là la nuit où elle a disparu.

Christine secoue la tête.

— Je ne pense pas qu'il l'ait jetée à Rattlesnake Ridge cette nuit-là. J'ai regardé le bulletin météo pour les deux semaines après Noël. Il pleuvait jusqu'en montagne, Nicole. Ce n'est pas possible que ce corps soit resté gelé jusqu'à ce qu'il soit découvert.

— Est-ce que tu travailles pour l'avocat commis d'office d'Alan Dawson ? lâché-je sur un ton plus sur la défensive que je ne le souhaite.

— Merci, dit-elle. Je pensais qu'on était amies.

— C'est le cas. C'est juste que… je ne sais pas. Je ne sais pas où tu veux en venir.

— Je te préviens que quelque chose ne va pas. Dawson a peut-être commis le crime, mais si tu veux mon avis, il ne saurait même pas ce qu'est du coton GIZA d'Égypte et il pourrait encore moins en avoir sous la main.

Je la regarde d'un air absent et elle reprend :

— Le drap dans lequel Kelsey était enveloppée provenait de Boll & Branch et, aussi sûr que je suis assise ici, il ne sortait pas de la chambre de quelqu'un qui vit dans un mobile home.

— Ça me semble bizarrement élitiste, dis-je.

— Ce n'est pas ce que je veux dire. C'est juste un fait.

Je pose ma tasse.

— Ils ont tous des iPhone et des écrans plats. Tu serais surprise des priorités de ceux qui n'ont pas beaucoup d'argent.

Je regarde Christine s'enfoncer dans la banquette miteuse. Elle me connaît bien et je peux voir qu'elle est en train de m'évaluer. Elle analyse.

— Je peux me tromper, admet-elle en détournant le regard. Il y a une première fois pour tout.

Elle lève la tête juste à ce moment-là et force un sourire qui doit plus au maintien de la paix dans notre amitié qu'à l'autodérision. Je paie l'addition et nous sortons pour nous diriger vers nos voitures. Je termine en lui disant que j'aime ses nouvelles lunettes. Elle dit quelque chose à propos des boucles d'oreilles que je porte. Je ne sais pas exactement ce qui s'est passé, mais je sais que quelque chose cloche.

Danny ne m'a jamais parlé du drap. Avant de lui poser des questions à ce sujet, je pense que je devrais voir les enregistrements des aveux d'Alan Dawson.

Le service des archives de la police de Bellevue est gigantesque, nouveau et très, très bien organisé. Chaque chose possède sa place et chaque chose *est* à sa place. Avant de rejoindre le département, j'ai travaillé pour une ville à l'est des montagnes. Les dossiers et les preuves étaient conservés dans des conteneurs de stockage en plastique, de vieux cartons de déménagement et, pour une raison inexpliquée – la proximité d'un verger abandonné, j'imagine –, des caisses de pommes vintage.

C'est Don Cudahy qui dirige le service des archives de la police de Bellevue. Il est là depuis toujours et a vu l'endroit passer de l'utilisation de quelque chose qui s'apparentait aux caisses de pommes de mon dernier emploi à l'installation ultramoderne d'aujourd'hui. Il me fait entrer. Il a une soixantaine d'années, des cheveux blancs comme la neige et des joues si roses qu'il a l'air de rougir en permanence. Il est mince, rapide et serviable. Tout ce que plus de trente années dans un emploi gouvernemental auraient dû effacer.

— Que puis-je faire pour toi ? demande-t-il.

— Salut Don, je fais le suivi de l'affaire Dawson.

— Félicitations pour ça. Aveux. Ça permet d'économiser l'argent des contribuables et ça garde notre pension en sécurité. Affaire classée.

— Je n'en suis pas si sûre.

Il cligne plusieurs fois des yeux puis fixe l'écran de son ordinateur.

— Hmmm, fait-il.

— Qu'est-ce qu'il y a ? demandé-je en me penchant en avant.

Il m'observe par-dessus les bords ronds de ses lunettes.

— Ça doit être une erreur

— Quoi ?

— L'enregistrement a été examiné, mais n'a pas été restitué.

— Qui l'a pris ?

— C'est toi.

Le 1er mars, en dépit de mon bon sens, qui, je m'en rends compte, n'est pas si bon ces jours-ci, je décide de passer un coup de fil à Lane Perry, un blogueur. Il m'a lancé un hameçon et je suis en train de mordre. Tandis que le personnel de bureau, les flics, les réceptionnistes et les pontes bien en place passent devant mon box, j'écoute son dernier message vocal avant de composer son numéro.

« Inspectrice Foster, ici Lane Perry. J'ai une grande nouvelle que je suis sur le point d'annoncer et j'ai besoin de votre avis. »

Il a été une épine douloureuse dans mon pied pendant des semaines, ne lâchant jamais rien, poussant toujours pour une interview que je ne lui accorderai jamais. Je lui ai fourni toutes les bonnes raisons : enquête en cours, pas ce que souhaite la famille, trop tôt, politique du département de police. Aucune n'a semblé le dissuader d'essayer de m'appeler. Son approche a toujours été la même. Il ne pense pas qu'Alan Dawson soit le tueur et il veut que je fasse un commentaire à ce sujet. Comme si c'était mon genre.

Je compose son numéro.

— Ici l'inspectrice Foster. Je fais suite à votre appel. Quoi de neuf ?

Sa voix est excitée, ce qui est toujours le cas dans tous ses messages vocaux. Comme s'il ne connaissait qu'un seul mode. Ses mots se précipitent sur moi.

— Une source m'indique qu'Alan Dawson s'est suicidé ce matin.

— Pas de commentaire, dis-je.

— Inspectrice, je suis sur le point d'appuyer sur le bouton pour mettre cette conversation en direct. J'ai vraiment besoin d'un commentaire de votre part. Il a dit qu'il avait été contraint et piégé. Il avait prévu de poursuivre le département de police en justice.

— Pas de commentaire, répété-je, puis je raccroche.

Je cherche Danny des yeux, mais il n'est toujours pas là. J'essaie de le joindre sur son portable. Pas de réponse.

Je compose le numéro de la prison et le directeur me confirme le suicide.

— Il n'était pas censé être étroitement surveillé pour éviter ce genre de choses ? m'enquis-je.

— Oui, mais ici, tout ce que ça veut dire, c'est qu'on lui enlève les objets pointus et qu'on jette un coup d'œil toutes les quinze minutes. On peut faire beaucoup de choses en l'espace de quinze minutes, si on le veut vraiment.

12

Je pense à Kelsey avant de me diriger vers la porte. Elle est toujours là, à l'intérieur de moi, en quelque sorte. Je pense à ses dernières minutes sur terre. Je sais qu'elle était apeurée, car elle devait l'être. Elle a été arrachée à sa vie, prise dans l'obscurité, puis abandonnée par un être dont elle n'aurait jamais pu imaginer le vice. Je me demande si elle a appelé sa mère. Son père. Samuel. Je me demande si elle savait ce qui lui arrivait à la minute où elle a été enlevée dans ce magasin.

Si c'est ce qui s'est réellement passé.

Je me tiens là, devant cette magnifique porte en pin sculptée, et je me stabilise. Puis je frappe.

Julian répond. Il est habillé d'un jean gris délavé et d'un t-shirt noir. Son style vestimentaire est le plus décontracté que j'aie jamais vu sur lui jusqu'à présent. Il semble calme au début, jusqu'à ce qu'il réalise que c'est moi qui perturbe sa matinée.

— Je m'attendais à voir Angela, dis-je en regardant mon poignet, bien que je ne porte pas de montre. Je pensais que vous seriez au travail.

Il hausse un peu les épaules. Il ne s'est pas rasé aujourd'hui. Je remarque à quel point ses yeux ont l'air fatigués. Ce qui est arrivé à sa famille continue de lui peser. Il a déjà perdu un peu de poids.

— Je prends un peu de repos, dit-il.

Je suis ici pour annoncer d'autres mauvaises nouvelles à une famille qui a enduré la pire des pertes. J'étais là lors des funérailles au Sunset Hills Memorial Park. Un sacré parc. Il pleuvait et la foule était entassée autour de la minuscule tombe, une mer de pleureuses en manteau noir. Il était difficile de dire où les larmes se terminaient et où la pluie commençait. Si quelqu'un m'avait demandé, je lui aurais dit que j'étais là en tant que représentante du département de police. Comme si nous fournissions ce genre de service public. J'étais là parce que je savais que ce qui arrivait aux Chase était loin d'être terminé. Enterrer les restes de leur belle petite fille n'était pas la fin de quoi que ce soit. Pas vraiment. Même s'il n'y avait pas de procès, il y aurait toujours des intrusions médiatiques. Les gens comme Lane Perry échangeraient des rumeurs contre des clics.

J'emboîte le pas à Julian jusqu'à l'intérieur et il ferme la porte. Dans le foyer, il y a plusieurs cartons. Certains vides. D'autres débordent de jouets et de vêtements. Je ne dis rien à propos de ce que je vois. Je n'arrive pas à imaginer ce que c'est d'emballer les affaires de la chambre de sa fille. Ce que ça fait de faire un tri parmi tous ces petits souvenirs. Je ne veux même pas savoir. Alors que mes yeux scrutent les cartons, je remarque que le plus proche de Julian, dont le contenu est très soigneusement emballé, contient des chaussures de femme.

— Elle me quitte, dit-il en réponse à une question que je n'ai pas posée.

— Désolée, fais-je, sans lui dire qu'elle m'a déjà parlé de ses projets.

— Oui, dit-il en croisant les bras sur sa poitrine. C'est de son propre chef, au cas où vous demanderiez.

— Ce ne sont pas mes affaires.

Il me fait signe de le suivre dans la cuisine où il me verse du café. Je remarque qu'une dose de whisky atterrit dans sa tasse.

— Est-ce que vous allez bien, monsieur Chase ?

— Non, admet-il en buvant. Et je ne vais pas aller mieux si vous continuez à m'appeler comme ça. Julian. S'il vous plaît.

Il se glisse dans une chaise et je fais de même. Je lui fais face et je fais un rapide signe de tête.

— Entendu.

— Ça ne va plus entre nous, se lance-t-il. Depuis longtemps.

Je pense à le couper et à arrêter la conversation, mais je ne le fais pas. Je pense à la raison pour laquelle je suis venue ici, mais je la retiens pour l'instant et j'écoute. Julian me dit que, quelles que soient les preuves, il n'était pas convaincu qu'Angela disait la vérité.

— Elle ne semblait pas abattue à Noël. Elle m'a dit qu'elle faisait bonne figure pour Samuel. Qu'elle ne voulait pas gâcher ce jour si spécial pour lui. Que nous ne savions pas ce qui était arrivé à Kelsey et qu'elle était sûre qu'elle se manifesterait.

Je laisse ses mots m'imprégner. La pause lui permet d'en dire plus, mais il ne le fait pas.

— Elle était en état de choc, dis-je, bien que je ne le pense pas.

Je reviens sur la façon dont elle s'est comportée sur le parking le 23 décembre. J'aurais parié qu'elle était coupable. Elle était trop, trop… trop en contrôle et trop préoccupée par des choses qui n'avaient pas d'importance. Elle s'était complètement dissociée de sa fille disparue. J'aurais souhaité avoir demandé à voir le contenu de ses sacs à provisions à l'époque. J'aurais souhaité penser à lui demander comment une mère saine d'esprit pouvait laisser sa fille de trois ans dans une voiture sans surveillance.

Mais je ne l'ai pas fait.

— Elle a déménagé dans un appartement à Kirkland. Elle a pris Samuel. Et dit qu'elle ne reviendra jamais. C'était une garce avant que je ne l'épouse. Ma mère m'avait dit que les femmes comme elle ne deviennent pas plus gentilles avec le temps. Je suppose qu'elle avait raison.

— Je suis désolée.

— Ce n'est pas votre faute, dit-il en buvant son café agrémenté de whisky.

Les gens s'automédicamentent tout le temps. Mon père le faisait. Je sais que lorsque je m'assieds devant une machine à sous et que j'attends que Danny gagne gros aux tables, je fais la même chose. J'essaie de trouver un peu de réconfort, n'importe quoi, qui puisse m'apaiser. J'appuie sur le bouton et les lumières clignotent, les couleurs s'enfoncent dans mes rétines et je ressens une poussée d'adrénaline. Je me sens mieux.

— Je suis venue ici pour vous parler de quelque chose, annoncé-je.

Il étudie mon visage.

— Ça ne sent pas bon.

— Je ne sais pas comment vous le dire, hésité-je, avant de laisser échapper l'information. Alan Dawson s'est suicidé, tôt ce matin.

Julian ne dit rien pendant un long moment.

— Suicide ? répète-t-il finalement. Pourquoi aurait-il fait ça ? Il a dit qu'il était innocent, qu'il allait le prouver au tribunal. Il m'a paru être un menteur si convaincant. Il n'était pas censé être sous étroite surveillance ?

Je hoche la tête avant de reprendre les mots du directeur de la prison.

— Ils ne pouvaient pas faire grand-chose. Ils faisaient des tours de garde toutes les quinze minutes.

— De quelle façon ?

— Il s'est pendu avec les draps de son lit.

Les mots « lit » et « draps » s'attardent dans mon esprit.

— Pourquoi se serait-il suicidé, inspectrice ? Il a donné cette interview à *Eastside Crime Watch* la semaine dernière. Il a dit qu'il était innocent et qu'il n'avait rien avoué. Que les aveux n'étaient qu'un gros mensonge. Il a rejeté la faute sur vous et le département de police. Vous avez vu ça, n'est-ce pas ?

Bien sûr que oui. Tout le monde l'a vu. Le responsable des relations publiques du département nous a dit d'ignorer le blog de Lane Perry et de nous concentrer sur l'objectif d'obtenir justice pour Kelsey.

— On ne sait jamais ce qui se passe réellement dans la tête de quelqu'un, lui dis-je. Vous êtes bien placé pour le savoir, n'est-ce pas ?

Je fais référence à Angela, pas à Alan, mais je ne le dis pas.

Julian sait que je ne l'aime pas et que je ne lui fais pas confiance, et je suis presque certaine que c'est notre point commun. Aujourd'hui et aussi à l'époque où Kelsey a disparu.

— Pensez-vous que Dawson ait pu être innocent ? demande-t-il.

Je ne veux pas répondre à cette question. Je pense à Christine et aux preuves. Au drap dont elle était certaine qu'il n'aurait jamais pu se trouver chez un mécanicien à temps partiel.

Mais qui pourrait provenir d'une maison comme celle-ci.

— Quelque chose m'a chagriné, dis-je. Le drap que le tueur a utilisé pour transporter Kelsey.

Il avale une nouvelle gorgée de ce qui, d'après mes soupçons, est davantage du whisky que du café

— Qu'en est-il ?

— Rien, fais-je, sans trop savoir pourquoi je ne veux pas aller jusqu'au bout de ma réflexion à ce moment-là.

Danny me considérerait comme déloyale. Mon lieutenant dirait que je ne devrais pas discuter des détails d'une affaire avec un membre de la famille en deuil. « *Contente-toi des généralités,* dirait-il. *Sois vague. Moins ils en savent, mieux ils se portent. Peu importe à quel point ils te supplient. Leur donner le moindre détail pourrait compromettre l'affaire.* »

Je ne me soucie pas de tout ça pour le moment. Je lui livre la révélation.

— C'était du coton GIZA d'Égypte. Du très haut de gamme et très onéreux.

Il pose son café alcoolisé.

— Angela a un faible pour les draps, dit-il. Quelle couleur ?

— Blanc.

Il me conduit à ce qui semble être le bureau d'Angela. C'est une chambre peinte en rose pâle avec un placard qui contient des piles parfaitement pliées de serviettes, de nappes et de draps.

Celui retrouvé enroulé autour du corps de Kelsey avait un ornement en satin. Je scrute le placard à la recherche du chatoiement du tissu. Rien. Je fais courir mes doigts le long des piles. Rien. Je me retourne et remarque pour la première fois que le mur près de la porte par laquelle nous sommes entrés est recouvert de photos de Samuel. Il est debout à côté du moulin à vent du parc Marymoor à Redmond. Il tire un chariot. Il tient un ballon de football bleu des Seahawks. Des gros plans. Des photos de groupe dans lesquelles il est le point focal incontesté de la photographe, probablement Angela. Je me sens mal, j'ai le souffle coupé. Je jette un coup d'œil à Julian.

Il sait ce que je pense.

— Il y a une photo de Kelsey, avoue-t-il en indiquant une photo format portefeuille du frère et de la sœur. Je pense qu'elle a mis celle-là uniquement parce qu'elle aimait le sourire de Samuel.

Kelsey tient la main de son frère et regarde vers l'objectif. Elle sourit comme le font les petits enfants, de façon exagérée, sur commande. Quelqu'un a dit « ouistiti » ou quelque chose dans le genre et elle a fait un grand sourire. Samuel regarde sa sœur en souriant lui aussi. La photo semble récente. Kelsey porte le même manteau rose qu'Angela a décrit aux enquêteurs lorsqu'elle a disparu de chez Target.

Je m'approche des clichés, je prends l'image où l'on voit Kelsey et son frère et je l'étudie. Je demande à Julian si je peux la garder et il hoche la tête. Mes yeux se remplissent de larmes. Je ne peux pas croire qu'une mère puisse aimer un enfant plutôt qu'un autre à ce point.

Je comprends le favoritisme. La façon dont un enfant peut être la prunelle des yeux d'une mère.

Comme Stacy l'a été.

Mais ça… Je retiens mes mots pendant un instant, en pensant à ce que Kelsey a dû ressentir chaque fois qu'elle s'est aventurée dans le bureau de sa mère. Est-ce qu'elle scrutait le mur pour trouver une photo d'elle ? A-t-elle été ravie lorsque ses yeux se sont posés sur celle-ci ? A-t-elle compris que sa mère ne l'aimait pas comme elle aimait Samuel ?

Ou s'est-elle demandé si sa maman l'aimait, tout court ?

— Ça va au-delà du fait de ne pas accepter Kelsey, dis-je finalement. Ce sont les mots que vous n'avez cessé d'utiliser, n'est-ce pas ?

Julian se glisse dans la chaise de bureau d'Angela, une de ces chaises italiennes blanches et chromées sur roulettes. Elle roule un peu et il se stabilise. Je ne sais pas s'il a trop bu ou s'il est submergé par l'émotion.

Le fait de m'amener dans cette pièce n'était pas un accident. Il ne s'agissait pas de chercher des draps qui auraient pu se trouver là.

— Oui, lâche-t-il, c'est comme ça que j'ai essayé de l'expliquer.

Je creuse un peu plus.

— Elle détestait sa fille, n'est-ce pas ?

Il remarque mes larmes, mais ne me propose pas de mouchoir. J'en suis soulagée.

— Comme je vous l'ai dit, Angela ne s'est pas attachée à elle. Je pense qu'elle ne voulait rien d'autre que d'être débarrassée de Kelsey, littéralement, depuis le jour de sa naissance. Lorsque nous étions à l'hôpital et que les infirmières nous l'ont amenée, elle m'a chuchoté qu'elle ne me pardonnerait jamais de ne pas l'avoir laissée se faire avorter. Elle s'est tournée vers les infirmières avec un grand sourire et a dit : « Papa, voici ta petite fille ». Ces femmes étaient toutes rayonnantes. Elles ne saisissaient pas qu'Angela me cédait littéralement Kelsey.

— Je suis désolée, fais-je.

Que pourrais-je dire d'autre ?

Il me reprend la photo de la main et la pose sur le bureau qui semble avoir été rangé par une personne maniaque de la propreté.

— Je pense qu'elle a fait quelque chose à Kelsey, dit-il. Je le pense vraiment. Je pense qu'elle l'a vendue ou l'a donnée. Je ne crois pas qu'elle l'aurait vraiment tuée. Angela ne voudrait pas abîmer ses cheveux. Elle refuserait de s'occuper d'une tache de sang.

Un million de choses me traversent l'esprit. Aucune n'est agréable. Je me permets de m'interroger sur les chances qu'un homme comme Alan Dawson vienne au secours d'Angela. Sur la façon dont elle aurait pu vouloir se débarrasser de l'inconvénient d'une fille qu'elle n'a jamais désirée. Sur la façon dont elle aurait pu arranger tout ça. Une sociopathe. Une mauvaise mère. J'ai de l'expérience avec ces deux étiquettes.

— Ce sont des draps ? m'enquis-je en regardant un carton devant le bureau.

Julian se penche maladroitement en avant et fait un signe de tête.

Je me retrouve à genoux sur le sol. Je commence à fouiller dans le tissu plié. Je fais attention à laisser les choses bien rangées. J'ai toujours fait ça.

Julian se lève de la chaise et me rejoint ; il se met à genoux lui aussi. Nous commençons à farfouiller pour trouver des draps bordés de satin. Nos mains se touchent. Je le regarde dans les yeux puis, gênée pour une raison étrange, je me retire.

— Il n'y a rien, dis-je en me relevant. Je vais y aller. Je dois prévenir Angela du suicide de Dawson.

13

Angela Chase ne répond pas à son téléphone. Je laisse un message. J'appelle à nouveau. Je me rends à sa boutique. C'est l'un de ces magasins de vêtements dans lesquels tout est crème, blanc ou noir. Son intérieur est d'une froideur étincelante qui correspond à ce que je pense d'Angela Chase en ce moment. Elle est magnifique, mais froide. Elle pourrait être en pierre. Et si elle l'était, elle serait en albâtre. Lisse. Sans défaut. Elle me voit depuis le bureau surélevé et descend immédiatement à ma rencontre. Elle est comme un prédateur ailé.

— Angela, dis-je en examinant son comportement, me demandant si ma propre mère lui ressemblait d'une certaine façon.

— Inspectrice, dit-elle. Qu'est-ce que vous faites ici ? Nous n'avons pas votre taille en stock.

Son ton est si amical que quiconque l'ayant entendue aurait pensé que ses mots étaient déclamés avec gentillesse. En tout cas, je fais du 38. À moins que les boulimiques ne soient sa seule clientèle, je suis à peu près certaine qu'elle a ma taille en stock.

— Je ne suis pas là pour faire du shopping, rétorqué-je.

— Alors pourquoi ?

Je sors ça tout simplement. Il n'y a pas de place pour lui demander comment elle va. Comment va Samuel. Si sa fille lui manque, même juste un tout petit peu. Si sa vie est parfaite maintenant que Kelsey est partie. Je lui parle du suicide d'Alan Dawson et j'attends sa réaction.

— Vous auriez pu simplement me passer un coup de fil, dit-elle.

— J'ai essayé.

— Il y a autre chose alors ?

C'est vraiment une garce. Alors je décide d'en être une moi aussi.

— Je suis passée voir Julian. Je suis désolée que vous vous soyez séparés.

Elle sait très bien ce que je suis en train de faire, alors elle dévie la conversation. Elle traite Julian comme s'il était un poil de chat persan sur un oreiller en velours noir. Elle vise et lance ses piques.

— Ça ira, dit-elle. La situation avec Kelsey n'a fait qu'amplifier nos problèmes. Et vous qui pensiez que nous étions un couple parfait.

La situation avec Kelsey ? Plutôt *l'enlèvement* et le *meurtre* de Kelsey ? *Ce n'est pas une situation, mais une bombe nucléaire qui a explosé sur les Chase,* pensé-je.

— Je me suis dit que vous voudriez être au courant avant que ça ne fasse la une des journaux.

Une cliente qui nous écoute – une taille 34 avec beaucoup de choix – s'immobilise pour tenter de tout intercepter.

— Alors l'affaire est close. Pas de procès. Terminé.

— C'est vrai, concédé-je. Simplement terminé.

Elle se tourne et me laisse là. Je ne comprends pas du tout cette femme. Je me dirige vers la porte et un battement de cils plus tard, la taille 34 avec ses oreilles partout m'arrête dans la cour.

— Je n'ai pas pu m'empêcher d'écouter, m'avoue-t-elle.

Elle a la quarantaine. Elle semble nerveuse et je lui laisse un moment.

— J'ai suivi l'histoire de Kelsey Chase, enchaîne-t-elle.

— Ça a fait la une des journaux, dis-je, reconnaissant l'évidence et lui donnant l'occasion de dire ce qu'elle a à dire.

— Vous enquêtez sur l'affaire, c'est ça ?

— C'est exact.

— Je voulais vous appeler. J'y ai pensé une centaine de fois, mais mon mari m'a dit de ne pas m'en mêler. Il m'a dit de m'occuper de mes affaires et que je regarde trop la télé et aussi que je passe trop de temps sur Internet. J'admets que je suis fascinée par les faits divers.

— Beaucoup de gens sont dans votre cas, lui concédé-je. Vous vouliez me dire quelque chose ?

— Ce n'est peut-être rien.

— Ce n'est pas grave. Dites-moi simplement.

— Je suis employée chez Carson Luggage. Comme je l'ai dit, ce n'est peut-être rien, mais je travaillais le matin du 23 décembre et Angela Chase est arrivée. Elle avait l'air épuisée. Je veux dire, je sais comment sont ces femmes. Je ne suis pas l'une d'entre elles ; je dois réellement travailler pour gagner ma vie. Elles viennent dans le magasin en se vantant des voyages qu'elles vont faire. Une croisière. Une île privée. Tout ce qu'elles peuvent dire pour que le petit personnel se sente… eh bien, comme du petit personnel.

— Elle avait l'air épuisée. C'est-à-dire ?

La femme réfléchit. Je peux sentir qu'elle est nerveuse. Ce qu'elle garde en elle l'a troublée.

— Elle a dit qu'elle partait en voyage et qu'elle avait besoin d'une grande valise. J'en ai sorti plusieurs pour lui montrer, mais elle m'a rétorqué qu'aucune ne convenait. Il fallait qu'elle possède des roues, car elle allait être très lourde. Elle a dit qu'elle voulait un bagage à parois souples, car elle devait mettre quelque chose de volumineux à l'intérieur.

Elle regarde autour d'elle.

— Continuez, l'incité-je.

Un couple qui semble perdu, le nez sur un téléphone portable, s'arrête près de nous pour prendre ses repères.

— J'ai fait une blague, dit-elle. J'ai dit : « qu'est-ce que vous allez mettre dedans, un corps ? » Elle s'est mise en colère contre moi. Elle est sortie du magasin en trépignant. Je ne voulais pas l'offenser. C'était sincèrement une blague. Et puis j'ai vu ce qui s'est passé aux infos…

Ce soir-là, Danny et moi prenons un verre chez Duke. Il est sur les nerfs et je ne sais pas pourquoi. Je lui parle de la femme de la boutique de bagages et il me coupe la parole.

— Écoute, dit-il en posant son verre de scotch vide.

Il fait signe au serveur d'en apporter un autre et me regarde. Je secoue la tête. Un verre suffit.

— Tu dois laisser tomber. C'est terminé.

— Il y a quelque chose qui cloche, affirmé-je. Je peux le sentir.

— Tu peux le *sentir* ? Voyez-vous ça.

C'est la technique qu'il utilise pour me faire taire. Il fait monter la sauce, puis il me dit que j'ai tort, que j'ai mal interprété quelque chose, que j'ai laissé mon intuition faire obstacle à un véritable travail de police. C'est l'un de ces moments où je me demande comment j'ai bien pu finir avec quelqu'un comme Danny Ford.

— Dawson est mort, dit-il. C'est terminé. Il ne pouvait pas supporter sa culpabilité pour avoir tué cette enfant. Tu sais qu'il était fait comme un rat. Tu as vu ses aveux.

Ses aveux. Oh, ceux-là, je les ai lus ! Je n'étais pas présente quand ils ont été enregistrés. Tu as fait ça tout seul.

— Justement, ajouté-je, un peu incertaine de l'endroit où je vais, mais sachant au fond de moi que ça va être lourd de conséquences. J'ai voulu visionner l'enregistrement et il a disparu.

Il attrape son troisième scotch et boit. Il n'y a pas de contact visuel, juste un regard qui m'effleure à peine. Nouvelle gorgée.

— Tu crois que j'ai quelque chose à voir avec ça, hein ? me demande-t-il.

Je le pensais. Maintenant, j'en suis convaincue.

— Non, éludé-je. Ce n'est pas ça. J'ai juste pensé que nous avions peut-être manqué quelque chose. Il avait un alibi. Charlene était catégorique : elle l'a appelé depuis son travail et il était chez lui pendant tout ce temps.

Danny regarde droit devant lui.

— Les téléphones portables peuvent sonner partout où il y a du réseau, avance-t-il. Même à l'endroit où il a emmené la petite.

Un silence, puis une fille rit aux propos de la personne avec qui elle semble être en rendez-vous galant. Un son exagéré et désespéré. Je regarde dans sa direction, heureuse de la légère pause qu'elle m'autorise. Ça me fait gagner du temps. Je réfléchis très fort à ce que je vais dire ensuite. Danny est un petit ami marginal, un amant médiocre et, surtout, un adversaire redoutable.

Pendant que je suis assise, la *fille qui rit* fait résonner un autre éclat de rire dans le bar. Son rencard doit être très, très drôle.

Ou alors elle est très, très désespérée. Se contentant du premier *match* sur Tinder.

Quant à Danny, je me demande si je tiens assez à lui pour laisser passer ça.

— Ligne fixe, lâché-je finalement. Les appels que Charlene a passés étaient sur la ligne fixe de leur caravane. Alan n'a pas de téléphone portable. Ils ne pouvaient pas s'en offrir un.

Danny fait rouler les glaçons arrondis et à moitié fondus au fond de son verre vide et me regarde fixement.

— Aucune importance, dit-il. Dawson est coupable. Il a un casier judiciaire pour agression sexuelle.

— Charlene Dawson avait quinze ans, presque seize, avancé-je. Elle n'était pas une enfant de trois ans, Danny.

Il ne dit rien pendant ce qui semble être une éternité. Le serveur nous regarde et je hoche la tête. Il y a de la tension ici. J'ai besoin d'un deuxième *gin-tonic* après tout.

— Les aveux n'étaient pas sincères, dis-je.

Danny reste silencieux.

— Et maintenant, il est mort, continué-je.

— C'est la culpabilité, ça, répond-il enfin.

J'engloutis mon verre à l'instant où il est déposé devant moi, peut-être pour ne pas le jeter au visage de Danny. J'ai envie de me lever et de sortir de là tout de suite. Jusqu'à présent, ma vie a été un réel gâchis. C'était un autre faux pas. Je ne choisis jamais le bon gars. C'est comme si je m'adonnais à une sorte de chasse sans fin pour trouver le pire homme autour de moi. Celui que je ramènerais à la maison. Celui dont je me persuaderais qu'il est différent des autres, tout en sachant que je me mens à moi-même. Danny Ford s'ajoute à la longue liste des mauvais choix que j'ai faits. J'approche les trente-cinq ans et il me vient à l'esprit à l'instant que je vais devoir faire congeler mes ovules.

— Je ne peux pas garder ça pour moi, lui dis-je, mon rythme cardiaque s'accélérant. Tu le sais bien.

Il se détourne et refuse de me regarder.

— Je dirai que tu étais dans le coup, toi aussi, assène-t-il.

Et voilà. Le vrai Danny Ford a émergé. L'homme assis en face de moi n'est pas différent des sales types que nous côtoyons tous les jours. Avant que papa ne perde la tête dans la brume d'Alzheimer, il m'a dit que les flics et les criminels partageaient le même ADN. Il a raison sur ce point. Je le vois maintenant. Je ferai tomber Danny si c'est la dernière bonne action que je dois mener.

— Pourquoi as-tu fait ça ? demandé-je.

— Parce que je savais qu'il était coupable. Tu le sais très bien.

— Non.

— Si. Tu as permis que tout ça se produise. Maintenant, tu prétends que tu es spéciale, juste et vertueuse, alors que toi et moi, nous sommes pareils. On ne s'est pas lancés dans ce boulot pour laisser toute la racaille du monde envahir la Terre comme une putain de peste.

— Alan Dawson est innocent.

— Qu'est-ce que ça change qu'il n'ait pas tué la petite ? Ça reste de la racaille.

— Comment peux-tu dormir la nuit ? lui demandé-je alors que je me lève pour partir.

— Après t'avoir baisée, ça marche très bien.

Je me lève pour partir. Je laisserai ces mots être les derniers qu'il me dira.

J'allume le contact et j'attends que ma voiture se réchauffe. Mes mains sont froides et mon cœur s'emballe, mais je ne m'effondre pas. D'une certaine façon, je me sens libre. Notre relation n'allait nulle part. Je l'ai su dès l'instant où il n'a pas rechigné à ce que je passe Noël avec Stacy et Cy. Nous étions amants depuis un an et demi. Amoureux. Mauvais mot. On baisait ensemble. Il m'en a donné juste assez pour me faire croire que nous allions quelque part. Qu'il était presque au point de me faire emménager chez lui. Il m'a emmenée au casino parce que c'était mieux pour lui, comme s'il n'avait pas de problème de jeu quand il avait une fille au bras. Au travail, il s'est aussi servi de moi. Chaque fois que je découvrais une piste prometteuse, il était là pour s'en attribuer le mérite.

Je passe la vitesse et m'engage dans la circulation. Je suis seule, mais d'une certaine manière, j'ai l'impression qu'il y a du monde dans l'habitacle de ma voiture. Je peux sentir la présence d'autres personnes. Je regarde dans le rétroviseur. La banquette arrière est vide, évidemment. C'est un tour que mon cœur me joue et je le sais. En conduisant, j'ai l'impression qu'Alan Dawson et Kelsey Chase sont avec moi. Je sais que je les ai laissés tomber tous les deux.

Il se passe quelque chose en moi. Il est tard et je suis allongée dans mon lit, sentant la vibration de mon téléphone comme un tonnerre roulant alors que Danny m'envoie un texto. J'allume la machine à bruit blanc sur la table de nuit. Je rapproche Shelby, mais, toute bouillotte qu'elle est, elle ne me réconforte pas du tout. Les textos de Danny me mettent mal à l'aise. Ils sont comme cette pluie qui tombe comme des aiguilles, qui frappe le visage lorsqu'on se précipite hors de sa voiture pour courir jusqu'à l'entrée du Starbucks afin d'acheter une boisson hors de prix, pas très bonne et servie par quelqu'un qui lit votre nom mal orthographié de façon robotique sur votre tasse et vous dit de passer une super journée. Je me lève et je bois du Nyquil, même si je n'ai pas de rhume. J'ai besoin de quelque chose pour m'aider à dormir. J'essaie d'éviter mon reflet dans le miroir. Mes yeux sont fatigués. Ma peau est en train d'éclater. Être témoin des stigmates physiques du fait de posséder une conscience ne fait qu'empirer les choses. De retour au lit, je prends mon téléphone et fais défiler les tirades prévisibles de Danny. C'est un florilège d'émotions. Il cajole. Il menace. J'imagine ce qu'il ressent ; c'est comme construire un château de cartes dans l'œil d'un cyclone.

« Tu n'es pas parfaite. »
« Tu ne serais rien sans moi. Tu le sais, n'est-ce pas ? »
« Réponds-moi, Nic. »
« Je vais débarquer. »
« Je ne vais pas te laisser te barrer comme ça. »
« Tu ne sais pas dans quoi tu t'embarques. »
« Tu ne peux pas être une telle sainte nitouche. Salope. »
« Je t'aime. »
« Garde ta bouche fermée. »
« Personne ne veut connaître ton avis. »

Je ne peux plus rien voir. L'écran de mon téléphone est flou. Je tire Shelby plus près de moi. C'est tout ce que j'ai. Et je suis sur le point de tout risquer. J'enterre mon visage dans mon oreiller et je réfléchis à ce que je dois faire.

14

Des mois se sont écoulés depuis la disparition de Kelsey. Je regarde mon lieutenant et les visages des hommes des *Affaires internes* [1]à l'instant et, même si c'est moi qui ai déclenché cet examen minutieux, j'ai l'impression de commencer à me noyer. Je n'ai qu'une envie : sortir de la petite salle de conférence et retourner aux machines à sous pour soulager mon stress. J'imagine que c'est comme ça qu'un héroïnomane doit se sentir lorsque l'aiguille glisse sous sa peau. Le rush soudain est indescriptible. C'est le genre de soulagement que seule une personne en proie à une douleur absolue peut comprendre.

Et encore, ce serait encore loin de ce que moi je ressens dans ces cas-là.

C'est un jeu de patate chaude qui laisse mes doigts brûlés. Je répète que Danny a falsifié les aveux d'Alan Dawson. Que Danny a jeté l'enregistrement vidéo de ceux-ci. Ils me repoussent dans mes retranchements en faisant remarquer qu'en tant qu'amoureuse éconduite de Danny, je peux difficilement être objective à son égard. Qu'il m'a larguée à cause de mes problèmes de jeu. Que mon comportement a été erratique. C'est comme une expérience hors du corps et je plane au-dessus de mes interrogateurs. Rien de tout cela ne devrait se produire.

— Vos accusations sont graves, inspectrice, dit finalement le maigre.

— Pourquoi devrions-nous vous croire ? demande le gros.

Je cherche l'aide d'Evan Cooper, mais il reste assis là. Je veux qu'il dise quelque chose à propos de moi, il me connaît bien, il a confiance en moi ; mais il reste muet.

— Pourquoi est-ce que je mentirais ? lâché-je finalement.

— Parfois, un mensonge est la solution de facilité, dit le gros.

La pièce se resserre et je crois entendre le son que font les machines à sous quand je gagne, mais sur l'instant, je ne suis pas en train de gagner. Je perds.

— Ce n'est pas moi qui ai pris l'enregistrement des aveux.

— L'inspecteur Ford dit que c'est vous, me rétorque le maigre.

— Pour quelle raison ? demandé-je. Pourquoi est-ce que je ferais ça ?

Le gros plie les bras et les boutons de sa chemise se tendent sur son ventre. J'espère qu'ils vont sauter. J'espère que le bouton sera propulsé dans mon œil et qu'il me rendra définitivement aveugle. Je pourrais alors intenter un procès. Je pourrais m'éloigner de cette humiliation.

— Nous ne pouvons pas tout divulguer pour le moment, conclut-il.

Je me sens mal et je cherche un ami. Quelqu'un qui m'expliquera que tout ira bien. Dans le laboratoire, je trouve Christine. Elle lève les yeux de son ordinateur. Elle est surprise ; je n'avais pas l'intention de m'approcher d'elle de manière furtive.

— On dirait que tu as littéralement vu un fantôme, dis-je en m'excusant.

La responsable du laboratoire criminel touche sa souris et l'écran se met en veille ; une photo de son fils avec un ballon de foot arborant le plus grand des sourires de Bellevue apparaît.

— Je fais juste quelques achats en ligne en attendant l'autopsie, dit-elle en me regardant à peine.

J'ai vu ce qui était sur l'écran.

Le blog *Eastside Crime Watch*, le plaisir coupable que notre lieutenant nous a demandé de ne pas consulter pendant nos heures de travail. « Cette sangsue de Lane machin-chose affiche notre adresse IP », nous a-t-il dit au moins deux fois, en faisant référence au blogueur Lane Perry. « Je n'aime pas qu'il nous signale parmi ses lecteurs, surtout quand il a une dent contre nous et les choses qu'il prétend qu'on a faites. »

Je pourrais rappeler ces mots à Christine à ce moment. Sur le ton de la plaisanterie, bien sûr. Mais avant qu'elle ne ferme la page, j'ai vu qu'elle était en train de publier un commentaire. Je me demande ce qu'elle a écrit. Moi-même, j'aurais aimé dire ses quatre vérités à Perry, mais pas si on peut remonter jusqu'à l'adresse IP du département de police de Bellevue.

— J'essaie de trouver une voiture potable sur Craigslist[2], dit-elle, mentant à nouveau.

Je reste là à l'observer, m'interrogeant sur la raison de ce mensonge. Ce n'est pas de la défiance. J'ai déjà mes propres problèmes. Je ne veux pas me brouiller avec la dernière véritable amie que j'ai dans le département.

— Je voulais juste savoir si ça te disait d'aller déjeuner, dis-je.

Elle me regarde avec ses magnifiques yeux en amande puis se tourne vers la bannette débordant de dossiers qui règne sur l'espace à côté de son téléphone de bureau.

— Je vais devoir passer, Nicole. Je suis en plein milieu d'une tâche. Demain ou vendredi ?

Elle balaie mon invitation d'un revers de la main et ça pique.

— Ça me paraît jouable, acquiescé-je.

Je sais que plus le temps passe, plus Danny s'enfonce dans le trou qu'il creuse en rejetant toute la faute sur moi et en niant ce qu'il a fait et plus les autres me traiteront de la même façon. Faire quelque chose de mal et mentir à ce sujet est déjà pour moi le plus bas niveau d'humanité. Mais ne pas être conscient de ce qui se passe sous nos yeux, ça, c'est impardonnable.

• • •

Cet après-midi-là, je scrute le blog de Lane Perry. Il y a un billet sur l'affaire Kelsey, mais il ne propose rien. Pas vraiment. La prose exagérée de Lane démonte le blog culinaire raté d'Angela Chase. Elle a écrit un article sur une pizza à l'aubergine pauvre en calories qui, selon elle, était un plaisir « sans culpabilité ». Lane a copié le post et a ajouté sa propre réplique : « La seule chose sans culpabilité, ici, c'est la pizza, pas Maman Chase. »

Je parcours les commentaires pour voir si, à tout hasard, Christine a écrit quelque chose. Mais il n'y a rien.

---

1. Organisme judiciaire américain qui enquête sur les affaires de mauvaise conduite policière.
2. L'équivalent du Bon Coin américain.

15

Evan Cooper me fait penser à mon père. Encore plus en ce moment, alors que mon lieutenant me regarde emballer mes affaires dans le rituel humiliant prescrit par les ressources humaines et la hiérarchie. Ce n'est pas sa formidable présence physique qui me ramène à mon enfance. Cooper a un torse semblable à un tonneau, un cou épais et des sourcils qui auraient besoin d'une tondeuse à gazon. Ses avant-bras sont épais comme des bûches de chauffage. Mon père était plus mince et avait des cheveux sableux et bouclés. Aussi impressionnant qu'Evan Cooper soit, un discret et léger zézaiement adoucit sa carrure ; petit défaut de langage qu'il a, je le sais, combattu grâce à l'orthophonie depuis qu'il est enfant. C'est cette vulnérabilité qui me rappelle papa. Papa était dur, mais quand il vous regardait, il vous regardait vraiment, on pouvait voir que, sous le vernis de père et de mari, battait un cœur tendre.

Il se tient devant moi et me cache la vue de ceux du département de police de Bellevue qui soudainement me détestent. Le changement a été brusque. Dès l'instant où l'on a su que je soupçonnais Danny Ford d'avoir trafiqué les preuves et d'avoir menti à tout le monde à ce sujet, je suis passée de collègue à paria. En l'espace d'une seule journée, je suis passée du statut de membre du service de police à celui de problème. Les hochements de tête sympathiques se sont transformés en regards détournés. Même Shelley des archives – que j'ai aidée à obtenir une promotion – a fait semblant de ne pas me voir alors que nous étions les deux seules personnes dans la salle de repos. J'ai fait ce qu'il fallait. Je le sais. Pourtant, le corps des policiers pense que je les ai tous trahis.

— Seulement des objets personnels, Nicole, dit-il, alors que je place mon calendrier dans un carton que le département a fourni.

— C'est le mien.

Il secoue la tête.

— Non. Ça appartient au département.

Je garde les yeux sur le calendrier.

— Il y a quelques notes, des numéros de téléphone que je dois garder.

— Désolé. Tu vas devoir le laisser.

— Jusqu'à ce que je revienne, dis-je en jetant un coup d'œil vers lui et en espérant une confirmation.

Il acquiesce.

Le moment semble très faux. Je ne sais pas si je reviendrai. Danny et moi avons été mis en congé administratif. Il a tenu sa promesse tacite de me baiser une dernière fois. Au sens figuré, bien sûr. Bien que rien n'indique que je savais qu'il avait trafiqué des preuves à l'époque, je suis coupable de ne pas avoir signalé mes soupçons plus tôt. Je le reconnais. C'est ce que j'ai fait.

— Tu as tout ? demande le lieutenant.

Je ne pleure pas, mais mes cordes vocales semblent coincées et je n'arrive pas à parler.

— Très bien, dit-il, je vais te raccompagner.

Il y a une fenêtre dans mon box. Je me suis battue pour obtenir cet espace, qui donne sur une rangée de vieux sapins Douglas, plantés par la propriétaire avant que la ville n'achète le terrain et ne démolisse la vieille maison qui est restée en ruine pendant des décennies. La dame âgée qui a vécu là était une vieille femme à chats classique. Elle en avait des dizaines. De temps en temps, quelqu'un se plaignait à la municipalité qu'elle était une nuisance. Que l'endroit était affreux. Qu'elle faisait obstacle au progrès.

Avant Hoquiam, quand nous vivions dans l'Eastside, ma sœur et moi avions l'habitude d'aller à vélo chez la vieille dame et nous les laissions près des sapins, qui étaient beaucoup plus petits à l'époque.

Elle s'appelait Mary. Elle ne se souciait pas de ce que les gens pensaient d'elle. Dans un sens, je l'admirais pour ça.

Quand je reviendrai travailler au département de police, je me dis que je dégagerai celui qui aura pris ma place près de la fenêtre. La vue n'aura pas d'importance pour lui. Pas autant qu'elle en a pour moi.

— Je vais essayer de régler ça, dit Evan Cooper.

Nous nous tenons à côté de ma voiture.

J'étouffe un seul mot.

— Merci.

— Je sais que tu n'as fait que ce qui te semblait juste.

Je me débats avec mon triste carton d'objets personnels, qui se résume à quelques photos prises au bureau, une tasse à café, une théière et une boîte de thé Earl Grey, rien de plus. Il m'aide avec mon barda le temps que j'ouvre la porte de ma voiture.

— J'ai essayé…

Le lieutenant, mon mentor, me tend la boîte en carton et se détourne. Il ne dit rien de plus. Je me permets de penser qu'il lutte contre l'envie de me dire tout ce qu'il pense. Je suis déjà allée dîner chez Cooper. Lorsque sa plus jeune fille est née, je me suis rendue à l'hôpital pour voir Deanna et leur nouveau bébé, Carly. Je ne suis pas seulement une employée qui se fait renvoyer pour quelque chose qu'elle n'aurait pas dû faire. C'est plus profond. Evan Cooper me connaît. Il connaît Danny. Je ne ferais jamais passer l'ambition avant la vérité. Sa silhouette disparaît de ma vue alors que je me glisse derrière le volant et que j'enclenche le contact. Les essuie-glaces dessinent une paire d'arches grises sur le pare-brise. Je reste là une seconde avant de passer la vitesse et de sortir du parking ; en passant devant les sapins.

Faire ce qui me semblait juste… Je me sens comme la dernière des idiotes.

16

Nous sommes assis là à regarder l'immense écran plasma. Il est si grand que je me demande comment ils ont bien pu le faire entrer dans la maison. En arrachant une fenêtre, peut-être ? Cy me parle de ses dimensions et du fait qu'il est la première personne aux États-Unis à en avoir un ; un fournisseur de Microsoft en Chine le lui a offert.

Mon beau-frère tient un verre dans une main et une télécommande dans l'autre.

— Je l'ai synchronisée avec mon téléphone, dit-il.

Ma sœur est assise à côté de son mari sur leur canapé bleu canard pendant qu'il met en ligne les photos de son récent voyage en Thaïlande. Emma est sur mes genoux. Elle vient de prendre un bain et son odeur est plus merveilleuse que tout ce que j'ai pu sentir auparavant. Ses cheveux blonds sont parfumés avec la plus légère des touches de jasmin. Je sais que ce n'est pas que le shampoing qui rend cette fille douce. Elle est complètement innocente. Elle n'est pas torturée par des parents qui sont en désaccord. Elle voit la beauté dans ce qui est laid. Lorsque son père remplit l'immense écran avec l'image très nette d'un insecte, dont les yeux sont un kaléidoscope de verts et de violets, elle dit : « Joli ! »

— Je photographie principalement des personnes pendant mon temps libre, dit Cy.

— J'aime l'insecte, papa, dit Emma en souriant à son père.

— Les insectes sont dégoûtants, Emma, dit Stacy depuis sa place à côté de Cy.

Je fais un petit câlin tout doux à Emma.

— Je les trouve jolis aussi, lui murmuré-je.

— Tu m'étonnes, dit Stacy, sur un ton qui me rappelle qu'elle est ma petite sœur.

Peu importe qu'elle soit plus avancée dans la vie ; un mari, une fille, une belle maison.

Nous restons assis, sans broncher, tandis que Cy fait défiler des images d'enfants jouant dans une fontaine cassée ou courant dans un paysage vert. Ils sont clairement très pauvres, mais les images sont belles, intimes. Cy est génial dans tout ce qu'il fait, c'est un battant et lui-même et Stacy ne se priveront jamais de le répéter, mais c'est vraiment un photographe fantastique. Diplômé avec les honneurs dans une double licence en informatique et commerce à Washington State, il a quand même trouvé le temps de faire une mineure en photographie et d'avoir une étagère pleine de prix pour son travail. Je suis sûre qu'il les a tous mérités. Les enfants qui apparaissent sur l'écran géant devant nous paraissent prendre vie. Alors qu'Emma et moi regardons le diaporama, je ne peux m'empêcher de penser à tous ces enfants qui ont disparu ou qui sont maltraités dans notre propre pays alors que loin de là – à un monde de distance, littéralement – ces petits riaient et profitaient de toute la bonté que pouvait leur offrir la vie. Même sans une belle maison équipée de la plus grande télévision du monde, ils ont trouvé quelque chose de merveilleux pour être heureux. Un garçon avec un singe. Des enfants partout. Une petite fille, d'un an ou deux plus jeune qu'Emma, est prise sortant d'une baignoire extérieure.

— Une fille toute nue ! dit Emma. Comme moi !

Nous rions tous. Stacy tend la main vers elle, volant son petit corps chaud de mes bras.

— Le spectacle de papa est terminé, dit-elle. C'est l'heure d'aller au lit.

Emma fait une grimace et se lève de mes genoux.

Je meurs un peu à l'intérieur. Ma sœur a une façon de m'arracher au meilleur des moments quand je m'y attends le moins. Et toujours avec un sourire collé au visage.

17

Je suis perdue. Seule. Et il n'y a qu'un seul endroit qui m'appelle. C'est comme ça que ça commence. Le casino de Snoqualmie n'est qu'à une courte distance en voiture. J'ai vu d'autres personnes trouver du réconfort, de la consolation et même un soupçon de sens à leur vie dans un fauteuil calé devant une machine à sous. Dieu sait que j'aurais bien besoin d'un peu de réconfort.

Je garde la lettre provenant du département de police dans mon sac à main. C'est un baiser d'adieu. Un geste d'au revoir de la main. Un merci pour rien. Une fin à tout ce que je voulais être. Je suis si profondément plongée dans mes pensées que je me retrouve à la sortie de l'autoroute avant de m'en rendre compte.

Je vois l'arrière de toutes ces têtes, toujours les mêmes, alors que je me dirige vers une rangée de machines qui m'attirent de façon magnétique et indéniable. En deux secondes, ma carte est à l'intérieur de l'appareil et je suis à bord de mon manège préféré.

Un jeune homme enveloppé d'un nuage de déodorant est assis à côté de moi. Il sourit. Même si je suis morte à l'intérieur, je lui souris en retour.

Le département de police de Bellevue a mis fin à mon emploi.

Il n'y aura aucun moyen de contourner la décision. Pas d'appel. Pas d'arbitrage. Je ne suis plus inspectrice. Je ne suis plus rien du tout. Tout cela est de ma faute et je le sais. Mon représentant syndical a dit que nous pouvions nous battre. Et pourtant, je n'ai tout simplement pas pu. Intenter une action en justice mettrait à nu tout ce que j'ai fait. Tout le monde saurait que j'ai rédigé des chèques sans provision, emprunté de l'argent puis l'ai perdu. Des amis comme Christine devraient témoigner contre moi. Dire qu'ils m'ont vue, bien plus d'une fois, arriver au travail dans la même tenue que la veille, l'air crevé et nerveux à la fois, après une nuit entière passée au casino. Il n'y a aucun doute sur le fait que mon jugement n'a pas été impartial.

Et Danny.

Il a fait de moi un bouc émissaire pour essayer de se sauver lui. Un lâche. Un con. Qu'est-ce que ça lui a apporté ? Il a fini par plaider coupable d'avoir produit de fausses déclarations et de s'être parjuré devant un grand jury réuni pour examiner l'affaire Alan Dawson.

— Je m'appelle Steve, dit le jeune homme.

— Nicole.

— Vous venez souvent ici ?

— Une ou deux fois, quand je me sens l'âme d'une gagnante, dis-je en me demandant si mon mensonge indique qu'il y a plus grave chez moi que le simple fait d'essayer de me retenir de pleurer ou de mettre fin à mes jours.

Oui, j'y ai pensé aussi.

Une serveuse arrive.

— Je vais prendre ce qu'elle prend, déclare-t-il. Un autre pour elle aussi.

Je hoche la tête. Mon Dieu, il est jeune. J'appuie sur le bouton de la machine à sous et les roues tourbillonnent vers leur prévisible conclusion. Rien. J'appuie à nouveau.

— Je viens de Boise, dit-il.

— Idaho, ajouté-je.

— Oui. C'est ça, conclut-il en souriant.

Je me sens stupide.

— Désolée. Mon esprit est ailleurs.

Les boissons arrivent. Des gin-tonics avec des tranches de citron vert. Je continue à jouer. Les lumières commencent à clignoter et le faux son de la pluie qui accompagne une victoire retentit dans les haut-parleurs. Steve continue de jouer aussi, mais ne semble pas gagner. Je me prélasse dans l'éclat des lumières, les sons. Le monde se resserre un peu et je ne pense pas à Danny Ford, Evan Cooper ou Alan Dawson. Pouf. Tout est parti en fumée.

Je me sens étourdie. C'est ce que ça fait de recommencer à zéro. C'est comme ça que je vais surmonter l'humiliation des erreurs que j'ai commises. Je vais continuer à gagner.

— La prochaine tournée est pour moi, annoncé-je.

— C'est mon soir de chance, dit-il.

Je ris et continue d'appuyer sur le gros bouton rouge qui semble faire partie du bout de mon doigt.

Je suis sur un carrousel et il tourne de plus en plus vite. Je vois l'anneau en laiton, j'essaie à peine de l'attraper et il est à moi. Mes poignets les accumulent. Les bracelets. Je ferme les yeux et je peux encore attraper un anneau. Je suis invincible. C'est moi. Le morceau *Boogie Wonderland* est diffusé dans le système de son et le rythme endiablé me fait tourner plus vite. Encore plus de bracelets. Je suis en train de gagner. Je suis enfin quelqu'un.

— Vous êtes sur une bonne lancée, me fait le jeune homme.

— J'ai la baraka, dis-je en lui souriant, pleinement consciente de tout ce que ça implique.

— C'est clair !

Les roues tournent plus vite. Les doubles diamants s'alignent comme les danseuses qui accompagnent Beyoncé. 800 dollars. Je n'ai même pas besoin de travailler. Je peux faire ça, je pense, pour le reste de ma vie. Je suis inarrêtable. Je suis une chanson de Sia. D'autres boissons arrivent. Je continue à jouer. Steve fait de même, mais pas avec le genre de schéma ou d'intensité qui fait passer quelqu'un de perdant à gagnant. Je suis à fond. Je joue la gagne. Je suis une publicité vivante qui prouve que les jeux d'argent peuvent aider quelqu'un. Ils me sortent de mon marasme. Ils m'emmènent loin, plus vite que l'un de ces Blue Angels qui traversent le ciel à Seafair. Je sais que la lettre est dans mon sac à main, mais avec toutes les roues que je suis en train de faire tourner, je m'en fiche. Lorsque Steve pose sa main sur ma jambe, je ne prends même pas la peine de la repousser. Il est possible que ce soit grâce à lui que je gagne. Ce n'est peut-être pas les chaussures que je porte ou la bague de ma mère. Quand je gagne, je ne veux surtout pas changer ce qui me conduit à accumuler les dollars.

J'en suis à 1 225 dollars maintenant.

— Tu es super sexy, fait Steve.

— Tu n'es pas mal non plus, dis-je, bien que je ne sache pas pourquoi.

Je me sens un peu ivre. C'est peut-être ça. Je me sens un peu défoncée par le jeu. C'est peut-être ça. Quoi qu'il en soit, lorsqu'il me propose de le suivre dans sa chambre, j'accepte. Je me dis que j'ai l'intelligence d'encaisser mes gains, d'écouter la partie de mon cerveau qui est plus lucide et plus puissante que le frisson de la victoire. Je ne suis pas stupide au point de penser que ma chance ne va pas tourner. Le truc, c'est de trouver le moment où on commence à déraper, mais juste avant de se convaincre qu'on va pouvoir se refaire en rejouant un dernier coup. J'ai trouvé ce moment et je m'en vais.

Lorsque nous arrivons dans sa chambre, j'utilise les toilettes. Je m'assieds là, repensant à la lettre dans mon sac.

Merde. Je savais que ça me rattraperait. Je dois retourner aux machines à sous.

Au moment où je sors, je m'aperçois que Steve a mis de la musique de *hipster* et a ouvert la bouteille de vin provenant de son minibar.

Je l'observe pendant qu'il nous sert. Du chardonnay. Le préféré de Stacy. Dès l'instant où une pensée pour elle pénètre dans cette chambre d'hôtel située à l'étage au-dessus du casino, je réalise ce que je suis en train de faire. J'assemble tous les fils qui composent le nœud coulant qu'est ma vie. Stacy me dit que je ne sais pas choisir mes hommes. Evan Cooper me dit que c'est une honte que j'aie gâché une carrière aussi prometteuse d'inspectrice. Je me flagelle parce que je le mérite entièrement. Alan Dawson est mort. L'assassin de Kelsey Chase est en liberté. Je ne pourrai jamais m'éloigner d'Alan et de Kelsey et je le sais.

Je veux retourner à mes bandits manchots.

Steve se débarrasse de ses vêtements. Puis il est nu sur le lit et je commence à me déshabiller en me rapprochant de lui. Plus vite nous aurons fini, plus vite je pourrai me remettre à gagner.

— Mon Dieu, tu es sexy, dit-il en me regardant me dévêtir.

Je dégrafe mon soutien-gorge et l'air climatisé de la pièce se précipite sur moi, faisant durcir mes tétons et me poussant vers l'inconnu sur le lit.

Doubles diamants. *Boogie Wonderland*. Encore et encore.

Pendant que Steve se prépare à coucher avec moi, je joue sur les machines à sous dans ma tête. Il est jeune et je suis reconnaissante du fait que ça ne va probablement pas durer longtemps. Il fait de la musculation et son corps ressemble à une planche de surf : rigide, inflexible. Son torse est lisse, à l'exception d'une fine ligne de poils. Il s'est épilé de façon précise, comme on le ferait pour un bonsaï. *Il est agréable à regarder*, me dis-je en observant véritablement son visage pour la première fois alors qu'il grimpe sur moi, un préservatif prêt à l'emploi. L'odeur étouffante de son déodorant s'infiltre dans ma peau. Je m'en moque. J'ai juste besoin de retourner jouer. J'ai besoin de monter sur le manège et d'oublier chaque erreur que j'ai faite. Chaque personne à qui j'ai demandé de l'argent. Chaque dollar que j'ai perdu.

Son souffle chaud s'écoule sur moi.

— Tu es sexy, Nicole, dit-il.

Il est à court de ce qui est clairement un vocabulaire très limité.

— Merci, Steve, dis-je, réalisant que je ne connais pas son nom de famille.

Je devrais probablement le connaître. Il jouit et je feins ma propre extase. J'aime le sexe. J'aime vraiment ça. Mais là, c'est différent. J'ai l'impression que je le fais juste pour passer le temps. Steve est impatient et gentil. Mais je ne ressens rien pour lui. Il n'est qu'une diversion.

Il veut parler, mais je veux juste retourner à l'étage où se situe le casino.

— Je dois bosser tôt ce matin, dis-je en me levant pour récupérer mes vêtements qui forment une piste menant aux toilettes. Il est plus d'une heure du matin.

Il déplace son corps maigre sur le lit.

— OK. Moi aussi.

Je suis soulagée par le fait qu'il ne m'ait posé aucune question sur mon boulot. Je n'aurais pas su quoi dire.

Je n'aurais jamais dû coucher avec Steve. De retour à l'étage du casino, je perds tout. Je retire 400 dollars des deux comptes bancaires que j'ai créés pour pouvoir continuer à vivre dans des moments comme celui-ci. Je glisse le long d'une spirale infernale comme si c'était celle d'un parc aquatique. Il est plus de trois heures du matin quand je regarde autour de moi, épuisée et honteuse. Certains des joueurs que je connais de vue ressentent la même chose. Une jolie Philippine, qui porte des sabots d'infirmière et transporte son déjeuner dans un sac Walmart, arrive, se plante devant une machine et insère sa carte de joueuse VIP. Une halte avant d'aller travailler. Qu'elle gagne ou qu'elle perde, elle sourit toujours. Nous avons parlé une fois de ses enfants. Elle est gentille. Personne à l'hôpital où elle travaille n'a la moindre idée que le casino est un arrêt habituel sur le chemin du boulot. On ne pourrait pas soupçonner qu'elle a un problème.

— Pas terrible ce matin, dit-elle après un moment, en me regardant.

— Moi non plus.

— À plus tard, me fait-elle en mettant fin à une partie rapide et infructueuse.

Je hoche la tête, sachant que nous nous verrons effectivement plus tard.

— Demain, la chance sera avec nous.

D'une certaine façon, j'en doute sincèrement.

Il est déjà demain.

18

Mon addictologue, Melissa Tovar, s'habille dans un style vestimentaire hippie, entre bohème et *New Age*. Je n'ai jamais vu ma conseillère sans une tunique presque transparente et un bijou qui crie « J'ai la foi » d'une manière ou d'une autre. Des colombes. Des attrape-rêves. Des arcs-en-ciel. Des licornes… Une fois que je m'installais dans le canapé de son cabinet de Bel-Red Road, je jure sur la vie de mon père qu'elle portait un pendentif qui ressemblait à une licorne prise dans un attrape-rêve. Sans blague. Vraiment.

Quelques jours après avoir couché avec un inconnu et perdu tout l'argent que j'avais, je me retrouve devant cette femme gentille et patiente, et je suis tellement en colère que j'aimerais arracher cette licorne de son cou et me poignarder avec. Mais bien sûr, je ne le fais pas. Avant Danny, Kelsey et les jeux d'argent, j'ai toujours gardé le contrôle. Je veux retourner à cet endroit où la débâcle est le titre d'un roman et non un mode de vie.

— Vous avez fait de gros progrès, Nicole, me dit Melissa en se blottissant dans un afghan violet pâle et en repliant ses jambes sous elle.

— Pas vraiment, dis-je en contenant mes sentiments.

Je tente de retrouver cet état de contrôle.

— Parlez-moi, Nicole.

— Je ne peux pas, dis-je. Tout est si stupide.

Melissa me regarde. Je sais exactement ce qu'elle fait. Ça ne me dérange pas qu'elle essaie de trouver un moyen de pénétrer ma carapace.

— Quand avez-vous joué pour la dernière fois ? demande-t-elle, son ton n'étant pas le moins du monde accusateur.

Malgré ça, je fais un bond en arrière comme si j'avais été frappé par un fer chaud. Je mens immédiatement, car la vérité est trop embarrassante.

— Je vais mieux, lui affirmé-je. Même si, bien sûr, j'ai été tentée. L'autre jour, j'étais au Safeway et je suis passée devant une machine à pinces. J'ai dû tout donner pour réussir à continuer à avancer.

Elle fronce les sourcils.

— Une machine à pinces ?

— Un jeu pour enfants, expliqué-je. On met 50 cents dans la machine, une griffe descend et on essaie d'agripper un truc stupide, comme un chien en peluche avec un seul œil, pour le récupérer.

Melissa n'a pas d'enfants. Elle doit certainement faire ses courses chez Whole Foods. Elle n'a clairement pas la moindre idée de ce dont je parle. De la griffe. Des choses qui m'ont conduite à elle. Et surtout de Danny.

Je gigote un peu. Je ne lui ai parlé que de notre relation personnelle. Ce que nous faisions ressentir à l'autre. Il était néfaste pour moi avant, bien avant que le jeu ne devienne incontrôlable. Je ne lui ai jamais dit à quel point il était perfide. La dissimulation de preuves. Les aveux. Tout ça. Je ne l'ai pas dit à Melissa parce que le reste était déjà assez terrible.

— Nicole, dit-elle de sa voix apaisante. Vous devez accélérer votre guérison. Vous devez participer à des cercles de discussion entre joueurs compulsifs. Croyez-moi, ça vous aiderait.

J'ai envie de lui dire que je ne peux faire confiance à personne. Plus maintenant. Que je ne veux pas m'asseoir à la table des perdants parmi les perdants.

— Très bien, fais-je. J'irai.

Comme c'est le cas pour tous ceux dont c'est la première fois, j'ai attendu trop longtemps et je le sais. Je me rends dans le sous-sol d'une église pour faire ce que Melissa m'a conseillé. Apparemment, mon seul espoir de guérison réside dans la connaissance que je vais acquérir grâce à mes séances avec elle et au soutien d'un groupe d'anciens joueurs.

Je compte quatorze personnes assises sur des chaises pliantes en métal arborant au dos la mention « *Aldersgate Methodist* », comme si quelqu'un allait les voler. Pendant un instant fugace, je pense à faire demi-tour. Courir. Sortir. *Tu n'es pas l'un d'entre eux.* Puis, au milieu d'un récit larmoyant, ils se tournent tous vers moi et m'étudient. Je suis une souris dans un piège à colle. Je ne peux pas partir maintenant.

Sans avoir besoin d'aller trop loin dans l'analyse, il est facile de voir que j'ai échoué dans la vie bien plus tôt que n'importe lequel d'entre eux. Ce qui, d'une certaine manière, fait de moi une gagnante, n'est-ce pas ? Ils ont tous entre la cinquantaine et la soixantaine. Un homme avec le crâne chauve le plus blanc que j'aie jamais vu doit être beaucoup plus âgé. Son visage semble fait de bois flotté. Je dirais qu'il a soixante-dix ans bien tassés. Il me désigne un siège à côté de lui et je le prends.

Je m'éclaircis la gorge.

— Je m'appelle Nicole.

— Pete, dit-il. Bienvenue.

Je hoche la tête et une femme nommée Darla me tend une tasse de café noir. Je la remercie et mords dans le rebord en polystyrène. Elle est coréenne. Difficile de dire quel âge elle a. Quelque part entre Pete et moi.

Pendant l'heure qui suit, les gens parlent de leur vie dans les casinos. Une dame regrette de ne pas y être allée avec son ex-mari.

— Ce n'était pas un problème pour lui, dit-elle d'une voix

fluette. Mais pour moi, c'est une autre histoire. Je me suis retrouvée à ne penser à rien d'autre, à regarder l'horloge et à espérer que les aiguilles bougent plus vite pour pouvoir partir plus tôt.

Elle s'appelle Peg. Elle était institutrice. Comme la plupart des personnes présentes dans la pièce, ce qu'elle était avant de jouer sa vie n'existe plus.

— Mon mari m'a quittée quand il a découvert que j'avais joué les économies destinées aux études de nos enfants. Je suis en train d'arranger les choses avec mes garçons. Comme tout, c'est un jour à la fois.

Sal était banquier.

Marcia était radiologue.

Kim, une blonde aux grands yeux verts et au nez qui suggère la main lourde d'un chirurgien esthétique, était agent immobilier avant de perdre sa maison.

— C'est ironique, non ? dit-elle.

Tout le monde acquiesce.

Sandy parle ensuite. Elle est manageuse dans une entreprise de logiciels et dirige un groupe d'ingénieurs. Elle est séduisante et occupe cet espace ambigu du genre qui convient si bien à son nom. Ses cheveux sont argentés. Sa veste est en jean. Heureusement, elle la porte complètement sans fioritures.

— J'étais vice-présidente chez un grand fournisseur aérospatial à Los Angeles, dit-elle. J'ai commencé avec des tickets à gratter. Puis je suis allée sur Internet. Je ne me suis même jamais rendue dans un casino. Je n'en avais pas besoin. J'ai foutu ma vie en l'air depuis mon smartphone.

Quand c'est à mon tour, je peux à peine parler. Je ne suis pas sûre de pouvoir dire à une pièce remplie d'inconnus que je vais perdre ma maison. Que je me surprends encore à autoriser mon cerveau à mettre cette même phrase au conditionnel. Il n'y a aucun moyen pour moi de la garder.

— J'ai commencé sur des machines à sous à 5 cents et je suis passée aux machines à 1 dollar, dis-je. Chaque fois que j'appuyais sur le bouton, les choses empiraient. Je le savais alors et je le sais aujourd'hui. Mais la vérité, c'est que juste au moment où je pense pouvoir m'arrêter, j'y retourne.

Pat acquiesce.

— Nous faisons tous ça, Nicole.

— Oui, dit « Sandy les cheveux gris ». J'ai arrêté de jouer quinze fois avant que ça ne tienne et la vérité est que je ne suis pas sûre que ça soit si solide. J'y pense à chaque instant de la journée.

— Moi aussi, enchaîne une femme dont le nom m'échappe, même si elle vient de le dire.

Je suis trop prise dans mes misérables propres pensées pour retenir quelque chose comme ça. Je ne veux pas accepter le fait que ce soit le combat de toute une vie. Je n'aurais pas dû aller au casino avec Danny. Danny. Danny a bousillé ma vie de toutes les manières possibles. Je sais que Melissa me dirait d'arrêter de mettre mes mauvais choix sur le dos de Danny, mais mon Dieu, je ne suis pas une personne parfaite. Je ne suis pas quelqu'un qui peut dire que j'accepte pleinement la responsabilité de la ruine de ma vie. Faites-moi des reproches. Dites-moi que je suis faible. Dites-moi que je ne suis rien et je ne discuterai pas. Je ne me lèverai pas devant tout le monde pour dire que tout ce qui m'est arrivé est ma faute. Je sais que Dr Phil, Oprah et n'importe lequel de ces juges télévisés me diraient que je dois grandir et assumer mes choix. Mais Danny est responsable de l'incarcération d'Alan, de sa mort et du fait que l'assassin de Kelsey court toujours. Personne ici – professeur, médecin, chauffeur de bus – n'a été poussé par qui que ce soit dans le désastre que sont devenues nos vies à tous.

Je baisse les yeux sur ma tasse. Il manque un croissant de polystyrène. Je ne sais pas si je l'ai avalé. Probablement. Je me sens mal alors que les voix des personnes présentes dans la pièce refluent vers moi comme une marée malveillante. C'est à nouveau mon tour.

Ma bouche bouge. Je ne sais même pas ce que je dis, mais Pete me regarde d'un air approbateur. Les yeux de Sandy sont soudainement compatissants. Je sens quelque chose dans ma gorge. Le rebord de la tasse ? J'ai terminé.

— Merci d'avoir échangé, Nicole, dit Pete.

Tout le monde applaudit.

Je ne sais pas pourquoi.

Après la réunion, je me dirige vers la porte. « Sandy les cheveux gris » m'arrête. Elle sent le Chanel. Je suppose que c'est une bouteille qu'elle avait avant de tout perdre. Je doute que quiconque à son misérable poste dans une entreprise de logiciels puisse se permettre ce parfum.

— Je voulais t'attraper avant que tu ne partes, dit-elle. Je ne suis pas supposée dire quoi que ce soit de personnel ici… Tu sais bien, rien de nos vies intimes ne doit sortir de cette pièce.

— C'est vrai. Ce sont les règles.

Elle m'étudie.

— J'ai lu le blog *Eastside Crime Watch.*

Oh, merde.

— Je voulais juste te dire que je ne pense pas que ce soit toi la responsable dans l'affaire de cette petite fille et l'homme accusé à tort. Mais je suis vraiment désolée pour tout ça. Ça me brise le cœur. Sois forte, Nicole. J'espère te revoir ici. Je serai là demain soir.

Pas moi.

— Merci, Sandy. J'apprécie.

Ma voiture m'emmène jusqu'à la bretelle d'accès à l'autoroute I-90. Vingt minutes plus tard, je suis garée devant le casino de Snoqualmie. Le voiturier me salue comme si nous étions de vieux amis. Je lui réponds par un sourire. Je suis en train de m'enfoncer et je n'arrive pas à me relever. Je suis dans une piscine. Non, un lac. Je suis en train de me noyer. Ça ne fait aucun doute. Personne ne me lancera de bouée de sauvetage. Ma psy dit que je suis la seule à pouvoir me sauver. Ça suppose qu'il y ait une raison de me sauver tout court. Je charge ma carte avec mes derniers 100 dollars. La maison est en cours de saisie. Il faudrait que je gagne très gros ce soir.

Ou demain matin.

19

Stacy m'attaque avec ce regard qu'elle devrait vraiment breveter. C'est une combinaison de pitié et de dédain, avec juste un soupçon de colère. Juste un soupçon de colère, car Stacy aime me blesser à petites doses. Comme des milliers de microcoupures. Le serveur nous apporte du pain et de l'eau et j'ai envie de rire de l'ironie de la chose. J'ai envie de rire de n'importe quoi, parce que la tension est aussi épaisse et dure qu'une plaque d'acier entre nous.

— Tu vas devoir répéter ça, dit-elle.

L'ouïe de Stacy est très bonne. Elle veut simplement que je le répète. Alors je m'exécute.

— La maison est sur le point d'être saisie.

Voilà. C'est dit.

— Oh mon Dieu, Nic, qu'est-ce qui t'arrive ? Ne me dis pas que tu continues à jouer !

Elle connaît aussi la réponse à cette question. À ce moment-là, je suis une poupée vaudou dans laquelle elle plante des épingles. Pour elle, ces épingles qu'elle insère dans ma chair lui font l'effet d'une séance d'acupuncture. Chacune d'entre elles la fait se sentir mieux.

— Je ne joue plus depuis dimanche.

— Dimanche ? Bon Dieu, tu es une vraie ratée. Je suis heureuse que maman soit morte et que papa ne sache plus qui nous sommes. Tu lui aurais brisé le cœur avec ce dernier fiasco.

Je reste assise. Il n'y a vraiment rien d'autre à dire. Je pensais pouvoir lui demander de l'aide, mais Stacy ne cherche pas à m'aider. Elle veut prouver qu'elle est supérieure. Elle est Miss Perfection. Je suis Miss Échec. Elle a une magnifique petite fille et un mari riche. J'ai perdu mon travail. J'ai perdu ma carrière. Je suis en train de perdre ma maison. Mes comptes bancaires sont à découvert. J'ai fait honte à tous ceux que je connais et même à ceux qui me sont étrangers. Ils me regardent avec la même suspicion que ma sœur. La femme du Moneytree[1] à Crossroads m'a dit de ne plus venir. Moneytree est le dernier arrêt pour les désespérés et les mauvais payeurs. C'est ce que je suis devenue.

Le serveur apporte son chardonnay et mon thé au citron. J'ajoute du sucre pendant que Stacy boit à petites gorgées et enfonce une autre épingle.

— Tu gâches tellement tout. D'abord, Danny. Puis ton travail. Et maintenant la maison. Qu'est-ce qui ne va pas chez toi, Nic ?

— C'est une addiction. Je suis un traitement, expliqué-je, même si je préférerais lui lancer ma tasse de thé à la figure.

— Soit, dit-elle. C'est comme si tu t'autodétruisais sous mes yeux. Je ne veux pas te blesser davantage, mais tu ne ressembles à rien en plus. Ces racines ont besoin d'une retouche.

Elle pointe du doigt mes cheveux.

— Merci, fais-je, même si j'ai envie de la tuer. Il est évident que je n'ai pas l'argent pour faire grand-chose, Stacy.

Comme garder ma maison, espèce de connasse pourrie gâtée.

— Désolée, dit-elle.

Mais elle ne l'est pas.

— Que vas-tu faire, Nicole ? Reprend-elle.

Elle veut que je la supplie. Je reste assise là et sirote mon thé. Après que le serveur a pris sa commande, il se tourne vers moi.

— Une petite salade César.

— Prends tout ce que tu veux, dit Stacy. Je t'invite.

Elle devait m'inviter quoi qu'il arrive. Mais elle dit ça pour me faire sombrer un peu plus bas. Je ne mords pas à l'hameçon.

— Ajoutez des crevettes grillées, dis-je.

Lorsque nous sommes de nouveau seules, elle secoue la tête et fait semblant d'avoir l'air triste. J'ai déjà vu ça auparavant. Elle l'a perfectionné sur notre père quand elle n'arrivait pas à ses fins. Ce n'est pas la même chose ici, évidemment, mais c'est le même regard. La signification est différente.

— Je peux te donner un peu d'argent, dit-elle, mais pas assez pour sauver la maison.

— Je ne veux pas de ton argent.

— Tu n'as pas vraiment le choix, n'est-ce pas ? Je veux dire, que va-t-il t'arriver, Nicole ? Où vas-tu vivre ? Quel gâchis. Et ce blog, *Eastside Crime Watch*, c'est encore autre chose. C'est un peu gênant pour nous tous d'avoir tous tes problèmes qui nous claquent au visage. C'est au grand jour, tu sais. Cy dit que tu ne peux pas rester avec nous. Il pense simplement que ce n'est pas une bonne idée, vu les circonstances.

Je ne sais même pas par où commencer avec celle-là. Les circonstances ? Quelles circonstances ? J'ai un problème. Ce n'est pas contagieux. Je ne vais pas voler Cy. J'aime ma sœur, d'une certaine manière. J'aime ma nièce, Emma, de tout mon cœur.

— S'il te plaît.

Aucun mot n'a été plus difficile à prononcer pour moi.

— Non. Il est ferme sur ce point.

Je pense qu'elle ment. Je pense que c'est elle qui veut me voir me tordre dans le vent au bout d'une corde épaisse.

— Juste pour un petit moment ?

— Désolée, Nic. Je ne peux simplement pas.

— J'ai quelques trucs de maman et papa, dis-je alors qu'on pose ma salade devant moi.

Stacy a du crabe de Dungeness ; le mets le plus cher du menu. Évidemment. Même enfant, elle prenait toujours le meilleur : le morceau de mon gâteau d'anniversaire avec le glaçage et les roses en sucre, la partie la plus épaisse du saumon cuit au barbecue, le haut du bol de pop-corn où s'était amoncelé tout le beurre, le siège passager chaque fois que maman ou papa nous conduisait quelque part. C'était ma petite sœur et je la laissais faire. Je l'aimais. Je ne savais pas que pendant toutes ces années, alors que je cédais à chacun de ses caprices, elle comptait les points et cherchait des moyens de me rabaisser aux yeux de nos parents. Aux yeux des garçons pour lesquels nous nous battions.

À l'université, elle a embrassé mon petit ami et l'a obligé à me l'avouer. Plus tard, elle m'a dit qu'il ne représentait rien pour elle et qu'en couchant avec lui, elle m'avait prouvé que c'était un vrai crétin.

Kyle Crowley était un vrai crétin. Mais c'était *mon* crétin.

— Je ne sais pas où je vais aller, dis-je finalement.

— Tu n'as pas d'amis qui pourraient te loger ?

Je secoue la tête. La vérité, c'est que les amis que j'avais doivent en avoir marre de moi. Je leur ai emprunté de l'argent. Ou j'ai essayé de le faire.

— Pas vraiment.

— Tu as pris un truc ? demande-t-elle, en versant une cuillère de sauce sur son crabe hors de prix.

La fourchette que j'utilise pour piquer les crevettes sur ma salade aurait bien sa place plantée dans son front botoxé.

— Je n'ai pas de problème de drogue, Stacy. Mon problème, c'est les jeux d'argent.

— Les jeux d'argent sont un loisir. Pas un problème.

— C'est difficile à comprendre, je sais. Mais crois-moi, c'est un problème et je travaille à ma guérison.

— Si tu étais au casino dimanche, c'est que tu n'as pas fait beaucoup d'efforts.

Je tiens la fourchette bien serrée dans ma main. Je me demande si elle peut se tordre.

— Une chose à la fois, Stacy.

Elle mange. Elle boit. Elle me démolit.

— Tu parlais des affaires de maman et papa. Des choses de famille ?

— Rien de valeur, dis-je. C'est juste sentimental.

Elle n'est pas du tout sentimentale, mais elle fera semblant de l'être. Stacy a toujours fait semblant de se soucier des choses qui comptent pour les autres. Pendant un moment, j'ai pensé que c'était peut-être une sociopathe, mais avec la naissance d'Emma, j'ai pu voir qu'il y avait au moins une personne sur la planète qui comptait vraiment pour elle.

Elle commande un autre verre de vin.

Un jour, elle se fera retirer son permis pour conduite en état d'ivresse et je serai absolument heureuse.

— As-tu de la place pour stocker des affaires chez toi ? demandé-je.

Elle boit une gorgée et secoue la tête.

— Je ne peux pas, Nicole. Cy est un peu minimaliste en ce moment. Il veut que je réduise mes achats parce qu'il pense que nous n'avons pas assez de place.

J'ai envie de dire que c'est parce qu'il ne veut pas qu'elle dépense tout son argent pour des conneries qu'elle trouve en ligne.

Mais je ne le fais pas.

— La porcelaine de maman, la chaise de grand-père. Quelques trucs, c'est tout.

Les rouages tournent. Elle calcule la valeur de la porcelaine. C'est une porcelaine Theodore Haviland marquée Limoges, France. Elle est ancienne. Un service complet. Je sais qu'elle le voudra parce que c'est la seule chose pour laquelle nous nous sommes battus et que j'ai réussi à obtenir.

— Je te louerai un box de stockage pendant six mois, dit-elle. Si tu ne peux pas te permettre de le garder à ce moment-là, je garderai la porcelaine et vendrai le reste.

Elle espère que je ne serai pas sur pied. Je ne peux pas dire avec certitude si je le serai.

— D'accord.

Je lui dis de lancer la location dès demain. La maison sera saisie par la banque dans trois jours. Dans trois jours, Shelby et moi serons sans-abris.

— Que vas-tu faire pour cette chienne ? demande-t-elle, comme si elle lisait dans mes pensées.

La chienne a un nom.

— Je ne sais pas, avoué-je. Tu veux bien la prendre ?

L'addition arrive et elle flirte avec le serveur. Il a au moins cinq ans de moins qu'elle. Elle me surpasse encore. Ou elle essaie de le faire. Je veux lui dire que j'ai couché avec un jeune homme appelé Steve au casino. Que même si mes racines se voyaient, j'étais toujours sexy.

— Oh non, lâche-t-elle. Cy déteste les chiens.

Cette nuit-là, je tiens Shelby dans mes bras pour la dernière fois pendant qu'Elsa de *La Reine des neiges* veille sur moi.

---

1. Organisme financier de crédits à la consommation.

20

Mes yeux sont inondés et je ne vois pas grand-chose, mais Shelby passe de mes bras à une femme d'âge mûr travaillant pour la Société protectrice des animaux, non loin du Target où Kelsey Chase a disparu. Shelby me regarde avec ses yeux bruns et je pense qu'elle sait ce qui se passe. Je me laisse croire que cette femme au regard bienveillant comprend que ma vie s'est effilochée, que ma Shelby est mieux lotie comme ça et que, même si je l'aime, je dois la laisser partir.

Je pense au poster qui était accroché dans ma chambre quand j'étais adolescente. *Si tu aimes quelqu'un, laisse-le partir…*

Je sais que Shelby ne reviendra pas. D'une manière qui n'est ni profonde ni cachée, je sais que je l'abandonne pour me punir de tout ce que j'ai fait.

La maison est vide. Saisie. Je suis vide. Les choses qui m'obsédaient autrefois se sont évaporées en même temps que tout ce que j'ai été. Je me sens glisser. Toucher le fond fera mal. Mais ce sera définitif et je trouverai un moyen de me hisser de nouveau dans le monde.

Je gare ma voiture chez le concessionnaire sur Bellevue Way. Des ballons bleus et blancs accrochés à une ligne qui s'étend d'un bout à l'autre du terrain flottent dans les airs. Quelques-uns, battus par la pluie, semblent couler. L'air de novembre s'infiltre dans mon manteau comme une lame de rasoir. Tenir Shelby dans mes bras en ce moment me procurerait la chaleur qui me manque. Mais elle est partie. Tout ce dont j'ai besoin – ou tout ce que je pense mériter – se trouve dans ma valise à roulettes. Je la pousse dans le hall où un jeune homme en polo brodé à l'effigie de la concession me regarde depuis son box en stratifié bleu. Il ne bondit pas. Je me demande s'il sait pourquoi je suis ici et que je ne suis pas une acheteuse, mais quelqu'un d'autre.

Quelqu'un qui ne lui rapportera pas un centime.

— Je rends mon véhicule, dis-je, en pensant que son travail ressemble beaucoup à un jeu d'argent.

Il évalue ses chances, évalue les perspectives et s'engage quand il pense que ça vaut le coup.

Je ne vaux pas du tout le coup.

Il le sait.

— Quelque chose ne va pas ? demande-t-il en ouvrant l'emballage argenté d'une tarte instantanée tout en rassemblant des papiers de la concession qu'il a étalés en éventail sur son bureau pour les examiner.

— Non, fais-je. Je ne peux pas assurer les paiements. J'ai appelé. On m'a dit de passer. Voici les clés.

Je fais glisser le porte-clés sur son bureau. J'extirpe les papiers de location de mon sac à main et les lui donne. Il mange sa tarte. Le parfum des fraises, aussi faux soit-il, m'emporte pendant une seconde. Je repense à l'été où Stacy et moi avons cueilli des baies dans une ferme à Fall City. Elle s'est plainte de la chaleur et a dit que son dos lui faisait mal, mais elle a poussé jusqu'au bout. J'étais fière d'elle. Nous avons mangé plus de fruits que nous n'en avons cueillis et nous avons conspiré contre le chef de rang qui traitait le groupe, composé principalement d'adolescents, comme si nous étions des prisonniers. C'était affreux et amusant à la fois. Nous étions proches. De façon éphémère, comme l'avenir le montrerait.

— Les échéances sont trop élevées ? demande-t-il, des miettes tombant de ses lèvres.

Je fais un rapide signe de tête avant de répondre :

— Voilà. C'est une super voiture. Juste trop chère.

Son regard s'illumine. Il voit un moyen de me ferrer.

— Je peux vous proposer autre chose ? demande-t-il, pensant pendant une seconde qu'il y a une opportunité dans ma descente aux enfers.

— Je n'ai pas les moyens d'acheter une voiture en ce moment, expliqué-je, avec l'envie d'ajouter « tête de con » pour qu'il sache ce que je ressens vraiment.

— Très bien, dans ce cas, conclut-il.

Je remplis un gobelet en carton avec le café provenant de la carafe à côté de lui. Il y a aussi des beignets. Mais je n'ai pas faim. Mon estomac est noué comme une vieille serpillière.

Je fais rouler mon bagage jusqu'au trottoir devant la concession. Je n'ai personne à appeler. Je reste assise là. Une heure passe. Je regarde mon téléphone comme si quelqu'un allait me passer un coup de fil. Je suis en train de me tuer, je pense, sans même essayer. Je suis au bord d'une falaise et je me jette dans le vide. Je ne tente même pas d'attraper une bouée de sauvetage.

Et puis il y en a une. En quelque sorte.

— Vous avez besoin de vous rendre quelque part ?

Je lève les yeux. C'est monsieur Tarte aux fraises.

— Je suppose, hésité-je

— Venez, dit-il. Je vais vous conduire là où vous devez aller. J'ai eu la permission du patron.

Je me demande si c'est parce que le directeur de la concession veut faire preuve de gentillesse ou si le fait que je sois assise là est mauvais pour les affaires. Je décide de m'en ficher. J'ai honte. C'est comme si je regardais un film et que je jouais dedans. Je sais que je peux changer le scénario. Je sais que je peux me battre pour m'en sortir, mais pas maintenant.

— Chez Angeline, lui indiqué-je.

— C'est une église ?

Sois honnête. Sois directe. Tu es au plus bas. Mais tu vas aller mieux.

— Non, un refuge pour femmes, avoué-je. À Belltown.

Il me fixe, d'abord surpris puis avec le même regard que la femme de la SPA. Avec pitié.

Il n'y a rien de pire que de savoir qu'on inspire de la pitié. C'est un couteau dans la poitrine. Un scalpel dans le cou.

— Très bien. Vous avez l'adresse ?

— Au croisement de la Troisième et de Lenora.

LIVRE II

PRÈS D'UN AN APRÈS LA DISPARITION DE KELSEY

21

Quand j'étais petite, le quartier de Belltown à Seattle était un dépotoir. C'était le foyer de ce que mon père appelait les « clodos » et les « défoncés ». Quand ma sœur et moi prenions le bus d'Hoquiam pour aller faire du shopping en ville à Noël, il nous disait de rester sur la Cinquième et la Quatrième, où les grandes enseignes gardaient les choses propres, sûres et sans ces gens qui, selon lui, nous feraient du mal. Les temps ont changé. Sérieusement. En faisant rouler ma valise en direction de Chez Angeline, je passe devant des appartements qui valent plus d'un million de dollars avec des vues sur les montagnes enneigées et sur le Puget Sound, avec ses ferries qui glissent comme des insectes aquatiques sur un tableau bleu, à la fois placide et constamment en proie au changement.

À l'entrée du refuge, je donne toutes mes coordonnées à une femme de mon âge. Ses yeux me scrutent. Je ne suis pas meilleure que quiconque ici, je le sais, mais la façon dont elle m'étudie indique qu'elle sait que je suis nouvelle. Les femmes dans la file derrière moi sont là depuis longtemps. L'atmosphère autour d'elles le montre. Il est épais et rempli d'odeurs corporelles et de celle des produits de soins capillaires de la marque *Suave*. Je ne suis pas élitiste. Je suis juste quelqu'un qui connaît la différence, car jusqu'en mai dernier, j'étais quelqu'un qui aurait fait des dons à un endroit comme celui-ci.

J'étais à des millions d'années de penser qu'un jour, je me retrouverais ici.

— Tu peux revenir pour le déjeuner à onze heures trente, dit-elle.

— Je ne peux pas simplement rester ici ?

Elle tapote sur un clavier.

— Non, répond-elle. Nous ne pourrons te placer nulle part avant ce soir. C'est un centre de transition. Un refuge de jour.

— Vous n'avez pas de place ici ?

— Quelques places. Mais ne t'inquiète pas. Nous te trouverons un endroit. Les services de conseil se font sur rendez-vous. À côté, il y a un centre de photocopies, d'ordinateurs et de fax. Tu as besoin d'aide pour trouver un emploi ?

Il est clair que j'ai besoin d'aide, oui.

— Merci, dis-je.

Je traîne mes bagages dans Seattle. Il fait froid. Les visages défilent devant moi comme un diaporama. Pas de son. Pas de *bonjour*. Je vois mon reflet dans la vitrine d'un Nordstrom. J'avais l'habitude d'y faire du shopping. Le manteau que je porte est un North Face, que j'ai acheté dans leur magasin de Bellevue Square. Le reflet de mon visage s'aligne avec celui du mannequin qui porte une robe bleu marine à manches longues ornée par un trio de boutons dorés. Je la connais, je crois. Elle est ce que j'étais.

Je retourne au refuge à onze heures trente et je fais la queue. Je ne dis rien à personne. Je prends juste mon sandwich et ma banane et je m'assieds à une table, d'abord seule. Puis deux femmes, l'une noire, l'autre blanche, s'asseyent et discutent. Aucune ne me regarde. Elles sont amies. L'une a été battue par son petit ami. L'autre dit quelque chose à propos des réunions manquées. Elle a probablement un problème similaire au mien. Drogue ? Alcool ? Médicaments ? Les possibilités tournent dans mon esprit comme une machine du casino. J'écoute et je mange, en espérant que le tournoiement s'arrête. J'essaie de gagner le jeu qui se joue dans mon esprit.

— Qui es-tu ? Je m'appelle Linda, dit la blanche.

— Nicole.

— Michelle, dit la femme noire. Je ne t'ai jamais vue.

— C'est nouveau pour moi, expliqué-je.

Mon sandwich est au thon. Je déteste le thon. Je le mange quand même et j'observe la salle. Des femmes de toutes formes, toutes tailles et tous âges mangent, pour la plupart, en silence.

Linda et Michelle m'assurent que chacune d'entre elles a une histoire. Certaines sont victimes des hommes. Certaines sont victimes d'elles-mêmes. Certaines font des allers-retours au refuge plus de fois qu'elles ne veulent l'admettre. Elles semblent coincées dans la transition qu'offre Chez Angeline. Des hamsters dans une roue. Incapables d'en descendre. Recommencer à zéro n'est jamais facile, mes deux compagnonnes de table en conviennent en secouant la tête de manière lasse.

— Ne les laisse pas te mettre à Saint-Marc, dit Linda en regardant son amie. Ils te mettent dehors à cinq heures du matin.

— Mon Dieu, et ces pieux, dit Michelle. Durs comme le roc.

— Oui, enchaîne Linda. J'ai pensé à faire un procès à l'église catholique pour ça, mais ils ont suffisamment de problèmes comme ça.

Les femmes rient un peu. Je le fais aussi. Bien que je ne fasse que les imiter. Rien n'est drôle pour moi. Je les remercie pour leurs informations et regarde la grande horloge de la salle à manger. Je passe en revue la chronologie de ma descente aux enfers : la disparition de Kelsey, les aveux d'Alan, son suicide, l'enquête interne, mon congé forcé et, enfin, la perte aux jeux de chaque centime que j'ai emprunté à ceux qui ont été assez gentils – et stupides – pour me venir en aide. Le déjeuner prend moins de vingt minutes. Je dois quitter le refuge à cinq heures et demie.

Que vais-je faire pendant cinq heures ?

La réponse : la même chose que j'ai faite ce matin. Je vais marcher dans les rues, en prétendant que je suis entre deux vols et que je serai bientôt en route pour l'aéroport. Je vais quitter le pluvieux Seattle et aller à Hawaii. Cabo. Mieux encore, les îles Fiji. Je vais revoir mon petit ami et séjourner dans l'une de ces cabanes au toit de palme qui planent au-dessus du Pacifique Sud aux eaux turquoise. Nous mangerons des crevettes grillées. Je m'enivrerai. Nous ferons l'amour. Il me demandera de l'épouser. Je dirai oui. Nous déménagerons à Sedona, où il ne pleut presque jamais et où l'air sent la terre propre. J'aurai un bébé. J'arrangerai les choses avec ma sœur. Je ne m'approcherai plus jamais d'une machine à sous.

Et ça ne me manquera même pas.

Cette nuit-là, je dors sur l'un des lits de Saint-Marc dont on m'a prévenu de leur dureté. J'essaie de le faire, en tout cas. La femme à côté de moi ronfle comme une tronçonneuse qui a besoin d'un bon graissage. Je déplace mon corps sur le matelas, mais je n'arrive pas à trouver une position qui facilite le confort. Mes épaules me font mal. J'utilise une bible et un livre de cantiques comme oreiller. La couverture que la nonne m'a donnée sent comme si quelqu'un avait essayé de lui imposer une bonne odeur à coup de Febreze.

Je pense à la dernière fois où j'ai vu Danny. C'était un bel après-midi de mars. J'ai passé la matinée plantée dans une pièce avec un enquêteur des affaires internes. J'ai vidé mes tripes, mais je n'ai pas menti. Je n'ai pas exagéré. Je n'ai pas fait porter la responsabilité du suicide d'Alan Dawson à Danny, même si je m'étais torturé l'esprit à réfléchir à ce qui a pu pousser un homme innocent à se suicider. J'ai simplement dit la vérité à l'enquêteur ; que je ne croyais pas que les aveux fussent authentiques. Que Danny avait détruit l'enregistrement vidéo parce qu'il avait été piégé dans une erreur de jugement précipitée qu'il avait besoin de dissimuler. J'ai vu la vérité comme le seul moyen de sauver ma carrière.

Comme j'étais stupide.

• • •

— Maintenant, inspectrice, a dit l'enquêteur, nous sommes au courant que vous avez un problème auquel vous faites face en ce moment.

Je savais ce qu'il voulait dire, même si je faisais semblant de ne pas le savoir.

— Oui, cette enquête fait des ravages, ai-je dit.

— Pas cette enquête, a-t-il précisé. Votre autre problème.

— Je suis en retard sur certaines factures, oui.

— Inspectrice, ce n'est pas votre problème, n'est-ce pas ? C'est une conséquence de votre problème.

Danny leur avait parlé des jeux d'argent. Il leur avait dit que mon addiction remettait en question mon intégrité.

— J'ai un problème de jeu, ai-je avoué. Mais je me fais suivre. Je fais de mon mieux pour essayer de me ressaisir. Je ne subis aucune pression pour mentir, pour quelque raison que ce soit. Pourquoi le ferais-je ?

L'enquêteur, un connard bien-pensant comme on n'en fait pas deux, n'a même pas cillé.

— C'est une vengeance ? a-t-il demandé.

Je me suis levée.

— Nous avons terminé, ai-je lâché. Ce que Danny Ford a fait à Dawson a aggravé mon problème. Il était là avant. Et Dieu sait qu'il est toujours là.

Lorsque j'ai quitté cette petite pièce étouffante, Danny était en route pour l'entretien. Il semblait petit, comme un adolescent. Il avait rétréci, en quelque sorte. Il portait un sweat à capuche et un jean et tout en lui était diminué, moyen et quelconque. Ce que j'ai autrefois trouvé en lui quand j'ai croisé son regard avait complètement disparu. Il n'était rien d'autre qu'un tas de problèmes. Il m'a regardée avec un air à dire « va te faire foutre » qui indiquait qu'il n'avait pas fini d'essayer de me faire tomber pour quelque chose qu'il a fait lui. Je l'ai fixé avec froideur. Je n'allais pas abandonner. Il a finalement baissé le regard et s'est détourné. Mon cœur battait la chamade. Je pouvais à peine respirer. Être libérée de lui signifiait que j'étais vraiment seule. Et être seule signifiait qu'il n'y avait personne pour me soutenir. J'ai quitté le bureau en ayant la nausée. Mais libre. J'étais libre.

Être libre ne veut pas dire grand-chose non plus.

Le hall d'entrée de l'hôtel Westin de Seattle est très tendance, avec des meubles modernes du milieu du siècle et un tapis qui imite des stries de quartz qui s'étale à l'infini sur une dalle de basalte gris. Un vase cylindrique contenant des orchidées occupe la table basse en verre devant moi. Je range mon sac dans l'espace à côté de la table, en espérant qu'il soit hors de vue. Même si je sais que les personnes dans cet hôtel sont des voyageurs, j'ai l'impression que tout en moi hurle que je suis l'une de ces sans-abris qui roulent une valise dans les rues de Seattle en attendant qu'un refuge lui trouve une place. Je me résous, assez ironiquement, à prier Dieu pour ne pas me retrouver à nouveau à Saint-Marc. Les lits sont durs. L'écho des ronflements dans l'espace est presque assourdissant. Les nuits blanches que j'y passe se confondent les unes avec les autres.

Je sais que mon maquillage est laid. Mes cheveux sont sales. Je les ai coupés, mais ça ne cache pas le fait que je n'ai pas pris de douche depuis quelques jours. Je ressemble aux autres femmes qui n'ont pas le choix et je sais aussi que tout ce qui m'est arrivé est de mon fait.

De l'autre côté du hall, je vois une table installée avec deux grands récipients d'eau, l'un aromatisé avec des tranches de concombre et l'autre avec du citron et du citron vert. Je m'y dirige, passant devant des voyageurs qui attendent leur chauffeur Uber. Ils sont jeunes. Riches. Attirants. Je leur adresse un signe de tête, mais ils ne me voient pas. Personne ne me voit. C'est comme s'il y avait un avertissement sonore leur indiquant que je suis une perdante et qu'ils ne doivent pas me regarder.

Alors que je remplis un verre d'eau citronnée, je remarque deux employés de l'hôtel qui font rouler un chariot chargé de produits pour le petit-déjeuner. Du café. Des pâtisseries. Des serviettes en lin. Je m'approche. Un panneau accueille un groupe de Whole Foods. J'avais l'habitude de faire mes courses là-bas. Lorsque les employés disparaissent dans le couloir, je bondis. Je suis tellement lassée par les flocons d'avoine. Tellement fatiguée du goût amer de mes échecs.

— Hé !

Je me retourne. C'est un jeune employé afro-américain de l'hôtel. Il me lance un regard furieux et pointe un doigt dans ma direction. Je laisse tomber mon croissant.

— Vous ne pouvez pas manger ici, dit-il en baissant la voix pour que le couple qui attend son Uber n'entende pas. Vous devez partir. Prenez vos affaires, et oust !

Maman avait l'habitude de faire claquer la fenêtre et de crier « Oust ! » à tous les chiens qui se trouvaient dans notre cour. « Oust ! »

— Désolée, fais-je, en gardant l'œil fixé sur le croissant au bord du plateau. Je m'en vais.

Il me pointe à nouveau du doigt. Cette fois, il désigne ce que scrute mon regard embarrassé.

— Prenez ça avec vous, dit-il. Vous l'avez touché, vous le prenez.

Je crois voir de la gentillesse dans ses yeux. Je ne suis pas sûre. Je n'arrive plus à lire personne. Je prends la pâtisserie, récupère mes bagages et me glisse hors du Westin. Je retourne au refuge. En faisant rouler ma valise sur les fissures et les craquelures du trottoir, passant devant un jeune homme avec un golden retriever et une pancarte demandant de l'aide, je compte chaque bosse. Je transforme chaque protubérance en un bouton de ma machine à sous préférée. Les images des rouleaux tournoient devant moi. La rotation s'arrête et dans mon esprit, j'entrevois *Le Cri* d'Edvard Munch.

Cela résume assez bien ce que je ressens.

22

Tout ce qui m'entoure me rappelle mon problème : le chapeau posé sur le sol à côté du jeune homme à la guitare, son chien et le panneau qui dit « Tout est le bienvenu ». Les billets d'un dollar flottent au-dessus d'un tas informe de pièces de monnaie. Je repense à la fois où je n'avais plus d'argent et où j'étais si désireuse d'alimenter ma machine à sous que je suis retournée sur le parking et que j'ai presque déchiré le siège de ma voiture parce qu'un jour, j'avais laissé tomber quelques pièces après être passée par un drive-in. J'étais complètement folle. Je devais retrouver ces pièces. Je me suis entaillé le dos de la main sur le dessous du siège. Une grosse coupure. Mais quand j'ai trouvé l'argent, j'étais tellement heureuse que je ne me suis même pas souciée du fait que ma main saignait comme le haut d'une bouteille de Ketchup. Je me suis juste hâtée de retourner à l'intérieur et j'ai acheté un ticket à un dollar. J'ai appuyé sur « Play » et toute l'anxiété qui m'enveloppait s'est envolée. D'une manière ou d'une autre, j'ai réussi à gagner, et à continuer de jouer. *Dieu veut vraiment m'aider*, ai-je pensé. Il veillait sur moi.

Il allait faire en sorte que tout aille bien.

Quand je vois un facteur, je me rappelle à quel point j'étais désespérée à l'automne. Alors que les créanciers s'alignaient, que les CV ne suscitaient plus de réponses et que la saisie des biens que je pensais pouvoir garder était presque inévitable, j'étais préoccupée par le fait de recevoir mon chômage. Le casino m'attendait. Ça allait être mon jour.

Ça devait être mon jour. Tous les jours.

Le facteur passait toujours vers dix heures. Ce n'était pas un horaire qui me convenait. Je ratais toute la matinée. Quelqu'un d'autre sur ma machine pourrait me voler mon jackpot.

J'ai pris ma voiture et j'ai fait le tour du quartier, à la recherche de la Jeep rouge, blanc et bleu et du faignant au volant. Je me suis arrêtée derrière lui et suis descendue.

Il m'a reconnue. J'avais attendu près de ma boîte tous les lundis que le dernier chèque en date de mon chômage arrive. Mon compte bancaire en ligne avait été suspendu – « pour utilisation contraire aux règles », avait dit la dame au téléphone. Le regard du facteur n'était ni incrédule ni énervé quand il m'a vue. Le simple visage a l'expression neutre d'un fonctionnaire qui a déjà vu des gens comme moi par centaines. L'accro aux chèques. La personne qui a besoin d'argent à la seconde même. Il a probablement pensé que j'étais droguée. Je sais que c'est ce que, moi-même, j'aurais pensé.

— Vous avez mon chèque ? ai-je demandé. Je vais partir en ville et j'ai besoin de faire quelques courses.

Mon excuse ne l'a pas dupé. Du moins, je ne le croyais pas. J'avais menti aux autres plus souvent que je n'avais dit la vérité. Embarrassée, je suppose. Honteuse d'être tombée si bas. Tellement bas.

— Je ne suis pas censée vous le donner. Je suis censé le mettre dans la boîte.

— Je sais. Juste pour cette fois. Je suis vraiment pressée.

— OK, mademoiselle Foster, a-t-il dit. Cette fois-ci seulement.

Il a pêché mon chèque dans un bac en plastique à l'arrière de la Jeep.

— Vous voulez ça aussi ?

C'était un tas de factures. L'une d'elles était estampillée « Avis final ».

J'ai secoué la tête. Une mauvaise nouvelle comme celle-là me pesait. J'allais gagner et je ne voulais pas que de la paperasse laissée sur ma banquette arrière me rappelle que j'étais une *perdante.*

Une fois que j'ai mémorisé l'itinéraire du facteur, je suis allée récupérer mon chèque de plus en plus tôt. Je ne lui ai plus dit que j'allais en ville, que j'avais une tante malade ou toutes les conneries que j'avais utilisées sur d'autres pour justifier l'endroit où je me rendais. Ce n'était pas ses affaires.

Ce souvenir défile dans ma tête alors que je déplace la bible sous mon cou, allongée dans ce lit inconfortable, et que j'essaie de faire taire le bruit dans mon esprit. *Éteins le diaporama. Dors un peu. Arrête de penser à lui.*

Arrête de penser à elle.

Le lendemain, au refuge, c'est un peu la même chose. Traînant mes bagages comme si c'était Shelby au bout d'une laisse, je me promène dans Seattle. Elle me manque tellement. J'envisage d'appeler la SPA pour savoir si elle va bien, mais mon téléphone n'a plus de batterie.

Je n'ai toujours pas de véritable plan pour mettre de l'ordre dans ma vie. Je veux monter dans un bus et me rendre dans un casino, mais je n'ai pas d'argent. Et je sais que le casino est un sable mouvant obscur qui m'attend comme la plus belle plage du monde. Un phare dans la nuit. Je peux sentir le parfum des frangipaniers et de l'huile de noix de coco. La plage me veut. Elle me supplie de marcher sur sa surface de sable chaud pour qu'elle puisse m'avaler d'un seul coup.

Et me traîner en enfer.

Alors que je marche à travers le froid de ce matin pluvieux et slalome entre les touristes en vacances, je croise d'autres femmes comme moi. Toutes tirent des valises, toutes marchent parmi les employés de bureau et les vacanciers comme si elles avaient un endroit où aller. Je ne les avais jamais remarquées auparavant. Je me demande si quelqu'un me remarque moi. J'espère que personne ne le fait. Mes cheveux sont mouillés et collants. Mes vêtements sont humides. L'impression de vivre mes pires vacances en camping.

Cette nuit-là, je dors dans un refuge au bout d'une ruelle près de la Deuxième et de Stewart. C'est un espace communautaire, comme le dortoir de la sororité où séjournait ma sœur. Ou peut-être une caserne de l'armée. Il y a une télé avec des oreilles de lapin dans le salon principal. Quarante femmes remplissent le lieu. Certaines fixent l'écran d'un air absent en regardant de vieux films de Tom Cruise et Julia Roberts. Nous nous asseyons et nous fixons l'écran parce qu'il faut bien faire quelque chose. Nous mangeons à dix-sept heures trente. Nous nous couchons à vingt-et-une heures. Le personnel éteint les lumières et nous nous allongeons sur nos lits. La fille à côté de moi commence à pleurer.

— Ça va ? demandé-je.

Silence.

— Est-ce que ça va ? répété-je.

La couverture qui la retient remue un peu.

— Je veux rentrer chez moi, dit-elle enfin.

Je déplace mon poids sur le lit à armature métallique et me penche plus près d'elle.

— Quel est ton nom ?

— Stella. Mon père et ma mère m'ont jetée dehors. Ils ont dit que j'étais mauvaise. Un déchet. Ils ont dit que si je ne me ressaisissais pas, je n'arriverais jamais à rien. Comme si me laisser ici allait me donner une bonne leçon.

— Peut-être que ce sera le cas.

— Oui, ajoute-t-elle, une leçon sur la façon dont je les déteste.

Je ne demande pas de détails. Personne ici n'aime en donner. Tout le monde tient à ses secrets comme à une paire d'as.

— Je n'ai pas d'argent, dit Stella. Est-ce que tu en as ?

Est-ce que je serais ici si c'était le cas ?

Elle a environ vingt ans et des cheveux noirs bouclés. Sa peau est dorée, comme une coquille d'amande, je crois. Elle gémit dans son oreiller et je me penche à nouveau pour toucher son épaule.

— Je n'ai pas d'argent, dis-je. Je suis désolée. Tu as parlé à la conseillère ?

Elle hausse un peu les épaules. Même dans la faible lumière du téléphone portable qu'elle serre dans ses bras, je peux voir que c'est une belle fille. Ses yeux sont jolis et brillent d'une intelligence certaine. Ses oreilles sont percées et elle porte des créoles surdimensionnées qui bougent comme des carillons lorsqu'elle parle.

— Oui, dit-elle. Je l'ai vue. J'ai déjà mon bac. J'ai juste besoin d'argent. Je ferais n'importe quoi pour de l'argent, conclut-elle en me fixant du regard désormais.

Je me détourne.

— Je suis désolée, Stella. J'aimerais pouvoir t'aider. La vérité est que tu dois t'aider toi-même.

— Tu devrais être l'un d'entre eux, dit-elle en indiquant le conseiller qui erre dans les rangées pendant que nous nous installons dans notre existence misérable et nageons vers la noirceur du sommeil.

Elle se retourne.

Je déteste le fait d'être si à l'aise avec les conseils. Avec tout le monde. Sauf avec moi-même.

Je me tiens face à un Starbucks du centre-ville de Seattle vêtue d'un manteau North Face mouillé. Le gars qui travaille à Sleep Country sait que je suis l'une de ces sans-abris qui font le tour du pâté de maisons en traînant leur valise et il a vu quelque chose en moi qui a fait qu'il me tend un billet de 5 dollars pour me commander un *latte*. Je n'ai pas honte. Je reste là à boire le *macchiato* comme si c'était un dîner de Thanksgiving liquide et j'ai des raisons d'être reconnaissante. Le trottoir scintille après une pluie froide et je fais du surplace près de la fenêtre, regardant passer des foules d'acheteurs.

— Inspectrice ? m'appelle une voix d'homme.

Mon cœur se serre. Ça fait longtemps que personne ne m'a appelée ainsi. Je ne veux pas que quelqu'un sache que c'est ce que j'étais. Certaines de mes copines du refuge pourraient entendre.

Mon visage reste de marbre. Je fais semblant de ne pas entendre.

— Inspectrice Foster ?

C'est l'un des deux hommes que je ne voulais plus jamais recroiser. Je me retourne.

— Je ne suis plus inspectrice, Julian.

Julian Chase porte un imperméable noir par-dessus un costume qui semble si doux que j'ai envie de tendre la main et de le toucher. Sa cravate est bleu roi. Il a perdu du poids depuis la dernière fois où nous nous sommes vus. Ça lui va bien, ça rehausse les beaux traits anguleux qui composent son visage. Ses yeux me fixent d'un air interrogateur.

— J'ai lu ça, dit-il. Je suis désolé. Comment allez-vous ?

— Pas super, avoué-je.

Il baisse les yeux sur mes bagages.

— Vous allez quelque part ?

— Non. Nulle part.

Il me regarde. Ses yeux sont comme une sorte de scanner optique et il extrait des bribes d'informations qui lui diront que je suis une épave. Que je ne vais nulle part, car je n'ai nulle part où aller. Mes vêtements ne sont pas propres. Mes cheveux n'ont pas été coiffés depuis des semaines. Peut-être même plus. Une fois qu'on sort du système, il est très difficile de mesurer le temps qui s'est écoulé entre deux choses qu'on a faites. *Toutes les six semaines*, c'est facile à se rappeler. Mais quand ça devient *de temps en temps*, ça finit par être une excuse pour ne plus le faire. Peu importe ce que c'est.

— Nous devrions avoir une discussion, dit-il. Il s'est passé beaucoup de choses.

— Je ne peux pas en parler, dis-je en m'éloignant et en faisant semblant de chercher quelqu'un dans la masse de personnes qui font des va-et-vient d'un commerce à l'autre.

Il n'y a aucune bouée de sauvetage à laquelle je puisse m'accrocher.

— Sérieusement, ajoute-t-il. Il faut qu'on parle.

Je reste là, incapable de dire quoi que ce soit.

Il touche mon épaule.

— Vous allez bien, inspectrice ?

Je ne vais pas bien. Je me tiens devant un Starbucks, un *macchiato* offert par charité à la main et en compagnie du père de la petite fille qu'aucun de nous n'a pu sauver, dont aucun de nous n'a pu venger la mort.

— Je n'irai jamais bien, dis-je en le regardant dans les yeux pour la première fois.

Je veux qu'il sache que c'est la vérité et pas juste une façon de parler.

— Je pense à Kelsey tous les jours, continué-je. Je suis tellement désolée pour elle.

Ma main tremble et la tasse tombe sur le trottoir. Un jet de lait blanc et mousseux éclabousse ses chaussures impeccables et son imperméable plus si noir que ça.

— Merde, fait-il.

— Mon Dieu, je suis désolée.

Je me penche et commence à tamponner ses pieds avec la serviette froissée que j'agrippe depuis que j'ai entendu sa voix.

— Arrêtez ça, dit-il. Ne vous en faites pas, inspectrice.

Je lève les yeux. Mes yeux ont inondé mon visage.

— S'il vous plaît, le supplié-je, ma voix étant un doux croassement, ne m'appelez pas comme ça. Ne m'appelez plus jamais comme ça. Appelez-moi Nicole.

Il se baisse et m'aide à me relever. Je me ressaisis. Ou du moins, j'essaie.

— Il faut qu'on parle, répète-t-il. Venez avec moi.

C'est comme si j'étais somnambule. Je n'ai pas vraiment envie de le suivre. Mais je ne peux pas m'arrêter. Je lui dois quelque chose. Quelque chose de plus que je ne pourrai jamais lui donner. Il me conduit à sa voiture, un Range Rover tout neuf. Je monte à l'intérieur. Mes pieds sont gelés. Humides. Mes cheveux sont mouillés. J'imagine que je ne sens pas très bon. Aussitôt, mon esprit se remémore l'affaire Kelsey. La voiture. Le mémorial improvisé, la femme et sa fille, et leur triste bouquet de fleurs de supermarché. Presque un an.

Julian met le contact et la plus grande invention de l'humanité – les sièges chauffants – opère sa magie.

— Que vous est-il arrivé ? demande-t-il une nouvelle fois. Après l'affaire Dawson ?

Il est gentil de ne pas être précis.

— J'avais un problème et ça a empiré. C'est un problème de dépendance.

— Drogue ? Je connais un bon thérapeute.

— Non. Pas la drogue.

Je l'observe. Il ne me juge pas.

— Pas le sexe, continué-je. Manifestement pas la boulimie… Les jeux d'argent. Je suis accro aux jeux d'argent.

D'une certaine façon, ça fait du bien de dire ça à quelqu'un qui me connaît, ne serait-ce qu'un tout petit peu. Les inconnus s'en fichent. Les proches me jugent. Quelqu'un comme Julian Chase peut me prendre ou me laisser. J'étais importante pour lui pour une chose que je n'ai pas bien faite. Il pourrait très bien me détester et je ne lui en voudrais pas du tout.

Je lui raconte mon histoire. Je parle de Danny et de la façon dont on allait au casino. De la façon dont c'était un exutoire pour évacuer le stress d'une longue journée. Se défouler. Et je lui précise qu'avec le temps, c'est devenu beaucoup plus que ça.

— C'était mon refuge, ajouté-je, bien que les mots semblent ridicules, même pour moi. Ma façon d'oublier le désordre que j'avais laissé derrière moi.

Je ne dis pas le nom de Kelsey. Je sais qu'il comprend.

— Alan Dawson n'a rien à voir avec la mort de Kelsey, n'est-ce pas ? demande Julian.

Je regarde une jeune femme promener sa poussette devant la voiture.

— Allons faire un tour, dis-je.

— Où voulez-vous aller ?

— Loin.

Alors que nous nous engageons dans la circulation, la chaleur m'enveloppe. Je tourne le regard vers lui. Il y a une incertitude dans ses yeux, mais je continue à sentir que cet homme est honnête et compréhensif.

— Je ne pense pas que ce soit lui, dis-je.

— Je me suis posé la question, dit Julian. J'admets que j'y ai pensé. S'il a été piégé par votre partenaire, ça voulait dire qu'il était innocent.

— Oui, acquiescé-je. Je pense que c'était le cas.

— Nicole, aidez-moi, dit-il en jetant un regard dans le rétroviseur alors que nous nous engageons sur l'autoroute I-90.

— Vous aider ? fais-je. Je ne peux même pas m'aider moi-même.

— Nous devons découvrir qui a tué Kelsey. La police ne nous aidera pas. Ils me disent que l'inspecteur Ford a tout fait foirer, mais ça ne veut pas dire que Dawson n'était pas coupable. C'était juste l'exemple d'un flic trop zélé qui a donné un coup de pouce aux preuves.

— Un coup de pouce…

— Je suis devenu une nuisance là-bas. Nuisance, au fait, c'est le mot que votre patron, Evan Cooper, a utilisé. Il a dit que si je continuais à être une *nuisance* en prenant des nouvelles chaque semaine au département de police, il me ferait arrêter.

— Cooper déteste toute l'attention négative que Danny et moi avons attirée au département. Il essayait juste de faire un écran de fumée.

— C'est vrai, j'imagine, dit-il alors que nous passons au-dessus de Mercer Island par le pont de l'East Channel.

Je regarde le débarcadère sur la rive où les aveux inventés d'Alan Dawson nous ont entraînés dans une recherche infructueuse du corps de Kelsey. Je doutais déjà d'eux à ce moment-là. Mais Danny était quelqu'un que j'aimais et que j'admirais.

Stupide, c'est le mot qui me vient à l'instant pour exprimer ce que je ressens.

— Où allons-nous ? demandé-je finalement.

— Vous pouvez vous installer chez moi, Nicole.

Il me jette un regard pour évaluer ma réaction.

Je reste assise et fixe la fenêtre.

— Rien de bizarre, reprend-il. Ne vous inquiétez pas. Je pense que nous pouvons nous aider mutuellement. Il est clair que nous sommes tous les deux seuls dans cette situation.

— D'accord, dis-je. Comment m'avez-vous retrouvée ?

— Quelqu'un a avoué, me confesse-t-il. Votre sœur. Votre sœur m'a croisé devant mon bureau et m'a reconnu grâce aux médias. Elle m'a dit ce qui vous est arrivé et où vous vous trouviez.

Il est difficile de savoir si Stacy médisait ou si elle voulait bien faire.

— C'est gentil de sa part, fais-je, bien que je m'interroge sur les véritables intentions de ma sœur.

Elle est experte pour glisser des aiguilles et des épingles dans des pains au chocolat et les donner à manger aux personnes sans méfiance. Experte pour trouver un moyen de plaider l'ignorance en mettant son interlocuteur sur la défensive : « Il y a quelque chose qui ne va vraiment pas bien chez toi si tu penses que c'était mon intention. Tu es sérieusement dérangée. Tu as peut-être besoin de voir quelqu'un. Je dis ça en tant que personne qui se soucie de toi et qui est très, très inquiète. »

— Je ne peux pas rester ici, dis-je alors que la porte du garage se lève et que le Range Rover se gare sous une petite boule en plastique suspendue au plafond. Lorsque la boule touche le capot, Julian éteint le moteur, décroche sa ceinture de sécurité et se tourne vers moi.

— De la façon dont je vois les choses, déclare-t-il, vous n'avez pas beaucoup d'options. Et c'est très bien comme ça. Je n'en ai pas non plus. Je veux découvrir qui a tué ma fille. C'est moi qui vous embarque là-dedans.

Je sors et je vois la BMW bleu nuit qu'Angela a conduite chez Target le soir où Kelsey a disparu. Cela me ramène directement à ce décembre détrempé de l'année précédente. Une si grande partie de ma vie a été définie par cette affaire.

— Vous pouvez vous en servir pendant que vous séjournez ici, dit Julian. Pour une raison que j'ignore, Angela n'en voulait plus. Trop de mauvais souvenirs, peut-être.

Cette nuit-là, je me retrouve à dormir dans la chambre d'un autre enfant. Cette fois, c'est celle de Samuel Chase, un espace décoré sur le thème de *Cars*. La housse de couette est à l'effigie de Flash McQueen et la lampe à côté du lit possède un abat-jour Mater. Je sors de la douche, mes cheveux sont mouillés et je porte une chemise de nuit laissée par Angela. Si ça n'accentue pas encore plus le nœud dans mon estomac, je ne sais pas quoi d'autre pourrait le faire. Julian et moi n'avons parlé que peu de temps après notre arrivée et avons mangé de la pizza. Puis je lui ai dit que je devais m'allonger. Je veux voir cet étrange arrangement comme une opportunité de réparer toutes les choses qui ne vont pas dans ma vie. Je veux défaire tout ce qui a permis au tueur de Kelsey de rester en liberté. Je ferai ce premier pas demain.

J'irai voir Charlene, la veuve d'Alan Dawson.

23

Je débarque au Lake Washington Mobile Estates dans la BMW bleu nuit qui appartenait à Angela. Il serait plus approprié pour moi d'y aller en rampant, eu égard au rôle que j'ai involontairement joué dans les événements qui ont conduit à l'arrestation du mari de Charlene Dawson.

Et à sa mort.

J'ai déjà sorti mon arme auparavant et je l'ai fait avec une détermination d'acier. J'ai affronté une meute d'adolescents enragés et armés de couteaux. Une fois, j'ai mis fin à un vol dans une station-service alors que je revenais prendre un café et j'ai plié l'affaire alors que la tasse était encore chaude. Rien ne m'intimidait. J'étais sans peur autrefois. Maintenant, je remets tout en question. Une personne qui ne peut pas passer du point A au point B parce qu'elle est bloquée par les événements qui l'ont conduite au point A en premier lieu. Je vais changer tout ça. Ou essayer, au moins.

Charlene ouvre la porte en grand et sans crainte de qui pourrait se tenir dans l'embrasure, de qui pourrait se pointer et nier l'amour qu'elle avait pour Alan, ou dire qu'elle était complice, la femme d'un pervers, l'amante d'un tueur d'enfants.

Ses cheveux sont plus courts, mais ses yeux sont les mêmes. Ils me fixent avec la force d'un cœur brisé et amer. Elle tient un torchon dans sa main. J'imagine qu'elle aimerait l'enrouler autour de mon cou. Je la laisserais probablement faire.

— Vous avez beaucoup de culot pour vous montrer ici, dit-elle.

Ce n'est pas vraiment du culot. Je reste là en silence.

— Dites ce que vous avez à dire, reprend-elle.

J'ouvre la bouche et bouge mes lèvres. Les mots qui sortent sont pathétiques, faibles.

— Il faut qu'on parle.

Les doigts de Charlene se resserrent sur le torchon.

OK, elle va vraiment m'étrangler.

— Vous avez besoin de me parler ? *Besoin* ? Je vous rirais au nez si je savais encore rire. Vous n'avez aucune idée de ce que vous avez fait. Vous et ce connard de Danny Ford.

Je reste là alors qu'elle martèle des mots destinés à blesser. Et ils blessent. Dans une autre vie, je les lui aurais renvoyés. Je me serais défendue. Je lui aurais dit qu'elle est une connasse égocentrique. J'aurais fait un commentaire sur le fait que son attitude moralisatrice est sa façon de dissimuler ses propres insécurités.

« Je suis vraiment désolée pour Alan » sont les mots que je prononce finalement.

Elle tient le torchon à deux mains maintenant, le serrant de plus belle. Je vois qu'elle fait ça pour se contenir. Je sais que je ne suis pas la bienvenue ici. Je sais que je suis un rappel de la pire chose qui lui soit arrivée. Et pour être juste, je sais qu'elle n'a pas eu la vie facile pendant très longtemps. Les pires choses de la vie lui ont été administrées en doses infinies. Se retrouver dans ce parc à mobile home avec un homme qui a fait de la prison pour l'avoir aimée n'était que le petit bout d'une mèche allumée il y a longtemps.

— Vous l'avez brisé, dit-elle, des larmes coulant maintenant sur son visage.

— Je suis désolée, répété-je encore une fois, parce que c'est le seul mot qui semble convenir.

C'est un mot faible et inutile, je le sais. Mais c'est tout ce que j'ai en ce moment. Je veux lui dire que je ne pense pas que ce soit un suicide, mais je ne peux réparer qu'un désastre à la fois. Je peux essayer de faire amende honorable et espérer que justice soit rendue à Kelsey.

— Vous et l'inspecteur Ford l'avez poussé à bout. Je le sais. Je sais qu'il était innocent. Il n'aurait jamais fait quoi que ce soit à cette petite fille. Il n'était pas du tout comme ça, mais vous avez fait croire à tout le monde qu'il l'était.

— Charlene, je suis là pour vous aider, lui assuré-je. Vraiment. Vous pouvez être en colère et je le mérite. Vous pouvez rejeter la faute sur moi et je le supporterai aussi. Je le comprends. Je l'accepte. S'il vous plaît, laissez-moi entrer et vous parler.

Elle semble plus jeune que son âge alors qu'elle se tient là, dans l'embrasure de la porte de son mobile home. Je me demande à quel point son apparence a joué dans l'obsession des médias pour cette affaire lorsqu'elle était adolescente. Elle a à peine l'air d'avoir vingt ans maintenant. À presque seize ans, j'imagine qu'elle en paraissait plus près de douze. Ses yeux sont verts et ses cheveux blonds ondulés, qu'elle portait coiffés en arrière quand je l'ai vue partir au travail, à Panera, le matin où j'ai gâché sa vie, sont maintenant coupés court et asymétriques, avec une frange qui descend vers la droite. Je portais mes cheveux comme ça avant d'opter pour le *Bellevue Bob* : le style que la moitié des femmes que je connais ont adopté. Fonctionnel. Banalement joli.

Elle me fait marcher sur des lattes de bois qui craquent légèrement sous notre poids jusqu'à la cuisine. La pièce est impeccable. Toute la maison l'est. Elle récupère deux tasses sur une étagère au-dessus de l'évier. L'une des deux m'enfonce une pique dans le cœur. Il y est écrit : « Le meilleur mari du monde ».

Charlene me surprend en train de le lire. Ses yeux se fixent sur les miens.

— Je l'ai achetée pour Alan au centre commercial quand nous nous sommes mariés. Il buvait son café dedans tous les matins. Il l'a cassée une fois. Je ne sais pas comment. Bref, Alan l'a remplacée par une autre exactement comme celle-là. Le prix était inscrit sur le fond. 7,99 dollars. Je ne l'aurais jamais payée aussi cher.

Je ne dis rien, car il n'y a rien à dire.

— Crème ?

— Je le prends noir.

— Pourquoi êtes-vous ici ? demande-t-elle en versant le café puis en s'asseyant en face de moi.

— Je vous l'ai dit.

Elle fait glisser la tasse du meilleur mari du monde vers moi. Je sais qu'elle fait ça pour s'assurer que je n'oublie pas ce qui s'est passé.

Je ne l'oublierai jamais.

— Je n'y crois pas, dit-elle. Vous êtes ici parce que vous voulez quelque chose, n'est-ce pas ? Je ne sais pas ce que c'est. Que je vous pardonne ? demande-t-elle en scrutant l'expression sur mon visage. Si c'est ce que vous êtes venue me vendre, je ne suis pas acheteuse.

— Je ne pense pas que votre mari ait quelque chose à voir avec le meurtre de Kelsey.

Mes mots sont suspendus dans l'air.

— Vous êtes venue jusqu'ici pour me dire ça ? Je le sais déjà. Je le savais à la seconde où vous l'avez poussé à faire ces aveux.

— Je n'étais pas là quand il a tout avoué, dis-je, comme si mon absence allait m'absoudre de tout ce qui s'est passé.

— Vous êtes dans le même sac, dit-elle. Vous, l'inspecteur Ford, la plupart des journalistes... Vous essayiez tous tellement d'obtenir ce que vous vouliez que vous ne vous souciiez pas de la vérité.

— Je me soucie de la vérité, avancé-je.

Elle me fait un signe du dos de la main, comme pour faire tomber mes mots sur le sol.

— Voyez-vous ça ? J'ai lu ce qui vous est arrivé. Que vous n'avez pas été officiellement condamnée pour ce qui s'est passé, mais que vous avez quand même été renvoyée. Ça ressemble à une tentative d'étouffer l'affaire.

— Personne n'a étouffé l'affaire, rétorqué-je. C'était juste une erreur. De ma part.

Charlene Dawson pousse des coupures de journaux vers moi.

Elles glissent sur le dessus de la table. Les gros titres mettent en scène mes pires moments. Les moments qui étaient publics, en tout cas.

« La veuve de Dawson dit "non" aux allégations de suicide »
« Une inspectrice est remerciée de la police de Bellevue »
« Ford ne conteste pas les accusations d'obstruction à la justice »
« Ford condamné à une peine de prison pour avoir falsifié des dossiers et des aveux »
« Une inspectrice démissionne et se fait soigner pour sa dépendance aux jeux d'argent »

J'ai mémorisé les articles, mais je garde les yeux sur les journaux. Charlene m'étudie. Elle cherche à voir s'il y a une partie de moi à laquelle elle peut faire confiance. Ses yeux disent qu'elle me déteste, mais je sens que malgré ce qu'elle a déclaré, elle veut bien acheter ce que je vends. Après tout, elle est seule.

— Je vais déménager, dit-elle. Je descends à Eugene. Nous avons un nouveau magasin qui ouvre et je vais être l'assistante du manageur. Je devrais être manageuse, pour tout ce que je fais pour le magasin où je suis maintenant. Mais peu importe.

Le changement de ton est plus agréable.

— C'est génial, Charlene, dis-je. Un nouveau départ.

Elle regarde la fenêtre puis revient vers moi. Ses yeux sont humides. Brillants.

— C'est ce que dit ma mère. Tout à coup, elle et papa font comme si Alan n'avait jamais été là. Je suis à nouveau leur petite fille. Ça me rend malade.

Elle fait une pause pour boire.

— J'ai hâte de partir d'ici.

— Vous avez vu Alan, dis-je en la ramenant à la raison de ma présence, après son transfert à King County ?

Ses yeux restent fixés sur les miens.

— Oui, je l'ai vu.

— Comment était-il ?

Elle me toise comme si je venais d'une autre planète. Comme si ce qu'il ressentait devrait être évident pour moi.

— Bouleversé, répond-elle. Il était blessé. Il voulait s'assurer que je ne croyais pas ce que vous prétendiez qu'il avait avoué. Je lui ai dit que jamais je ne croirais ça. Il n'a même pas eu besoin d'ajouter quoi que ce soit. Je n'y croirai jamais. Je n'y crois toujours pas.

— Il était en colère ?

Ses yeux ne sont plus humides. Ils envoient un regard furieux dans ma direction.

— Pas suicidaire, si c'est là où vous voulez en venir, inspectrice.

Elle m'accable. Je le mérite.

— Charlene, je ne suis pas inspectrice.

— C'est vrai. Vous ne l'êtes plus. Vous aussi, vous avez tout perdu. Vous êtes ici pour une sorte de thérapie ?

Je le suis, d'une certaine façon. C'est une fine observatrice.

— Je ne pense pas que votre mari ait quelque chose à voir avec le meurtre de Kelsey.

— Vous avez déjà dit ça.

Ma tasse est vide et elle me verse plus de café.

— Vous êtes sûre qu'Alan n'était pas suicidaire ? demandé-je enfin.

Elle verse de la crème en poudre dans son café et mélange le tout. L'air se remplit de senteurs de vanille. Ça me fait penser à mon père. Il adore cette saveur.

— Oui. Jamais de la vie. En fait…

Elle continue à remuer la crème. C'est un gros tourbillon brun pâle au centre de sa tasse. Elle le fixe. Elle ne veut pas que je voie toute la douleur qu'elle garde en elle. Les personnes comme elle vivent avec une carapace. Je le sais parce que je suis l'une de ces personnes.

— Il m'a dit de ne pas m'inquiéter, reprend-elle, sa voix se bloquant dans sa gorge. Il m'a dit que tout allait bien se passer. Que les flics avaient tout inventé et qu'il avait des preuves. Il y avait une caméra qui enregistrait tout l'interrogatoire. Il n'a jamais dit qu'il avait déposé le corps de cette petite fille.

L'enregistrement. Alan Dawson était au courant. Je me suis demandé s'il savait que celui-ci avait disparu.

— Vous êtes au courant d'autres choses ? demande-t-elle. J'ai appelé la police de Bellevue et j'ai dit à l'agent que nous allions être millionnaires et que quelqu'un de chez eux irait en prison. Je leur ai dit que peu importe ce qu'ils pensaient savoir, ils avaient tout faux.

— Vous vous souvenez à qui vous avez parlé ?

Elle arrête de remuer son café.

— J'avais noté le nom. Mais je l'ai jeté. J'ai brûlé tout un tas de trucs. Mes parents m'ont forcée. Ils m'ont dit que je devais passer à autre chose. Passer à autre chose. Pour faire quoi ? Alan était toute ma vie.

Je n'ai pas de mots pour la consoler. Le mot « désolée » semble si faible. Pourtant, c'est tout ce que j'ai. Je me lève pour partir et, alors que j'ouvre la porte, elle me hèle :

— Cooper. C'est à Evan Cooper que j'ai parlé.

En montant la colline qui mène à la maison de Julian, je fais une pause près du jet d'eau qui marque la grande entrée du quartier de Somerset. Des enfants ont versé du liquide vaisselle dans les eaux tumultueuses, ce qui a créé une mousse épaisse. Une canette de soda est aplatie par une Mercedes qui me dépasse. La mousse déborde du magnifique bassin en briques et s'étale sur l'aménagement paysager, méticuleux même en hiver, et enfin sur le trottoir. C'est comme un *blob* blanc et ondulant qui avale tout sur son passage. J'ai besoin de ce moment. De respirer et réfléchir. Je pense à Charlene Dawson et au gâchis que j'ai contribué à faire de sa vie. Je me demande si elle se remettra jamais de la perte d'Alan. Une douleur palpable était le fil conducteur de chaque mot qu'elle a prononcé. Je n'ai pas la moindre idée de ce que ce genre de dévouement et d'amour peut nous faire ressentir. Par moments, j'ai déjà ressenti un pincement au cœur, quelque chose de plus que du réconfort, quelque chose de plus profond que de la luxure. Ma conseillère, Melissa, m'a dit que les machines à sous remplaçaient le sentiment d'attachement à un autre être humain. Elle a dit que quelque chose en moi était cassé et que le réparer ne serait pas facile, mais que c'était possible.

— Tout comme le programme du cercle des Joueurs anonymes, a-t-elle dit alors que nous étions assises dans les fauteuils en cuir de son bureau chic et confortable sur Bel-Red Road à Overlake, votre rétablissement se fera un jour après l'autre. Vous pouvez aller mieux. Vous pouvez apprendre à vous accepter et à accepter les autres. Vous pouvez retrouver le chemin de l'amour.

Même si je sais que c'est une conseillère, une sorte de coach pour m'aider à trouver mon chemin vers une vie normale, je me sens toujours vide lorsque nos séances sont terminées.

Je pense à Evan Cooper. Au fait qu'il était mon mentor, mais qu'il admirait Danny. Ça a dû être tellement difficile pour lui de savoir que Danny tomberait à cause de ces aveux. Il a dû se sentir tellement mal quand il a découvert que l'enregistrement avait disparu. Je me souviens de la façon dont son visage s'est décomposé lorsque les enquêteurs des affaires internes sont intervenus et qu'ils ont fait ce qu'ils avaient à faire. Danny était hors-jeu. J'ai été jetée à la poubelle. Cooper était humilié. Aucun de nous ne serait plus jamais le même.

Je remonte la colline et bifurque dans l'allée de Julian. La porte du garage est ouverte et, en me garant, je remarque la rangée de cartons marqués du nom d'Angela qui se trouvent le long du périmètre. Je m'arrête lorsque le capot touche la boule suspendue. J'ai du mal à m'extirper de la voiture. Je reste assise pendant une seconde.

Juste à ce moment-là, Julian sort de la maison. Il porte un jean et un pull à col en V de couleur fauve. Son regard est doux, préoccupé. Il ne me fixe pas du tout de manière étrange, mais je me sens bizarre. Je porte les vêtements de sa femme, des habits jugés démodés et laissés derrière elle. Je dors dans la chambre de son fils. J'essaie de me ressaisir, de rafistoler ma vie. Le seul moyen d'y arriver est de découvrir ce qui est vraiment arrivé à Kelsey Chase.

— J'ai quelque chose à vous montrer, dit-il.

24

Julian me conduit à la cuisine et m'offre quelque chose à manger. Je n'ai pas faim. Comment pourrait-il en être autrement ? Il fait glisser une feuille de papier sur la table en verre. Juste à ce moment-là, je remarque que le dessous du plateau est marqué par des petites empreintes digitales d'enfants qui ne vivent plus dans cette maison. La surface est, en revanche, immaculée. J'imagine que Julian a laissé ces tristes petits souvenirs en place intentionnellement.

— C'est Samuel qui l'a fait, déclare-t-il à propos du dessin qu'il a placé sous mon regard. Angela ne voulait pas que je l'aie.

J'étudie le dessin. Il a été fait au crayon bleu et il montre une voiture avec trois personnes à l'intérieur. Le véhicule, je crois, ressemble à Flash McQueen. Il a un visage. Un visage triste. Des larmes suintent de phares surdimensionnés en guise d'yeux. La silhouette dans le siège conducteur est une femme aux grands yeux verts et aux cils recourbés. Angela. À travers la fenêtre du siège passager, derrière le conducteur, on peut distinguer deux visages qui regardent dehors. L'un est plus grand que l'autre. L'un a des cheveux plus longs. Samuel et Kelsey. La bouche du garçon est une ligne droite, comme celle de la mère. La bouche de la fille, c'est autre chose. C'est un cercle ouvert. Elle semble appeler quelqu'un ou quelque chose.

Des cris ?

À l'extérieur de la voiture, un animal avec de grandes dents et une queue, quelque part entre celle d'un rat et d'un raton laveur, plane au-dessus de la scène. C'est un monstre, un Sendak affichant un air véritablement menaçant. La poitrine du personnage est colorée en rouge par une série de traits précipités.

— Qu'est-ce que c'est ? demandé-je en tapant du doigt sur la créature.

— Un chat mutant, répond Julian. C'est ce qu'il m'a dit.

— Un chat mutant, répété-je. Quand a-t-il dessiné ça ?

Julian se penche au-dessus du dessin et le scrute ; ce qu'il a probablement déjà fait des milliers de fois.

— Quelques jours après Noël, je crois. Je l'ai trouvé sous le sapin quand nous l'avons descendu.

Samuel n'a presque rien dit de ce qu'il a vu cette soirée-là sur le parking. Au début, je me suis demandé s'il n'était pas un peu autiste, s'il n'avait pas le syndrome d'Asperger, quelque chose comme ça. Mais un psychologue pour enfants qui l'a interrogé a dit qu'il n'en était rien. Il était simplement traumatisé par des événements qui l'ont finalement rendu enfant unique.

« Ça ne veut pas dire qu'il a vu quoi que ce soit », a expliqué le psychologue attitré du département de police dans un rapport qui a fini par être enterré dans le dossier après que l'affaire se soit brusquement terminée par le suicide d'Alan Dawson. Il a conclu qu'il était certainement simplement traumatisé par le comportement de ses proches suite à la disparition.

Son diagnostic était juste et, d'une certaine manière, personne n'y a accordé d'attention. Sa mère et son père étaient en guerre, bien qu'il s'agisse d'une sorte de bataille secrète, un genre de guérilla, qui passait inaperçue aux yeux de tous, sauf d'eux-mêmes. Ils vivaient dans une belle maison avec une vue époustouflante. Ils conduisaient de belles voitures. Le vernis de leur vie commune était l'essence même de ce qu'ils étaient en tant que couple. Et ce qu'ils étaient en tant que famille. Somerset n'est pas différent de nombreux quartiers à la mode à l'est de Seattle. Sauver les apparences est le véritable coût de la vie dans ce genre d'endroits.

— Je l'ai montré à Angela, reprend Julian. Elle me l'a pris et l'a jeté à la poubelle en disant qu'elle voulait juste que Samuel oublie ce qui s'était passé, qu'il devait soit tourner la page, soit avoir peur pour le reste de sa vie.

Les mots de Julian me stupéfient.

— Passer à autre chose ? enchaîne-t-il. Kelsey était à peine partie depuis une semaine. Tout le monde était traumatisé.

Ses lèvres se pincent. Je peux voir qu'il réfléchit soigneusement à ce qu'il va dire.

— C'est ça, dit-il, sur un ton qui semble être celui de la confession. J'en étais sûr. Au fond de moi, j'en étais sûr.

Je ne lui en veux pas. Je lui fais confiance. Il a été confronté à une chose horrible qu'il ne voulait pas croire. Mais je creuse un peu plus quand même, pour être sûre de ce que je comprends.

— Vous étiez certain qu'elle était mêlée à tout ça ?

Il hoche lentement la tête.

— Oui. Mais je ne pense pas à la partie *meurtre*. Je ne peux pas y croire.

— Vous dites qu'elle ne voulait pas que vous ayez le dessin ?

— C'est ça. Elle l'a posé parmi les papiers cadeaux que nous allions mettre au feu et j'ai fait semblant de le jeter dans la cheminée. Au lieu de ça, je l'ai caché.

Il ne lui faisait pas confiance. Même à ce moment-là.

— Avez-vous posé des questions à Samuel à propos du dessin ? Sur ce qu'il aurait pu vouloir dire ?

Nous sommes tous les deux assis en silence. Il m'indique du café du doigt, mais je refuse. L'horloge dans l'alcôve de la cuisine – une antiquité – émet un tic-tac comme celui d'une mitraillette.

— Vous lui avez posé la question ? insisté-je en me demandant si ce n'est pas trop.

Julian expire enfin.

— Eh bien, c'est ce que je vous ai dit. Je lui en ai parlé. Il m'a dit que le chat mutant avait pris sa sœur.

Nous savons tous les deux que ce n'est pas réellement ce qui s'est passé. Quelque part dans le cerveau de Samuel, les images qu'il a recueillies se sont déformées. Il a été témoin de quelque chose qui l'a effrayé au-delà de son entendement.

Peut-être même qu'il n'est pas en mesure de se souvenir de ce qu'il a vu.

— Le cerveau d'un enfant établit des liens entre son imagination et la réalité d'une manière que nous ne pouvons pas toujours comprendre, dis-je. Parfois, les détails sont plus clairs avec le temps. D'autres fois, les souvenirs s'estompent. Que dit-il aujourd'hui de cette soirée-là ?

— Impossible de savoir, Nicole.

— Vous ne le lui avez pas demandé ?

Il s'agite sur sa chaise, mais garde ses yeux fixés sur les miens avant de reprendre :

— Je n'ai pas vu mon fils depuis des mois. Angela m'en empêche. Elle m'a exclu de sa vie.

Des mois. Il n'a jamais évoqué ça.

— Vous n'avez pas convenu d'un planning de garde ?

— Vous rigolez ? Elle me défie. Elle a balancé les pires choses sur moi qu'elle pouvait au tribunal et j'ai été examiné comme un insecte sous un microscope. Chaque fois que je gagne un point, elle demande à son avocat d'inventer une autre plainte. Savez-vous ce que ça fait d'être trahi par quelqu'un qu'on pensait connaître ?

Il voit le regard dans mes yeux.

— Désolé, reprend-il. Évidemment que vous le savez.

— Ce n'est pas pareil, mais assez pour en arriver au même point que vous.

Je lui pose la question que je garde en moi depuis qu'il m'a montré le dessin.

— Julian, pourquoi ne pas nous l'avoir dit au début ? Pourquoi avoir retenu cette information ?

Il détourne le regard.

— Vous n'avez pas d'enfant, n'est-ce pas ? demande-t-il.

Je secoue la tête.

— Si vous en aviez, vous comprendriez probablement. Je ne voulais simplement pas le croire. Qu'elle était mêlée à tout ça. Vraiment. Aujourd'hui, je pourrais la tuer si j'étais certain de m'en tirer sans répercussions. Comme elle s'en est tirée avec ce qu'elle a fait à Kelsey.

— Nous ne savons pas ce qu'elle a fait ou pas, dis-je, bien que je me mette à penser à la vidéo surveillance chez Target, aux bagages qu'elle n'a finalement pas achetés, aux mensonges qu'elle a racontés aux personnes présentes sur les lieux et au fait que personne n'a vraiment vu Kelsey sur ce parking.

Ces eaux-là sont marécageuses, alors je ne veux pas m'y aventurer et je change de sujet.

— Comment va votre fils ? Vous le savez au moins ?

Julian secoue la tête. Ses émotions sont sur le fil du rasoir. J'ai appuyé sur un bouton qu'il était stupide d'activer.

— Je n'en ai aucune idée, dit-il finalement, ses mots étant maintenant voilés de colère. À part ce que je lis sur Internet.

Cette nuit, Julian part pour un voyage d'affaires et je me retrouve seule, ne sachant pas si je suis une invitée, une gardienne de maison ou un problème qui ne fera que s'ajouter à la collection qu'il a déjà reçue de sa femme. Il m'a prêté son iPad et il me suffit d'un glissement de doigt vers le dossier des favoris pour trouver un lien vers le blog *Eastside Crime Watch*. Je fais défiler la page et trouve une publication sur l'affaire Kelsey. C'est une mise à jour sans réelle mise à jour. Lane Perry est passée maître dans l'art de transformer un rien en quelque chose. Ce remaniement dit que bien que l'affaire soit close, des « sources » ont indiqué que l'enlèvement et le meurtre de Kelsey suscitent encore quelques questions.

« Un an plus tard : pourquoi la mère ne parle-t-elle pas ? »

L'article, si on peut l'appeler ainsi, couvre le comportement bizarre de la mère de la victime après le crime. Dans une prose exagérée et grandiloquente, Lane Perry ne dit pas ouvertement qu'Angela Chase a été impliquée dans le crime, mais simplement qu'elle était une mère extrêmement mauvaise.

Lane pense apparemment que ses lecteurs sont des requins et que son travail consiste à leur jeter un seau sanglant et puant d'appâts aussi souvent qu'il le peut.

« Quel genre de mère laisse son enfant de trois ans seule dans une voiture ? »

Le blogueur commente la bataille pour la garde de Samuel entre Julian et Angela et cette fois, il lance une grenade en direction de Julian.

« Ma mère disait toujours que là où il y a de la fumée, il y a du feu. Qu'est-ce qu'il y a au juste chez M. Parfait que sa femme sait et que nous ne savons pas ? Elle a dit à plusieurs reprises à la cour qu'il nourrit de sombres penchants. Un pervers, peut-être ? »

Je fais défiler l'écran et remercie Dieu que Lane ait laissé la partie de l'histoire dans laquelle j'apparaissais mourir à petit feu. La condamnation de Danny et ma honte publique ont été bonnes pour un mois entier d'articles. Le pire est arrivé lorsque Lane a publié une photo de moi sortant du casino à quatre heures et demie du matin.

« La flic disgraciée continue sa série de pertes »

Dans ce que je savais être une indication de ma misérable condition et la preuve que Lane avait probablement raison à mon sujet, j'étais heureuse que mon père soit atteint de la maladie d'Alzheimer. Au moins, il ne savait pas que tout ça était arrivé. À l'inverse de Stacy.

Je clique sur la section des commentaires au-dessous de l'article. Angela Chase ne manque pas de détracteurs. Le premier a été publié par une personne ayant pour pseudonyme *Uptown Girl* :

« C'est une vraie connasse et tout le monde ici dans le quartier la déteste. Son bébé est mort et que fait-elle ? Elle s'installe avec un coach

de fitness. Je ne vais même plus à la piscine, car chaque fois que j'y suis, elle et le coach sont pratiquement en train de baiser dans le jacuzzi. Pas cool. »

J'aimerais parler à *Uptown Girl* pour voir ce qu'elle pourrait me dire d'autre.

Je suis tentée de publier un commentaire sous le sien, mais je résiste.

Ensuite, il y a un commentaire de *QTpie* :

« *Je travaillais avec elle. Il y avait quelque chose de vraiment bizarre dans la façon dont elle se tenait en arrière-plan à chaque conversation au bureau, sans rien dire, mais en nous espionnant. On aurait dit qu'elle ne savait pas comment se comporter comme un être humain et qu'elle essayait de nous étudier. Nous avons organisé une fête le jour où elle a démissionné pour devenir blogueuse culinaire. Tout le monde dans le bureau est venu. Même Angela. Elle ne savait pas pourquoi nous faisions la fête. Elle pensait que c'était pour lui souhaiter bonne chance. Lui souhaiter bonne chance ? On était surtout heureux de son départ.* »

Tammy O a écrit l'un des commentaires les plus fascinants, un échantillon d'un événement dont je n'avais jamais entendu parler.

« Je suis allée au mémorial que quelqu'un a organisé sur le parking du Target et je jure devant Dieu qu'Angela Chase était là, à observer. C'était environ une semaine après Noël, quand tout était en train d'exploser aux infos. Elle se tenait comme une statue, à quelques voitures de là. Au début, j'ai pensé qu'elle était venue pour remercier tout le monde, mais ce n'était pas du tout le cas. Elle était là pour faire du shopping chez Target ! Qui fait ça ? Qui va faire ses courses à l'endroit où son enfant a été enlevé ? »

Sea Star intervient :

« J'ai prévenu la flic qui a été virée du fait qu'Angela voulait acheter une grosse valise dans mon magasin avant la disparition de sa fille. Je jure sur une pile de bibles qu'il y avait quelque chose de vraiment louche chez Angela. Je ne dis pas qu'elle allait mettre cet enfant dans une valise, mais c'est vraiment ce que j'ai ressenti à ce moment-là. »

J'ai partagé la bribe de conversation que j'avais eue avec l'employé de la bagagerie avec Danny, mais ce témoignage a été écarté de l'affaire, comme un millier d'autres pistes qui ne s'alignaient pas sur le récit de Dawson qu'il était occupé à promouvoir.

Bellevue Bob, un habitué du site avec plus de deux cents publications, a ajouté :

« Le mari d'Angela n'est pas un saint non plus. Je le connais depuis l'université. C'était un bon pervers à l'époque. Chaque fois que je le vois à la télé, l'air triste à cause de sa fille ou du fait que sa femme ne lui accorde pas la garde, je me dis qu'il y a quelque chose de vraiment bizarre chez lui. Regardez-moi. Je suis une victime. Bla bla bla. Fais-toi pousser une paire, mon pote. Je vis dans le même quartier que ce con. »

Le commentaire suivant me brise le cœur. Il a été posté par Charlene Dawson. Elle n'a pas changé de nom.

« Alan Dawson n'était pas un pédophile. Un jour, les flics se réveilleront et admettront que ce qu'ils ont fait était mal. Qu'ils ont accusé un homme innocent d'un crime odieux. Vous devriez tous laisser Angela Chase en dehors de tout ça et la laisser faire son deuil. Ne soyez pas les juges de la bien-pensance à propos de choses dont vous ne savez rien. »

Crime Fan 666 a publié :

« Ce père aime juste être sous les projecteurs. Il me rappelle ces personnes qui passent à la télévision et pleurent sur la façon dont elles ont perdu quelque chose de précieux, mais qui, au fond d'elles-mêmes, sont heureuses d'attirer l'attention. Vous vous souvenez de l'affaire Ramsey ? Les parents ont chialé pendant des années. »

Ce à quoi *AnnieT* a répondu :

« Les Ramsey ne se plaignaient pas. Ils étaient innocents. »

Crime Fan 666 :

« Innocents, mon cul. »

J'ai continué à lire, faisant défiler ces propos diffamatoires que produisent si librement ceux qui se cachent derrière leur écran d'ordinateur. C'est si facile d'être cynique et cruel quand on est anonyme. Je me demande si ce voisin oserait dire le peu qu'il a écrit en face de Julian. Ou si cet autre propriétaire du quartier aurait le cran de réprimander Angela alors qu'elle et son amant batifolent dans le jacuzzi.

Évidemment que non. Personne ne se dit la vérité en face, plus maintenant. Les mensonges, par omission ou délibérés, sont devenus notre passe-temps national. Le coup de couteau dans le dos est désormais un sport olympique. Ou du moins, il ferait bien de le devenir.

J'entends un son provenant de l'iPad que j'ai placé à côté de Flash McQueen pour le charger pendant la nuit, mais je l'ignore. Il est neuf heures du matin et je dois me ressaisir. Je me suis toujours lavée dans la salle d'eau attenante aux chambres des enfants. Ce matin, je décide de me réveiller en prenant une douche dans la salle de bain principale.

La chambre de Julian est soignée comme celle d'un magazine. Son lit est parfaitement fait. C'est un champ de neige blanche qui me fait penser à la carte postale que notre mère nous a envoyée, à Stacy et moi, alors qu'elle assistait à un festival de cinéma à Telluride. Elle avait écrit au dos qu'elle avait rencontré un producteur très important qui, selon elle, l'aiderait à percer. En terminant la carte, elle avait écrit que nous lui manquions.

Je savais que ce n'était pas le cas. Papa le savait aussi. Il nous a laissées mettre la carte sur le réfrigérateur. Je réalise maintenant à quel point la voir a dû le blesser. Le fait que chaque fois que Stacy se vantait auprès de quelqu'un devant notre père que maman était une grande star de cinéma a dû être un nouveau coup de poignard dans son cœur brisé. La maladie d'Alzheimer n'a apporté qu'un seul cadeau : la mémoire de papa s'est arrêtée avant que maman ne nous quitte. Quand il pouvait encore parler, il parlait d'elle comme si elle était dans la pièce d'à côté en train de préparer ses enchiladas au chili vert, célèbres dans le monde entier. J'ai joué le jeu. Comment aurais-je pu faire autrement ?

Je suis sous la douche et je m'observe dans le petit miroir dont Julian doit se servir pour se raser. Je sais que je ressemble un peu à ma mère – le regard. Mes yeux ne sont pas aussi grands et jolis que les siens, mais ils ont la même forme. Mes lèvres sont fines comme celles de mon père. Génétiquement, je suis une sorte de mélange des choses les moins remarquables de leurs visages. Les poignets de mon père. Les petits seins de ma mère. Lorsque la loterie de l'ADN a tourné à plein régime au moment de notre conception, c'est Stacy qui a eu de la chance.

La vapeur embue le miroir, adoucissant mon regard. Je ne suis pas ma mère. Je ne suis pas ma sœur. Mais je suis aussi belle. Je ne suis pas une perdante. Je suis une gagnante. Je ne jouerai plus jamais. Jamais. Je ne vais jamais chercher un homme pour résoudre mes problèmes.

Pour me compléter.

Je tomberai amoureuse un jour. Ou peut-être jamais. Et si c'est le cas, ça ne définira pas le reste de ma vie.

L'eau est chaude et c'est si bon. Elle m'apaise et me revigore à la fois.

Je sais ce qui me définira.

Kelsey. Découvrir qui l'a tuée. C'est la raison pour laquelle je me lève tous les matins. C'est la raison pour laquelle je suis ici.

25

S'il a existé une sorte de trêve avec ma mère, c'était dans les jours précédant sa mort. Je venais d'être diplômée de l'académie de police et Stacy avait déjà des vues sur Cy. Nous n'étions pas proches alors, mais bien plus proches que nous le serions plus tard dans la vie. Notre mère avait un cancer des ovaires et je l'avais eue quelques fois au téléphone depuis le domicile en Californie de ma sœur, mais les conversations étaient rigides et peu naturelles. Elle ne s'intéressait pas à ce que je faisais.

— Oh, Nicole, cette histoire de police est une telle absurdité, a-t-elle dit lors de notre dernier appel. Comment diable espères-tu élever une famille ? Ou rencontrer quelqu'un ? Des petits voleurs, des contrevenants au code de la route toute la journée… Honnêtement, à quoi penses-tu ?

Je l'ai laissée continuer à me bombarder de ses conseils maternels trempés dans le vitriol. Au fond de moi, je voulais les mêmes choses que celles qu'elle voulait pour moi. Être complète. Je voulais fonder une famille et je voulais croire que je le ferais, un jour. Que, quelque part dans les décombres de ma propre enfance, il y avait quelque chose de bon. Il devait y avoir quelque chose.

Mais finalement, ce jour-là, au lieu d'accepter ses remarques perfides comme je l'avais toujours fait, j'ai collé mes lèvres sur la sarbacane qu'était mon téléphone.

— Pourquoi tu nous as quittés, Maman ? ai-je demandé, pour ce que je savais être la énième fois.

C'était ma façon de la blesser en retour pour tout ce qu'elle avait dit et fait.

— De l'eau a coulé sous les ponts, a-t-elle dit, sans même une once de vergogne. Nicole, je ne peux pas être tout pour tout le monde. Je dois rester fidèle à moi-même.

— Nous étions toutes petites, ai-je rétorqué.

— Et maintenant, vous ne l'êtes plus.

J'ai retenu mon souffle. Était-ce le mieux qu'elle pouvait faire ?

— Donc, en gros, tu me dis de passer à autre chose, ai-je ajouté. C'est ton dernier mot ?

— Je suis en train de mourir, a-t-elle dit, me surpassant comme toujours. Tu pourras penser ce que tu veux quand je ne serai plus là. Vous pouvez tordre votre histoire pour en faire un Kleenex chiffonné et imbibé de larmes et de morve. Ou tu peux juste laisser tomber.

Une semaine plus tard, Stacy et moi avons pris l'avion pour Calabasas où notre mère avait vécu dans un petit bungalow au bout d'une longue route poussiéreuse. Stacy a pleuré tout le long du vol depuis Seattle. Je n'ai pas versé une seule larme. Ma sœur a dit qu'elle ne pouvait pas imaginer une vie sans notre mère.

J'avais essayé de l'oublier depuis le jour où elle nous avait quittés.

La maison de notre mère était un sanctuaire à sa mémoire. Au-dessus de la cheminée, il y avait une grande photo encadrée qui la montrait debout dans un champ, le vent dans les cheveux. Son chemisier était déboutonné comme si elle était entrée dans le cadre à la hâte après un rendez-vous galant. Elle était indéniablement éblouissante.

— Elle était si belle, Nic, a dit ma petite sœur en regardant le cliché en noir et blanc que maman avait commandé lorsqu'elle avait fui Washington pour entamer une carrière de mannequin et d'actrice à Los Angeles.

— C'est vrai, ai-je dit, bien que lorsque je regardais la photo, je ne voyais aucune vie dans ses yeux.

Elle était jolie, mais froide. Comme un appareil de cuisine jamais utilisé.

— Maman nous aimait vraiment, tu sais, a dit Stacy, en glissant un portrait d'elle-même dans un cadre argenté, prise par son dernier petit ami, dans son sac à main.

C'était la seule photo parmi plus de deux douzaines dont maman n'était pas le sujet principal.

Elle nous aimait ? Je n'ai pas voulu débattre avec Stacy. La défier sur ce point était une partie perdue d'avance, je le savais, en plus de ne pas être aimable envers ma jeune sœur. Elle avait toujours été la préférée. C'est elle qui se précipitait sur le téléphone lorsque maman téléphonait et c'est moi qui prenais l'appel pour quelques échanges gênants avant que Stacy ne revienne à la charge pour bavarder, rire et se noyer dans l'amour amer et toujours conditionnel de la femme qui nous avait quittées pour faire du cinéma et de la télévision. Son profil sur IMDb[1] était rempli de rôles dans lesquels le nom de son personnage apparaissait comme « non crédité ».

— Je vais faire un album photo, a dit Stacy en feuilletant d'autres portraits, sortis d'une boîte sur le bureau art déco en verre et chrome près d'une fenêtre. Maman était tellement occupée.

Elle a brandi de vieux numéros du programme télé dans lesquels notre mère avait corné les pages et entouré les publicités dans lesquelles elle apparaissait.

— Excellente idée, ai-je dit, bien qu'intérieurement, je me demandais si Stacy avait la moindre idée que son adulation complètement déplacée pour notre mère ne servait qu'à nous éloigner davantage l'une de l'autre.

L'excavation de ses affaires de son bungalow de Calabasas l'a prouvé.

Parmi les photographies que notre mère avait rassemblées dans un carton à chapeau provenant d'une mercerie de Rodeo Drive figuraient des scènes de notre vie avant qu'elle ne disparaisse lors d'un après-midi et que notre père nous dise qu'elle ne reviendrait pas. Elle jouait les favorites avec ses photos, comme elle le faisait pour tout. Stacy – que notre mère appelait toujours par son nom complet, Anastasia – était surreprésentée dans les clichés regroupés en paquets tenus par des élastiques. Dans la plupart des foyers, le premier né est toujours beaucoup plus présent dans l'album de famille. Pas dans celui de notre mère. Peut-être que j'étais à maman ce que Kelsey était à Angela ?

— Écoute, Nicole, a dit Stacy, les yeux débordant de larmes, tu te souviens quand maman et papa ont eu ce poney à mon deuxième anniversaire ? C'est l'un de mes plus beaux souvenirs de jeunesse.

Oui, je me souviens, Stacy. Et la fois où maman a oublié mon anniversaire parce qu'elle devait faire un essai pour une pub de nourriture pour chiens, si ma mémoire est bonne.

— C'était tellement amusant, ai-je dit à la place.

J'aime ma sœur. Je n'ai jamais mis ça en doute. Et pourtant, il y a eu des fois où elle a dit quelque chose, intentionnellement ou non, qui m'a fait me demander si elle se souciait vraiment de mes sentiments. Elle, comme notre mère, était le centre de son propre univers. Je ne faisais que dériver au loin, de mon côté.

Il était facile de rejoindre la légion des détracteurs d'Angela Chase à mesure que je lisais davantage sur Internet à son sujet, que j'absorbais qui elle était en écoutant son mari, en portant ses vêtements, en dormant dans la chambre de son fils. Ma mère était une sorte d'Angela Chase. Elle était belle, sournoise, sexy, séduisante et dépourvue de toute capacité réelle à aimer.

Elles auraient été les meilleures amies du monde. Avant que l'une ne tue l'autre, évidemment. Dans le monde des femmes comme ma mère et celle de Kelsey, il ne peut y avoir qu'une seule chienne Alpha.

À bord du vol Alaska Airlines à destination de Sea-Tac depuis LAX, Stacy a réussi à se saouler avec le chardonnay qu'une hôtesse de l'air maussade nous a versé dans des gobelets en plastique transparent comme si elle nous rendait service à toutes les deux. C'était peut-être le cas. Stacy m'a dit qu'elle était presque certaine que Cy Sonntag allait la demander en mariage. Il était beau et avait réussi, un garçon de Seattle avec un master de Stanford. Elle était certaine que notre mère l'aurait adoré.

— Il est tout ce dont j'ai toujours rêvé, disait-elle. Il dit que je pourrais être mannequin.

— Je suis heureuse pour toi, ai-je ajouté.

Et je l'étais.

— Je sais que c'est difficile pour toi, a-t-elle rétorqué.

Elle a appuyé sur le bouton au-dessus de sa tête. Le son de la sonnette a alerté l'hôtesse de l'air à la bouteille de vin. Stacy a tendu son verre vide pour le faire remplir à nouveau.

— J'ai dit que j'étais heureuse, ai-je répété.

— Tu es si courageuse, Nicole. Tu l'es vraiment.

Elle se moquait de moi. Comme notre mère. Elle me rappelait que j'étais plus âgée, que je n'avais pas de prétendant en vue, qu'il soit riche ou non. Je n'ai pas mordu à l'hameçon. Au lieu de ça, j'ai fait semblant d'être captivée par la vue à travers ma fenêtre. La lumière cuivrée du soleil couchant remontait le long d'une rivière comme un serpent d'or. Je me suis dit de rester calme. La température allait baisser. Je pourrais rester cool. Je pourrais passer ce vol sans dire à ma sœur que sa condescendance à mon égard était la chose que je redoutais le plus. Elle était Hitler encourageant les Juifs à prendre une douche chaude : « Vous avez fait un si long voyage ». Elle était Jim Jones disant à ses adeptes d'étancher leur soif avec la boisson qu'il leur tendait : « Il fait si chaud ici dans cette jungle ». Elle était le chasseur qui a tué la mère de Bambi pour réguler la population de biches : « Mère Nature a besoin d'un coup de main de temps en temps. »

Et pourtant, avec notre mère décédée, notre père dans le tunnel de la maladie d'Alzheimer qui se rétrécissait rapidement, Stacy était tout ce que j'avais.

Quelle chance.

---

1. Site Internet qui recense toutes les informations sur le cinéma.

26

Derrière la fenêtre de Samuel se trouve une chaîne de pluie faite de minuscules récipients en cuivre. Lorsque la pluie dévale le toit, elle s'accumule dans le premier petit seau, le faisant basculer sur celui d'en dessous et ainsi de suite. Le son de l'eau ruisselante et le tintement du cuivre dans une séquence continue sont agréables à l'oreille. L'onde vibratoire me calme. Me distrait un peu. Je garde la tête sur l'oreiller et je fixe l'obscurité de la nuit tandis que l'eau coule le long de la chaîne. Je pense aux personnes qui ont fait partie de ma vie depuis que j'ai été aspirée au plus profond du maelstrom de ma propre déchéance. Le jeune homme suffisant de l'organisme de crédit arborant la plus petite barbichette du monde qui m'a fait passer pour une droguée alors que j'essayais d'obtenir une avance avant que mon chômage ne tombe. La femme d'âge mûr installée derrière la grille de la caisse du casino, bien consciente que la plupart de ceux qui se présentaient devant elle sont des habitués. L'homme asiatique sans émotion qui m'a dit que j'avais quatre jours pour quitter ma maison – à moins que je ne veuille que la police soit là pour me prêter main-forte. La police de Bellevue, bien sûr. Et enfin, les jeunes femmes du refuge Chez Angeline qui, la nuit, sont couchées dans leur lit, raides comme des piquets, les méninges qui cogitent en pensant à trouver une porte de sortie dans cette vie qui les tient captives. Je pense aussi à Shelby. Je me demande si elle est devenue une bouillotte pour quelqu'un d'autre. Je l'espère. Elle me manque tellement. Elle me manque plus que ne me manquent le scintillement des lumières et le son d'un tour gagnant sur ma machine à sous préférée.

Demain, je ferai deux choses. Je prendrai l'argent que Julian a laissé pour moi dans une enveloppe près de la cuisinière et j'achèterai de nouveaux vêtements chez Macy's. Peut-être même chez Target. J'aurai besoin de faire ça parce que demain, je vais parler à Angela Chase. Je ne veux pas qu'elle me voie dans ses vieux vêtements et qu'elle évalue laquelle de nous deux les portait le mieux. Ce n'est pas une bataille que je peux gagner et je le sais.

Alors que je m'assoupis en écoutant la pluie couler dans ces récipients de cuivre, je pense à Kelsey. Je la sens bouger dans la chambre de son frère. J'entends sa petite voix, son rire. Je ne l'ai jamais vue dans la vie, bien sûr. Pourtant, d'après les photos et les vidéos que Julian m'a montrées sur son téléphone, elle prend vie dans mon esprit. J'essaie volontairement de penser à autre chose, comme si je pouvais contrôler où mes rêves vont m'emmener. Et pourtant, je ne trouve aucun autre sujet pour me faire oublier Kelsey Chase. Je sais que lorsque le sommeil viendra, je me précipiterai dans ce tunnel, une pointe de lumière me menant à elle. Je verrai son petit visage, meurtri et inerte. Je verrai le rouge sur le drap de coton blanc qui enveloppait son corps flétri lorsque le chasseur est tombé sur elle à Rattlesnake Ridge. Tout cela me rendra visite, je le sais. Je donnerais tout pour bénéficier de quelque chose comme le sommeil.

Je m'attarde sur le parking d'Acadia, la résidence de Kirkland où Angela et Samuel Chase ont élu domicile. L'immeuble comporte quatre étages. C'est tout neuf. Coûteux. Les deux derniers étages, j'imagine, ont une vue imprenable sur le lac Washington. Les habitants qui partent au travail ou faire leurs courses me frôlent et ignorent complètement ma présence. Je suis transparente. Ils n'ont pas la même manière de faire semblant de me voir que lorsque je traînais ma valise à travers Seattle en attendant l'ouverture d'un refuge. Ils m'évitent d'une autre façon. Ici, à Acadia, ce sont exclusivement des jeunes gens focalisés sur leur destination, écouteurs enfoncés dans les oreilles et yeux collés sur leurs portables. Ils émergent du bâtiment une personne après l'autre. Pas de couples.

À travers le trou horriblement petit du couvercle de ma tasse, j'aspire le café chaud acheté en face. Et j'attends.

C'est le jour de congé d'Angela à la boutique. Je sais qu'elle doit sortir de cet immeuble tôt ou tard. J'ai tout mon temps.

Ma tenue de chez Macy's – un jean, un pull, un manteau – a un peu stimulé mon moral. C'est embarrassant d'admettre que quelque chose d'aussi insignifiant qu'un nouveau pull peut changer une vie. L'une des femmes du centre d'accueil était ravie qu'une nouvelle paire de chaussettes qu'on lui avait donnée possédât encore le fil de plastique qui maintient la paire ensemble. Ces chaussettes, c'était quelque chose. Quand je pense à des choses comme ça, je me sens encore plus bête d'avoir perdu mon ancienne vie. C'était ma faute. Lorsque certaines des filles du refuge parlaient de leurs petits amis ou de leurs maris qui les battaient, je hochais simplement la tête d'un air entendu. Je les laissais croire que ma situation misérable était alignée sur la leur. Dans une pièce remplie d'autres joueurs compulsifs, j'ai le courage d'admettre la raison pour laquelle je suis là. Mais tout perdre à cause d'une vulgaire machine est indéfendable parmi ces femmes qui ont été victimes d'autrui.

Je n'ai pas de cicatrices visibles à exposer et je le sais.

Enfin, alors que mon café passe à cette température tiède qui invite à le jeter dans une poubelle, j'aperçois Angela apparaître dans l'encadrement de la porte d'entrée d'Acadia. Elle n'est pas seule. Samuel est avec elle. Et un homme aussi. Le coach de fitness avec lequel elle a offusqué son voisin en batifolant dans le jacuzzi, sans doute.

La tête d'Angela est baissée de la même façon qu'ont les célébrités de se préparer à éviter les objectifs des paparazzi. C'est une femme qui vit pour être remarquée. Comme ma mère. Angela porte du noir sous un manteau couleur cerise – regardez-moi. À son bras se balance ce qui est, j'en suis presque certaine, un sac Prada, comme si c'était un ballast pour stabiliser chaque pas avec ses talons aiguilles. Samuel est en jean et porte un sweat à capuche bleu foncé. Le coach semble avoir une trentaine d'années, il a le teint hâlé et une courte barbe sur le menton. Il est beau. C'est un accessoire, comme ce sac Prada. Son crâne est rasé et je vois de petits creux au niveau de ses lobes d'oreilles qui indiquent qu'il a abandonné les boucles il y a un moment. Son bras est un python autour de la taille incroyablement petite d'Angela. Ses dents blanches flottent dans l'air comme le chat du Cheshire d'Alice aux pays des merveilles.

— Angela ! lâché-je en marchant dans sa direction.

Immédiatement, l'homme tire Angela et Samuel derrière lui.

— Rien à dire aux journalistes ! fait-il d'un ton tranchant et agressif.

— Je ne suis pas journaliste, répliqué-je. Elle me connaît. Je dois vous parler, Angela. C'est à propos de Kelsey.

Angela me regarde à peine avec ses grands yeux verts. Elle se tourne vers l'homme.

— C'est cette flic qui a été virée.

Ses yeux me frôlent.

— Laissez-nous tranquilles, m'ordonne-t-il.

Le chat du Cheshire est maintenant plein de crocs.

Je l'ignore.

— Angela, nous devons parler du dessin.

Elle me jette un regard d'un air absent.

— Celui que Samuel a fait, ajouté-je.

Comme si elle avait été électrocutée, elle agite soudainement les bras et balance son sac à main. Elle est énervée. C'est plus de vitalité que ce que j'ai vu en elle le jour où Kelsey a disparu.

— Je ne sais pas de quoi vous parlez. Vous faites peur à mon petit garçon !

Je me mets à genoux pour être à la hauteur de l'enfant.

— Je suis là pour apporter mon aide, tenté-je, mais l'homme avec qui elle est abaisse sa paume vers moi.

Sa main est large. Comme un gant de baseball.

— Ne me touchez pas, dis-je.

Je réalise que je n'ai aucun droit d'être ici. Et pourtant, j'ai presque envie qu'il me bouscule. Je veux qu'il se passe quelque chose. S'il m'agresse, peut-être que la police l'embarquera et commencera à travailler sur l'affaire. C'est un vœu pieux, je sais. Ce genre de choses ne m'a jamais menée nulle part, sauf du côté des perdants aux machines à sous du casino.

Samuel a l'air d'un petit animal traqué. Effrayé. Je ne veux pas lui faire peur. Il se replie sur lui-même.

Je me tourne vers sa mère.

— Angela, vous devez m'aider.

Je la supplie maintenant.

— Nous devons découvrir ce qui s'est passé, ajouté-je. Samuel a le droit de savoir ce qui est arrivé à sa sœur.

— L'affaire est bouclée.

— Elle ne devrait pas l'être, insisté-je.

Elle ne répond pas. Au lieu de ça, elle regarde l'homme.

— Partons d'ici.

Le regard de Samuel est maintenant fixé sur moi – pas sur sa mère ou sur l'homme qui s'est inséré entre nous. Je remarque pour la première fois à quel point il a tout pris de sa mère. Il y a peut-être un peu de Julian dans la vague de ses cheveux, mais, en réalité, il ressemble à Angela. Ça me fait penser à Stacy et à la façon dont elle s'est approprié la beauté de notre mère alors que j'ai hérité des traits de notre père.

— Un monstre a pris ma sœur, me dit Samuel, très sérieusement.

Angela attrape la main du garçon et le tire vers elle.

— Tais-toi ! lance-t-elle. On ne parle pas aux inconnus.

Je me relève. Mon cœur bat la chamade maintenant. J'extirpe le dessin de mon sac à main et le tends au garçon.

— Sais-tu qui est le monstre ? demandé-je, alors que le trio se hâte vers une Lexus blanche.

Les phares clignotent une fois et j'entends le bruit des portes se déverrouiller.

— Tu manques à ton papa, lui crié-je alors qu'ils disparaissent derrière les vitres teintées de la voiture.

— C'est quelque chose, ces deux-là, tonne une voix derrière moi depuis l'entrée d'Acadia.

C'est un jeune homme.

— Oui, acquiescé-je. Vous les connaissez ?

Il hoche la tête.

— Je ne peux pas les supporter. Personne ici ne le peut.

— Le truc du jacuzzi… fais-je.

— Vous n'en savez même pas la moitié, dit-il.

— Racontez-moi.

Il me considère un instant, puis m'indique de le suivre dans le hall. C'est un espace faiblement éclairé, meublé de fauteuils Barcelona et de tables en verre et décoré de lustres en cristal qui pendent du plafond comme un millier de stalactites.

— Vous êtes de la police, n'est-ce pas ? demande-t-il.

— Je l'étais, lâché-je. Plus maintenant.

Il s'appelle Marco Denton. C'est le manageur adjoint. Il est jeune, mais il suit les actualités. Je décèle les regards reconnaissants quand j'en vois, mais il est assez pudique pour éviter de me le jeter à la figure. J'aime bien ce type. Pour une raison que j'ignore, il a envie de balancer des saletés sur Angela Chase.

Je veux que Marco Denton les déverse sur moi. Qu'il m'ensevelisse avec. Que ça s'accumule. J'accueille chaque once de ragot sur Angela avec plaisir. Je suis une tombe ouverte. Remplissez-moi.

Ce type est un cadeau qui s'illumine pour moi comme une rangée pulsante de doubles diamants sur une machine à sous. Nous nous asseyons de part et d'autre d'un des fauteuils. C'est un espace de conversation que je ne peux imaginer posséder un jour. Les gens d'Acadia passent à côté de nous à toute vitesse. Ils ne hochent la tête que s'ils y sont obligés. L'ascenseur sonne sans cesse, chaque fois qu'il arrive au rez-de-chaussée. Ce n'est qu'un immeuble de quatre étages ; pourtant, personne ne prend les escaliers.

— C'est une vraie connasse, dit Marco en regardant autour de lui pour s'assurer que nous sommes seuls.

Il va me révéler quelque chose, mais il va être prudent.

— Je veux dire, cette nana pense qu'elle est le centre du monde et que le reste de l'humanité est là pour la servir. Et si on n'est pas là pour la servir, elle vous lance une sorte de regard qui vous dit de ne pas respirer trop son air. Comme si on était des moins que rien.

C'est à peu près la meilleure analyse d'Angela Chase que j'aie jamais entendue.

— Je dirais que vous avez un master en psychologie, déclaré-je.

— Non, dit-il en souriant. Informatique. Mais merci. Je peux assez bien lire les gens. Mais sérieusement, Angela Chase est la meilleure ambassadrice de toutes les connasses râleuses. Pas besoin d'analyse sur celle-là. Un seul regard sur elle et vous comprenez que la meilleure façon de traiter avec elle est de s'enfuir aussi vite que possible.

Il l'aime autant que moi. J'aime bien ce gars.

— Que pouvez-vous me dire d'autre sur elle ? J'essaie d'aider son mari. Il n'a pas pu voir leur fils, malgré une décision de justice.

Il hoche la tête.

— Ça lui ressemble. C'est une locataire infernale. Ma patronne, Tracy, ne vous dira rien. Elle est totalement dans les clous. Si stricte que ses yeux grincent quand elle lit un contrat de location.

Je m'entendrais probablement bien avec Tracy. L'éthique, c'est bien. Pas tant que ça, cependant, quand vous devez tirer les vers du nez à quelqu'un. Mais j'ai Marco pour ça. Je le presse pour obtenir quelques détails.

— Angela est donc une locataire à problèmes ?

— Le pire, c'est quand elle a laissé l'eau couler une fois, dit-il. Elle a inondé l'appartement en dessous d'elle. Elle a dit que c'était un tuyau défectueux, mais quand les gars de la maintenance ont vérifié, ils ont dit qu'elle avait laissé couler l'eau du bain. Aucune autre possibilité. Mais elle a carrément menti à ce sujet.

— Elle fait ça souvent, ajouté-je.

— Sans blague, dit-il en se penchant vers moi comme s'il voulait que personne d'autre n'entende.

Quelqu'un comme « Tracy dans les clous » par exemple.

— Elle se plaint toujours de quelqu'un, continue-t-il. Elle dit que les gens la harcèlent ici. Nous ne louons pas aux harceleurs. Exception faite d'elle et de son petit ami. Elle a dit à Tracy qu'elle allait la poursuivre en justice si Tracy n'arrivait pas à maîtriser la situation.

— C'est qui son mec ? demandé-je. Il a l'air d'un ange.

Marco ramasse quelques poils d'animaux sur sa cuisse. Ça me fait penser à Shelby, mais je ne m'autorise pas à aller dans cette direction.

— Michael Bennett. C'est un vrai connard, me dit-il. Peut-être pire qu'Angela. C'est toujours la faute de quelqu'un d'autre. Il a piqué une crise quand quelqu'un a rayé sa voiture. Je veux dire, une grande tirade du genre : « Je vais faire virer le personnel de sécurité et vous me devrez un loyer gratuit pendant un an », devant un groupe de résidents qui assistaient tranquillement à la dégustation de vin du vendredi soir. C'était amusant de lui faire péter un câble sur ce coup-là.

— Comment vous avez fait ça ?

Marco se penche un peu plus et se fend d'un large sourire. Ça a l'air d'être un bon souvenir.

— Nous avons des caméras partout ici. Devinez qui a fait ça.

J'espère que ce n'était pas Julian, bien que je ne l'aurais pas blâmé. Je ne suis même pas sûr qu'il sache pour Michael Bennett.

Marco fait une pause pour ménager l'effet dramatique.

— Angela, déclare-t-il.

Je répète son nom.

— Ouais, dit Marco, désormais tout excité. Ce n'est pas génial, ça ? C'est cette détraquée qui a fait le coup. On lui a dit, mais il a rétorqué qu'on était des menteurs et qu'on avait truqué l'enregistrement. Laissez-moi répéter. Truquer l'enregistrement. Il nous prend pour qui ? La CIA ? Mon Dieu, quel crétin.

— C'est génial que vous l'ayez attrapée.

Je déteste le mot « génial » autant que je déteste la phrase « au bout du compte », mais je parle la langue de Marco. Quand on est à Acadia…

— Comment a-t-elle réagi ? continué-je.

— Angela et son pauvre gosse sont restés là pendant que Bennett rejetait la faute sur nous.

— A-t-elle nié que c'était elle ?

Il se penche en arrière dans le fauteuil.

— Évidemment, répond-il. Son excuse était qu'elle ne possède pas de manteau comme celui de la nana qu'on voyait sur la vidéo.

Je peux voir que Marco aime chaque moment de notre conversation. Un peu de salive s'est accumulée aux coins de sa bouche. C'est plus attachant que dégoûtant.

— Vous l'avez surprise en plein mensonge, n'est-ce pas ?

Il hoche la tête avec excitation. C'est l'heure de gloire de Marco Denton et il veut que je le sache.

— Non seulement ça, mais j'ai trouvé le manteau dans la benne à ordures le jour suivant. Je l'ai toujours. Vous le voulez ? Je l'ai gardé pour la police au cas où Bennett déciderait de faire appel à elle. On a laissé passer le truc parce que ça fait mauvais genre d'avoir du vandalisme à Acadia.

Sa voix dégouline de sarcasme. J'aime vraiment ce type.

— Oui, lui dis-je, je vais prendre le manteau.

— Bien sûr. J'allais en faire don, mais je ne sais pas, je l'ai gardé. Il semblait trop beau pour être jeté.

Marco disparaît dans le bureau. Pendant que j'attends, j'écoute une sorte de musique jouée au violon électrique diffusée par le système de sonorisation et je pense à ce que le petit Samuel a dit. Ce qu'il aurait pu dire si sa mère ne l'avait pas muselé. Il sait quelque chose sur celui qui a enlevé sa sœur. Le monstre avec les grandes dents effrayantes n'était pas une apparition.

C'était une personne. J'en suis sûre.

Un instant plus tard, Marco sort du bureau, le manteau drapé sur son bras et quelques papiers dans les mains.

— Quelque chose m'a toujours dérangé, avoue-t-il en me tendant le manteau, que je reconnais immédiatement comme étant celui que portait Angela en ce jour pluvieux où Kelsey a disparu.

C'est un Burberry.

Personne ne jette un manteau comme ça.

— Qu'est-ce que c'est ? demandé-je en baissant les yeux sur les papiers.

— Ça pourrait être important. Je ne sais pas. Ça semble juste bizarre. En travaillant ici, on voit beaucoup de choses bizarres, mais ça…

Ses mots s'évanouissent. Il ne se délecte plus de me dire quel genre de connasse est Angela et quel con peut être Michael Bennett. Ses yeux restent fixés sur les papiers. Mes yeux scrutent les siens.

— *Mais ça* quoi ? demandé-je. Marco ?

— Ça m'a mis mal à l'aise, dit-il enfin. Michael Bennett a loué son appartement trois mois avant que la maniaque et son petit garçon n'emménagent.

— Pourquoi ça vous dérange ? m'interrogé-je en pliant le manteau et en le calant sous mon bras.

— Elle est venue avec lui le jour où il a visité le logement. En la voyant à la télé par la suite, je me suis souvenu que c'était elle.

— Elle est plutôt mémorable, fais-je.

— Ouais. Ce genre de femmes le sont. Jolies de l'extérieur, sans doute, mais c'est une épée à double tranchant en quelque sorte.

J'acquiesce. Une autre description appropriée d'Angela Chase.

— Mais ce n'était pas la partie bizarre.

— Qu'est-ce qui l'était ?

— Je suis presque sûr qu'ils sont venus avant la disparition de la petite fille.

Mon taux d'adrénaline grimpe juste à ce moment-là.

— Vous êtes sûr, Marco ?

Pour la première fois, il a l'air un peu mal à l'aise.

— Je sais que c'était à Noël, explique-t-il enfin. Elle a fait une remarque sur notre sapin. Elle a dit qu'elle était surprise que nos décorations soient « si peu tendance ».

— Vraiment ?

Il rit.

— Ouais, elle a dit que le cuivre était ce que tous les designers haut de gamme utilisaient désormais et que l'argent était « le métal de l'année dernière ». Comme s'il y avait trois choix de décorations métalliques et que Tracy avait fait une énorme erreur. On a rigolé à l'époque en disant que c'était une vraie connasse.

— Vous en êtes complètement certain, Marco ?

Un bip sonore retentit sur sa montre connectée.

— Ouaip. Mon service est terminé. Je dois partir. C'est mon dernier jour, demain.

Tiens, tiens. Un intérimaire. Ça explique la facilité avec laquelle je lui ai soutiré autant d'informations.

— Vous allez où après ça ?

— Google, répond le jeune homme avec un sourire radieux. J'y étais en stage et j'ai été embauché. Ça fait du bien de ne plus avoir à sourire toute la journée, quelle que soit la merde qui vous tombe dessus. J'ai travaillé dans le commerce de détail avant ce job. Je détestais aussi.

Nous sortons ensemble et je lui souhaite bonne chance, mais avant qu'il ne se dirige vers sa voiture, je pose la question à laquelle je sais que Julian voudrait une réponse par-dessus tout.

— Comment va le petit garçon ?

— Sam ?

Je hoche la tête.

— Son père ne peut plus le voir.

— Oui, Angela nous a dit de nous méfier, que son mari la battait violemment, mais aucun de nous ne l'a crue. J'imagine que ce n'est pas très politiquement correct de ne pas croire une femme dans ce genre de cas, mais j'aurais du mal à accepter le fait qu'on soit mardi si elle me le disait.

— Comment va-t-il ?

— Bien, je suppose, dit Marco. Sa mère ne le quitte jamais des yeux. Il n'est même jamais allé au parc, à ce que je sache. J'ai de la peine pour lui. C'est comme s'il était la cinquième roue du carrosse dans sa relation avec « tête de nœud ». Il est trimballé par-ci, par-là. Ne parle jamais. Se contente d'acquiescer. Je suis triste pour ce gamin.

— Moi aussi.

— Vous pourriez vouloir ça aussi, dit Marco. C'est le contrat de location. Il y a les comptes de Bennett sur les réseaux sociaux, son adresse précédente et d'autres trucs si vous en avez besoin. Je me fiche qu'ils me virent pour vous avoir donné ça.

— Parce que vous avez déjà démissionné.

Il sourit.

J'examine la description du logement et ça me fait l'effet d'une balle en plein cœur.

Deux chambres. Trois résidents maximum.

27

J'essaie d'appeler Stacy, mais elle ne répond pas. Elle m'évite. Me faire du mal de cette façon est ce qu'elle préfère. Évidemment, elle ne l'admettra jamais. C'est une passive-agressive classique. Elle trouve toujours le moyen de me donner l'impression de m'imposer et d'être désirée en même temps. C'est ce que je suis en train de me dire alors que je gare la voiture de Julian devant chez elle. Évidemment qu'elle est chez elle. Elle est toujours à la maison.

Je n'ai pas besoin de passer un test de personnalité pour savoir que je ne suis pas une bonne personne. Pas tout le temps. J'étais une bonne inspectrice. J'étais motivée pour aider les autres. Me lever le matin après une longue nuit à travailler sur une affaire n'était jamais une corvée. Honnêtement, j'avais hâte d'y retourner tous les matins parce que je me focalisais toujours sur le fait que mon métier pouvait être utile à ceux qui avaient besoin d'aide, comme les familles des victimes ou les victimes elles-mêmes, sur la façon dont je pouvais réparer un tort et sur comment je pouvais rafistoler ma propre vie en aidant quelqu'un qui était plus mal loti que moi.

C'est ce qui me motive maintenant, alors que je suis assise devant la maison parfaite de Stacy. Je sais que même si elle me repousse, elle a besoin de moi. J'ai entrevu les fissures dans la façade de son mariage. J'ai déchiffré le langage codé qu'elle utilise pour parler de sa relation avec Cy.

— Pourquoi ne m'as-tu pas dit que tu venais ? dit Stacy en ouvrant la porte d'entrée.

— J'ai essayé d'appeler, dis-je.

Je n'ajoute pas « six fois », car je ne veux pas être ce genre de sœur.

— Oh, dit-elle, c'est bizarre. Je n'ai reçu aucun message.

— Je n'en ai pas laissé.

Emma court vers moi et je la prends dans mes bras tandis que ma jeune sœur m'entraîne dans la cuisine. Son ordinateur portable est ouvert sur une vidéo de recette de raviolis chinois. Sur une grande planche à découper, elle a disposé quelques-uns des raviolis les plus pitoyablement confectionnés que j'aie jamais vus.

— Tu veux de l'aide ? demandé-je en posant Emma sur le comptoir.

— Tu veux bien ? Je n'y arrive vraiment pas.

— J'ai pris un cours de cuisine de *dim sum* à l'université, dis-je. Je parie que c'est un peu comme faire du vélo.

Elle boit son vin et je remplis les minces carrés de pâte avec des cuillerées d'un mélange de porc et de gingembre. Elle remarque que j'ai meilleure mine. Ce n'est qu'une moitié de compliment. Elle quitte la pièce et revient avec une carte cadeau de chez Gene Juarez. Évidemment, elle pense toujours que mes cheveux ont besoin d'être coiffés.

— Quelqu'un me l'a donnée, admet-elle. Je n'aime aucun de leurs stylistes là-bas. Le dernier bon qui s'occupait de moi, Tatum, est parti dans un autre salon.

Je sais qu'elle ment. Elle a acheté cette carte pour moi. Stacy est comme ça.

Elle ne peut jamais être *vraiment* gentille de manière directe. Malgré tout, je suis touchée.

— Où est-ce que tu loges ? demande-t-elle enfin.

— Chez un ami.

Elle me regarde par-dessus son verre de vin.

— Quel ami ?

— Tu ne le connais pas.

— Un homme ? demande-t-elle. Intéressant. J'espère que tu ne te lances pas à nouveau dans une relation.

— Loger chez quelqu'un quand on est sans-abri et fauchée n'est pas une question de relation, Stacy. C'est une question de survie.

— Ne sois pas si susceptible. Je disais ça comme ça.

Je finis de replier et de sceller les petits carrés et elle m'invite à rester pour le dîner.

— Cy sera à la maison vers dix-neuf heures. Ne lui dis pas que tu m'as aidée, d'accord ?

— Juré, craché.

— Qui est ce type ? demande-t-elle.

— Celui chez qui je loge ?

— Oui, oui. Celui-là même.

— Julian Chase. Je suis chez lui.

Ralenti par le chardonnay « frais, pas trop boisé » qu'elle a bu, le cerveau de Stacy tourbillonne. Ses yeux s'écarquillent.

— Le père de Kelsey ?

— Oui, acquiescé-je en haussant les épaules. J'essaie de l'aider à trouver qui a tué sa fille.

— Je ne sais pas trop, Nic, dit-elle. Ça me semble un peu bizarre.

C'est bizarre. Je le sais. Pourtant, je le défends.

— Il a besoin d'aide. Je veux l'aider.

— L'affaire est bouclée, dit-elle en remplissant son verre. Ce monstre de mobile home l'a tuée.

Quand j'entends ma sœur dire « monstre de mobile home », j'ai envie de hurler. Elle est comme tous les autres. Ils pensent toujours qu'Alan Dawson est le tueur. La police de Bellevue a admis que Danny avait effacé les preuves, que les aveux avaient été obtenus sous la contrainte. Ils l'ont envoyé en prison. Ils m'ont virée. Mais même après tout ça, Alan Dawson est toujours rabaissé et dénigré.

— Il n'a pas tué Kelsey, insisté-je.

— Les innocents ne se suicident pas, Nic. Ça n'arrive pas, c'est tout.

Elle me verse un verre et je le prends.

— Tu ne couches pas avec Julian Chase, n'est-ce pas ?

Évidemment, je savais que la question viendrait, mais je sirote quand même le vin pour gagner du temps. Julian est beau. Il est gentil. Si j'avais pu choisir un homme décent comme lui, je suis presque certaine que ma vie aurait été différente. Je ne blâme pas Danny Ford pour mon addiction au jeu. Je sais que je ne peux blâmer personne pour ça. Mais je peux m'en vouloir d'avoir aimé quelqu'un qui ne m'aimait pas en retour. J'étais dans un canot de sauvetage qui coulait et Danny l'a laissé faire. Bon sang, il a même percé le fond.

— Non, affirmé-je. J'ai fait des conneries et des mauvais choix. Je ne suis pas prête de recommencer.

Une heure plus tard, Cy arrive en trombe. Il est l'image typique du gars du coin qui a réussi. Un nageur typiquement américain de l'État de Washington. Un lauréat de Stanford. Son corps est en meilleure forme que ceux de la plupart des jeunes de vingt ans, bien qu'il ait la quarantaine. Il fait huit kilomètres de jogging par jour et s'entraîne au CrossFit deux fois par semaine. Ses cheveux sont foncés et épais et ses yeux sont d'un bleu très clair, de la couleur du papier peint de la cuisine de la maison d'Hoquiam où Stacy et moi avons grandi. Je peux sentir la fumée de cigarette sur ses vêtements lorsque je lui donne une accolade rapide. Je chuchote à son oreille.

— Elle pense toujours que tu as arrêté.

Il me fait un clin d'œil sournois.

— Elle pense beaucoup de choses, dit-il.

Nous rions un peu.

Malgré sa vanité et son égocentrisme agaçants, de temps en

temps, je trouve des moyens d'apprécier Cyrus Sonntag. Parfois mieux que ma propre sœur. Alors que Stacy ne se souciait pas du tout du travail de la police, Cy s'intéressait en fait à la façon dont je travaillais sur une affaire ou à ce que je pensais du système judiciaire pénal. Bien qu'il ait été promu chez Microsoft, il a commencé dans la division de la cybercriminalité, travaillant avec le gouvernement fédéral et les agences d'État pour mettre un terme aux piratages informatiques, aux cybercrimes et à ce monde en constante évolution que sont les atteintes à la sécurité de l'information. Lorsque Danny et moi étions à la maison et qu'on commençait à parler boutique, Stacy s'impatientait et changeait de sujet pour aborder d'autres thèmes comme les pilates ou les carreaux de piscine provenant d'Italie. Lorsque Cy racontait ce qu'il faisait, je n'avais pas besoin de feindre un intérêt poli. J'étais intéressée. Je savais que chaque fois que Stacy laissait entendre que Cy voulait passer du temps seul avec elle, c'était en réalité qu'elle voulait que je parte.

Je l'ai laissée s'attribuer le mérite des raviolis chinois, bien qu'Emma, qui mange joyeusement un hamburger cuit au micro-ondes et quelques frites, ait presque fait échouer ma tentative de subterfuge fraternel.

— C'est tata qui les a faits, gazouille-t-elle alors que nous nous asseyons à la table que j'ai égratignée la veille du jour où j'ai abandonné mon chien adoré et dit adieu à ma maison une bonne fois pour toutes.

Je touchais le fond à ce moment-là. J'étais heureuse que Cy soit parti à cet instant. Je cherche l'entaille dans le bois, mais elle a disparu. Mes doigts la tâtent, mais il n'y a plus rien. Stacy ne laissera jamais une imperfection prendre de la place.

— Je n'ai fait que trouver le site de la recette, dis-je. Ta maman a fait le plus dur.

Ma nièce de quatre ans semble confuse, mais ne dit rien de plus. Ma sœur me jette un regard, signe d'appréciation. Du moins, c'est ce que je pense. J'espère toujours le meilleur.

Les raviolis ont été préparés de deux façons, à la vapeur dans un plat en bambou et à la friteuse dont, personnellement, je me débarrasserais après cette nuit. Rien n'est plus salissant. Ou pire pour la santé.

Ou meilleur au goût.

Stacy a ouvert un paquet de salade et fait cuire un sachet de riz au jasmin au micro-ondes. Elle prend beaucoup de raccourcis pour quelqu'un qui est sans emploi.

C'est la garce en moi qui dit ça. Désolée, ma sœur.

— Tout est si bon, déclaré-je.

Cy sourit d'un air approbateur.

— Ça me rappelle un petit boui-boui où j'ai mangé à Hong Kong l'année dernière. Sauf la partie vessie de poisson. Dieu merci, tu n'as pas cuisiné ça ce soir. Je ne suis pas fan du tout.

Stacy rit et nous verse plus de vin. Je remarque que lorsqu'elle part pour la cuisine, il y a une légère pause avant que la bouteille de vin ne frappe le comptoir en granit. Je suis presque sûre qu'elle boit quelques goulées avant de remplir son verre.

— Est-ce que Nicole t'a parlé de son nouveau colocataire ? balance-t-elle.

Cy trempe un ravioli dans de la moutarde jaune et des graines de sésame françaises. Je doute sérieusement que ce soit comme ça qu'ils servent le plat dans son « boui-boui » de Hong Kong.

— Non, dit-il en me regardant et en arquant un sourcil. Je n'ose même pas demander. Mais c'est qui ?

Je ne réponds pas. Ma bouche est volontairement pleine de cet horrible riz passé au micro-ondes.

— Elle vit avec le père de cette fille morte, Kelsey Chase. Ce n'est pas bizarre, Cy ?

Cy s'est assis et a tourné la tête.

— Sérieusement ? C'est quoi cette histoire, Nicole ? C'est vraiment une bonne idée ?

Ces deux-là parlent comme si j'étais sourde et aveugle et je les laisse faire.

— C'est ce que j'ai dit, ajoute Stacy en revenant de la cuisine.

— Ça ne peut pas être sain pour ton rétablissement, dit Cy.

— Oui, fait Stacy. C'est ce que je pensais aussi.

J'arrête enfin de mâcher ; je sais qu'il serait impoli d'enfourner une autre fourchette de riz dans ma bouche comme excuse pour éviter de me lancer dans une conversation qui ne parle que de moi.

— Cy, dis-je, c'est inhabituel, je suppose. Mais il m'a proposé gentiment. Je n'avais nulle part où aller.

— Tu aurais pu rester ici avec nous, dit-il, ses yeux accrochant ceux de Stacy, puis me regardant à nouveau. N'est-ce pas, Stacy ?

— C'est ce que je lui ai dit, ose ma sœur. Je l'ai suppliée.

Je sens mon visage devenir chaud. Je me souviens du scénario de manière tout à fait différente. Je me rappelle ma sœur me dire très clairement que je devais partir avant que Cy ne revienne d'Italie. Que ma présence ne ferait que leur causer des problèmes.

Je sais reconnaître un bateau qui coule quand j'en vois un. Leur mariage est le *Lusitania* ou l'*Andrea Doria*. Ça n'a certainement pas été une croisière idyllique, comme celle annoncée sur la brochure étalée sur la table.

— Elle l'a fait, dis-je en mentant pour aider ma sœur.

Je réalise alors que Cy ne sait rien de mon séjour au refuge pour sans-abris. D'une certaine manière, ça atténue le sentiment de désespoir que j'ai ressenti à ce moment-là. Il ne m'aurait probablement pas laissé endurer tout ça s'il avait su.

— J'ai besoin de régler mes propres problèmes. Tu sais, Cy, ça fait partie de mon rétablissement.

— J'imagine que c'est logique, en quelque sorte, dit-il.

— Parfaitement logique, ajoute Stacy.

— Je suppose que tu n'attends pas le retour de Danny, dit Cy.

— Non, je pense que c'est clair.

Cy fait signe qu'il veut un verre et Stacy lui en sert un, docilement.

— Alors, comment est ce type ? demande-t-il. Tu n'es pas *avec* lui, n'est-ce pas ?

Il pense que je suis une traînée. Ma sœur est absolument la pire personne à qui se confier. Elle est la première à trahir quelqu'un au nom du « droit de savoir ».

— Non. Rien de tout ça. J'essaie juste d'aider.

— Cette affaire est bouclée, non ?

— Officiellement, oui.

— Pourquoi est-ce que tu dis *officiellement* ?

— La police de Bellevue a classé l'affaire. Malgré tout ce qui s'est passé pendant l'enquête, ils maintiennent qu'Alan Dawson a tué Kelsey Chase.

— Ce taré était un malade, dit Cy.

— Je n'en suis pas si sûre, répliqué-je. Certaines choses ne collent pas.

— Comme quoi, Nicole ? demande Stacy, bien que je sache qu'elle s'en fiche.

Elle veut juste un moyen de revenir dans la conversation. Elle faisait ça aussi quand on grandissait. Mon père et moi aimions pêcher. Stacy détestait ça. Mais chaque fois que nous parlions de notre prochaine partie de pêche, elle trouvait le moyen de s'insérer dans la conversation avec un sophisme.

— Je ne crois pas qu'Alan Dawson l'ait kidnappée et assassinée.

— Qui est responsable, selon toi ? demande Cy.

La vérité est que je ne sais pas.

— Je pense simplement que nous n'avons pas tous les faits, avancé-je.

— Mais il y a eu une grande enquête, Nicole, poursuit-il. Tous les éléments pointaient vers Dawson.

Je ne veux pas avoir cette conversation. Pas avec ces deux-là. Et pourtant, je n'arrive pas à me taire.

— Danny a vraiment foutu la merde, dis-je, regrettant immédiatement mon choix de mots.

Emma me regarde, les yeux grands ouverts, le nez plissé. Je me suis fait prendre et elle n'a pas besoin de me montrer du doigt.

Stacy le fera pour elle.

— S'il te plaît, surveille ton langage, Nicole. Les petits éléphants ont de grandes oreilles et je ne veux pas qu'elle répète ces mots avec ses camarades.

— Tu as raison au sujet de Danny, lâche Cy, en plongeant un autre ravioli dans un bain de moutarde jaune beaucoup trop brillant.

Il montre du doigt son petit plat de graines de sésame maintenant vide et Stacy fait un saut dans la cuisine pour en récupérer d'autres. Et pour engloutir encore un peu de vin, j'en suis certaine.

— Il a vraiment mis le bazar. Mais c'est un type bien.

— Je le pensais aussi à une époque, dis-je.

Stacy entre. Elle semble un peu chancelante. Je suis une femme qui aime les paris. Et je miserais mon argent sur le fait qu'elle est ivre. Elle pose le plat de graines, en en renversant une partie. Emma regarde sa mère, puis sort de table pour aller visionner un DVD de princesses Disney.

— Cy a raison, dit Stacy. Danny a ses bons côtés.

Je n'ai vraiment pas envie de m'embarquer là-dedans. Pourtant je le fais.

— Il a truqué les preuves. Il a envoyé un homme qui était probablement innocent en prison.

— Probablement ? demande Cy. C'était un pervers, n'est-ce pas ? Il avait un casier. Allez, Nic, lâche un peu la bride à Danny. Sa vie est... – il s'arrête, s'assurant qu'Emma n'entende pas –... complètement foutue.

C'est la répétition d'une conversation que nous avons eue peu de temps après l'arrestation de Danny. Lui et Cy étaient dans la même fraternité à l'université. Ils ont passé des vacances ensemble avant que Cy n'épouse ma sœur. Nous sommes sortis ensemble quelques fois, mais nous n'étions pas du tout un couple stable. Danny pensait que Cy était un connard moralisateur. Et même si j'aimais bien mon beau-frère, je pouvais comprendre le point de vue de Danny. Cy pouvait être un vrai con. Pas tellement envers moi, mais envers les autres. La façon dont il parlait de ses employés chez Microsoft me confortait dans l'idée qu'ils ne le supportaient pas.

Et à en juger par la façon dont ma sœur se comporte avec lui, être mariée à Cy n'est pas non plus un cadeau.

Cy fait glisser sa chaise en arrière et étire ses jambes.

— Tu sais, reprend-il, tu devrais vraiment aller le voir.

— Je doute que ce soit une bonne idée.

— Bon sang, Nicole, tu lui manques. Ce type a fait une erreur. Tu ne peux pas lui pardonner ?

Je me demande si Cy ou Stacy ont réfléchi à la direction qu'a prise ma vie depuis que Danny Ford est dans la mienne. Non pas que tout soit de sa faute, mais ne peuvent-ils pas voir que Danny et moi sommes toxiques l'un pour l'autre ?

— Tu es en contact avec Danny ? l'interrogé-je.

— Pas vraiment. Il a appelé quelques fois. En PCV[1]. Je prends les appels, bien sûr, mais ensuite je dois passer par des justifications de notes de frais stupides qui sont un vrai cauchemar.

Je ne savais pas qu'ils se parlaient. Stacy ne l'a pas mentionné. Je l'observe et elle ignore mon regard.

— Le type est toujours amoureux de toi, dit Cy.

Danny ne sait pas ce qu'est l'amour. Il se peut que je ne le sache pas non plus.

Mais je suis certaine que son idée de l'amour a ruiné ma vie.

— Vous formiez un si beau couple, ajoute Stacy.

Mon visage est à nouveau brûlant et cette fois, je ne peux pas arrêter l'explosion.

— Il m'a royalement baisée, dis-je en me levant, me ressaisissant juste assez pour dire au revoir à Emma. Tu sais, dis-je à Stacy en me dirigeant vers la porte d'entrée, tu aurais pu garder Shelby. Tu n'avais pas à me forcer à renoncer à ma chienne aussi.

Alors que je suis assise dans la BMW de Julian, la climatisation allumée pour me rafraîchir le visage malgré la fraîcheur de la soirée, j'aimerais ne pas être partie en trombe de chez de ma sœur comme je viens de le faire. Pas sans dire à Cy que c'est moi qui ai préparé tous ses putains de raviolis.

---

1. Communication téléphonique acquittée par le destinataire avec son accord.

28

La route menant à la prison située dans la périphérie de Shelton part du ferry Seattle-Bremerton et passe par Belfair, le long du Hood Canal. Certaines parties de la route semblent n'être qu'une simple égratignure dans la forêt de conifères, qui ont été la raison principale de l'édification de la plupart des villes le long du chemin. Mais lorsque je conduis la voiture hors d'usage d'Angela le long de ces tronçons, je vois des trous dans le vert. C'est presque comme si les arbres étaient une fausse façade. Un décor hollywoodien. Un écran sombre pour cacher le fait qu'au-delà de la frondaison se trouve un paysage dénudé, exploité.

Je me suis déjà rendue à la prison une fois auparavant. L'académie de police de Burien incluait dans son programme des visites de tous les établissements correctionnels de Washington. Je n'ai jamais pensé que j'aurais besoin d'y retourner. Mon travail consistait à y envoyer des gens. Pas à aller leur rendre visite.

Je me demande comment Danny s'est senti quand il est arrivé. Mal en point, j'espère.

Dans la banlieue de Shelton, je passe devant une énorme coupe transversale d'un pin Douglas qui retrace l'histoire du monde depuis qu'il a germé il y a près de sept cents ans. Alors tout jeune arbre quand la peste a décimé l'Europe, le pin se trouve désormais à l'extrémité d'un point de vue qui donne sur l'usine de bois de Shelton en contrebas.

Danny Ford est ma peste personnelle.

Je quitte la route 101 et m'engage sur la voie qui passe devant un petit aéroport, Sanderson Field. Un panneau indique le circuit de course Olympic Grand Prix. Je me demande combien de détenus ont fantasmé sur des plans d'évasion impliquant l'un ou l'autre de ces sites.

Il est seize heures. Les visites commencent à seize heures quinze et s'étendent jusqu'à dix-neuf heures quinze. Je me demande combien de temps je vais pouvoir m'asseoir avec lui. Il est dans une unité d'isolement et notre rencontre se fera à travers une cloison de verre. Aucune des précautions n'est destinée à me protéger ou à protéger tout autre visiteur. Les flics en prison sont extrêmement vulnérables. Ils mangent seuls. Ils parcourent la bibliothèque sans la distraction d'un autre être humain. Ils font de l'exercice seuls. Le racquetball, m'a-t-on dit, est le sport favori de ceux qui sont incarcérés en solo. Danny m'a écrit plusieurs fois après son arrivée en prison, mais je n'ai pas répondu. Les lettres étaient plaintives, pleines de regrets et de promesses d'arranger les choses. Je les ai jetées.

Une ligne, cependant, m'est restée en tête.

J'ai fait ce que j'ai fait parce que je t'aime, Nicole.

Ruiner la vie de quelqu'un. Un tel acte d'amour.

Je fais la queue dans une file de voitures qui entrent dans l'établissement correctionnel. Le monospace derrière moi est rempli d'enfants qui viennent passer du temps avec leur père, je suppose. La voix d'un haut-parleur près du parking m'indique où me garer et quelle porte franchir. Je suis la seule voiture qui part sur la gauche. Là où je vais, il n'y a pas de tables pour jouer aux cartes ou de collations à partager, achetées au distributeur automatique.

L'unité d'isolement Alder est un iceberg flottant au milieu de la mer. Elle est destinée aux délinquants les plus violents et, ces raretés parmi tous ceux qui sont incarcérés, aux policiers. Danny

Ford est comme le dernier pigeon voyageur du zoo de Cincinnati sur lequel j'ai écrit un devoir au lycée. Totalement seul.

Je montre ma carte d'identité au gardien et il me tend la clé d'un casier.

— Rien ne rentre à l'intérieur, dit-il.

Il a environ vingt-deux ans. Ses cheveux sont rasés. Ses dents sont grosses comme celle d'un cheval. Je me demande s'il peut même les couvrir avec ses lèvres.

Il me fouille et je passe par un détecteur de métaux.

— Visite pour Ford ! dit-il dans un micro fixé à son épaule.

Il me conduit vers une cabine équipée d'un téléphone.

Je regarde à travers ce que je présume être une vitre pare-balles. J'attrape mon propre reflet et je regrette de ne pas avoir mis plus de rouge à lèvres. J'ai l'air pâle. J'ajuste un peu mes cheveux et je m'assieds là. Je suis habillée de mon autre tenue de sortie de chez Macy's : un pantalon noir, un chemisier blanc et une veste qui, je le crains soudain, me font ressembler à une hôtesse de l'air d'une compagnie aérienne régionale. Je me surprends à regretter de ne pas avoir acheté quelque chose de plus sexy, puis je me demande immédiatement pourquoi je m'en soucie. Pour lui montrer ce qu'il rate ? Le rendre jaloux ? Pourquoi est-ce que ça aurait de l'importance ?

J'attends.

Mon rythme cardiaque s'accélère. Quand Danny apparaît à travers la vitre, mon souffle se coupe.

Il a vieilli. Comme un président après quelques années de mandat. Mais Danny a vieilli en moins d'un an. Ses cheveux sont longs maintenant ; pas parfaitement coupés. Ils rentrent derrière son col et je veux croire qu'il ne les porte pas en queue de cheval. Mais je pense que si. Sa peau est blafarde et je me demande s'il sort jamais dans la cour.

Je décroche le combiné.

— Tu as l'air en forme, Danny, fais-je.

Au fond de moi, je suis très heureuse qu'il ne ressemble à rien.

— Tu es toujours aussi sexy, dit-il en baissant les yeux pour m'examiner.

Très bien. Il ne peut pas m'avoir. Jamais.

Je peux voir que même s'il a l'air abattu, il a fait de la musculation. Sa poitrine est presque trop musclée pour le t-shirt qu'il porte.

Maintenant, c'est moi qui l'examine.

— Je ne sais pas trop pourquoi je suis là, Danny, fais-je.

— Parce que je te manque aussi.

— Comme le cancer me manquerait si je l'avais vaincu, rétorqué-je.

— Nicole la dure, dit-il. Je vois clair dans ton jeu.

Il fut un temps où je croyais que c'était vrai. Avant que tout ça n'arrive, j'aurais dit à quiconque me le demandait que je pensais que Danny Ford me comprenait vraiment. Que c'est le fait qu'il me comprenne qui l'a rendu d'autant plus attirant à mes yeux. J'étais capable de passer outre le narcissisme et le fait qu'il se frappait constamment la poitrine en clamant à quel point il était bon dans son job ou au lit. Seule une idiote passerait outre ces défauts, mais je pensais qu'être avec quelqu'un qui semblait m'aimer était mieux que d'être seule.

— Ça m'a pris beaucoup de temps, Danny, mais je vois aussi qui tu es.

Il baisse le combiné pour réfléchir. Ça ne se passe pas comme il le voudrait. Je sais qu'il va trouver un moyen de revenir vers moi. Ou qu'il va essayer.

— Écoute, dit-il finalement, tu n'es pas venue jusqu'ici pour me dire que je suis une merde, Nicole.

Mes yeux ne cillent pas.

— Ah oui ?

Il secoue la tête et ce faisant, je vois qu'il porte effectivement une queue de cheval touffue.

— Tu es venue pour savoir si je veux encore de toi.

Même si cette déclaration est la chose la plus drôle que j'aie entendue depuis des mois, je ne ris pas.

— Je suis venue pour savoir pourquoi tu as piégé Alan Dawson. C'est la seule raison pour laquelle je suis ici, Danny. Je n'en ai rien à foutre de toi.

Sa façade se fissure un peu.

— Tu ne penses pas ce que tu dis, Nic.

Il a ignoré ma question. J'ignore sa tentative de me détourner du sujet.

— On avait à peine commencé à enquêter, Danny. Tu voulais que Dawson soit l'auteur du crime. Pourquoi ? Quelqu'un dans ta famille a été agressé sexuellement ? Toi ? Toi aussi tu as commis un détournement de mineur ?

— Rien de tout ça, Nicole. Dawson était pour moi le suspect idéal parce qu'il correspondait au dossier et qu'il vivait pratiquement à côté de l'endroit où la gamine a été vue pour la dernière fois. C'est pour ça.

Je garde mes yeux sur les siens.

— C'est toi qui l'as fait correspondre au profil. Tu as mis la chaussure que Viola a trouvée dans le but de lui faire porter le chapeau. Tu as forcé Alan à signer ces aveux. Tu sais très bien que tu as fait tout ça.

Danny cligne à peine des yeux. Il est dans une impasse. J'avais oublié à quel point ses yeux pouvaient être froids.

— J'ai admis avoir poussé Dawson à bout, dit-il en essayant de changer de ton. Mais je n'ai pas inventé ce qu'il a dit, Nicole. Il a fait ce qu'il a fait. Je ne sais rien de cette histoire de chaussure.

Menteur.

— Il n'a pas jeté le corps à Rattlesnake Ridge et tu le sais, ajouté-je.

Ses yeux vacillent, mais il soutient mon regard à travers le verre. Je remarque une tache sur le carreau. Une empreinte de main. Un couple a rejoué le cliché de film. Ça n'arrivera pas ici. Je n'ai pas d'arme, bien sûr. Et la vitre est pare-balles. Malgré tout, je pense à la briser et à m'acharner sur ce salaud qui a laissé s'échapper l'assassin d'une petite fille.

— Les gens comme Dawson ne changent jamais, dit-il. Ils ne peuvent pas.

— Tu sais de quoi tu parles.

— Je parle des gens brisés, Nicole. Des gens comme toi.

J'ai envie de lui dire d'aller se faire foutre et d'aller mourir, mais ça ne fera que le rendre heureux. Il a toujours aimé évaluer ma personnalité, creuser les racines de ma dépression, décortiquer ma relation avec ma mère, ma sœur et mon père. Je lui en ai trop dit. Je lui ai ouvert une porte sur tous les problèmes que j'avais. Il m'a prise dans ses bras et m'a réconfortée. Je l'admirais. Je pensais qu'il était tellement plus intelligent qu'il ne l'était vraiment.

Pendant tout ce temps, il n'a été qu'un magouilleur. Un manipulateur.

— Je te déteste, lâché-je.

— Comment se porte ce nouveau petit ami ? Bon sang, Nicole, même toi, tu dois admettre que c'est plutôt tordu.

Je me demande si je suis en train de faire une crise cardiaque. Mon cœur ne bat plus.

— De quoi tu parles ? Je n'ai pas de petit ami.

— Baiser avec le père d'une gamine morte, c'est quelque chose. Hors normes.

— Je ne sais pas de quoi tu parles. Je ne couche avec personne.

— Vraiment ?

Ses yeux sondent les miens. J'ai l'impression d'être une espèce en voie de disparition.

Le dernier spécimen. Je suis du mauvais côté de la vitre.

Je me replie sur moi-même. Je vais orienter cette conversation vers quelque chose d'utile. Si je peux.

— Est-ce que tu as quelque chose à voir avec la mort d'Alan Dawson ?

Danny me lance un regard froid. Aucun effet. Juste de la glace.

— Il s'est suicidé.

Il est derrière un carreau, alors je le bouscule un peu plus que je ne le ferais s'il était debout à côté de moi. Je lui fais si peu confiance.

— Tu lui as rendu visite en prison, Danny, juste avant le soi-disant suicide.

Toujours plus de glace.

— Enlève le « *soi-disant* » de ta bouche, espèce de connasse. Ce pervers ne pouvait plus se regarder en face. Je l'ai peut-être un peu secoué, mais c'est tout. Je n'ai rien à voir avec ce qu'il a fait après mon départ.

— Comme avec tout ce que tu dis, j'ai du mal à faire le lien entre tes mots et les événements que tu décris. Sais-tu seulement ce qui est vrai ?

— Je sais que tu étais nulle au lit, dit-il.

On en revient là. Danny pense que rien ne fait plus mal qu'une insulte sexuelle. Il est coincé au collège. J'ai déjà mordu à l'hameçon, mais pas aujourd'hui.

— Tu sais que je vais découvrir ce qui s'est vraiment passé, n'est-ce pas ?

Il me lance un regard à travers la paroi qui nous sépare.

— Tu n'es pas une si bonne flic que ça.

Je réprime un sourire amer. Un autre de ses coups d'éclat favoris.

« Observe le maître et apprends, ma chérie. Seul le temps nous dira si tu as l'étoffe d'une vraie enquêtrice. »

— Peut-être, rétorqué-je. Mais je suis en colère et ce sentiment a toujours été ma meilleure motivation, Danny.

Il parle encore, mais je n'écoute plus. Il essaie de me convaincre qu'il est incompris. Que je suis stupide. Que je ne suis rien sans lui. Que tout le monde sait que j'ai perdu ma maison et ma réputation au jeu. Que je ne suis pas vraiment sexy. Sa tirade me fait presque rire ; au lieu de ça, je lui assène juste une dernière réplique.

— Honnêtement, quel homme adulte se fait encore appeler Danny ? Je t'en prie. Tu as la quarantaine. Descends du piédestal de ton équipe de football à la fac et grandis, espèce de fils de pute arrogant.

C'était si bon.

Ma voiture reste le seul véhicule garé sur le parking des visiteurs spéciaux. Je regarde de l'autre côté du complexe, assombri par les premières lueurs du crépuscule. Plus de trois douzaines de voitures remplissent l'espace. Je me demande si ma visite a été la pire de la journée. Ou si toute visite rendue à un être cher est forcément pire parce que l'exercice est une obligation hebdomadaire, mensuelle, peut-être même annuelle. Je ne reviendrai jamais.

Je prends mon téléphone et presse l'icône de chaton qu'Emma a choisi pour représenter l'avatar de sa mère. Il sonne alors que je sors du parking et que je passe devant le gardien qui me fait signe de passer.

— Je viens de voir Danny, dis-je avant même qu'elle ne puisse parler.

Il y a une légère pause et je me demande ce que Stacy fait à ce moment-là.

— Ah bon, tu l'as vu ? demande-t-elle finalement.

— Tu n'as pas de réseau ou quoi ? Je viens de dire que j'ai parlé à Danny.

— J'ai compris, dit Stacy. Comment ça s'est passé ?

Ma sœur est un sacré numéro. Elle me le prouve à peu près chaque fois que nous parlons.

— Pourquoi tu n'avoues pas ? lui demandé-je.

De nouveau une pause.

— Stacy ? insisté-je.

— Tu es toujours là, Nicole ? Je ne t'entends pas.

Menteuse.

— Ne me raconte pas de conneries. Tu peux m'entendre.

Je regarde l'écran de mon téléphone. Quatre barres.

— Nic, je crois que je t'ai perdue.

Puis elle raccroche.

Je la rappelle immédiatement, mais l'appel passe instantanément sur la messagerie vocale.

— Stacy, l'un de vous – toi ou Cy – a parlé à Danny. Comment as-tu pu lui dire que je couchais avec le père de Kelsey ? Pourquoi dirais-tu une chose pareille ? Ce n'est même pas vrai. Je te l'ai dit. Honnêtement, Stacy, tu continues à me donner des raisons de ne plus jamais te faire confiance. Notre relation n'est vraiment rien pour toi ? Rien du tout ? Est-ce que tu en as vraiment quelque chose à foutre de moi ? Je n'ai rien fait d'autre que d'essayer d'être une grande sœur pour toi. Quand maman est partie. Quand papa est tombé malade. Quand maman est morte. J'étais là pour toi. Tu me poignardes continuellement dans le dos. Vraiment. Si Emma n'était pas là, j'en aurais fini avec toi pour de bon.

Les derniers mots m'arrachent la gorge et je sais que si je continue à parler, je vais me mettre à pleurer. Je suis heureuse d'avoir ce filet de sécurité que constitue le fait de parler à une messagerie vocale. Elle m'aurait interrompu, faussement indignée que j'ose suggérer une quelconque trahison de sa part. Ou elle aurait pleurniché à propos de la difficulté pour elle de me soutenir alors que j'ai épuisé mes cartes de crédit, perdu la maison et terminé au refuge. Comme si elle m'avait lancé une bouée de sauvetage. Ou ma réplique favorite : que je ne saurais jamais à quel point c'est difficile d'être marié à quelqu'un d'aussi obsédé par le travail que Cy.

Jamais dans ma vie je n'ai utilisé le mot commençant par « s » pour dénigrer une autre femme, mais là, je sais que lorsque ce nom commun a été employé pour la première fois par un abruti haineux, il était fait sur mesure pour Stacy Foster Sonntag.

29

Les lumières sont allumées. Julian est à la maison. J'ouvre la porte du garage et je me gare à l'intérieur, trouvant à nouveau cette position parfaite qui aligne le centre du capot avec la boule qui pend.

L'odeur de quelque chose de délicieux me frappe lorsque j'entre dans la maison. Il est dans la cuisine.

— Je ne savais pas que vous cuisiniez, dis-je.

— Étonnamment, je suis un assez bon chef. Avant d'avoir Samuel, Angela cuisinait un nouveau plat tous les deux jours. C'était avant qu'elle ne suive un régime sans gluten. Je suppose que beaucoup de ce qu'elle faisait a déteint sur moi.

— Elle a de bons côtés, alors.

— Avait, dit-il en extirpant un verre à vin du placard et en le posant à côté de son verre déjà rempli. Un cabernet de seconde zone, ça vous va ? Ou vous êtes plutôt vin blanc ?

Je pense à Stacy et à son chardonnay qui coule à flots.

— Je déteste le vin blanc, rétorqué-je. Aucun avantage pour la santé.

Je m'attends à un sourire en retour, mais au lieu de ça, il a l'air préoccupé.

— En parlant de santé, Nicole, vous avez l'air d'être passée sous un camion.

Danny pourrait prononcer les mêmes mots et ils sembleraient blessants.

Quand Julian les dit, ils sont empreints de compassion.

— Qu'est-ce qu'on mange ? demandé-je en appuyant un coude sur l'îlot qui nous sépare tous les deux.

— Des jarrets d'agneau, répond-il en ouvrant la porte du four, libérant ainsi encore plus le merveilleux fumet d'un repas bien assaisonné et parfaitement cuit.

L'air est chargé d'odeurs d'ail, d'oignons et de thym.

— Je suis rentré plus tôt, continue-t-il en ajoutant quelques champignons de Paris aux jarrets. Vous étiez sortie, alors je me suis dit : « Pourquoi ne pas faire quelque chose qui prend du temps ? » Cuisiner me donne l'occasion de réfléchir.

— J'ai vu Angela, lâché-je.

Il arrête ce qu'il est en train de faire et se retourne. Les champignons tombent sur le sol.

— Vous avez vu Samuel ?

— Oui, acquiescé-je, et j'ajoute avant qu'il ne demande : et il a l'air en pleine forme.

Il ramasse les champignons, les pose sur le comptoir et prend un verre de vin. Je fais de même. Je ne suis pas une connaisseuse, mais il a le goût d'une bouteille très chère.

— Elle est tout ce que le blog dit d'elle, ajouté-je, sachant qu'il a mis le site *Eastside Crime Watch* dans les favoris de l'iPad qu'il m'a prêté.

— Oui, dit-il. Vous êtes sûre que Samuel va bien ?

Je me demande comment lui dire ce que j'ai appris et si je dois même tout simplement le lui dire. J'ai toujours mal jugé les hommes. C'est un sérieux euphémisme. Je sais que je n'envisagerais même pas de le lui dire si je travaillais encore pour la police. Mais ce n'est pas le cas. Je travaille pour Kelsey. Julian mérite de savoir ce qui lui est arrivé.

— Oui, il va bien pour l'instant, continué-je. Mais il y a certaines choses que vous devez savoir.

Nous restons là. Je parle. Il écoute. C'est presque comme le monologue de fin d'un *talk-show* à la télévision. Sans les rires, bien sûr. Je lui raconte le regard effrayé de Samuel lorsque sa mère l'a écarté de moi. Et sa façon de dire qu'un monstre a pris sa sœur.

— Il dit encore ça ?

— Un monstre peut être n'importe qui pour un enfant. Un homme grand et agressif. Un étranger. N'importe qui.

— D'accord, dit-il alors que nous nous asseyons pour manger.

La nourriture est délicieuse, mais je ne dis rien à ce sujet. Ça semble futile.

— Il sait ce qui est arrivé à sa sœur, vous ne pensez pas ? me relance Julian.

Je ne suis pas sûre et je lui fais comprendre.

— Il se peut que sa mémoire ait été polluée par des choses que lui a dites sa mère. Elle a un contrôle total sur votre fils. Je ne pense pas qu'elle le laisse hors de sa vue. Il va même au travail avec elle.

Nous parlons un peu de l'affaire de garde et il sait que je suis sur la retenue.

— Qu'est-ce qu'il y a, Nicole ? demande-t-il.

— Julian, déclaré-je, vous êtes un très bon cuisinier.

Il sourit.

— Bien tenté. Qu'est-ce qu'il y a ?

— Avez-vous déjà entendu parler d'un homme appelé Michael Bennett ?

Il n'a pas besoin de répondre. Je vois une ombre passer dans son regard. Il pose sa fourchette. Avec vigueur.

— Quel est le problème ?

— Vous le connaissez ?

— C'est un représentant commercial pour l'une des marques qu'Angela vend à la boutique. Je l'ai rencontré une fois dans son bureau. Un crétin. Il agissait comme s'il était le roi de la vente au détail et qu'Angela allait dominer le marché avec ce qu'il représentait à l'époque. Elle parlait de lui tout le temps. Michael par ci. Michael par là.

Je lâche une petite bombe.

— Je l'ai vu à Acadia aujourd'hui.

— Ce connard vit là-bas ?

Je suis presque sûre qu'il n'est pas au courant. Alors je lui dis.

— Lui et Angela vivent là-bas, ensemble.

— Putain ! lâche-t-il en se levant un peu sur sa chaise. Avec mon fils, là-bas ? Elle baise un type pendant que mon fils est dans la pièce d'à côté ? Son avocat a dit à mon avocat qu'elle vivait seule ! Mon Dieu, quelle salope ! Elle ne peut pas faire ça.

Il se lève. Son visage a maintenant la couleur du cabernet que nous sommes en train de boire. Il en verse encore et observe par la fenêtre la ville Seattle, scintillant dans l'air froid de la nuit. Je m'approche de lui et pose ma main sur son épaule.

— Il n'y a aucune chance que Michael Bennett vous remplace, pas en ce qui concerne Samuel. Vous le savez, n'est-ce pas ?

— Oui, dit-il, je le sais. Mais bon sang, Nicole, comment a-t-elle pu nous faire ça ? Nous perdons notre fille et elle s'enfuit vers le premier type venu, un représentant commercial qui veut la baiser. Et voilà où nous en sommes maintenant. Un bordel pire que celui dans lequel nous étions avant.

Je le ramène à la table et nous nous asseyons. Aucun de nous n'a plus faim. Nos assiettes nous regardent, mais nous avons fini de manger.

— Je tiens à vous, Julian

— Je sais, dit-il.

— Je ne veux pas vous faire de mal, enchaîné-je, mais il y a autre chose. Quelque chose que je pense que vous devez savoir.

Je n'en suis pas certaine, mais ses yeux semblent humides. Je ne sais pas si c'est de la colère ou un sentiment écrasant de défaite qui s'est infiltré au-delà de sa capacité à dissimuler complètement sa douleur.

— Quoi ?

— Michael Bennett a signé le bail à Acadia avant Noël dernier. La semaine avant que Kelsey ne disparaisse.

— D'accord, dit-il. Il a loué un appartement là-bas et Angela a emménagé avec lui au printemps.

— Ce n'est pas la bonne chronologie, Julian. Elle était avec lui quand il a signé le bail. Elle est venue pour examiner le logement. Pour donner son aval.

Julian enfouit son visage dans ses mains, puis relève la tête après un long moment.

— Elle avait donc prévu de me quitter avant que tout ça n'arrive, dit-il. Vous en êtes certaine ?

— L'adjoint du gérant se souvient très clairement qu'elle était présente. Elle s'est plainte des décorations, qui n'étaient pas à la hauteur de ses standards.

Julian reste assis et ronge son frein.

— Je me sens tellement idiot, dit-il finalement. Je n'ai jamais pensé qu'elle me tromperait. Surtout avec ce crétin.

— Parfois les gens sont doués pour garder des secrets.

— C'est vrai, dit-il après un soupir. C'est tout Angela, c'est sûr.

Nous nous asseyons en silence. Je pèse ce que je suis sur le point de lui révéler. Je ne sais pas si l'homme en face de moi peut supporter davantage les machinations de son ex-femme. Je ne sais pas si je veux être celle qui lui assène le coup de grâce. Un coup de poing au foie. Il n'a pas mérité tout ça.

— Je pense que oui, mais il y a plus, Julian, dis-je lentement, trouvant la meilleure façon de lui dire quelque chose de si sombre qui, je le sais, l'écrasera encore plus que tout ce qu'il a appris jusqu'à présent.

Je laisse mes mots suspendus dans l'air.

— Quoi, Nicole ?

— C'est quelque chose que la police doit savoir.

— Je vous en prie, m'implore-t-il.

— C'est un logement avec deux chambres à coucher, Julian. Ils ont loué un « trois pièces ».

Il me regarde, incertain. Mes yeux restent fixés sur les siens. Je sais que ce que je suis sur le point de lui dire va tout changer. Ça va le bouleverser de toutes les manières imaginables. Il saura avec certitude que sa femme était plus qu'une femme adultère, plus qu'une menteuse.

— Il n'a jamais été prévu que Kelsey vive là-bas, dis-je.

— Je ne vois pas comment vous pouvez déduire ça, dit-il. Ils auraient pu prévoir que les enfants partagent la deuxième chambre.

Je secoue la tête.

— J'ai le contrat de location, Julian. Quand Bennett a loué le logement, il a accepté les conditions selon lesquelles ne pourraient y vivre que deux adultes et un enfant.

Un regard blessé orne son beau visage.

— Elle est mêlée à tout ça, conclut-il.

30

Il est tard. Presque dix-neuf heures. Mais je connais le penchant de Christine Seiko à être la première à arriver et la dernière à partir. Je me gare près de la benne à ordures où Danny avait l'habitude de fumer en cachette.

Je connais Christine depuis des années. Nous étions plus que des collègues de travail. J'ai assisté à son mariage avec Rick Seiko, le directeur du collège de Sammamish. J'ai assisté à la cérémonie de révélation du sexe de leur fils, Jared. En clin d'œil au patrimoine asiatique de Rick, ils avaient fait faire des biscuits chinois à l'intérieur desquels se trouvaient des bouts de papier imprimés avec la mention « C'est un garçon ! ». Je ne l'ai pas recontactée depuis mon licenciement du département de police. Je ne sais plus où j'en suis avec qui que ce soit.

La porte arrière du laboratoire s'ouvre et elle me voit immédiatement. Je ne peux pas dire si elle est heureuse ou agacée. Christine a le genre de visage qui va avec son esprit brillant et analytique. Elle ne trahit jamais une quelconque émotion avant d'être sûre à cent pour cent de ce qu'elle fait.

Je sors de la voiture et marche vers elle, le sac de chez Macy's à la main.

— Je voulais t'appeler, dit-elle.

Je veux croire qu'elle le pense sincèrement. Je le veux vraiment. Christine n'est pas une menteuse.

Pourtant, elle ne m'a pas appelée.

— Moi aussi, dis-je, bien que la vérité soit que je ne l'ai pas envisagé.

La honte a le don de nous couper de tous ceux que l'on connaît. Surtout ceux qui pourraient nous pardonner.

— Tu as l'air en forme, dit-elle.

Je vois la gentillesse dans ses yeux. Je touche mes cheveux.

— Non, pas vraiment.

— Si, si, sincèrement. Comment vas-tu, Nicole ?

— Un jour à la fois, avoué-je. Aujourd'hui est un bon jour. Et hier aussi. Pour ce qui est de mes problèmes.

— Où est-ce que tu loges ? demande-t-elle.

— Je suis chez un ami. En haut de la colline de Factoria.

Je ne pense pas que je pourrais expliquer pourquoi je loge chez Julian Chase. Et je n'ai vraiment pas envie d'essayer.

— Comment va Rick ? continué-je. Comment va Jared ?

Elle sourit.

— Les deux vont bien. Jared pousse comme une mauvaise herbe. Cliché je sais, mais vrai.

— Je suis venue te demander une faveur.

Elle ouvre son sac à main.

— Non, fais-je, pas ça, Christine. Je vais bien. J'ai besoin d'aide avec ça.

Je montre le sac de chez Macy's avec le manteau Burberry à l'intérieur.

— C'est le manteau que portait Angela Chase la nuit où sa fille a disparu, ajouté-je.

Elle repousse le sac.

— Je ne peux rien faire avec ça, Nicole. Tu le sais. Trop de monde l'a touché. Contaminé par Dieu sait qui. Il n'y a aucune chance que ça puisse devenir une preuve au tribunal. Surtout…

Elle s'interrompt.

— Surtout que c'est moi qui te l'ai apporté, terminé-je à sa place.

Christine secoue la tête.

— Je suis désolée, Nicole. Je le suis vraiment. Je ne peux pas t'aider.

— S'il te plaît, Christine, l'imploré-je. Je ne veux pas te supplier, mais je n'ai aucune ressource. Tu sais que le tueur de Kelsey est dans la nature. Tu sais que les gens qui tuent des petites filles ne peuvent pas s'arrêter à une seule.

Christine est ma seule chance. Elle est la seule à pouvoir analyser le manteau.

— Je sais que tu ne peux rien faire officiellement, enchaîné-je. Et je ne sais pas s'il y a quoi que ce soit sur ce manteau qui pourrait nous dire quelque chose que nous ne savons pas déjà sur ce qui est arrivé à Kelsey. Mais c'est possible. Il pourrait fournir quelque chose qui nous indiquerait quelle direction prendre.

Je me rends compte que j'utilise le pronom « *nous* », ce qui implique que je fais toujours partie de la police. Ça ressemble à un mensonge alors qu'en réalité, c'est un espoir.

— Je ne sais pas, dit-elle. Je n'ai vraiment pas envie d'être mêlée à ça.

— Tu sais qu'Alan Dawson n'a pas tué cette fille. Je sais que tu le sais aussi bien que moi. Je sais que tu as le même sentiment gênant qu'Angela dissimule quelque chose. Elle a même refusé de faire une déclaration. Qu'est-ce que ça te dit, Christine ?

Christine tend à contrecœur la main vers le sac de chez Macy's.

— Ça me dit exactement ce que tu penses que ça me dit.

Je mesure chaque nuance de l'expression de mon amie.

— Elle est mêlée à tout ça, n'est-ce pas ? l'interrogé-je, espérant une confirmation.

Je ne suis pas déçue par Christine Seiko. Mère elle-même, elle doit placer les tueurs d'enfants tout en bas de l'échelle des déchets humains qui méritent de pourrir en prison.

— Oui, dit-elle. Je suis presque sûre que c'est le cas. Même Cooper le dit, bien qu'il ne veuille pas se bouger le cul pour faire quoi que ce soit à ce sujet. C'est comme si tout le monde ici voulait que toute cette affaire disparaisse. Comme si rien ne s'était jamais passé. C'est plus la faute de Danny que la tienne.

Ses mots se déversent sur moi. Je suis tellement reconnaissante.

— Merci, Christine, dis-je.

Elle voit l'émotion dans mes yeux, mais elle ne s'attarde pas. Christine a toujours eu à cœur de faire le boulot.

— Tu étais une bonne enquêtrice, dit-elle en se dirigeant vers sa voiture. Dommage collatéral. Dommage causé par Danny. C'est ce qui t'est arrivé.

— Je sais que tu ne peux rien promettre, fais-je en la suivant.

Christine me fait signe de la main sans se retourner. Son coffre s'ouvre et elle dépose le sac par-dessus l'équipement de foot de son fils.

— Je ne peux rien promettre. Et je ne le ferai pas, dit-elle. Appelle à mon bureau dans quelques jours.

Le coffre se ferme avec un léger bruit sourd. Je reste là, sur le parking, et je regarde ma collègue préférée de la police scientifique prendre le volant et partir.

Mes yeux suivent le contour du bâtiment avant de lever les yeux vers la fenêtre qui était celle en face de ma place. Le sol est en grande partie sombre. Un homme se tient devant l'une des fenêtres. Je tente de distinguer son visage, mais je ne parviens pas à savoir qui c'est. La silhouette est grande et trapue. J'espère de tout cœur que ce n'est pas Evan Cooper.

La dernière chose dont j'ai besoin, c'est que le lieutenant qui m'a jetée dehors interroge Christine. J'ai besoin d'une pause. J'ai besoin de découvrir ce qui est vraiment arrivé à Kelsey. Je ne suis pas seule. Je sais que Julian veut savoir, tout comme Charlene Dawson et maintenant, je pense, Christine Seiko.

Mon groupe de supporters est petit, mais il grandit.

31

Internet est cet espace sombre qui permet aux gens de déverser leur haine quand ils le souhaitent. Il permet à une femme de détruire ses voisins parce qu'elle déteste la couleur de leur maison. Il donne à un amant délaissé l'opportunité de publier des *sextapes* vengeresses. À un pédophile de chercher des victimes dans des forums de discussion. Ces personnes passent devant nous tous les jours lorsque nous faisons le trajet entre la maison et le travail ou que nous nous rendons quelque part en vacances. Elles nous sourient, alors que si elles le pouvaient, si elles avaient la moindre petite raison, elles nous démoliraient. Nous humilieraient. Nous ruineraient.

Lane Perry est un meneur ; un intermédiaire. Et bien qu'il utilise la haine pour obtenir des clics, il ne souhaite rien de plus que de laisser ses lecteurs faire le sale boulot dont il a besoin.

Et ils le font.

Julian a exécuté les ordres de Lane, même s'il avait une bonne raison de le faire. Sa femme lui a volé son fils et, Julian en était sûr, était à l'origine de la disparition de sa fille.

— Je publie sous un tas de pseudonymes, me dit-il alors que nous sommes assis dans le salon à regarder son ordinateur portable.

Cette révélation me surprend.

— Sérieusement ?

Ses yeux rencontrent les miens pendant une fraction de seconde, puis repartent vers l'écran de son ordinateur.

— Le lectorat n'est donc pas aussi grand que vous le pensez, dit-il. Bien sûr, il y a beaucoup de voyeurs, mais ce sont surtout les mêmes personnes qui publient des commentaires.

— Quel nom – ou plutôt quels noms – utilisez-vous ?

Il me fait un sourire.

— Vous devrez le découvrir.

— Un jeu de devinettes ? demandé-je. Je n'aime pas les jeux. Pas beaucoup, en tout cas.

Julian hausse les épaules et s'allonge sur le canapé à côté de moi.

— Je n'aime pas non plus. Fermons simplement les yeux. Oublions tout. Juste un instant.

Aucun de nous n'a jamais pu faire ça, mais nous faisons tous les deux semblant. Julian et moi sommes bons à ça. Prétendre que tout ira bien nous a permis d'arriver là où nous sommes. Dans ce cas, je peux l'accepter. Demain, je le sais, je recommencerai. Mon *jour sans fin* commence par une fille disparue dans un magasin Target et un petit ami qui a monté un dossier criminel contre un homme innocent. Je chercherai la pièce manquante, celle qui m'aurait dit la vérité avant que je ne perde tout.

32

Le sommeil m'échappe. Je me bats pour trouver le dessous frais de l'oreiller, comme si quelque chose de si simple pouvait m'éloigner des pensées qui m'empêchent de trouver le repos dont j'ai besoin. Je suis si fatiguée. Je me glisse au bord du lit de Samuel et laisse mon bras pendre et le dessus de ma main effleurer les pointes du tapis à poil long. Je fais balancer le bout de mes doigts au-dessus du tapis, ressentant chaque fibre. Je cherche la distraction dans une maison qui est une étrangère endormie.

Je suis une étrangère partout où je vais maintenant.

Les lumières du casino me manquent, les regards vides et exempts d'espoir sur les visages des joueurs alignés devant des machines qui offrent pourtant la possibilité de changer leur vie. Nous cherchons tous à fuir. La raison qui nous amène sur notre chaise préférée, devant notre jeu préféré, à deux heures du matin, n'est jamais liée au gain. Il s'agit toujours de s'échapper de la vie que nous menons avant d'être happés par les portes ouvertes du casino. En ce moment, j'ai besoin de toutes les fibres de mon être pour m'empêcher de prendre le volant et de m'y rendre.

Je ne le savais pas à l'époque, mais alors que j'étais assise là avec Danny, je ne voulais rien d'autre que d'être à des millions de kilomètres de lui. Il n'était pas la solution. Il faisait partie du problème. Je m'étais installée dans cette relation parce que j'avais trop peur de finir seule. Je pensais que c'était mieux que rien. Pourtant, je savais. Je savais. Chaque fois que nous faisions l'amour, j'étais ailleurs. Le sexe avec lui était comme le scintillement des lumières des machines qui m'appelaient. Le bruit de la pluie était une évasion. Notre compatibilité reposait sur deux choses : mon angoisse par rapport à une sœur cadette qui avait réussi à posséder tout ce qui m'échappait et notre intérêt commun pour les forces de l'ordre.

J'étais idiote à l'époque. Et je le suis toujours maintenant. Probablement plus que jamais.

Même si je suis morte de fatigue, je vois les choses clairement. Le chagrin de Julian pour sa fille disparue m'a rapprochée de lui. J'avais un besoin profond de réparer le retard que Danny et moi avons fait prendre à une enquête qui a abouti à laisser un tueur en liberté. Je n'aurais pas eu besoin que ma psy, Melissa, me dise que mon attirance pour Julian avait plus à voir avec mon désir profond de résoudre les problèmes de ma vie que d'être proche de lui. Et pourtant, je ne peux pas nier cette attirance.

J'amène l'iPad jusqu'à la cuisine où je prépare une infusion de la marque *Sleepytime,* dont je doute fortement qu'elle m'aide à trouver le repos dont j'ai besoin. Je suis sûre que c'est Angela qui l'a achetée, une nouvelle preuve de sa part qu'elle essaie d'être meilleure que les autres. Bio par ci. Durable par là. Je préfère prendre quelques Xanax et me dire que c'est bon.

Je me frotte les yeux et fais défiler le blog de Lane Perry. Son dernier article porte sur l'augmentation des cambriolages dans le quartier de Crossroads à Bellevue. Une autre non-histoire. Il y a toujours eu des cambriolages et des vols dans cette partie de la ville, un mélange éclectique de nouveaux arrivants de presque tous les coins du globe se heurtant à la vieille garde. Lane la joue comme si c'était quelque chose de nouveau, le résultat sinistre d'une invasion toujours plus grande d'étrangers. Je sais que chaque fois que Lane peut publier quelque chose qui ne ferait qu'une simple allusion au racisme, il a une excellente chance d'obtenir de nombreux clics. Et pour Lane, c'est tout ce qui compte finalement.

L'infusion est horrible. Le blog aussi. Je la sirote et je fais défiler les articles, parce que c'est tout ce que je peux faire en ce moment. Un an auparavant, j'aurais pris ma voiture et conduit jusqu'au casino. Je serais passée de fatiguée et lasse à indomptable et invincible à l'instant où la pointe de mon pied aurait pressé l'accélérateur. Une fois à l'intérieur, la vitalité du casino se serait diffusée dans mon corps.

Je remarque que *Truthsayer* a publié un nouveau commentaire sous le dernier article à propos de Maman Target.

« Oui, la mère de Kelsey est une ordure. Tout le monde le sait. Maman Target cache quelque chose. C'est indiscutable. Mais ça ne fait pas d'elle une meurtrière. Quelle mère tuerait son propre bébé ? »

Seattle Bob a ajouté son grain de sel.

« Tu as déjà entendu parler de Susan Smith ? Andrea Yates ? Les mères tuent leurs enfants tout le temps, idiot. »

J'adore le niveau du discours sur Internet. *Seattle Bob* a tort. Tuer son propre enfant est extrêmement rare. Dans les cas où un parent est le véritable auteur du crime, il est bien plus probable que le tueur soit le père et non la mère.

Et dans le cas qui me préoccupe en ce moment, ça voudrait dire Julian.

Pourtant, je sais que ça ne peut pas être lui. Julian n'a pas le tempérament. Il ne se cache pas derrière un masque. Il a participé activement à l'enquête. Ses espoirs n'ont jamais vacillé ; d'abord, que Kelsey soit retrouvée vivante, puis que son meurtrier soit traduit en justice. Il a défendu sa femme au début. Ce n'est qu'en découvrant ses mensonges, un par un, qu'il a poussé l'enquête dans sa direction. Il a été hésitant. Quand je regarde dans ses yeux, je peux voir la lutte. Je peux voir très clairement que Julian n'a tout simplement pas voulu croire qu'Angela pouvait être capable de meurtre.

Truthsayer a répondu au dernier coup de gueule de Seattle Bob.

« Angela a vendu ce bébé. Je le sais. Quelqu'un d'autre l'a tué. »

Et en temps réel, sous mes yeux, il répond :

« Si tu sais quelque chose d'aussi important que ça, pourquoi ne fais-tu pas ce qu'il faut et ne le signales-tu pas à la police ? »

Je bois l'infusion à petites gorgées. Ce n'est pas si mal, après tout. Ça ne me donne pas envie de dormir, cependant. Même le Xanax aurait peu d'impact en ce moment avec l'adrénaline qui pulse dans mes veines alors que ces deux étrangers s'affrontent dans un duel de commentaires. Bien que je n'aie même pas le droit de penser à parier, je mise sur *Seattle Bob*. J'imagine que c'est un *geek* qui fait une pause sur sa console Xbox parce que sa mère dit qu'il passe trop de temps dessus et qu'il doit vivre dans le « vrai monde ». Le blog de Lane Perry, pour certains, est le monde réel.

Truthsayer vient de publier :

« La police est corrompue. Ne lis-tu pas les vrais journaux ? Ils ont bâclé cette enquête depuis le premier jour. Un policier est en prison et l'autre a été virée. Crois-moi, Angela Chase n'est pas une tueuse. »

Seattle Bob écrit immédiatement :

« Va-t'en, espèce de troll. Passe à autre chose. J'en ai marre des gens comme toi qui publient ici comme s'ils savaient tout. Notre police n'est pas parfaite, mais nos hommes et nos femmes en uniforme font du mieux qu'ils peuvent. »

Tout à coup, j'aime bien *Seattle Bob*. C'est facile de se défouler sur la police. Beaucoup plus difficile, même dans l'espace sécurisé de sa propre maison, devant son écran d'ordinateur, de défendre l'uniforme.

Truthsayer a le dernier mot :

« Tu peux dire ce que tu veux, mais je sais ce que je sais. Je sais de manière absolue qu'Angela n'a tué personne. »

Un fait absolu, hein ? Je décide de jouer le jeu. Je réfléchis un moment, mais vu l'heure, je suis complètement à court d'idées. Je commence à créer un compte avec l'identifiant *SleepyTime*. Zut ! Le formulaire demande une adresse e-mail. Je m'arrête presque. Je sais que je ne peux pas utiliser ma propre adresse. C'est tellement embêtant. Je déteste Internet. Finalement, je me lance et je crée un nouveau compte Gmail. Une fois que j'ai fait tout ça, je commence à taper dans la minuscule case utilisée pour poster des commentaires.

« Si tu sais qui a fait le coup, pourquoi ne pas le dire ? »

Puis je sirote mon infusion froide et j'attends. Pas très longtemps. Une minute tout au plus.

« Parce que je veux vivre. Si je disais qui a fait ça, je mourrais. »

Au fond de moi, je sais qu'il s'agit d'un plaisantin et je me sens idiote d'avoir publié un commentaire. Il est trois heures du matin et comme je ne bois que de l'infusion et pas un verre de whisky, je n'ai pas de véritable excuse pour ce que je viens de faire. Il n'y a rien de bien à jouer les détectives sur Internet. Je m'attarde sur l'iPad jusqu'à ce qu'il passe en mode veille. Bonne idée, je pense. Je vais essayer ça aussi.

Je suis restée allongée à réfléchir cette nuit-là. Incapable d'éteindre le bruit dans mon cerveau. Je jette un regard de travers à Flash McQueen. Je pense au petit garçon. Sa sœur. Danny. Mon père. Ma mère. Ma sœur. C'est comme l'une des hideuses présentations PowerPoint données en milieu scolaire par des membres de la sécurité routière du département de police. Ils n'arrêtent pas de montrer les visages de ceux qui ont conduit sous emprise de l'alcool, ont envoyé des SMS alors qu'ils n'auraient pas dû, se sont insérés dans le trafic sans regarder. Chaque image clignote d'abord avec un visage souriant, inconscient. Puis sur le plan suivant, on peut voir les restes mutilés en couleurs. C'est mon esprit qui me fait ça. Je vois toutes les personnes de cette façon aussi. J'entends Julian se lever et passer devant ma chambre. Il n'arrive pas à dormir non plus.

Je laisse tomber mes jambes sur le sol et attrape une des chemises chic que Julian avait emballées pour les donner à l'Armée du Salut. En la saisissant, je lui ai dit que je la porterais comme une chemise de nuit. Il a un peu arqué un sourcil, mais a juste secoué la tête et haussé légèrement les épaules.

— Ça vous va mieux qu'à moi, dit-il alors que je le rejoins dans la cuisine.

— Je ne sais pas. C'est une belle chemise.

Il porte un pantalon de survêtement et un t-shirt noir à col en V.

— Je n'arrive pas à dormir, avoué-je.

— Moi non plus. J'allais me servir un whisky. Je vais m'assommer, c'est la seule chose que je puisse faire.

Il nous verse du Maker's et nous nous asseyons au comptoir de la cuisine. En silence. Je l'observe et je sais exactement où tout ça va nous mener. Je sais que je devrais me lever et aller dans ma chambre, que ce que je ressens en ce moment pourrait disparaître avec un peu de sommeil. Mais je ne le fais pas. Je reste assise là, à le regarder et à ressentir chaque douleur qu'il ressent.

— Je suis content que vous soyez là, Nicole, dit-il en touchant ma main.

Je recule un peu. Je sens le courant qui passe de son corps au mien.

— Je n'abandonnerai pas, lui dis-je.

— Je sais. J'ai compris dès votre arrivée que vous étiez une battante.

— C'est ce que me disait mon père.

— C'est pour ça que vous êtes devenue policière. Vous vouliez vous battre pour les autres. Mais d'une manière ou d'une autre, vous avez perdu quelque chose.

Je ne dis rien.

— Vous vous êtes trouvée maintenant, n'est-ce pas ? conclut-il.

Je hoche la tête et regarde par-dessus son épaule. Je n'ai pas envie de le fixer dans les yeux à ce moment-là. Ça fait très longtemps que personne ne me cerne vraiment. Cet homme qui a perdu à peu près tout ce qui lui était cher est plus équilibré que tous ceux avec lesquels je suis sortie dans ma vie d'adulte. Il devrait être brisé. Au lieu de ça, il est plein de détermination.

Je me lève et vais admirer la vue. Mes yeux sont humides. La ligne d'horizon ressemble à un kaléidoscope flou. Je ne regarde pas Julian quand il s'approche de moi et pose son verre sur la table à côté du mien. Son souffle est sur mon cou. J'ai du mal à respirer. Difficile de ne pas me dissoudre dans les larmes.

— Vous allez bien, Nicole ?

Je hoche la tête, mais ne parle pas. J'aspire un peu d'air et reste là à attendre qu'il me touche.

Ses mains sont sur mes épaules. Je glisse vers lui, sentant son corps contre le mien. Il effleure mes seins et se penche pour chuchoter à mon oreille.

— Si tu penses que c'est bizarre, dis-le. J'ai envie de toi, mais je ne veux pas te faire de mal.

Je me retourne et nous nous embrassons. C'est un baiser tendre. Il a le goût de Maker's. Danny a toujours eu le goût d'un paquet de cigarettes. Les lèvres de Julian sont douces, mais je sens la brûlure de sa barbe contre mon visage. Du papier de verre. Mais je me fiche de ressembler à l'une de ces femmes de Bellevue qui ont subi un peeling chimique le matin. Il m'écarte doucement de la fenêtre.

En une seconde, je suis debout, nue, pendant qu'il retire sa chemise et s'extirpe de son pantalon de survêtement. Son corps est dessiné, mais pas comme celui de Danny. Le corps de Danny était construit pour l'admiration et l'attention. L'homme qui me tient dans ses bras n'est pas un poseur ou un m'as-tu-vu.

— Tu es vraiment belle, déclare-t-il.

— Non, je ne le suis pas, dis-je en pensant à ma mère et à son insistance à dire que Stacy avait gagné la loterie génétique dans notre famille et que j'étais moins bien qu'elle.

Elles étaient toutes les deux des pois dans une gousse. J'étais l'outsider. Celle qui était « suffisamment jolie ».

— Hé, intervient-il dans un chuchotement doux et bas. Tu n'as pas le droit de dire ça. Il y a un million de choses qui te rendent belle.

— C'est là que tu me dis que j'ai une super personnalité, dis-je en respirant plus fort et en le guidant vers l'endroit où je veux être touchée.

Il y va. Ses doigts tracent un chemin le long de mon corps comme Danny ne l'a jamais fait.

— Je ne vais pas faire l'amour à ta personnalité, réplique-t-il.

Nous rions tous les deux. Ce n'est pas un rire nerveux, mais une sorte de soulagement. Il me conduit dans sa chambre et je tombe sur le nuage blanc du duvet d'eider. Il sort un préservatif. Je me demande s'il pense à ça depuis un moment. Il est si bien préparé. Je suis tellement prête. Une seconde plus tard, il est sur et en moi. Son corps se resserre et le mien répond dans ce genre de rythme chaotique qui m'a manqué. Et pendant que nous faisons l'amour, je garde mes yeux dans les siens. Je profite de ce que ça fait d'être avec quelqu'un qui me veut pour ce que je suis.

Je me réveille et trouve Julian Chase à côté de moi. Il ronfle, mais ça ne me dérange pas. Il fait le bruit d'un moteur lointain ; l'arrêt et le redémarrage de générateurs dans un lotissement après une panne de courant. C'est réconfortant. Je respire l'odeur de nous deux ensemble et une partie de moi espère que ce n'est qu'un rêve. Mes joues sont encore chaudes à cause de sa barbe. Je m'extirpe des draps et me redresse. Dans la faible lumière de son radio-réveil vieillot, j'entrevois le visage de Julian. Je ne l'ai jamais vu dormir auparavant et à l'instant même, je suis sûre que notre nuit ensemble a été une bonne chose. Julian sourit.

33

Quand je me réveille, la douche coule et je suis reconnaissante pour la couverture sonore qu'elle procure alors que je retrouve le chemin de ma chambre, passe quelques vêtements et me glisse dans la cuisine. Le café est déjà prêt. Julian m'a préparé une tasse et je verse le Sumatra, foncé et épais, que je sais qu'il a acheté parce que j'avais mentionné que c'était mon préféré. Oui, il m'a posé la question.

La nuit dernière était merveilleuse, mais ce qui semblait si bien dans la brume du Maker's que nous avons consommé semble maintenant rempli de problèmes. Ce n'est pas que je sois tombée amoureuse de Julian. Je ne suis pas ce genre d'idiote. Malgré quelques faux pas pendant ma période casino, je n'ai jamais couché à droite et à gauche. Pour moi, le sexe est intime, pas seulement une activité. Je ne suis pas sûre de ce que je ressens vraiment pour Julian. Il n'est pas Danny Ford. C'est clair. Il n'est pas une sorte d'erreur occasionnelle.

Du moins, je ne le pense pas.

Je ne sais pas si je dois préparer le petit-déjeuner ou si ça donnerait l'impression que je suis passée du statut d'ancienne colocataire-détective sans domicile fixe à celui d'amante à demeure. Je ne veux pas que Julian se sente bizarre par rapport à ce qui s'est passé. Je veux juste découvrir la vérité sur sa fille. C'est tout pour moi. La réponse à cette question m'apparaît rapidement alors que j'examine le pauvre contenu de son réfrigérateur et que je n'y vois rien que je puisse lui préparer de toute façon.

Julian apparaît dans la cuisine, habillé pour aller travailler. Sa cravate est un peu de travers, mais je résiste à l'instinct de tendre la main pour la redresser.

— Pour un si grand réfrigérateur, lâché-je, il est rempli de beaucoup de rien.

Son sourire met fin au malaise que je ressens à l'intérieur.

— Je suppose que je vais devoir m'arrêter au supermarché. Ou tu peux le faire.

Il attrape son portefeuille et me tend une paire de billets de 100 dollars.

— Je te laisserais bien utiliser ma carte Visa, mais j'ai peur que tu sois arrêtée pour fraude et ça gâcherait pas mal ta journée.

— Je suppose que oui, dis-je en souriant en retour.

Je ne lui demande pas ce qu'il veut pour le dîner. Je ne veux pas présumer que nous allons même manger ensemble. C'est comme la cravate de travers. Je suis incertaine des limites entre nous. Je ne veux pas faire d'erreur. J'ai assez fait d'erreurs.

— Qu'y a-t-il dans ton planning aujourd'hui ? demande-t-il en buvant une dernière gorgée de café avant de rassembler ses affaires pour sortir.

— Une séance avec ma psy, dis-je. Une réunion de groupe. C'est à peu près mon nouveau quotidien.

Il se penche et m'embrasse sur le front. C'est un beau baiser. Mais ce n'est pas le genre qui pourrait avoir une signification autre que le fait qu'il sache que je ne me suis pas encore brossé les dents ce matin. Ou peut-être qu'il me considère comme une bonne amie. Alors qu'il disparaît, j'espère que c'était à cause des dents.

La maison au sommet de Somerset est vide. Je me suis douchée et habillée avec les derniers de mes nouveaux vêtements. Une tasse fraîchement remplie de café à la main, je me retrouve à errer dans les lieux, inspectant chaque pièce. Je ne suis pas entrée dans le bureau d'Angela depuis le jour de mon arrivée. Je suis passée devant la porte fermée une centaine de fois. Il m'a semblé être une boîte de Pandore, me faisant signe d'actionner la poignée et d'entrer. Ce matin, alors que l'horloge fait tic-tac et résonne dans la maison depuis l'alcôve au bout du couloir, j'entre.

Pour la deuxième fois, je contemple le mur rempli de photos de Samuel profitant de l'attention de l'appareil photo, comme un œil constamment braqué sur lui. Maintenant que j'ai vu Angela Chase dans sa nouvelle vie, je sais sans l'ombre d'un doute qu'elle n'avait pas de place pour une petite fille. Elle ressemble beaucoup à ma mère à cet égard. Elle ne pouvait pas supporter la concurrence. Sous la perfection de son emballage, Angela Chase est révoltante. Tordue. Elle se pavane dans une garde-robe hors de prix qui dissimule à peine son corps sexy. Ses cheveux. Son maquillage. Elle entre dans une pièce et elle est le miroir dans lequel chaque homme se regarde et se perd, en proie à l'excitation. Ils la désirent parce qu'elle le veut bien. J'ai vu la façon dont Michael Bennett a placé sa main dans le bas de son dos pour l'éloigner de moi devant les portes d'Acadia. Ce n'était pas seulement pour lui épargner mes questions ; c'était aussi une sorte de toucher lubrique.

Malgré les mots durs qu'il a prononcés à son égard, j'ai aussi surpris une sorte d'appétit dans les yeux de Marco Denton, le gérant en intérim d'Acadia. Angela Chase est repoussante et attirante à la fois. C'est le genre de femme qui baise pour le sport et qui s'assure d'être déclarée victorieuse quand c'est fini. Je suis assise au bureau d'Angela, parmi les choses qu'elle a laissées derrière elle lorsqu'elle a dit à Julian qu'elle avait besoin d'espace, de temps pour réfléchir à leur mariage fracturé. Un mariage qui se dissolvait précipitamment à la suite de la perte de leur petite fille. Les yeux tristes de Kelsey me regardent depuis sa seule photo jusqu'à ce que je fasse pivoter le fauteuil loin d'elle.

Le siège est fait de chrome et de cuir blanc. Il a probablement coûté deux semaines de mon salaire.

À l'époque où j'en avais un.

Je me penche en arrière et je tombe dans les pensées de cette femme dont j'ai porté les vêtements et dont l'ex-mari a couché avec moi. Angela Chase est devenue une partie de moi. Je me demande si la nuit avec Julian était une sorte de bataille subconsciente pour gagner quelque chose sur elle. Techniquement, c'est toujours son mari. Elle couche avec un autre homme. Je ne veux pas que ça n'ait été qu'une vulgaire compétition.

Tu ne le mérites pas, espèce de garce.

Je m'assieds et fouille dans un tas de papiers sur le dessus de la crédence. Des bons de commande et des lettres, mais, surtout, des copies de plaintes qu'elle a déposées contre des entreprises. Apparemment – et ce n'est pas surprenant – elle se sent obligée de garder des copies papier des lettres haineuses qu'elle a envoyées à des fournisseurs, des restaurants et une maison de vacances qu'elle a louée à Cannon Beach, dans l'Oregon.

Cette dernière invite à rouler les yeux. Ça vaut vraiment le détour.

« Si vous ne me remboursez pas intégralement, je vais vous descendre sur Trip Advisor et vous tomberez dans l'oubli. Le jacuzzi n'a pas été désinfecté et l'eau minérale gratuite n'était pas de la marque San Pellegrino comme indiqué sur votre site. Je ne connais pas une seule personne qui boit du Perrier dans une bouteille en plastique. Non seulement c'est de la publicité mensongère, mais vous contribuez à la pollution de l'environnement. »

Je ne savais pas que Trip Advisor était une arme et encore moins une arme menaçante. Angela pourrait probablement transformer n'importe quel mot en une menace.

Un message écrit à la main sur un post-it jaune-canari attire mon regard de la même manière que les pies sont attirées par les objets brillants. Ce n'est pas la couleur qui m'attire, mais ce qui est inscrit dans l'écriture parfaite d'Angela.

« Kirk Whitmore – American Life, assurances-vie. »

Sous le nom de l'homme se trouve un numéro de téléphone avec l'indicatif régional 425.

C'est dans le coin.

Sous le numéro se trouve le nom de Kelsey.

La pièce se resserre juste à ce moment-là, comme si j'étais dans une baraque de foire, mais sans le côté festif.

J'enroule mes bras autour de mon corps pour retenir mes émotions à l'intérieur.

L'argent. C'était une question d'argent ?

Ma main tremble un peu lorsque je saisis le téléphone fixe sur le bureau et compose le numéro. Un homme répond à la première sonnerie.

Un souffle exaspéré emplit mon oreille.

— Angela ? lâche-t-il. Je vous ai dit que vous et votre mari deviez vous faire discrets pendant un moment, mais je ne voulais pas dire que vous deviez disparaître de la surface de la Terre pour de bon. Bon sang, je pensais que j'allais devoir vous envoyer des signaux de fumée ou quelque chose comme ça. Je ne pouvais évidemment pas appeler ou vous envoyer un e-mail.

Les mots « *votre mari* » résonnent dans mes oreilles. Mon Dieu, pas Julian aussi.

— Vous êtes toujours là ? demande-t-il.

Ma voix reste à l'intérieur de moi pendant un battement de cil, tandis que la pièce tourne. Mon cœur est lourd comme du plomb et je me raidis dans le fauteuil hors de prix ; ce faisant, je bascule en arrière, manquant de tomber du siège. Mes muscles sont si tendus que j'ai l'impression que si je chute, je vais me briser en mille morceaux. Rien que de la poussière prête à être aspirée. J'aurais volé en éclats.

Kirk Whitmore d'American Life pense que je suis Angela Chase. Il détient manifestement un contrat d'assurance dont les Chase sont les bénéficiaires. Il doit avoir été contracté sur la vie de Kelsey. Je presse une main contre mon estomac. Je sens que la bile remonte, mais je la force à rester où elle est. Je ne vais pas vomir maintenant. Au lieu de ça, j'essaie de faire parler Whitmore un peu plus.

— Nous devions être très prudents, dis-je, le testant un peu alors que je reprends mes esprits. Il y a beaucoup d'argent en jeu ici.

— Sans blague, dit Whitmore en riant.

Qui rit alors qu'une petite fille est morte ? Qui fait ça ?

— 5 millions de dollars, c'est beaucoup d'argent, poursuit Whitmore. Et j'aimerais bien que ça avance. Ma femme et moi voulons déménager à Cabo. J'ai trouvé une jolie petite villa au bord de l'eau. C'est le paradis. Il faudra que vous veniez tous les deux un jour.

Je m'étouffe de ce que j'entends.

— Ce serait avec plaisir.

J'adorerais te noyer dans l'eau de ta villa.

— Je vois que vous êtes de retour dans la maison de Somerset, dit Whitmore.

Il a vu l'identifiant du numéro appelant, évidemment.

— Je ne vais pas rester, dis-je. Mon Dieu, non. Je récupère juste quelques affaires.

Je retiens un peu ma respiration. Angela se serait probablement mise à critiquer quelque chose ou quelqu'un qui l'aurait contrariée, mais je ne peux pas. J'ai du mal à parler, du mal à penser.

Kelsey a été tuée pour de l'argent. Et Julian y a joué un rôle.

Je me demande s'il est le monstre que son fils a vu la nuit où sa sœur a disparu. Je me demande si j'ai fait l'amour avec un monstre.

Je quitte la maison silencieuse, je me rends dans le centre-ville de Bellevue et je me gare dans le parking d'une de ces tours de bureaux monolithiques en verre miroir qui me rappellent la boule disco au-dessus de la piste de danse du casino. Je trouve le bureau de Kirk Whitmore au sixième étage. Son assistante est une jeune femme avec des ongles laqués incroyablement longs qui arrive pourtant à taper des messages sur son téléphone.

— Vous avez rendez-vous ? demande-t-elle en levant à peine les yeux vers moi.

— Je suis sa sœur, dis-je. Il est avec quelqu'un ?

Elle secoue la tête.

— Entrez.

Et c'est ce que je fais.

Kirk Whitmore est assis à un grand bureau noir. Derrière lui, une vue vers l'est permet d'apercevoir les sommets enneigés de la chaîne des Cascades. Il va sur la fin de la cinquantaine, début de la soixantaine. Ses cheveux sont teints en noir et ses montures et ses verres de lunettes sont si épais qu'ils avalent son petit nez. Il me fait penser à un hibou ou un animal dans le genre.

Pourtant, ce n'est pas un hibou. Les hiboux sont intelligents. Lui est plutôt un serpent.

Je ne tourne pas autour du pot. Pas la peine avec ce type.

— Je suis ici pour parler de Kelsey Chase, lâché-je.

Il me regarde comme si j'avais dit quelque chose en chinois. Il remonte ses lunettes.

— Qui êtes-vous ?

— Quelqu'un qui est sur le point de bouleverser votre vie, rétorqué-je. Vous avez vendu à Angela Chase un contrat d'assurance-vie de 5 millions de dollars. Espèce de malade. Qui fait ça, bon sang ?

Il se lève.

— Je vais appeler la sécurité, dit-il. Sortez de mon bureau. Maintenant.

Je me glisse dans le fauteuil en face de lui.

— Bien. Je vais leur toucher deux mots au sujet de notre conversation. Vous savez, celle que nous avons eue à propos de votre maison au Mexique.

Son visage devient blanc, puis rose, et je peux presque sentir la sueur s'accumuler dans ses sourcils.

— Ne me menacez pas, fait-il.

— Je ne menace personne.

— Que voulez-vous ?

— Je veux savoir pourquoi et quand vous avez vendu l'assurance-vie aux Chase.

Ses mains tremblent maintenant. Ses genoux aussi, peut-être, car il ajuste son assise dans son siège. Son petit cerveau de serpent travaille sans un mot pendant un moment, puis il rompt le silence :

— Je savais que c'était une mauvaise idée.

Je peux à peine l'entendre.

— Dès la minute où ces deux-là sont arrivés, reprend-il. Ils ont dit qu'ils voulaient protéger et subvenir aux besoins de leurs enfants.

— Ils étaient tous les deux ici ?

— Oui, dit-il en hochant la tête. Ils se sont assis juste là où vous êtes. Ils m'ont dit que leur fille était précieuse, qu'ils ne se remettraient jamais de la perdre, mais que s'ils la perdaient…

— Ils auraient l'argent.

— J'ai dit non. J'ai vraiment dit non. Je leur ai dit que je ne pouvais pas faire passer ça, de toute façon, même s'ils savaient que je le pouvais. Ils avaient bien étudié la chose. Puis je leur ai dit que je ne voulais tout simplement pas être mêlé à ce genre de chose. Mais Angela… Elle peut être très persuasive. Elle m'a promis…

— Une part, terminé-je, les mots restant presque coincés dans ma gorge.

Une perle de sueur roule de son front et éclabousse le bureau. Je le regarde l'essuyer. Il attend son heure, il réfléchit. Essayant de trouver quelque chose qui ne le fasse pas paraître aussi immonde que quelqu'un qui achète une maison au Mexique avec le produit du meurtre d'une petite fille.

— Allez-vous m'arrêter pour quelque chose ? demande-t-il. Je vais avoir besoin d'un avocat.

Il pense que je suis flic. Ça me stimule un peu.

— Il est possible que nous puissions trouver un arrangement, dis-je. Dites-moi tout à propos de cette police d'assurance et qui l'a contractée.

Whitmore parcourt le document. Le capital est de 2,5 millions, mais elle contient une clause de double indemnisation en cas de décès accidentel. La plupart des gens pensent qu'une mort accidentelle désigne quelque chose comme un accident de voiture. Je sais qu'il y a une autre cause qui entre dans le scénario. J'ai travaillé sur une affaire dans laquelle une femme a tué son mari avec de la mort-aux-rats. Ses enfants ont perçu l'assurance-vie d'un million de dollars de leur père après le procès.

— Le meurtre est considéré comme accidentel.

— Oui. Oui, effectivement. Honnêtement, je ne voulais pas mettre cette clause. Les Chase ont tellement insisté. Ils m'ont dit de ne pas m'inquiéter. Ils m'ont dit qu'ils me donneraient une prime de 100 000 dollars si l'impensable se produisait.

— Quand la leur avez-vous vendue ?

— La semaine avant la disparition de Kelsey. J'ai dit à Angela de ne pas faire de réclamation. Pas avant un bon moment. Ça aurait donné une si mauvaise image. Puis j'ai vu aux infos qu'elle était en quelque sorte une suspecte. Putain de merde. J'avais envie de me mettre en boule et de mourir sur-le-champ. Mais bon sang ! Elle a ces jolis yeux verts. Elle en joue. Ça m'a fait penser qu'il y aurait une part en nature aussi peut-être, mais, ensuite, elle est partie et je me suis demandé pourquoi diable j'avais pu avoir cette impression.

Il secoue la tête et reprend :

— De beaux cheveux blonds. Ah, les hommes et les blondes !

— Les cheveux d'Angela ne sont pas blonds, affirmé-je.

Il réfléchit pendant une minute.

— Oui, je sais. Elle a changé de couleur après tout ce qui s'est passé.

Il faisait sombre au magasin Target.

Je montre une photo d'Angela et de Julian depuis mon téléphone. Elle provient du blog *Eastside Crime Watch*. Le couple est habillé de façon décontractée, en tenue de plage. Je pense que c'est une photo de vacances que quelqu'un a dû divulguer sur le site. En tout cas, c'est un couple magnifique. Le genre que personne ne soupçonnerait jamais.

— C'est à eux que vous avez vendu l'assurance ?

Whitmore se penche au-dessus de mon téléphone. Ses verres épais agrandissent ses yeux de hibou.

— Oui. Oui. C'est elle, c'est sûr.

— Et lui ?

Il prend le téléphone du bout de mes doigts et le rapproche.

— C'est Julian Chase ?

Je hoche la tête.

Whitmore grimace un peu en l'étudiant.

— Alors, oui. Je suppose. C'est à lui que j'ai vendu le contrat.

— Vous semblez hésiter, dis-je, l'espoir colorant presque ma voix.

— Pour être honnête, que voulez-vous, c'est à elle que j'ai accordé le plus d'attention. C'est elle qui a vraiment insisté. Il était juste assis là.

— Mais il l'a signé ?

Whitmore acquiesce et je me lève pour partir.

— Vous allez m'arrêter ? demande-t-il.

— Pas maintenant, lui dis-je du ton le plus froid que je puisse avoir.

Je pointe même sur lui un doigt accusateur.

— Ne quittez pas le pays, ajouté-je. Oubliez le Mexique. Ça ne se fera pas. Jamais.

Cette nuit-là, Julian me conduit dans son lit et nous faisons à nouveau l'amour. Ce n'est pas bien, mais je ne peux pas m'en empêcher. J'ai l'impression qu'il peut lire en moi. Et je ne veux pas qu'il le fasse, alors je me retrouve dans ses bras et ses mains douces me touchent comme Danny ne l'a jamais fait. Je veux croire qu'il n'a rien à voir avec cette histoire d'assurance-vie, que la mauvaise vue de Whitmore lui a joué des tours et que c'est Michael Bennett qui était là. Il faut que ce soit Michael.

Il y a eu une douzaine de fois cette nuit-là où j'aurais pu affronter Julian, mais j'ai laissé chacune de ces occasions s'évaporer. D'abord un verre. Puis un regard. Puis un baiser. Et je suis partie.

Nous avons un peu parlé après ; le genre de petite conversation qui me fait oublier pendant un instant que je suis ici parce que j'ai participé au désastre qu'était l'enquête sur le meurtre de sa fille. Maintenant, il y a quelque chose d'autre qui nous lie. Quelque chose que je pourrais confier à quelqu'un sans que ça le fasse grimacer.

Julian s'assoupit et je le regarde dormir. Je sens son souffle sur mon visage. Son bras musclé se love autour de moi, mais je m'en extirpe sans le réveiller. Je m'habille. Je fais les cent pas. Je fais tout pour ne pas penser à la seule chose qui me fera oublier ce que je pense de lui. Je joue à un jeu avec moi-même et je le sais.

J'ouvre la porte du garage manuellement. Je ne veux pas que le bruit du mécanisme automatique se répande jusque dans la chambre. Je ne peux pas m'en empêcher. Je ne pourrais pas même si j'essayais. Le moteur tourne et les lumières restent éteintes pendant que je recule.

Vingt minutes plus tard, je me gare sous les lumières vives de mon salut. C'est ma bouffée d'oxygène. C'est l'endroit où, même si on ne connaît pas mon nom, tout le monde semble heureux de me voir. Je crédite ma carte de joueuse fréquente à la caisse. La fille me souhaite bonne chance. Je sais que je vais perdre. Mais pour l'instant, perdre me semble mieux que douter de Julian.

34

Je suis choquée. Ça ne peut pas être une question d'argent. Ça ne peut pas être Julian. C'est forcément Angela. Elle et elle seule. Je ne peux pas me résoudre à penser qu'il en soit autrement.

Ça fait maintenant quelques jours que j'ai remis le manteau Burberry d'Angela à Christine. Finalement, j'appelle la ligne fixe de son bureau. Lorsqu'elle entend ma voix, j'ai la sensation qu'elle est agacée. Comme si j'étais la dernière personne au monde à qui elle voulait parler. Son ton est piquant. Je sais tout de suite qu'elle est irritée du fait que je lui mets la pression. J'ai utilisé notre amitié pour faire avancer une enquête dans laquelle je ne joue aucun rôle officiel.

— Écoute, dit-elle en gardant la voix basse, je ne peux pas t'aider. Cooper a eu vent de ce que je faisais et a pété les plombs. Il a menacé de me dénoncer pour abus de ressources.

— Bon sang, Christine, je suis désolée. Je n'ai jamais voulu te créer des ennuis.

— Je sais.

Je déteste poser la question, car j'ai déjà causé assez de problèmes, mais je ne peux pas m'en empêcher.

— Tu as trouvé quelque chose sur le manteau ?

Courte pause.

— Non, répond-elle. Non pas que je m'attendais vraiment à trouver quoi que ce soit. Je voulais juste aider à trouver qui a tué Kelsey. Et peut-être plus important encore, je voulais vraiment t'aider, toi. Malgré moi, c'est certain.

Encore une fois, lui dire que je suis désolée est tout ce que j'ai à offrir.

— Je sais que tu as été malmenée. J'ai toujours pensé que Danny était un vrai con, mais je n'aurais jamais cru qu'il t'entraînerait dans sa chute et te ferait virer d'ici.

— Merci, Christine.

— Je le pense sincèrement. Je savais que tu avais des problèmes, Nicole. Je te voyais partir en vrille avec l'argent, les jeux et tout le reste. Je n'ai jamais pensé que tout ça faisait partie de qui tu es. C'était la combinaison de Danny et de toi.

Des larmes brouillent ma vision et je suis reconnaissante du fait que cette conversation se déroule au téléphone.

— Merci, Christine, répété-je.

Je dois à nouveau poser la question au sujet de ce stupide manteau.

— Pourquoi se serait-elle débarrassée du manteau ?

— Peut-être qu'elle s'en est simplement lassée, Nicole.

— Lassée d'un manteau à plus de 1000 dollars ?

— Elle s'est débarrassée de sa petite fille, Nicole. Elle s'en était lassée aussi.

Le seul courriel dans ma boîte Gmail est celui de *Truthsayer123456789a*. Apparemment, beaucoup de monde voulait ce même pseudonyme. Je touche l'écran et le mail s'ouvre.

Le message ne contient que trois mots et une année : « *Silver Falls, Washington, 1998.* »

Je réponds immédiatement : « *Qu'est-ce que c'est ?* »

Je tape les informations dans la barre d'un moteur de recherche et je parcours la liste qui s'affiche. Silver Falls, Washington, se trouve le long de la rivière Snake dans le comté de Whitman, non loin de Colfax. Je clique sur quelques images montrant la beauté sauvage des chutes d'eau qui dégringolent de plus de dix mètres dans un agréable bassin de baignade et s'engouffrent dans la rivière. Quelques personnes ont publié des messages sur la façon dont elles ont aimé y camper ou y faire une excursion pour la journée. Une femme dit qu'elle et sa sœur avaient l'habitude de s'y promener et de s'y baigner lorsqu'elles étaient enfants et qu'elles y ont récemment amené leurs propres enfants.

Je continue à faire défiler les pages.

Enfin, à la troisième, mes yeux captent ce que *Truthsayer* voulait que je voie. Une référence indirecte à une fille retrouvée morte là-bas en 1998. Pas de nom.

Je tape «*homicide 1998 Whitman County*». Les résultats m'aident à rassembler les pièces du puzzle.

Le dimanche 9 avril 1998, deux enfants du coin ont trouvé le corps d'une petite fille au pied de la cascade. Finalement, les autorités ont mis un nom et une histoire sur la façon dont la victime est arrivée là. Elle s'appelait Lisa Roberts. Sa mère, Meg, avait amené la petite fille de quatre ans au *week-end des mamans* de l'université d'État de Washington et l'avait laissée en compagnie de son beau-fils, Tommy, à sa fraternité ce vendredi soir là.

Je clique sur une photo de Tommy. Une photo d'identité judiciaire ; je sais déjà où tout ça va me mener. Je poursuis ma lecture, me nourrissant des articles de journaux et d'autres documents que quelqu'un a jugé bon de partager.

Cette nuit-là, la mère a fait la fête avec une bande de garçons de la fraternité et le lendemain matin, quand elle est allée rechercher sa fille, Lisa était introuvable. La police du campus a d'abord été appelée, puis la police de Pullman et enfin la brigade du shérif du comté de Whitman. Lisa n'avait disparu que depuis quelques heures lorsque son corps a été découvert à Silver Falls.

Truthsayer veut que je creuse cette affaire ? L'âge de la victime est proche de celui de Kelsey. Et alors ? En quelques secondes, je pourrais trouver les noms de dizaines de filles et de garçons tués à l'âge de trois ou quatre ans rien que dans l'État de Washington.

La petite Lisa Roberts a été retrouvée dans un endroit rural et isolé, pas très différent de Rattlesnake Ridge. Ça ne fait pas tout. Presque rien ne lie les affaires entre elles.

J'ai lu le procès de Tommy Roberts, le demi-frère de la victime. L'accusation a prétendu qu'il s'était saoulé et qu'il avait fricoté avec sa sœur alors que tout le monde était parti à une fête dans une autre fraternité du campus.

Le procureur a dépeint Tommy comme un *loser*, un jeune homme qui n'arrivait pas à avoir de petite amie, qui avait très peu d'amis proches, qui était frustré par son statut d'outsider et qui s'en est alors pris à sa sœur.

La défense avait prévu d'argumenter que Tommy n'aurait jamais fait de mal à sa sœur. Il n'y avait aucune preuve physique pour le lier au meurtre. Aucune trace d'ADN – cheveux, sang, salive ou sperme – n'a été trouvée sur la victime. L'avocat de Tommy a insisté sur le fait qu'il a perdu connaissance après avoir trop bu et que lorsqu'il s'est réveillé, elle n'était plus là. Il pensait que sa belle-mère était venue la chercher. Tommy n'a pas témoigné au procès. En fait, le procès a été interrompu avant que l'affaire ne passe devant un jury. Tommy a plaidé coupable plutôt que de risquer la peine de mort.

Je clique sur une photo de Meg Roberts. On la voit se tenir à l'extérieur de la salle d'audience. Elle porte une jupe et une veste simples ; pas de costume, mais quelque chose de très digne. Sa coiffure est immédiatement reconnaissable : c'est la coupe à la Rachel, la coiffure rendue populaire par l'actrice Jennifer Aniston dans la série *Friends*. Elle est très jolie et très, très triste. C'est comme si la vie avait été aspirée hors d'elle. Comme un mannequin de cire. À côté d'elle, il y a soit un avocat, soit son mari. Il a la quarantaine, est habillé en costume d'affaires et a placé sa main dans son dos.

J'ai lu la suite. Lisa a été étouffée. L'accusation a avancé une théorie selon laquelle la petite fille avait crié et que Tommy avait cherché à la faire taire. Bien qu'il n'y ait aucune preuve d'abus sexuel, on a spéculé sur le fait que Tommy, ivre, avait eu un comportement sexuel inapproprié ; ce que Tommy a nié.

Après un procès de cinq jours au cours duquel l'accusation a construit un dossier circonstanciel solide comme le roc, Thomas Roberts, alors âgé de vingt ans, a été reconnu coupable de meurtre au second degré et condamné à vingt ans de prison.

Je cherche dans la base de données des détenus et je regarde fixement ce que je trouve : *Roberts, Thomas, libéré sur parole le 1er décembre 2014.*

Maintenant, je sais pourquoi *Truthsayer* voulait que je voie ça.

Tommy Roberts a été libéré trois semaines avant l'enlèvement de Kelsey. Mes mains tremblent alors que j'essaie d'en savoir plus. Où est-il ? A-t-il été enregistré comme délinquant sexuel ? Rien. Non. Je me recueille un instant et tente une autre approche. Il ne faut que deux clics et je découvre que sa belle-mère, Meg Roberts, vit à Renton. Je note son adresse. C'est un début. Je m'habille aussi vite que possible et j'espère qu'elle est chez elle. J'ai besoin de trouver tout ce que je peux sur son beau-fils.

Je dois, plus que tout, le retrouver. Il faut que ce soit lui. C'est la seule chose qui ait un sens. Et ça a beaucoup de sens. Ou en aura, quand je le confronterai. Quand je ferai en sorte que Tommy Roberts me dise pourquoi il a tué à nouveau. Comment il a enlevé Kelsey. Pourquoi il l'a choisie ou par quel moyen Angela l'a trouvé. Elle avait un nouvel homme. Elle ne voulait pas être dérangée par Kelsey. Se sont-ils rencontrés dans un forum de discussion ? Est-il parti à la chasse en ligne pour trouver une victime et a-t-il trouvé Angela de l'autre côté de son écran d'ordinateur ?

Prêt. Volontaire. Capable.

Le champ des possibles m'écrase de tout son poids. J'ai mal au cœur – un mélange nauséabond d'adrénaline et d'espoir – et je décide de tenter de me calmer en allant faire un tour au Starbucks de Factoria pour prendre un *latte* et un sandwich pour le petit-déjeuner.

Je suis en train de fixer l'écran plasma lorsque la barista me dit :

— Euh… Quand vous serez prête, faites-moi signe.

Ce n'est clairement pas la première fois qu'elle me demande ma commande. Pourtant, je n'arrive pas à sortir immédiatement de mes pensées.

Je pense à Kelsey.

Je suis prête. Je peux le faire.

Je m'extirpe de ma fugue mentale et annonce ma commande.

Quelques feux rouges plus tard, je suis sur la route 405 en direction des Highlands de Renton.

35

Les essuie-glaces de la BMW qu'on m'a prêtée chassent la pluie alors que je m'arrête à l'adresse où, selon Internet, Meg et Chuck Roberts vivent. La maison est exactement à l'idée que se font les personnes extérieures à la région de Washington de l'architecture des pavillons qui peuplent celle-ci. Bucolique. Moussue. *Cette maison est tout ça à la fois,* pensé-je en esquivant les gouttelettes qui tombent d'un vieux cèdre enveloppant la majeure partie de la propriété sous sa couverture verte, dégoulinante et duveteuse. La porte, cependant, est d'une couleur rose bonbon, ce qui m'amuse et me surprend. Peut-être que ce genre de maison était le rêve du mari de Meg et que la femme qui se tenait devant la salle d'audience du palais de justice vêtue de ses beaux habits et avec ses jolis cheveux n'était pas du genre bucolique, après tout. La peinture a été sa façon de dire au monde qu'une femme vivait là ; et une femme avec un sens de l'humour en prime.

Elle répond à mon premier coup sur le battant.

— Madame Roberts ?

Elle m'observe. Je regarde ses yeux se poser sur mes chaussures de chez Macy's ; bon marché, mais pratiques. Elle n'est plus coiffée à la Rachel. Ses cheveux sont d'une nuance argentée étonnante et ils sont tirés en arrière loin de son visage. Ses yeux sont émeraude et pendant une seconde, je me demande si elle ne porte pas des lentilles de contact. Ils sont tellement verts. Mais ce n'est pas le cas. Elle tient une paire de lunettes dans ses doigts fins. Sa manucure est impeccable.

— Est-ce que je vous connais ? demande-t-elle.

— Non, dis-je en souhaitant avoir mon badge à ce moment-là.

Un badge ouvre les portes comme rien d'autre ne le peut et prend les gens au dépourvu. Ils doivent se demander s'ils ont fait quelque chose de mal, si quelque chose de leur passé les a finalement rattrapés. Ce n'est pas le cas de Meg Roberts, bien sûr. Elle n'a rien fait de mal. Pourtant, même ainsi, je sais que le passé est sur le point de la rattraper et que ce que j'ai à dire sera malvenu.

Vingt ans se sont écoulés. Peut-être qu'elle a chassé tout ça de son esprit. Peut-être que ma présence ici va réveiller un souvenir douloureux et produire des conséquences incalculables.

— Je suis ici au sujet de Lisa, dis-je.

Ses yeux verts pénètrent les miens. Elle ne joue pas. Elle ne me dit pas de foutre le camp ou que je n'ai pas le droit de prononcer le nom de sa fille décédée. Au lieu de ça, elle m'évalue et répond avec un sens des réalités qui me surprend.

— C'était il y a longtemps. Qui êtes-vous ? Nous sommes-nous déjà rencontrées ?

Je secoue la tête.

— Non. Nous ne nous sommes jamais rencontrées.

Je ne mentionne pas le nom de Tommy. C'est la chose naturelle à faire, mais quelque chose me dit que le seul moyen d'entrer est de passer par l'évocation de sa fille. Pas par celle de son beau-fils meurtrier.

— Je veux découvrir ce qui est arrivé à Lisa.

— Allez sur Internet, dit-elle en basculant le poids de son corps vers l'avant et en commençant à refermer la porte.

— J'ai déjà fait ça.

Probablement malgré elle, elle arrête la progression de la porte.

— En quoi ça vous intéresse ? On dit que mon beau-fils a tué ma petite fille. Il a ruiné ma vie. Je n'en sais pas plus sur ce qui s'est passé que vous n'en savez si vous lisez les journaux.

— Je suis de la police, la trompé-je, sachant que si elle me dénonce, je serai probablement arrêtée pour avoir usurpé l'identité d'un officier.

Mais elle ne le fait pas.

Ses lunettes tombent de sa main sur le sol et je me précipite pour les récupérer, les presser dans sa paume tendue. Je sens un léger tremblement. Meg Roberts est l'image de la perfection, mais en dessous de cette carapace, elle est brisée.

— Pourquoi êtes-vous ici ? demande-t-elle en s'écartant pour que je puisse entrer. Pourquoi maintenant ?

— Je travaille sur une affaire, dis-je. Je ne peux pas vous donner de détails.

Elle me propose de boire quelque chose, mais je refuse. Je m'assieds dans un grand fauteuil bleu cobalt dans un salon qui ne ressemble en rien à ce que je pensais. Pas un seul râtelier en bois de cerf nulle part. Au contraire, l'ameublement est moderne, sans être froid.

Pendant l'heure qui suit, elle parle du meurtre, de la désintégration de son mariage avec un cadre dans la grande distribution, de la façon dont, une fois Lisa partie, sa vie s'est vidée de tout sens.

— J'ai juste perdu la capacité de faire quoi que ce soit. Je ne pouvais pas me lever le matin. Je prenais des pilules pour me réveiller pour aller au travail, puis d'autres, le soir, pour pouvoir dormir. Chuck a dit que c'est la mort de Lisa qui l'a poussé à partir, mais je sais que c'est la façon dont j'ai géré la situation qui l'a forcé à me quitter.

— Il est impossible de se remettre de la mort d'un enfant, dis-je.

— Comment pourriez-vous le savoir ? demande-t-elle.

— Je ne le sais pas par expérience personnelle, mais j'ai côtoyé de nombreuses personnes qui ont été laissées avec le genre de blessure qui ne guérira jamais. Pas complètement. Je sais que c'est vrai.

Elle m'observe. Elle prend sa décision. J'espère qu'elle ne me pousse pas à en dire plus sur la raison de ma présence ici. Je cherche un moyen de parler de Tommy.

— Lisa était la petite chose la plus douce qui soit, dit-elle.

— Elle était magnifique, fais-je. Elle vous ressemblait beaucoup.

Meg esquisse un sourire fin et triste. Elle hausse les épaules, croise les jambes et lisse un pli de son pull.

— Vous auriez vu des photos de moi à son âge, ajoute-t-elle. Nous aurions pu être jumelles.

Je reste assise là. J'ai de la peine pour elle. Pourtant, j'ai besoin de savoir pour Tommy. C'est pour lui que je suis là.

— J'ai vu une photo de vous au procès, lâché-je. Je pouvais voir la douleur que vous enduriez d'après votre langage corporel. Vous étiez l'image de l'angoisse.

Elle acquiesce.

— Évidemment, je m'en veux. Je n'aurais jamais dû laisser Lisa seule. Je ne sais pas à quoi je pensais, avoue-t-elle en gardant les yeux sur moi.

Elle a honte, mais pas au point de ne pas pouvoir assumer ce qu'elle a fait. Je pense à la façon dont j'ai détourné le regard lorsque j'ai raconté mon histoire pour la première fois au groupe des joueurs compulsifs. Je sais qu'elle a eu vingt ans pour assumer son comportement ce soir-là, mais malgré ça, je donne à cette femme toujours dévastée tout le respect du monde.

— Je n'ai pas de bonne excuse, dit-elle. Je suis sûre que vous savez ce que j'ai fait cette nuit-là. Le garçon avait vingt et un ans. Je me suis comportée comme une traînée pendant les vacances de *printemps.*

Sa main se serre. Elle lutte contre le tremblement.

— Vous n'êtes pas responsable de la mort de votre fille. Tommy l'est.

Elle attend un long moment avant de parler.

— Vraiment ? Vous le pensez vraiment ?

— Il a été condamné, n'est-ce pas ?

Elle hausse les épaules.

— Des innocents le sont tous les jours.

Son attitude imperturbable me stupéfie.

— Vous pensez qu'il était innocent ?

— Je ne sais pas, répond-elle, les lèvres pincées.

— Les preuves désignaient Tommy.

Elle me fixe, une lueur d'espoir au fond du regard. Je ne peux en tirer aucune conclusion.

— Il n'y avait vraiment que de très minces preuves directes, dit-elle.

— Vous pensez donc qu'il n'est pas responsable ?

Elle attend un long moment avant de répondre.

— Il pourrait l'avoir fait. Il est plus facile pour moi de penser qu'il l'a fait… Du moins, c'est ce que je pensais à l'époque. Maintenant, je ne sais plus trop. Vous voyez, le truc avec Tommy, c'est qu'il a toujours été un garçon très gentil. Quand j'ai épousé son père, Tommy avait six ans. Sa mère était morte et il avait vraiment besoin de moi. Au procès, ils ont fait comme s'il était un vaurien détraqué. Vous savez, provenant d'un foyer brisé. Jaloux de sa petite sœur. Il n'était rien de tout ça. S'il a tué Lisa – et c'est un énorme si, d'ailleurs –, c'était un accident. Si vous êtes ici pour essayer de faire porter le chapeau à Tommy au sujet d'un autre crime, vous êtes au mauvais endroit.

— Je suis ici pour découvrir la vérité, dis-je.

— La vérité, enchaîne-t-elle, la vérité, c'est ce qui est arrivé à Lisa. Ce n'est pas nécessairement ce que les procureurs et la police – sauf leur respect – ont raconté à propos de ce qui s'est passé la nuit de sa disparition.

Elle a raison, bien sûr.

Une affaire criminelle est un assemblage de faits et de détails dans un ordre qui présente une histoire à un jury. Certaines pièces du puzzle sont grossies et d'autres sont minimisées. Dans certains cas, des pièces sont dissimulées. Ou, comme dans le cas d'Alan Dawson, trafiquées.

Meg se lève et se tient à côté d'une table près de la fenêtre. Elle regarde le cèdre qui occulte tellement la lumière extérieure qu'une lampe est nécessaire même pendant la partie la plus lumineuse de la journée. Elle se baisse légèrement. Elle s'effondre un peu.

— Je connaissais ce garçon depuis qu'il était au cours préparatoire, dit-elle. On m'a fait croire qu'il avait fait du mal à Lisa, mais je sais qu'il l'aimait. Mon mari, Chuck, la police, le procureur, tout le monde… Tout le monde a essayé de me dire que c'était un tueur. J'ai été d'accord avec eux. Ça me semblait mieux que d'admettre que ce que j'avais fait avait permis que tout ça se produise.

— Avez-vous dit à Tommy ce que vous ressentiez ?

Elle prend une photo encadrée sur la table. On y voit un garçon et une petite fille.

— Tommy et Lisa, dit-elle en me la tendant.

Les yeux de Meg sont comme un sapin de Noël maintenant. À la fois verts et rouges. Elle est encore très belle, mais de la même façon qu'un morceau de bois flotté peut l'être. Il y a de petites fissures dans son attitude contrôlée. Elle souffre et elle me laisse le voir pour la première fois.

— Ils ont l'air très heureux ensemble, fais-je.

— Ils s'adoraient, précise-t-elle. C'est pourquoi tout ça a été si douloureux. Tommy était un enfant adorable. Il n'a jamais créé de problème. Timide. Gentil. Chuck voulait qu'il fasse le stage d'été de l'université de Washington, mais quand Tommy a découvert qu'élever un cochon signifiait devoir le tuer, il a abandonné. En plus de ça, il n'a pas mangé de bacon pendant un an. Peut-être deux.

Je la laisse parler un peu plus longtemps. Meg Roberts reprend tout depuis le début, comme je suis sûre qu'elle l'a fait mille et une fois au fil des ans. Elle me raconte qu'elle a rendu visite à Tommy en prison à quelques reprises, mais qu'elle a cessé d'y aller parce qu'elle ne pouvait plus le regarder en face.

— Il a dit qu'il ne pensait pas être capable de l'avoir fait, mais qu'il n'était pas sûr. Il ne pouvait tout simplement pas se souvenir.

— Ça a dû être très dur, dis-je.

Elle acquiesce.

— Chaque fois que j'y allais, je revenais ici pour me faire répéter à quel point j'avais été stupide de tomber dans le panneau. Chuck n'y est jamais allé. Chuck n'aimait pas son fils. Cette histoire du cochon n'était qu'une partie de leur relation décousue.

Une guerre s'est déroulée sous le toit de ce pavillon. Je peux le voir maintenant.

— Avez-vous correspondu avec lui ?

— Pas vraiment, répond-elle, hésitante. Je sais que j'aurais dû. J'ai eu des nouvelles de lui vers Noël dernier.

— Ah oui ?

— Oui, mais je ne lui ai pas répondu. J'ai reçu une lettre. Il disait qu'il avait été libéré de prison et voulait que je sache qu'il ne m'en voulait pas. Chuck a vu la lettre et a piqué une crise. Je l'ai mis à la porte le jour de l'an.

— Vous êtes séparés ?

— Le divorce sera prononcé dans quelques mois.

Je secoue la tête. Il semble qu'il n'y ait rien à dire. Et le fait est que mon esprit est ailleurs. Je dois retrouver Tommy.

— Où est la lettre ? Vous l'avez toujours ?

— Non. Chuck l'a déchirée et l'a jetée au feu, dit-elle en regardant à travers la pièce en direction de la cheminée en pierres.

— Vous avez vu l'adresse du destinataire ?

Elle secoue la tête.

— Oui, mais je n'y ai pas vraiment prêté attention.

— Je dois m'entretenir avec Tommy.

Elle me regarde.

— Pourquoi ? De quoi voulez-vous lui parler ?

Je n'ai pas envie de répondre, alors je me dirige vers la porte.

— Je dois y aller, fais-je.

— Bien, dit-elle. Une enquête de police, j'imagine ?

— Exact.

Je me retourne vers la porte.

— A-t-il mentionné ce qu'il faisait dans la lettre, où il vivait ? Rien du tout ?

— Il a dit qu'il avait obtenu un diplôme d'assistant vétérinaire auprès de l'université de Washington et qu'il travaillait pour une clinique. Tommy a toujours aimé les animaux. Il n'aurait jamais fait de mal à une mouche. C'est pourquoi j'ai toujours eu du mal à croire ce qu'on me racontait. Ça ne ressemblait pas du tout à Tommy. Mais qu'est-ce que j'en sais ? Je suis loin d'être parfaite moi aussi.

36

Je reconnaîtrais ce visage parmi des milliers. Lane Perry est assis dans un box du restaurant italien du centre-ville de Bellevue que Danny et moi fréquentions. Perry a choisi cet endroit pour me rencontrer, car il en sait plus sur moi que mes amis les plus proches. S'il m'en reste encore après ce que j'ai fait. Il porte un pull en cachemire blanc sur une chemise à carreaux. Ses cheveux sont blonds et lorsqu'il m'appelle, je comprends pourquoi aucune des photos sur son site ne le montre avec un sourire franc. Lane a les plus petites dents que j'aie jamais vues sur un adulte. Des dents de bébé. Ses yeux bleu-gris captent mon regard indiscret.

Mais il l'ignore.

— Un verre de vin ? demande-t-il.

— Non, refusé-je. Je ne reste pas longtemps.

Ses doigts trapus saisissent son verre de merlot et je pense à la façon dont ces dents vont prendre la couleur de ses gencives et disparaître. Il est crispé. Il est nerveux. Pour quelqu'un qui joue le rôle de maître de cérémonie pour les accros aux affaires criminelles et les *haters professionnels,* il est mal à l'aise. Très. C'est la seule chose que j'aime chez Lane Perry.

— Ce n'est pas une interview, dis-je d'emblée en baissant les yeux sur son téléphone et son index, prêt à appuyer sur « Enregistrer ».

— Tout est une interview, rétorque-t-il.

— Rangez ça ou je m'en vais.

— Rabat-joie, peste-t-il.

Parasite, pensé-je.

Perry met son téléphone de côté. Je ne suis pas assez stupide pour penser qu'il n'a pas un autre appareil d'enregistrement à portée de main. Mais j'ai besoin de lui parler. J'ai besoin de savoir qui publie sur son site sous le pseudonyme de *Truthsayer.*

— Je suis désolé pour votre maison et tout le reste, lâche-t-il, ses petites dents formant un sourire compatissant.

— Ouais. Merci d'avoir publié cette information.

Il arque un sourcil.

— Les gens ont le droit de savoir.

Je ne suis pas venue ici pour lui parler de ça. Mon sang bouillonne, mais je fais tout ce que je peux pour garder un couvercle au-dessus du frémissement.

— Eh bien, Lane, en vérité, non. Les gens n'ont pas besoin de tout savoir.

Il pince les lèvres.

— Je rends un service public. Je diffuse plus d'informations que le *Seattle Times*. Mes lecteurs ont le droit absolu de savoir tout ce que je publie, parce que… eh bien, c'est le peuple. On travaille pour eux.

— Je travaille pour eux.

— Désolé pour ça aussi. J'ai entendu dire que vous êtes allée voir Danny Ford.

Je ne veux même pas savoir comment il sait ça. Je ne réponds pas.

— Comment va-t-il ? demande Perry.

— Lane, dis-je, je ne suis pas ici pour ça. Je suis ici au sujet de *Truthsayer*.

Il sourit et j'aperçois à nouveau ses petites dents. Ses lèvres sont de la couleur des zinnias que maman a plantés l'été avant de nous quitter pour Hollywood. Je déteste cette nuance de rouge rosé. La peau de Perry est claire, sauf son front. Il a une touche de fond de teint à cet endroit, absorbant le sébum. Il essaie de se faire aussi beau qu'il peut. Le voir en personne à la place des clichés retouchés sur Photoshop de son site m'en apprend beaucoup plus sur lui. Lane Perry a toujours été un outsider. Il était le gamin avec une mauvaise peau. Des dents pourries. Bien que je ne puisse pas voir son ventre derrière la table du box, je soupçonne qu'il soit aussi mou que le centre d'un biscuit au babeurre. Il est difficile de dire si son site lui rapporte vraiment de l'argent, mais il ne fait aucun doute qu'il lui a fait un nom.

— *Truthsayer* est bon, dit-il en sirotant son vin et en ayant l'air suprêmement satisfait. De temps en temps, un commentateur arrive et met un coup de pied dans la fourmilière de la meilleure des manières.

Je me penche.

— Qui est-ce ? Vous le savez ?

Il secoue la tête.

— J'ai des scrupules, avoue-t-il. Je n'empiète pas sur le droit de mes lecteurs à publier anonymement. Certains sont assez stupides pour laisser des traces évidentes, mais d'autres – comme *Truthsayer* – sont doués pour rester cachés.

— Vous avez donc essayé de le traquer ?

— Ou de *la* traquer. Mais dans les deux cas, oui. Je ne sais pas qui c'est, mais je peux dire que la personne qui publie sous ce nom s'y connaît en informatique.

— Je dois lui parler, lâché-je.

— Bonne chance, fait-il. J'ai déjà essayé de découvrir qui c'est. Si je ne peux pas, sans vous offenser, je doute que vous y arriviez.

— Et l'adresse IP ? demandé-je.

Il sourit. C'est un sourire condescendant.

— Chérie, cette IP passe par Singapour. C'est peut-être quelqu'un des forces de l'ordre, ajoute-t-il. J'ai beaucoup de fans à la police de Bellevue. Beaucoup de clics sur n'importe quelle histoire vous concernant vous, Danny et toute la débâcle autour d'Alan Dawson.

Il me lance un hameçon. Je ne mords pas. Ça n'a servi à rien.

— Je dois vraiment y aller maintenant, déclaré-je en posant mes paumes sur la table pour me lever.

— J'ai une photo de vous au casino *Angel of the Winds*, dit-il en appuyant sa main sur la mienne.

— J'y vais, dis-je en arrachant ma main de la sienne et en me levant.

Son visage devient rouge. Je l'ai embarrassé. Bien.

— Je pensais faire un article sur votre addiction, lâche-t-il. Une sorte de rétrospective sur l'ascension et la chute d'une jeune…

Ce sale con hésite et corrige.

— D'une inspectrice. Un croupier que je connais au casino m'a dit une ou deux choses sur vous qui, j'en suis sûr, feraient une lecture intéressante. Beaucoup de clics, vous savez.

Ce petit merdeux pense qu'il peut me faire chanter. Comme si je pouvais être enfoncée plus bas. Si j'avais pris ce verre de vin, son cachemire blanc serait tout rouge. Comme ses petites dents.

— Écoutez, inspectrice Foster, dit-il, je ne publierai rien. Je vous le promets. J'ai besoin que vous me donniez l'exclusivité quand – et si – vous résolvez cette affaire. Je sais que vous travaillez dessus. Je veux que cette salope d'Angela Chase soit derrière les barreaux.

Je m'éloigne, puis me retourne. Je ne suis même plus en train de bouillir. Ma cocotte-minute a déjà fait sauter son couvercle.

— Écoute, petit con, dis-je assez fort pour que tout le monde entende. Donne-moi l'adresse IP et toutes les informations que tu peux sur *Truthsayer* et je t'épargnerai l'usage d'un dentier.

Il se recroqueville dans le box.

— Vous n'avez pas besoin de me hurler dessus, geint-il. Vous n'êtes pas très sympa.

37

Ça fait tout drôle de se retrouver dans le hall du département de police de Bellevue. La dernière fois que j'ai attendu dans cet espace public, c'était lorsque je suis venue pour la première fois pour mon entretien avec Evan Cooper. J'étais nerveuse et excitée. Je savais que c'était le début de tout ce que je pensais avoir toujours voulu. Et maintenant, j'attends à nouveau Evan. Cette fois, je ne cherche plus à entrer, mais à sortir de ce que j'ai fait de ma vie. J'ai besoin de son aide et je ne suis pas sûre qu'il me l'accordera. La réceptionniste est nouvelle, mais elle sait qui je suis. Du moins, je pense qu'elle le sait. Lorsque je me suis présentée à elle, elle a appelé l'étage et a hoché la tête, puis m'a dit de m'asseoir.

— Je vais rester debout, merci, ai-je rétorqué, puis j'ai quitté le comptoir pour me diriger vers la fenêtre.

Dehors, les voitures passent et je me rends compte que tous ceux qui sont au volant savent exactement où ils vont. Et puis il y a moi.

Je vois le reflet de mon ancien lieutenant s'approcher de moi ; je me retourne lentement et j'affiche un sourire chaleureux.

— Qu'est-ce que tu fais ici ? fait-il.

Son ton et son comportement font retomber mon sourire comme un soufflé.

— Bonjour à toi aussi, rétorqué-je.

Il porte un costume qui suggère que quelque chose d'important se passe. Il a perdu quelques kilos et d'ordinaire, j'aurais dit quelque chose pour l'encourager. Il fait toujours des régimes. Le yo-yo habituel. Chaque fois, c'est la fois qui va marcher. La vérité est que le surpoids ne lui est jamais vraiment allé mal. Ça le rendait d'autant plus formidable.

— Je t'ai dit que je t'appellerai quand les choses se seront tassées, dit-il.

Je suis presque sûre qu'il me sermonne, mais je ne riposte pas.

— J'espère que tu seras réintégrée, enchaîne-t-il, voyant probablement la douleur dans mon hochement de tête. Mais te pointer ici et attirer l'attention sur toi ne te rendra pas service, Nicole.

J'expire avant de parler. Je ne suis pas ici pour mon travail. Mon travail ? Vraiment ? C'est ce qu'il pense ? En ce moment, mon travail semble perdu à jamais, peu importe qu'Evan Cooper dise le contraire.

— J'ai besoin de ton aide, annoncé-je.

Ses yeux me passent en revue puis se posent à mes pieds.

— Je ne peux pas te donner plus, dit-il.

Un couteau me tranche l'aorte. Si je ne suis pas ici pour mendier un retour à mon ancien poste, c'est forcément que je veux de l'argent. Mon visage brûle. Je n'ai emprunté de l'argent à Evan qu'une seule fois et je l'ai remboursé. D'accord, je l'ai payé avec le prêt que j'ai obtenu de la part de Stacy, mais quand même. Je l'ai payé rubis sur l'ongle. Ce n'est pas tellement qu'il me mettait la pression pour son argent, mais je le voyais tous les jours et tous les jours, mes problèmes me sautaient aux yeux. J'ai joué un jeu avec moi-même en me disant que Stacy n'avait pas besoin de l'argent et qu'elle était de la famille. C'était un bon jeu. La vérité est que j'ai remboursé mon lieutenant plutôt que ma sœur, car même si je l'avais remboursée, Stacy me rappellerait ce fait pour le reste de ma vie.

— Je ne veux pas d'argent, lui dis-je, faisant de mon mieux pour masquer la blessure de ses mots. Mais merci quand même.

Il a l'air un peu blessé et ça me rassure.

— J'ai besoin de ton aide, répété-je, puis je me dépêche de poursuivre sans lui laisser le temps de répondre. Je ne veux pas que tu me demandes pourquoi. J'ai juste besoin que tu fasses quelque chose pour moi. Juste cette fois-ci. Plus jamais je ne t'embêterai. Plus jamais. Mais j'ai vraiment besoin de cette seule chose-là.

Il change de sujet.

— Tu t'es vraiment mise en couple avec Julian Chase ? demande-t-il. C'est ce que j'ai entendu dire.

Les nouvelles vont vite. Je retiens ma surprise, bien que je me demande qui lui a dit et s'il m'en parle dans le seul but de me faire dérailler.

— Je loge chez lui temporairement, oui. Au cas où tu n'aurais pas remarqué, la liste des personnes qui ont proposé de m'aider est plutôt courte. Julian est une bonne personne. J'essaie de l'aider à traverser cette épreuve et en même temps, il m'aide. Je ne m'attends pas à ce que quelqu'un comprenne.

— Eh bien, ce n'est pas mon cas, dit-il. C'est sérieusement dérangeant, si tu veux mon avis.

— Heureusement que je ne te le demande pas, rétorqué-je. Maintenant, puisque nous avons établi que je suis foutue et que je ne veux pas d'argent, tu vas m'aider oui ou non ?

Ses yeux me scrutent. Je crois y voir un peu de pitié. Ça ne m'offense pas. Ça me dit seulement que j'ai une chance ici.

— Je ne sais pas, dit-il.

C'est un regard fixe. Je cligne des yeux en premier.

— Tu ne m'as pas écoutée avant de laisser les Affaires internes me chasser d'ici, dis-je finalement. Tu me dois une faveur.

Il reste bloqué sur moi. Il lit en moi et je lis en lui en même temps. Le lieutenant sait que j'ai raison. Il doit le savoir. Un peu plus de cran de sa part et je m'en serais très bien sortie avec l'enquête interne avant de tout perdre.

— Très bien, dans ce cas, dit-il. De quoi s'agit-il ?

Je sens la tension qui fragilise mon corps se dissoudre lorsque je lui tends un bout de papier avec le nom de Tommy.

Ses yeux restent sur les miens.

— Qu'est-ce que c'est ?

— Je dois retrouver cette personne.

Il jette un coup d'œil au papier, puis secoue la tête.

— Cherche-le sur Google comme tout le monde.

— Tu as dit que tu m'aiderais.

Evan Cooper réfléchit un moment. Je sais qu'à une époque, il m'appréciait beaucoup. Je sais qu'en se tenant là, non loin de cette réceptionniste curieuse, il retrouve le chemin du temps où il était mon mentor. Il sait que je ne demanderais pas quelque chose si je n'en avais pas vraiment besoin. Pendant une seconde, j'ai l'impression qu'il veut que je réussisse.

— Bien, dit-il. Comment tu veux que je fasse ça ?

— Roberts est dans le système. Il a été libéré sur parole l'année dernière. J'ai besoin de savoir où il loge pendant qu'il est en liberté conditionnelle. C'est tout. Juste son adresse.

Il secoue la tête, mais part avec le papier. Je regarde la réceptionniste, qui m'observe comme si je pouvais voler quelque chose dans le hall. Cinq minutes plus tard, le lieutenant sort des bureaux où je travaillais autrefois. Son visage est sans expression.

— Tiens, Nicole, fait-il en pressant le papier dans ma paume.

— Merci.

Nous nous tenons face à face. Je m'attends à un mot d'encouragement de sa part. Je pense à lui dire qu'il est beau et je me demande ce qu'il fait pour s'entretenir. Un régime ? De l'exercice ? Ou les deux ?

Mais il ne le fait pas. Et je ne le fais pas.

Au lieu de ça, il déclare de façon très claire :

— Ne me demande plus jamais de l'aide ni à moi ni à personne du département de police.

Son ton est tranchant. Froid. Il en a fini avec moi. Je le vois maintenant. La réceptionniste le voit probablement aussi. Elle nous espionne depuis son bureau près de la porte.

— J'ai vérifié le casier de ce type, dit-il. Tu fais fausse route si tu penses qu'il est impliqué dans la disparition de Kelsey.

— Tu n'en sais rien.

— Si, rétorque-t-il. Il a été arrêté pour excès de vitesse et a reçu un avertissement le 23 décembre. À Pullman. Il était à cinq heures d'ici quand Kelsey a été enlevée à Target. J'imagine que tu traques tous les tueurs d'enfants de ces vingt dernières années. On l'a fait, Nicole. Après que toi et Danny avez bâclé l'affaire, on y est retourné. Pour nous, c'est toujours Dawson.

La tension est de retour.

— Ce n'est pas lui, insisté-je.

Il ne bouge pas.

— Les preuves disent que c'est lui.

— Tu veux parler de la chaussure ? l'interrogé-je. La chaussure de la fille, Evan ? C'est tout ce que vous avez et tu le sais. Vous devez aussi savoir que la chaussure a été placée là pour incriminer Dawson. Tu le sais.

Il commence à tourner les talons. Il ne veut pas revenir sur cette conversation. Je ne le veux pas non plus. Nous en avons déjà parlé. Ce qu'il dit n'a pas d'importance, de toute façon. Je sais au fond de moi qu'Alan Dawson n'a rien fait à Kelsey Chase.

Les yeux d'Evan Cooper ne contiennent plus la chaleur de la reconnaissance.

— Tu ferais mieux de partir maintenant, Nicole, déclare-t-il.

Ça semble définitif. Différent du jour où je suis partie avec mes effets personnels dans une boîte en carton.

— Bien, fais-je. C'est ce que je vais faire.

Je me retourne et commence à marcher vers les portes. Pas un regard en arrière. Au lieu de ça, je jette un coup d'œil au bout de papier que le lieutenant a glissé dans ma main et que je serre comme s'il s'agissait des numéros gagnants du loto.

Sous le nom de Tommy, dans le gribouillage familier d'Evan, se trouve une adresse : *145 Wheatland Drive, n° 2, Colfax, Washington.*

Quand j'arriverai à la voiture, je serai comme l'un de ces conducteurs que je regardais tout à l'heure par la fenêtre. Ils savent où ils vont. Finalement, je le sais aussi. Je vais me rendre à Somerset, mettre quelques affaires dans ma valise spéciale refuge pour sans-abris, laisser un mot à Julian pour lui dire que je serai absente pour la nuit, prendre l'iPad et me mettre en route vers l'autre côté de la chaîne des Cascades. Je vais découvrir ce que *Truthsayer* estime que je devrais savoir sur Tommy Roberts et le meurtre d'une fille qu'il n'a jamais connue, j'en suis presque certaine. Je pêche la photo de Kelsey dans mon sac et la pose sur le tableau de bord. Je m'en occupe. Je peux le faire. Ce n'est pas une erreur.

38

La neige le long du col n'est plus jolie comme sur une carte de Noël. C'est un agrégat de sable, de gravier et de glace. Elle s'élève du bord de la route en un mur, percé presque chaque kilomètre d'un chemin forestier ; un passage vers une maison d'hiver de quelqu'un ou, au sommet, vers les pistes de ski qui attirent des milliers de personnes de la région de Seattle. Une fois que ma mère a assisté au festival du film à Telluride, elle a souvent fait remarquer que l'État de Washington renfermait plus de beauté que n'importe quel autre État, mais que les gens n'avaient aucune vision. Son seul reproche était qu'il n'y avait pas de magasin Benetton au sommet de notre montagne. La remarque ridicule de ma mère me fait sourire.

Une fois le col de Snoqualmie franchi, je planifie le reste de ma journée tout en conduisant. La lumière de la fin d'après-midi illumine l'herbe jeune qui pousse çà et là le long de la I-90. La saison du renouveau. Je le ressens aussi. Je mange une des barres diététiques d'Angela et bois du café dans un drive-in à North Bend. Il est tiède, mais ça ne me dérange pas. J'ai besoin de beaucoup de café. Je sais qu'il fera nuit quand j'arriverai à Colfax.

Le trajet est long et monotone, surtout sur le tronçon de l'autoroute après avoir traversé le Columbia à Vantage. Ça fait des années que je n'ai pas emprunté cette autoroute. L'une de mes plus proches amies du lycée a étudié à l'université de Washington et je suis allée la voir plusieurs fois. Enfin, pour boire et traîner avec des garçons, surtout. Je n'ai aucune idée de ce que devient Monica. Notre amitié s'est estompée au fil des ans, comme beaucoup d'autres dans ma vie. Je l'ai cherchée sur Facebook lorsque mon monde était en train d'imploser, mais son compte était configuré de manière à ce que très peu de sa vie soit révélé. Je ne lui ai pas envoyé de demande d'ami.

Je ne m'arrête qu'une fois pour prendre de l'essence et aller aux toilettes. Je suis en mission pour retrouver Tommy.

Le Palouse Motor Inn est niché sur Main Street, dans le centre-ville de Colfax, près d'un ancien grand magasin reconverti en bureaux et d'une galerie vieillotte. Ma chambre est propre et fonctionnelle. C'est le genre de prestations – une kitchenette avec un mini-réfrigérateur et un micro-ondes – qui convient aux voyageurs à petit budget ou à ceux qui préfèrent manger sur place plutôt que de s'asseoir seuls dans un restaurant ou un bar. Il est trop tard pour aller frapper chez Tommy. Je ne suis pas de la police. Je suis là pour apporter mon aide. Bien qu'il y ait une certaine urgence à découvrir ce que cet homme pourrait m'apprendre – s'il y a quelque chose –, il n'y a pas lieu d'être impolie.

J'allume le chauffage et me connecte au WiFi. La puissance du signal est faible, mais c'est gratuit et je reste patiemment assise pendant que le blog *Eastside Crime Watch* se charge. Je fais défiler la page, mais rien de nouveau n'a été publié dans la section des commentaires par *Truthsayer* ni par quelqu'un d'autre, d'ailleurs. Je regarde dans mon compte Gmail. Rien là non plus.

J'appelle Julian et je tombe sur sa messagerie vocale après quelques sonneries.

— C'est moi, dis-je. Je suppose que tu es toujours en transit. J'espère que tu as fait un bon voyage, productif. Je serai de retour à Bellevue demain en fin de journée. Au revoir.

Cette nuit-là, je rêve à nouveau de Kelsey. La petite fille qui me hante est vivante cette fois. Elle joue dans le parc avec son frère. Mon esprit me ramène à la photo du frère et de la sœur – celle qu'Angela a laissée derrière elle – et le tout se déroule comme une vidéo prise par un parent surprotecteur. Les enfants rient. Kelsey est dans une balançoire et Samuel la pousse. Doucement et gentiment. Elle le supplie d'aller plus haut et il s'exécute, mais seulement un peu. Elle est un pendule dans mon esprit, se balançant d'avant en arrière, riant et souriant. Un instant, elle est là. Celui d'après, elle a disparu. Là. Disparu.

Vraiment. Disparu.

Le complexe d'appartements sur Wheatland Drive est bien ordonné, mais il est vieux. Celui qui gère l'endroit fait un très bon travail d'entretien. J'imagine que beaucoup des personnes qui vivent ici font la même chose. L'entretenir. J'ai l'impression que c'est le cas de Tommy Roberts.

Il est tôt. Avant six heures. Je suis assise dans ma voiture près des marches menant à l'étage supérieur, garée sur une place réservée aux visiteurs où le message « Bienvenue aux invités » a été écrit au pochoir. Je ne suis ni l'un ni l'autre. Je regarde sa porte s'ouvrir. C'est bien Tommy. Bien qu'il ait passé près de la moitié de sa vie en prison, il ressemble beaucoup à ce qu'il était lorsque le photographe de presse du *Statesman Examiner* l'a pris en photo au tribunal. Il est mince et mesure environ un mètre quatre-vingt, je crois. Ses cheveux sont toujours épais et blonds. Il porte une barbe soigneusement taillée qui tient plus du *hipster* que du bûcheron. Il porte un jean et un sweat à capuche et transporte une boîte Tupperware et un Thermos rempli de ce que je suppose être du café.

Je sors de ma voiture alors qu'il descend les marches.

— Tommy ?

Il me scanne comme un code-barres.

— Est-ce que je vous connais ?

— Non. Non, vous ne me connaissez pas. Tommy. Il faut que je vous parle.

— De quoi ?

— De vous, déclaré-je.

Il me dépasse et se dirige vers sa voiture. C'est une Subaru Forester vert foncé, vieille de dix ans. À l'arrière, il y a une caisse pour chien.

Il ouvre la portière et pose son Tupperware et son Thermos sur le siège passager. Il ne me regarde plus.

— J'ai dit à vos rédacteurs en chef que je voulais qu'on me laisse tranquille. Je ne veux pas être un exemple pour illustrer ce que le système a fait de bien, parce que, eh bien, le système n'a rien fait de bien pour moi.

— Non, le rassuré-je, en me rapprochant. Je ne suis pas journaliste.

Je reste immobile, à réfléchir. Je sais qu'il veut plus d'explication. Je n'en ai pas de bonne, alors je lâche un peu de vérité et un peu de mensonge.

— Je suis officier de police, dis-je. Je travaille sur une autre affaire.

Tommy tourne son corps vers moi et me lance un regard dur.

— Pourquoi ne me laissez-vous pas tranquille ? Ce qui est arrivé à Lisa, c'était il y a très, très longtemps. Laissez-la tranquille. Laissez-moi tranquille. J'ai payé ma dette envers la société.

— J'ai besoin de votre aide.

— C'est vraiment drôle, dit-il. Vous m'avez torturé pendant vingt ans. Vous avez bousillé mon cerveau et tordu mes souvenirs jusqu'à ce que je ne sois plus sûr de ce que j'ai fait ou de ce que je n'ai pas fait. J'ai des nouvelles pour vous : je n'ai pas tué ma sœur. Je le sais.

Il se glisse derrière le volant et je saisis la portière avant qu'il ne puisse la fermer. Mes doigts manquent de se coincer, mais il stoppe le mouvement juste à temps.

Tommy ne ferait pas de mal à une mouche.

— Je sais, dis-je. Je sais que vous ne l'avez pas tuée. Quelqu'un d'autre l'a fait. Et, Tommy, qui que ce soit, il a peut-être recommencé.

Il cligne des yeux.

— Je ne peux pas vous aider.

— Vous le pouvez. Vous devez m'aider. Tommy, j'ai vu votre mère. Elle croit en vous.

— Vous avez vu Meg ? C'est ma belle-mère. Ou ça l'était…

— Oui, je l'ai vue. Elle n'a jamais fait référence à vous comme à un beau-fils. Elle vous considère toujours comme son fils. Elle sait que vous n'avez pas pu faire de mal à Lisa. Quelqu'un d'autre lui en a fait.

— Je dois aller travailler.

— J'ai besoin de vous parler.

— Je suis occupé.

Je refuse de bouger.

— Vous n'êtes pas si occupé que ça, Tommy. Vous ne pouvez pas être si occupé que ça vous empêche d'arranger les choses.

— Je ne sais pas…

— Vous le savez. À quelle heure terminez-vous votre travail ?

— À seize heures trente aujourd'hui.

— Dans ce cas, je vous retrouve ici.

Il tourne la clé et le moteur s'allume.

— Très bien. On va dire que c'est bon. Je vous le dis, je ne me souviens pas de grand-chose, voire de rien, de cette nuit-là.

— Compris. À ce soir.

En attendant que le temps passe, je me rends en voiture aux endroits clés de l'affaire du meurtre de Lisa Roberts. D'abord au campus de l'université et à la maison de la fraternité Sigma Chi. C'est le dernier endroit où Lisa a été vue vivante. La nuit où elle a disparu, Tommy était censé la surveiller depuis l'enceinte de cette fraternité qui utilise un bouclier normand comme logo. Sur leur site, la fraternité se vante d'avoir eu Brad Pitt, Luke Bryan et David Letterman comme anciens élèves célèbres. Des frères pour toujours. Je trouve étrange qu'aucun des soi-disant frères n'ait pris la défense de Tommy au procès.

Pas un seul.

La maison n'a rien de spécial en dépit du fait qu'elle se situe sur l'avenue surnommée Greek Row. Pas d'architecture faussement Tudor ou Monticello ici. Au lieu de ça, le dernier endroit où Lisa a été vue vivante est un bungalow blanc, artisanal, avec un toit en métal. Il n'y a aucune raison d'entrer à l'intérieur ou même de sortir de ma voiture. Tout ça date d'il y a vingt ans. La maison a été malmenée par des centaines de jeunes hommes depuis lors. Elle a probablement été remodelée une fois ou deux. Ce n'est plus une scène de crime, juste un autre endroit où quelque chose de terrible s'est produit un jour.

Je fais le tour du campus en voiture et je suis frappée par la jeunesse des étudiants. N'ayant pas eu d'enfants, je trouve que le temps a été plus difficile à marquer. Une année s'écoulait dans la suivante. Quand Emma est née, je pouvais voir ma sœur Stacy mûrir parce qu'elle n'avait pas le choix. Elle avait une petite personne dont elle devait s'occuper et ça semblait rendre sa vie plus importante que la mienne. Les rôles que nous avions toujours joués ont paru s'inverser. Même si, bien sûr, d'après elle, elle était toujours plus importante que moi. J'ai toujours levé les yeux au ciel en voyant la façon dont elle se comportait. Elle ressemblait tellement à notre mère dans ce sens. Pourtant, d'une manière très concrète, même si je ne lui ai jamais dit, je sais qu'elle m'a dépassée. J'ai plus en commun avec les jeunes gens qui se promènent sur le campus qu'avec Stacy. Bien que je ne sois plus si jeune, je n'ai rien d'autre que l'avenir devant moi. Rien à quoi je puisse me raccrocher.

Le soleil est agréable sur mon visage. L'air est chaud. Je ferme les yeux et j'entends les voix des étudiants tout autour de moi. Ce sont des oiseaux chanteurs. Ils gazouillent des choses sérieuses et banales. Il n'y a pas de bouton marche/arrêt. J'aimerais pouvoir échanger ma place avec eux en ce moment. J'aimerais pouvoir recommencer à zéro et choisir un chemin qui me mènerait là où je suis censée aller.

J'ai bien dormi la nuit dernière, mais je m'assoupis.

Mon téléphone me réveille et je sais que c'est Julian ou Stacy, les seules personnes à avoir ce numéro.

C'est Julian.

— Salut Nicole, dit-il. Tu vas bien ? Où es-tu ?

Julian ne fait pas de détours. Je sais quand quelqu'un me demande comment je vais uniquement comme un préambule pour obtenir ce qu'il veut de moi.

— Je vais bien, affirmé-je, pleinement alerte. Je suis à Pullman.

— Que se passe-t-il là-bas ?

— Probablement rien. Mais comme je te l'ai dit, je dois aller là où les preuves me mènent.

— Quelles sont les preuves ?

— Une vieille affaire. Qui a des similitudes avec celle de Kelsey.

— Vraiment ?

Sa voix est pleine d'intérêt, mais je ne peux pas lui en dire plus.

— Peu de chance que ça fonctionne, mais parfois il suffit d'un rien.

— Quelle est l'affaire ?

— Une fille. Assassinée en 1998.

— C'était il y a longtemps.

— C'est vrai. C'est vrai, répété-je.

Je ne lui dis pas comment j'ai trouvé l'affaire. Ça aurait l'air tellement stupide. *J'ai eu un tuyau d'un mystérieux commentateur sur le site Eastside Crime Watch*. Non. Je ne lui dis pas non plus que si je suis partie, c'est en partie pour m'éloigner de lui. Pas parce que je n'ai pas de sentiments pour lui... Pas ça. C'est juste qu'on a franchi une ligne et que je ne sais pas comment revenir au point de départ.

— Tu veux que je vienne à Pullman ? me demande-t-il.

— Non, refusé-je. Non. Je serai de retour demain.

Je me retiens de dire ce qui m'est venu à l'esprit en premier : « Je serai de retour *à la maison* demain. » L'utilisation du mot « maison » ne ferait que souligner les sentiments étranges que j'éprouve à l'égard de Julian. La question d'Evan Cooper – « *Tu t'es vraiment mise en couple avec Julian Chase ?* » – a joué sur mon cerveau comme la grosse caisse que j'entends un étudiant frapper par la fenêtre ouverte d'une salle de musique.

— Tu es sûre ?

— Oui.

— Tu es en sécurité, Nicole ?

J'ai l'impression qu'il se soucie vraiment de moi. Mais je n'ai jamais été un bon juge en la matière. Danny sera toujours la pièce à conviction qui le prouve.

— Je vais bien, dis-je. Je t'appelle si j'apprends quelque chose.

Je raccroche et pendant que quelques filles de la sororité descendent un peu leur pantalon et remontent le bas de leur débardeur pour exposer leur ventre plat au soleil pour la première fois de l'année, j'appelle Stacy. Je suis une grande partisane du concept de garder ses ennemis proches de soi. Même – et peut-être surtout – ceux qui sont censés m'aimer.

— Je pensais prendre des nouvelles, fais-je quand elle répond.

— Où es-tu, bon sang ? Je pensais que tu viendrais m'aider avec ces stupides boulettes de viande suédoises que Cy aime tant.

— Je ne suis pas en ville jusqu'à demain.

— Où ? demande-t-elle, indiscrète comme elle l'a toujours été. Toi et monsieur Chase êtes à Cabo ou quelque chose comme ça ?

— Non, dis-je avec raideur. Je travaille juste sur l'affaire.

Ma sœur me met toujours sur la défensive. Et je la laisse faire. Un jour, j'arrêterai ce disque rayé. Pas aujourd'hui.

— OK, dit-elle. Bien. Fais ça. Je suppose que je vais devoir faire ces putains de boulettes de viande sans toi. Si Cy ne les aime pas, tout sera de ta faute.

Elle a enclenché le mode mélodramatique.

— J'en prends l'entière responsabilité, lui assuré-je.

Mais honnêtement, qui ne sait pas faire une simple boulette de viande ?

Nous raccrochons et je retourne à ma voiture pour calculer si j'ai le temps d'aller à Silver Falls et de revenir avant seize heures trente. Je conduis assez vite. Je peux le faire.

Bien que ce ne soit pas encore le printemps, on en a le sentiment. Le lysichite jaune sort d'un fossé qui longe la sortie de l'autoroute. Les fougères déploient leurs frondes en spirale. Les trilliums s'élancent vers la lumière du soleil. Tout est calme à Silver Falls. Il n'y a personne sur le parking. Je me dirige vers la crête rocheuse où quelqu'un a jeté le corps de Lisa. Je n'ai pas vu de photos de la scène de crime, je ne sais donc pas exactement où elle a été trouvée. Le journal a dit que son corps flottait près d'un bassin de baignade à la base des chutes d'eau. Il n'y en a qu'un, à une douzaine de mètres en dessous de moi.

Elle devait être juste là.

Je n'ai pas assez de détails pour essayer d'imaginer ce qui s'est passé la nuit où Lisa a été jetée ici. Je ne peux pas me rendre à la police pour examiner le dossier de l'affaire. Je ne peux pas demander au bureau du procureur. Je peux seulement interroger la seule personne qui a été condamnée au sujet de ce qu'elle pense qu'il s'est passé. Il y a un gros problème avec ça, bien sûr.

Il ne se souvient de rien.

39

Chapitre 39

C'est le plus petit appartement de deux pièces que j'aie jamais vu. J'ai habité dans des studios qui étaient plus vastes. Et pourtant, alors que je suis assise là, presque genou contre genou avec Tommy Roberts, je constate que c'est tout l'espace dont il a besoin. Un petit canapé, une seule chaise, un tabouret de bar. Par l'entrebâillement de la porte de la chambre, j'aperçois un matelas sur le sol, équipé d'une couverture supplémentaire soigneusement pliée au pied. Je me demande si ce petit appartement lui apporte du confort ; si ses années de prison l'ont habitué à un espace restreint. Un bébé emmailloté dort toute la nuit. Un homme qui a passé presque toute sa vie d'adulte dans une cellule de trois mètres sur quatre pourrait se sentir perdu si on lui donnait une trop grande superficie pour vivre.

Ou alors, il continue à se punir pour ce qu'il a fait ou n'a pas fait.

Il m'offre un Coca-Cola *light* et j'accepte. Il en boit un aussi.

— Je sais que vous êtes ici au sujet de Kelsey Chase, amorce-t-il.

Mon niveau d'adrénaline monte. Je n'ai pas mentionné son nom.

— Comment le savez-vous ?

— Google, inspectrice. Je veux dire, ex-inspectrice.

J'acquiesce. Je suis heureuse qu'il sache qui je suis vraiment. Je n'ai jamais été une menteuse innée.

— Bien, fais-je. Google.

Alors qu'il sirote son soda, je remarque une cicatrice dentelée le long de son avant-bras. Auto-infligée ou blessure ? Il voit où je regarde.

— Je me suis fait méchamment charcuter, dit-il. C'est en gros ce qui arrive quand on est catalogué comme un tueur d'enfants.

Son regard est impassible. Il évalue ma réaction. Il veut savoir si cette étrangère non désirée chez lui est là pour le blesser ou l'aider.

— Je suis désolée, dis-je.

— Vous n'avez pas à être désolée, ajoute-t-il. Les excuses, c'est fait pour les perdants, de toute façon. Du moins, c'est ce que j'ai besoin de croire. J'ai passé toute ma vie à être désolé pour quelque chose que je n'ai pas fait… Du moins, que je pense que je n'aurais jamais pu faire. J'ai vu des gars à l'intérieur qui auraient très bien pu faire ce genre de choses, qui les ont faites et pire encore. La haine suinte à travers chaque pore de leur corps. C'est comme si l'air qu'ils expirent était épais et sombre. Ils sont mauvais jusqu'à la moelle. Je n'ai jamais été comme ça. Ce n'est pas en moi.

J'attends de voir s'il va en dire plus. Je ne veux pas trop insister, parce que je peux sentir que malgré son insistance à dire qu'il a recommencé à zéro et qu'il essaie de mettre le passé derrière lui, il n'y est pas encore parvenu.

Le passé est ce qu'il est.

— Écoutez, me dit-il, je ne sais pas vraiment pourquoi vous êtes là. J'ai dit que je vous parlerais seulement parce que vous avez mentionné le nom de ma mère. Vous m'avez pris au dépourvu, inspectrice.

— Appelez-moi Nicole.

Il sait que je ne fais plus partie de la police de Bellevue.

— Je ne serais pas ici si je pensais pouvoir obtenir les réponses que je cherche ailleurs, enchaîné-je.

— C'est vrai, dit-il. Bien que je sache que ce n'est pas possible. Personne parmi les forces de l'ordre par ici ne vous aiderait. Pas seulement parce que vous avez été virée de la police de Bellevue, mais parce que personne ici ne veut réexaminer mon affaire. Un de ces magazines de chaîne du câble a essayé de faire quelque chose sur mon histoire, mais ils ont été complètement bloqués.

Ça m'intéresse.

— Quel était leur angle ?

— Que je pourrais avoir été condamné à tort. C'est ce que le producteur m'a dit. J'avais un peu d'espoir là-dessus, vous savez. Mais j'ai appris au cours des vingt dernières années que l'espoir ne vous mène pas très loin.

Pendant les deux heures suivantes, nous parlons de sa famille. De son père, de sa belle-mère. Il ouvre un sachet de tortillas et un pot de salsa. Je lui propose de l'emmener dîner, mais je suis contente qu'il me dise qu'il n'a pas très faim. Je veux juste parler. Je ne veux pas que nous soyons distraits. Son histoire me fascine. Finalement, il me raconte la nuit où sa mère a laissé Lisa sous sa surveillance à la maison de la fraternité Sigma Chi. Ils ont regardé la télé et elle jouait avec son chat en peluche. Un des frères de la fraternité voisine lui a offert une bière et il l'a bue. Il en a peut-être bu une autre, mais il n'en est pas sûr.

— Je n'avais rien mangé de la journée, m'explique-t-il. J'ai juste laissé les choses m'échapper. Les fêtes, ce n'était pas mon truc. Je n'ai rejoint Sigma Chi que parce que mon père en avait été membre et qu'il avait insisté. Alors quand tout le monde est sorti, ça ne m'a pas dérangé de rester avec Lisa. Elle me manquait.

Tommy s'interrompt et je peux voir dans ses yeux qu'il en a bavé. Il détourne le regard et essuie ses larmes, si rapidement qu'il pense probablement que je n'ai pas remarqué. Il espère que ce n'est pas le cas. En tant que détenu, il s'est vu retirer toute dignité, morceau par morceau, jusqu'à ce qu'il ne reste plus que la coquille de ce qu'il a été. Ses larmes me disent qu'il se bat pour redevenir celui qu'il était avant la disparition de Lisa et sa découverte à Silver Falls.

— Ta mère dit la même chose, déclaré-je en lui donnant une chance de souffler. Elle dit que toi et Lisa étiez très proches.

Il prend une chips dans le bol et fait ce que font les fumeurs : il utilise la tortilla à la place d'une cigarette pour gagner du temps et réfléchir.

— Oui, dit-il en prenant une bouchée, nous l'étions.

Je l'incite doucement à préciser.

— Que s'est-il passé, Tommy ? De quoi te souviens-tu ?

Il reste silencieux pendant ce qui me paraît être un très long moment.

40

Son histoire se déverse sur moi comme une sorte de ruisseau – non, de torrent – de lucidité qui, je le soupçonne, découle directement de la nuit où Lisa a disparu. Ses mots sont déchirants. Tommy termine le reste des chips avec un nouveau Coca *light* alors qu'il aborde une chose après l'autre.

– Maman est arrivée. Elle a dû me secouer. C'était le matin. Je pouvais à peine ouvrir les yeux. Je me sentais si mal. Le devant de ma chemise était mouillé. Je m'étais vomi dessus. J'étais désorienté. Elle me tenait les épaules et elle me hurlait dessus. Encore et encore. Elle criait, *« Où est Lisa ? Je ne trouve pas Lisa ! »*.

Tommy a dit qu'il se souvenait à peine de la nuit précédente. Ils avaient joué à quelques jeux. Il avait bu une bière ou deux. Et puis ils s'étaient endormis.

— Ça, je m'en souviens vraiment, dit-il en me regardant comme s'il se demandait si je suis avec lui ou pas.

Je le suis.

— Ce n'est pas quelque chose que j'ai inventé plus tard pour me sentir mieux, enchaîne-t-il. Lisa dormait sur le canapé convertible. Elle était en sécurité quand j'ai perdu conscience. Je le sais avec certitude parce que je l'ai vue dormir. Je l'ai vue. Elle ne s'est pas perdue. Elle a été enlevée.

J'interroge Tommy sur la chronologie des faits.

— Au tribunal, votre mère a témoigné du fait qu'elle n'était pas venue chercher Lisa avant huit heures le lendemain matin, qu'elle avait passé la nuit à la sororité à trois portes de là.

Il acquiesce.

— Je sais tout ça. Je sais qu'elle a dit ça.

— Mais ce n'était pas la vérité…

— Écoutez, dit-il, je ne lui en veux pas. Je ne pense pas qu'elle aurait dit ça si mon père ne l'avait pas utilisée comme un punching-ball. Elle aurait avoué où elle était vraiment, mais sa peur de lui était plus grande que sa volonté de m'aider moi. Elle ne vous a pas parlé de mon père ?

Je secoue la tête.

— Non, elle ne l'a pas fait.

— C'est normal, admet-il. C'est de ça qu'on a parlé après que je suis allé en prison. Chaque fois qu'elle venait me rendre visite, elle me disait combien elle était désolée et comment elle allait arranger les choses. Je lui disais toujours que j'étais heureux qu'elle soit en vie et que de toute façon, ça n'avait pas d'importance. On a retrouvé des traces de mon vomi sur le corps de Lisa. Ils m'ont eu avec ça. J'ai plaidé coupable parce que c'était le moyen le plus simple… le moyen d'épargner ma mère et moi.

Il s'excuse et se glisse dans la salle de bains, à quelques pas de là. Il ferme la porte, mais je peux entendre le jet de son urine qui rencontre l'eau dans la cuvette des toilettes. Je l'entends tirer la chasse d'eau et se laver les mains. Quand il ouvre la porte, je vois ce que je m'attendais à voir : une serviette de toilette parfaitement pliée à côté du lavabo. Tout dans sa vie est en ordre. Tout, sauf ce qui est arrivé à sa sœur et lui il y a près de deux décennies.

— Je veux que vous sachiez que j'aime toujours ma mère et que je lui pardonne, dit-il. Elle s'est fait plaisir avec un type qui lui a permis de se sentir jeune à nouveau ou quelque chose comme ça. Peut-être pour se sentir aimée ou simplement désirée. Je ne sais pas. Cette nuit-là, elle a fait quelque chose avec un garçon qu'elle ne reverrait jamais et ça lui a coûté tout ce qui comptait pour elle.

Elle a perdu beaucoup plus que moi. J'ai perdu ma liberté. Et même si ça semble énorme…

— Ça l'est, affirmé-je, l'interrompant brièvement.

— Peut-être bien. Mais je l'ai récupérée maintenant. Ma mère n'a plus Lisa et elle ne l'aura jamais.

Il n'y a rien que je puisse dire après ça. Il a raison, bien sûr.

— Avez-vous une idée de ce qui lui est vraiment arrivé ?

— Ils ont dit qu'elle a été enlevée et assassinée. Pas de viol. C'est tout ce que je sais. C'était la seule grâce salvatrice dans tout ce cauchemar. Je n'ai jamais été étiqueté comme pédophile.

— Avez-vous des théories ? demandé-je, avant d'annoncer une évidence. Vous avez eu presque vingt ans pour y réfléchir.

Il ne bronche pas. Tommy hausse juste un peu les épaules.

— Réfléchir n'est pas vraiment le terme, dit-il. Pendant les dix premières années, c'était tout ce à quoi je pouvais penser. Jour et nuit. Seul ou avec les autres détenus. Je suppose que certains des autres gars pensaient que j'étais lent à la détente, car parfois ils me parlaient et devaient se répéter pour me sortir de ma torpeur.

— Et vous êtes arrivé à une quelconque conclusion ?

Il ferme les yeux un instant. Il se souvient, j'imagine.

— Il y avait tellement de monde lors du *week-end des mamans*, se lance-t-il. Je n'ai aucune idée de qui aurait pu faire une chose pareille. La police n'a cherché personne d'autre une fois l'analyse du vomi sur le corps de Lisa effectuée.

— Exact, dis-je. C'était une pièce à conviction clé faisant le lien avec votre sœur. C'était directement sur son corps ?

— Non, répond-il en secouant la tête. Pas directement. C'était sur le drap dans lequel le tueur l'a enveloppée avant de la jeter dans l'eau.

Le petit appartement rétrécit aux proportions d'une boîte d'allumettes. Je sais maintenant pourquoi *Truthsayer* m'a envoyé ici.

— Enveloppée dans un drap ?

— Oui, dit-il en remarquant la stupeur sur mon visage. Comme cette petite fille à Bellevue. Je pensais que c'était pour ça que vous étiez ici. Que vous pensiez qu'il y avait un *copycat*[1] ou quelque chose comme ça.

Je me lève et je heurte mon genou contre la petite table sur laquelle sont posés les bols de chips et de salsa. Ils tombent sur le sol. Je commence frénétiquement – trop frénétiquement, j'imagine – à vouloir nettoyer. Tommy touche ma main.

— Je m'en occupe, fait-il en essayant de me calmer. C'est bon.

Je veux parler, mais je ne peux pas. Je ne peux rien dire. Le drap de lit ne signifiait pas « *copycat* ». Il voulait dire « signature ». Celui qui a tué Kelsey l'avait peut-être déjà fait près de deux décennies auparavant. L'âge des victimes était proche. Leurs mères étaient distraites. Angela était prise dans une relation avec Michael Bennett et Meg était dans les affres d'un coup d'un soir avec un garçon d'une fraternité universitaire. Bien qu'il soit clair que les deux mères différaient dans leur dévotion à leurs enfants, toutes deux étaient suffisamment préoccupées pour laisser quelque chose de terrible se produire. Aucune des deux enfants n'a été agressée sexuellement. Toutes deux ont été abandonnées dans une région éloignée, mais facile d'accès. En pleine nature.

— Si c'est la même personne qui a tué les deux filles, dis-je enfin à voix haute, pourquoi avoir attendu toutes ces années pour attaquer une deuxième fois ?

— Peut-être qu'il était en prison et qu'il en est sorti, tente-t-il.

Il me teste.

— Je sais que ce n'est pas vous, Tommy.

Il fait une grimace et roule un peu l'épaule. Très calmement, il lâche :

— Merci.

— Pourquoi avez-vous plaidé coupable ? demandé-je enfin. C'était au milieu du procès et vous avez tout arrêté. Vous avez plaidé coupable alors que vous ne l'étiez pas.

Il se penche en arrière et ferme les yeux comme s'il était épuisé. Je sais qu'il n'est pas fatigué, mais qu'il repense simplement à cette époque.

— Il y avait une partie de moi qui pensait que j'aurais pu faire ce genre de chose, même si au fond, je sais que je ne pourrais jamais. Ils m'ont dit et répété que si je plaidais coupable, je serais libre un jour. Je l'ai fait pour ma mère. Je ne voulais pas qu'elle soit obligée de révéler ce qu'elle avait fait cette nuit-là dans une audience publique. C'est une partie de l'explication. Mais ce n'est pas tout. On m'a dit que si je ne plaidais pas coupable, je ne reverrais jamais la lumière du jour. Je me ferais probablement poignarder et assassiner en prison. Un tueur d'enfants. Je voulais être libre. Je voulais une chance de vivre. Tout comme Lisa, j'en suis sûr. Celui qui l'a tuée a ignoré ses cris. Il a juste fait ce qu'il avait envie de faire.

— Vous n'avez vu aucune autre issue ?

— On m'a dit que je purgerais une peine de huit à vingt ans. Je les ai crus.

Il secoue la tête avec un air sinistre.

— Je vais vous dire une chose, reprend-il. C'est la dernière fois que je fais ça. Je ne crois plus personne. Ma mère. Mon père. Personne.

— Je veux arranger les choses, déclaré-je.

Il sourit. C'est une esquisse de sourire, mais je pense qu'il est sincère.

— Je sais.

Avant de partir, Tommy me confie la seule chose qu'il dit n'avoir jamais dite à personne. La raison pour laquelle il la retient est claire.

— Je ne pense pas que ça veuille dire grand-chose, se lance-t-il. Et après ce qui m'est arrivé, je ne veux jamais bouleverser la vie de quelqu'un en l'accusant de quoi que ce soit.

Ma colonne vertébrale se raidit et je me penche en avant sur le bord de la chaise.

— Qu'y a-t-il, Tommy ?

— Ce n'est probablement rien, continue-t-il. Mais j'ai été contacté par une fille peu après mon entrée en prison. Elle étudiait à l'université de Washington quand j'y étais. Elle m'a envoyé une lettre et m'a dit qu'elle viendrait me rendre visite, mais ne l'a jamais fait. J'étais excité sur le moment, mais plus tard, après avoir compris que le fait de faire la une des journaux attirait les cinglées comme des mouches sur une banane mûre, j'ai écarté cette idée.

Je sais qu'il a raison sur ce point. Chaque fois que nous

commencions une affaire qui faisait l'objet d'une certaine couverture médiatique, nous étions submergés par des fous absolument certains de savoir qui était l'auteur du crime. Nous étions obligés de suivre chaque piste, bien sûr, mais honnêtement, utiliser la police pour attirer l'attention sur soi ou régler ses comptes tient de la sournoiserie.

— Qu'est-ce qu'elle t'a dit ?

— Qu'elle était assistante d'éducation dans le département des beaux-arts et qu'une de ses tâches était de vider les poubelles des chambres noires.

— Ça ressemble à un travail de concierge.

Tommy acquiesce.

— En gros, oui. Elle a dit qu'elle avait trouvé quelque chose dans une des poubelles et qu'elle devait m'en parler.

— Qu'est-ce qu'elle a trouvé ?

— Elle ne me l'a pas révélé. Comme je vous ai dit, elle m'a indiqué qu'elle voulait me voir en personne, mais elle n'est jamais venue.

— Vous vous souvenez de son nom ?

— Oui. J'ai dû l'inscrire sur ma liste de visiteurs. Lauren Bradshaw. Elle habite toujours en ville. Elle travaille à l'université dans le même département. J'ai pensé lui rendre visite, mais je ne sais pas… J'ai obtenu ce super boulot dans une clinique vétérinaire ici, et… eh bien, j'ai pensé que de l'eau avait coulé sous les ponts.

Plutôt un déluge, je crois.

— Je vais la retrouver. Je vous ferai savoir ce qu'elle a à dire.

Tommy hausse à nouveau les épaules.

— Ça n'a plus d'importance. J'ai cessé d'espérer il y a longtemps. Je veux juste vivre, vous vous souvenez ?

Cette nuit-là, la machine à glaçons devant ma chambre de motel ronronne sans arrêt. J'écoute la glace tomber dans la goulotte, puis dans le réceptacle. Elle fonctionne sans cesse parce que je suis entourée d'un groupe de chasseurs dont je suis absolument certaine qu'ils ne pourront pas beaucoup chasser demain. Il est plus de deux heures du matin et ils sont toujours là. Je tape sur le mur, mais ça ne fait que les stimuler. Si j'avais encore mon badge, j'irais frapper à la porte, je le brandirais et je suis presque sûre qu'ils se calmeraient pour la nuit. Au lieu de ça, je reste allongée ici à regarder le plafond.

Je fais défiler les SMS envoyés par Stacy et Julian pendant que j'étais avec Tommy. Ni l'un ni l'autre n'avait grand-chose à dire, à part qu'ils espéraient que j'allais bien. Je vais bien. Ça fait longtemps que je ne me suis pas sentie aussi bien. J'ai le sentiment de me diriger dans la bonne direction.

Je ne sais simplement pas où tout ça va me mener.

Et finalement, lorsque je ne peux plus supporter une minute supplémentaire du bruit à côté, les chasseurs et leurs grosses voix se calment. Une plage de silence s'ouvre à moi. Je la saisis. Je m'endors. Pas de rêves. Juste du sommeil.

---

1. Personne qui imite le mode opératoire de tueurs en série.

41

Lauren Bradshaw a la quarantaine. Elle a teint ses cheveux courts en noir corbeau et son cou est entouré d'une douzaine de chaînes en argent, dont certaines sont ornées de petites breloques. Des étoiles et des lunes, je crois, de là où je l'observe à travers la vitre de la porte de son bureau du bâtiment des beaux-arts, près de Stadium Way sur le campus de l'université de Washington. Elle me fait signe, comme si elle m'attendait. Je patiente jusqu'à ce qu'elle finisse de parler avec un jeune homme aux cheveux également noirs portant un tatouage *Cry Freedom* juste sous sa clavicule.

Elle ne peut pas penser que je suis une étudiante, même si, quand j'y pense, je pourrais y ressembler. J'ai à peine dormi la nuit dernière. Mes cheveux sont dans une de leurs humeurs peu coopératives. Peu importe les soins et les produits que j'utilise, je me retrouve avec le look « saut du lit » qui n'est sexy qu'à vingt ans. Et il y a le sweat-shirt à l'effigie de l'équipe de football locale que j'ai acheté pour étoffer ma maigre garde-robe. Il était à moitié prix.

Allez les Cougars !

— Désolée pour l'attente, dit-elle alors que *Cry Freedom* me frôle. Jeremy s'est un peu planté sur son projet de collage.

— Lauren Bradshaw ? demandé-je.

Elle laisse échapper un soupir.

— Vous n'êtes pas du *Daily Evergreen*, n'est-ce pas ?

Je secoue la tête pour dire non.

— Désolée. Je suis ici pour aider un de mes amis. Je pense que vous pouvez m'être utile.

Elle semble soudainement méfiante. Je la regarde s'éloigner de l'embrasure de la porte et je la suis dans son bureau. L'espace est surchargé, mais organisé. Je n'ai jamais vu autant de livres d'art de ma vie. C'est comme si chaque coin du monde, chaque époque, était représenté sur les étagères qui s'étendent sur deux murs. Je pourrais me perdre dans sa collection. Un autre jour. Mais pas maintenant.

Elle ne m'offre pas la chaise en face de son bureau, mais je m'y assieds quand même. Je suis là. Je vais obtenir ce dont j'ai besoin.

— Je dois vous parler de Tommy Roberts.

Ses yeux sombres et sournois pétillent et elle jette un œil à la porte, toujours ouverte.

— Je ne sais pas qui c'est.

Elle ment.

— Si, Lauren, vous savez.

Elle reste assise, muette. Je n'ai eu qu'à mentionner son nom et il a empli ses pensées. Elle ne voulait certainement pas se retrouver aujourd'hui à repenser à ce nom, à cette explosion du passé. Mais il était simplement là, tapi quelque part dans son esprit. Je soupçonne qu'elle n'a jamais pu effacer de son cerveau ce qu'elle voulait lui dire et qu'elle a fini par ne pas faire.

— Je ne peux pas m'impliquer, dit-elle. Je ne suis pas titularisée.

— Qu'est-ce que la titularisation a à voir avec ça ?

— Vous n'êtes manifestement pas dans le milieu universitaire. Qui êtes-vous au juste ?

Je lui révèle mon nom et lui dis que j'enquête sur l'affaire de Tommy. C'est vrai. C'est exactement ce que je fais.

— Tommy a purgé sa peine, dit-elle.

— Vous avez raison, lui concédé-je. Vous savez tout de lui, n'est-ce pas ?

— Je ne l'ai même jamais rencontré.

— Mais vous lui avez écrit en prison, n'est-ce pas, Lauren ?

Ses yeux fixent les miens alors qu'elle se lève pour fermer la porte de son bureau. Elle touche du bout des doigts l'une des chaînes les plus basses qui pendent à son cou. Ses ongles sont légèrement tachés de nicotine. Ils sont courts, rongés. Elle tripote la fine chaîne argentée. Elle s'agrippe littéralement à ce que je sais qu'elle va me dire.

— Oui, je l'ai fait. Je lui ai écrit une fois.

— Pourquoi avez-vous fait ça, Lauren ?

— Je voulais l'aider. Et je l'ai fait.

— Comment l'avez-vous aidé ?

— J'ai vu un article dans le journal à propos de prisonniers qui travaillaient avec des chiens d'aveugle et je savais qu'il aimait les animaux. J'ai demandé au doyen du programme de médecine vétérinaire de lui envoyer des informations sur le cours par correspondance que nous proposons aux jeunes qui n'ont pas les moyens ou ne peuvent pas fréquenter l'université.

— Il a été condamné pour le meurtre d'une petite fille, insisté-je. Pourquoi diable voulez-vous tendre la main et aider un tel homme ?

Elle a envie de fumer et sort un briquet du tiroir de son bureau. Je la regarde tripoter son silex peu coopératif.

— Je savais qu'il n'avait pas tué cette fille, lâche-t-elle.

— Dites-moi ce que vous savez.

Je ne la supplie pas. Je n'ai pas à faire ça. Je peux dire que cette femme est fatiguée de porter ce fardeau. Deux décennies, c'est très, très long quand on se regarde dans le miroir et qu'on sait qu'on a fait une terrible erreur.

Elle se met à parler. Ses mots sont hachés au début, mais ils deviennent plus fluides. Les larmes coulent. Elle ferme les stores et allume enfin une cigarette. Un purificateur d'air vrombit, aspirant la fumée.

C'était le début de l'automne, après le meurtre de Lisa Roberts et le procès qui a envoyé le frère de Lisa, Tommy, en prison. Les températures dépassaient les trente degrés, frôlant celles de l'été. Les sororités et les fraternités s'étaient déjà empressées de recruter de nouveaux membres et le balai des nouveaux étudiants de première année qui débarquaient sur le campus au compte goutte avait commencé. Le déluge devait débuter la semaine suivante. Lauren était alors assistante d'éducation en photographie et avait la tâche peu enviable de nettoyer les chambres noires humides.

— On pourrait penser qu'il fait frais dans un endroit sombre, mais la climatisation ne fonctionnait pas et j'étais au bord de l'évanouissement tellement j'étouffais, dit-elle. Mais le boulot devait être fait. Il n'y a pas beaucoup d'emplois aux beaux-arts – comme ma mère et mon père me l'ont fait remarquer à juste titre – et mon seul espoir était d'enseigner.

Il semble qu'elle soit arrivée là où elle voulait aller. Je lui enjoins de continuer, elle s'exécute.

Son travail consistait à passer en revue toutes les armoires, à rincer les plateaux, à essuyer les comptoirs et à s'assurer que tous les produits chimiques étaient disponibles. Il y avait un certain nombre de chambres noires et ça prenait un peu de temps. Juste avant la rentrée des classes, le département avait organisé un atelier pour quelques lycéens de Spokane.

— C'était les pires, dit-elle en allumant une autre cigarette. Sérieusement. J'ai dû sortir une centaine de canettes de bière d'une de ces pièces. Ça m'étonnerait qu'il ait pu travailler quelque photographie que ce soit, ils étaient complètement bourrés.

— Vous avez trouvé quelque chose, n'est-ce pas ?

Elle recrache de la fumée en direction de la machine à purifier l'air dont je doute sérieusement qu'elle arrive à tromper qui que ce soit.

— Oui.

Il se faisait tard, Lauren était au milieu d'un cyclone de débris et repensait sérieusement à sa vie alors qu'elle frottait, organisait et vidait les ordures d'une pièce à l'autre. Jusqu'à ce moment, elle avait adoré l'odeur du révélateur et des autres produits chimiques. Ces effluves faisaient partie intégrante du processus créatif. Mais vers vingt-deux heures, elle n'en pouvait plus et envisageait de se procurer du Vicks pour en mettre sous son nez, comme on le fait pendant les autopsies. Elle avait cessé de jeter un coup d'œil aux planches contact et aux pellicules laissées en plan, car d'après ce qu'elle avait vu, elles avaient été abandonnées pour une bonne raison. Il n'y avait pas de nouvelle Diane Arbus ou David LaChapelle parmi les étudiants. Pas même un Leibovitz.

Il faisait chaud et elle avait faim. Lauren était sur le point d'en finir là quand elle s'est affalée sur le linoléum tout juste balayé et tacheté de gris. Elle se sentait comme un lézard profitant de la fraîcheur du sol. Elle a reposé ses yeux et essayé de se rappeler ce qui l'avait tant attirée dans les arts. Ses parents étaient ingénieurs. Tous les deux. À leur manière, ils étaient très créatifs, mais créatifs dans les limites des besoins d'une industrie. Son père était dans l'informatique. Sa mère dans l'aérospatiale. Lauren voulait une vie qui sort des sentiers battus, mais qui attire quand même les gens. Assise là, au repos, percluse d'angoisses et en pleine contemplation égocentrique, Lauren a vu les négatifs.

C'était une bande de sept images, collée au fond de l'une des deux poubelles de la chambre noire qui avaient été empilées ensemble. Si elle n'avait pas été assise sur le sol, elle ne les aurait pas vus. Elle n'aurait pas non plus pris le temps de les tenir à la lumière.

Je n'ai aucune idée d'où tout ça va nous mener. Le bureau n'est plus qu'un brouillard de fumée. Le petit purificateur d'air portable est incapable de suivre Lauren Bradshaw et son addiction. Une autre se dévoile sous mes yeux. Entre deux bouffées, elle se ronge un ongle ; elle le fait sans se cacher. Elle est au-dessus de ça maintenant. Elle veut juste en finir et me faire sortir de son bureau.

Avant que le détecteur de fumée ne sonne.

— J'aurais aimé les jeter sans les regarder, reprend-elle. Le fait de les voir a ruiné ma vie. Avez-vous déjà vu quelque chose que vous saviez que vous n'auriez pas dû voir ?

Je hoche la tête. Je ne lui dis pas, mais j'ai un jour surpris ma mère et un homme qu'elle avait engagé pour réparer, ironiquement, notre plomberie.

— Qu'y avait-il sur les négatifs ?

Bien que les stores soient tirés, elle jette un œil vers la fenêtre.

— Je n'étais pas sûre au début.

— Mais plus tard, l'encouragé-je, vous en êtes devenue certaine.

— Oui. Je les ai développés.

Lauren Bradshaw commence à se lâcher désormais. Elle revient à la chambre noire. Aucune quantité de nicotine, aucun ongle à ronger ne peut l'apaiser maintenant. Elle écrase sa cigarette et souffle la dernière volute de fumée en direction du purificateur d'air.

Je lui laisse un moment.

— L'un des clichés, en noir et blanc, montrait un garçon évanoui. Les autres montraient une petite fille. Elle posait. Nue. Elle avait l'air si effrayée. Je pouvais sentir la peur émaner d'elle.

Mon cœur bat si fort dans ma poitrine que je me demande si Lauren peut le remarquer. L'entendre. Elle me regarde, mesurant ma réponse. Je ne peux pas cacher ce que je ressens.

— Saviez-vous qui étaient le garçon et la petite fille ?

Elle joue avec ses chaînes. Elle est encore dans la chambre noire.

— Pas au début, répond-elle. Au départ, je pensais que c'était juste un devoir scolaire de l'atelier cet été-là. J'étais presque sûre que ça ne pouvait pas être réel, parce que si ça l'était, eh bien, je savais que c'était de la pornographie infantile. Vous rendez-vous compte ? Je savais que le simple fait de regarder quelque chose comme ça était contraire à la loi.

Lauren raconte qu'elle est allée voir le directeur du département avec les négatifs.

— Je les lui ai montrés et au début, il m'a regardée comme il le faisait toujours ; comme si je le dérangeais ou quelque chose comme ça. Il a suggéré qu'ils faisaient probablement partie d'un projet conceptuel et que je devais être plus ouverte d'esprit.

Ouverte d'esprit ? Je ne prononce même pas les mots. Elle sait que je n'en pense pas moins.

— On est d'accord, dit-elle après une pause. Comme si j'étais une péquenaude de Tacoma qui ne connaissait rien à l'art. Je me suis sentie minuscule.

— Humiliée.

Elle expire.

— J'ai fait un pas de recul et son ton a changé. Il m'a dit que les personnes à l'esprit étroit comme moi n'avaient peut-être pas leur place dans un programme d'art.

— Mais vous saviez que ce n'était pas le cas, Lauren. N'est-ce pas ?

Elle hoche la tête.

— Oui. J'en étais certaine, mais mon père et ma mère étaient des ingénieurs. Pas de place pour la fantaisie. Tout doit pouvoir avoir une explication. J'ai pris un grand risque aux yeux de ma famille quand je leur ai dit que je voulais être photographe.

Son téléphone sonne, mais elle l'ignore.

Je me souviens de la façon dont Stacy a levé les yeux au ciel quand je lui ai dit que je voulais être flic. Elle a agi comme si être au service du système judiciaire me plaçait dans une sorte de gouffre en ce qui concerne le statut social. Elle m'a suppliée de devenir avocate, car, comme elle l'a dit, « *au moins tu seras riche et utile* ».

— À un moment donné, vous avez compris que les images sur le papier film représentaient Tommy et Lisa Roberts, n'est-ce pas ? demandé-je à Lauren.

— C'est exact, dit-elle. Évidemment, j'ai suivi l'histoire tout au long du procès. Ça faisait la une ici. Je n'ai pas pensé que les photos montraient Tommy et Lisa jusqu'à ce que je les développe. J'ai fait le tirage de celle de Tommy endormi ou évanoui, peu importe ce qu'il était. Je n'ai jamais développé celles avec Lisa, parce que, eh bien, je ne voulais pas le faire. Je savais que si je le faisais, je serais coupable d'un crime. Croyez-moi, j'étais malade à l'idée d'être si proche de quelque chose d'aussi maléfique.

— Comment ça ?

— Je savais que celui qui avait pris ces photos avait probablement tué la petite fille. D'après la séquence des images, j'avais de sérieux doutes quant à l'implication de Tommy dans ce crime. Il était sur les photos.

— Il avait perdu connaissance.

Elle acquiesce.

— Exactement. Et puisqu'il apparaissait sur la photo…

— Vous saviez que quelqu'un d'autre devait être là pour la prendre.

Lauren me regarde droit dans les yeux. Peut-être pour la toute première fois. Sans détour. Pleinement consciente.

— Pas seulement une personne, précise-t-elle. J'ai observé le reflet sur l'écran de télévision juste derrière l'endroit où Tommy était allongé. Je suis presque sûre qu'il y en avait deux autres là. J'ai essayé d'augmenter le contraste de l'image, mais je n'ai jamais obtenu assez de détails pour voir qui c'était.

— Ils étaient deux ?

— Je n'en suis pas complètement certaine et je ne pourrais pas le jurer, mais oui, deux.

J'espère un peu trop, mais je lui demande si elle a encore le cliché qu'elle a développé.

— J'ai tout déchiré, dit-elle. Je l'ai gardé longtemps. Je ne sais pas pourquoi. Probablement pour me torturer. Je savais que ça pouvait aider Tommy, mais je savais aussi que ça pouvait ruiner ma carrière. Vous devez me croire. Je voulais faire ce qui est juste. Je n'ai simplement pas pu.

On en revient toujours à ça. Une carrière.

Ça ne sert à rien de frapper un cheval mort, mais je me trouve incapable de me retenir.

— Deux choses, Lauren, fais-je en gardant mon ton aussi professionnel que possible. Premièrement, Tommy n'était pas l'assassin de Lisa et vous auriez probablement pu le prouver.

— Il était déjà en prison, rétorque-t-elle. Je n'aurais pas pu le faire libérer. Pas juste avec une photo.

— Vous ne pouvez pas savoir ça.

Elle ne dit rien. Au lieu de ça, elle s'enfonce plus bas dans sa chaise et trouve une cigarette dans le tiroir de son bureau. Sa main tremble, mais elle parvient à l'allumer.

— Deuxièmement, continué-je en insistant, il est très possible qu'il y ait eu d'autres victimes.

Je pense à Kelsey.

Lauren expire et tripote son collier.

— Je suis sûre que vous n'avez jamais fait une seule erreur dans votre vie.

— Plein, affirmé-je. Tellement que je ne pourrais même pas les compter.

— Vous me jugez, maintenant.

— Honnêtement, Lauren, ce n'est pas le cas. Je ne vous juge plus.

C'est la vérité. Et j'ai perdu mon calme.

— J'ai besoin que vous vous ressaisissiez et que vous réfléchissiez beaucoup plus sérieusement à ce que vous avez vu sur cette putain de photo et à qui aurait pu la prendre.

Elle ne cille pas devant ce que je lui balance parce qu'elle sait qu'elle en mérite chaque morceau. Je ne dirais jamais que je suis parfaite. J'ai déjà menti. J'ai pris de l'argent à mes amis et à ma famille. J'ai joué avec mon avenir. La seule chose que je sais être vraie par-dessus tout, c'est que je n'ai jamais rien fait pour mettre une autre personne en danger. J'ai pris des balles pour ma sœur, je l'ai épargnée avec ma mère, j'ai prétendu que mon père avait demandé des nouvelles d'elle alors qu'il avait complètement oublié son existence.

Après ce qui semble être un long moment, Lauren aboutit enfin à quelque chose.

— Il y avait un autre détail sur la photo. En rapport avec les silhouettes que j'ai vues se refléter dans l'écran de télévision. J'ai essayé, comme je vous l'ai dit, d'augmenter le contraste.

— Vous avez vu quelque chose ?

— Peut-être. Oui. Une étoile et un croissant de lune. Une partie d'une étoile et un croissant sont apparus dans le reflet sur la télé. Je crois que quelqu'un portait un t-shirt avec ça dessus.

— Et qu'en avez-vous conclu ?

Elle reste assise en silence. Je ne veux pas entendre ce qu'elle va dire, car j'ai déjà compris. Je connais quelqu'un qui a un croissant de lune et une étoile sur son avant-bras droit.

— Kappa Sigma, dit-elle. Je suis presque sûre que l'un des gars dans le reflet appartenait à la fraternité Kappa Sigma.

42

Le sous-sol de la bibliothèque Holland est d'un calme de morgue. Je me fraie un chemin à travers les rayonnages jusqu'à la section où me guide un jeune bibliothécaire.

— Tout ce que vous avez toujours voulu savoir au sujet de ces gens se trouve ici, dans la section *panhellénique*. C'est la chronique de tout ce qui ne tourne pas rond dans cette université, dit-il avant de s'interrompre. Vous n'en faites pas partie, n'est-ce pas ? ajoute-t-il.

Il détaille mon sweat-shirt du regard.

— Non, juste une ancienne élève, éludé-je. Je fais juste quelques recherches pour une amie. Elle veut envoyer sa fille ici. J'essaie de la convaincre du contraire. Je n'ai rien contre l'école. C'est une grande école. Juste tout le truc des sororités… Je ne pense pas que ce soit sain du tout.

Il me lance un regard complice. Nous sommes du même côté.

— Une sage décision, dit-il en partant.

— Oui, très sage, ajouté-je alors qu'il disparaît au loin.

Si j'avais été sage, j'aurais compris plus tôt.

Je lève les yeux vers les rangées de livrets, de classeurs et de dossiers remplis de ce mélange bizarre de conscience sociale et d'infirmières coquines qui incarne le microcosme des fraternités dans les universités du pays. Je trouve la section que je cherche, je tire un classeur marqué *1998* et l'amène à une table à côté d'une photocopieuse qui semble être une relique d'une autre époque. Une copie coûte 5 cents. Sur un morceau de papier, quelqu'un a écrit « *hors service* ».

Je sais déjà qui je vais trouver dans le dossier. Je prends mon temps. J'ai l'estomac qui se noue et j'ai l'impression que je vais m'évanouir. C'est la même sensation que j'avais étant enfant quand je devais aller passer du temps avec ma mère et son dernier petit ami en date. Je ne pouvais pas m'empêcher d'y aller. C'était comme être tirée et poussée en même temps. J'étais à la fois attirée par elle et repoussée par ce qu'elle faisait.

Je feuillette les pages. Des jeunes. De beaux jeunes gens. Des filles bronzées avec de longs cheveux qui ne savent pas ce qu'est un nœud. Des garçons avec des biceps qui ressortent sous leurs t-shirts moulants. Page après page. Un lavage de voitures pour une œuvre de charité, suivi d'un concours de t-shirt mouillé. Un voyage en camping dans le nord de l'Idaho, puis un dîner dans une maison de repos pour personnes âgées. Les mondes se sont heurtés encore et encore.

Et il est là.

Il est debout avec un groupe d'autres jeunes hommes de sa fraternité. Son sourire est large et désarmant. J'ai vu ces yeux quand nous avons fait l'amour. Ces bras m'ont enveloppé au moment où j'étais au plus bas, un moment où je l'aurais supplié de m'emporter loin de la vie que je menais. De me sauver.

J'étais une telle idiote. Une idiote. J'étais exactement ce que ma mère et ma sœur me rabâchaient que j'étais, encore et encore. « Pour une fille si intelligente, tu ne sais vraiment pas comment miser sur le bon numéro. »

Je reste assise ici pendant un long moment, repensant à tout ce qui s'est passé au cours de l'année écoulée. Je repasse chaque moment de l'affaire qui m'a amenée jusqu'à l'entretien avec Tommy Roberts. La falsification des preuves. Les faux aveux. La mort d'Alan Dawson.

Mes yeux restent rivés sur la photo du beau jeune homme qui arbore un sourire aux dents blanches.

— Danny, me dis-je doucement, tu es un tel salaud. Je te déteste. Tu ne sortiras jamais de prison. Jamais.

Je déchire la page du livre et je m'en vais.

43

La clinique vétérinaire possède deux portes, l'une marquée « Chats », l'autre « Chiens ». Je repense à Shelby et j'entre par la porte « Chiens » pour trouver Tommy.

Une jeune femme aux cheveux jaune citron et aux jolis yeux bleus est assise derrière le comptoir en bois. Elle me sourit et exhibe un appareil dentaire.

— Bonjour, lance-t-elle. Comment puis-je vous aider ?

— Je cherche Tommy. Je suis une amie.

— Thomas, dit-elle en me corrigeant.

Je fais un signe de tête rapide et poli. Contrairement à Danny, Tommy a choisi d'utiliser la version adulte de son nom.

— Désolée. C'est ça. Nous nous connaissons depuis longtemps, dis-je.

Elle l'appelle à l'interphone et Tommy apparaît. Il sent le chien mouillé et il me regarde avec des yeux inquiets dont je suis presque certaine qu'ils reflètent les miens.

— Oh salut, dit-il. Je ne savais pas que vous passeriez.

— Thomas, dis-je en jetant un coup d'œil à la fille dans le but de lui faire oublier qu'il m'a vouvoyée, on peut parler quelque part ?

— Ouais, dit-il. Bien sûr. Allons là-bas.

Je le suis et nous contournons le comptoir pour pénétrer dans une petite salle d'examen. Avec un chat, je crois. En tout cas, sur le mur le plus éloigné se trouve un tableau montrant apparemment des centaines de races de chats différentes et la partie du monde dans laquelle chacune a été développée. Sur le sol, une traînée de fourrure blanche frôle le fond d'une poubelle.

C'est définitivement un chat.

Il ferme la porte.

— Vous avez trouvé quelque chose ? demande-t-il.

Je récupère la page du livre *panhellénique* à l'intérieur de mon sac à main. Mes yeux restent plantés sur les siens. Je vais traiter la page comme un tableau de photos de police. Bien qu'il y ait des noms sous chaque image sur la page, je ne dirai rien au sujet de qui est qui. Je veux que Tommy observe ces visages et se souvienne – s'il le peut – de ce qui a été enfermé, enfoui, dans sa mémoire. Je ne vais pas l'influencer en lui montrant avec excitation le visage sur la photo qui semble me regarder fixement. Qui semble se moquer de moi.

— Je sais que ça fait longtemps, dis-je en posant la page sur la table d'examen métallique, lui donnant une porte de sortie et à moi, la chance de me tromper, mais connaissez-vous quelqu'un sur cette page ?

Tommy passe le bout de son doigt sur le papier, examinant chaque photo. Il est délibéré. Pensif. Une horloge Félix le Chat sur le mur remue sa queue en forme de pendule encore et encore. Tic. Tac. Tic. Tac. Quand Tommy arrive à la photo de Danny, il hésite légèrement, puis passe à autre chose.

— Est-ce que vous connaissez l'un d'entre eux ? demandé-je, ne pouvant résister à l'envie de le guider.

Il secoue la tête.

— Pas vraiment, fait-il. Je ne connais personne. Je suppose que je me souviens avoir vu certains d'entre eux dans le coin. C'était la fraternité d'à côté.

— Lesquels ? demandé-je. Desquels vous souvenez-vous ?

J'ai besoin de ça. J'ai besoin de quelque chose.

— Ce type est venu au procès, dit-il en planant une seconde, avant de se poser sur la photo de Danny Ford et de la tapoter. Je pense qu'il était photographe pour le *Daily Evergreen*. Je ne lui ai jamais parlé. Mon avocat ne voulait pas que je parle à qui que ce soit.

Félix arrête de faire tic-tac. Du moins, je ne l'entends plus.

— Réfléchissez, Tommy, fais-je. C'est très, très important.

Tommy voit quelque chose en moi à ce moment-là. Il sait que c'est très personnel.

Ses sourcils se froncent tandis qu'il soupèse l'expression de mon visage, puis il tapote la photo de Danny.

— Vous le connaissez ?

Je me sens prise au piège. Comme Shelby quand je l'ai surprise en train de manger tous les bonbons que j'avais achetés pour le panier que je faisais pour Emma. Je suis au pied du mur. Je n'ai pas envie de mentir.

— Je pense que oui, dis-je finalement.

— De quelle façon est-il impliqué dans ce qui est arrivé à Lisa ?

La vie de cet homme a été ruinée. Et Dieu sait que je n'ai aucune loyauté envers Danny. Pourtant, j'ai du mal à prononcer les mots. Je ne réponds pas tout de suite, car je ne sais pas exactement ce que je dois lui dire.

— Nicole, insiste-t-il. Qui est ce type ?

Il a besoin de savoir.

— C'est un flic, lâché-je finalement. Un flic de Bellevue.

Les yeux de Tommy s'élargissent et il fait un petit pas en arrière.

— Toutes ces années… dit-il en tendant la main derrière lui pour s'accrocher à quelque chose.

Il ne craque pas. Mais il en est proche. Ses paumes se recourbent sur le bord du comptoir derrière lui. Il se stabilise. Il ne veut pas tomber. Son visage est soudainement pâle.

— Toutes ces années, répété-je. Que voulez-vous dire, Tommy ?

— L'un des gardiens de la prison pensait que la commission pour ma libération conditionnelle n'était pas tendre avec moi. Une fois que je suis devenu éligible à une libération sur parole, c'était censé être une simple formalité. J'avais plaidé coupable. Je n'avais pas besoin de faire une allocution. Personne n'a pensé que je mentais quand j'ai dit que je ne me souvenais de rien. Même l'accusation était d'accord. Mais chaque fois que je suis passé en commission pour être libéré, ils sont revenus vers moi avec une réponse négative. Jerry – le gardien – s'est penché sur la question. Il a dit qu'il pourrait perdre son travail s'il m'en parlait, mais que quelqu'un dans les forces de l'ordre m'en voulait. Il a maintenu la pression pour me garder à l'intérieur.

— A-t-il dit qui c'était ? demandé-je, un poil de chat désormais coincé dans ma gorge.

— Non. Il a juste dit que c'était un flic de Bellevue. Un gars qui était à l'université de Washington quand c'est arrivé et qui a dit que l'affaire l'avait décidé à devenir flic. Il a dit que j'étais un danger pour la société et que je récidiverais.

Mes oreilles bourdonnent. Danny. Danny.

— Je suis désolée, dis-je à Tommy.

Des couleurs et le calme sont revenus sur son visage.

— Ce n'est pas votre faute, affirme-t-il.

Au fond de moi, je sens que ça l'est. J'aurais dû enquêter sur Danny au lieu d'Angela. Danny était l'auteur du crime. Il a piégé Tommy et Alan pour qu'ils portent le chapeau pour quelque chose qu'il a fait.

S'il n'était pas en prison, je le tuerais.

Mon portable trouve enfin du réseau en face du magasin *Fruitland* et je gare la BMW pour passer quelques appels. D'abord à Julian, qui décroche tout de suite.

— Bon sang, fait-il, j'ai essayé de te joindre toute la journée.

— Mon téléphone était éteint. Je viens de le recharger.

Je me demande si je dois dire quelque chose. Julian semble hyper nerveux. Presque maniaque.

— Quoi de neuf ?

Ses mots sortent de sa bouche avec élan. Comme un empressement joyeux.

— L'avocat d'Angela a appelé, dit-il. Je vais avoir droit à une visite. Une visite sans supervision.

Ce n'est pas le moment d'évoquer Danny. Julian a vécu un cauchemar et je ne peux pas gâcher son bonheur.

— Bon sang, Julian, c'est génial, dis-je. Je suis vraiment heureuse pour toi.

— Je n'ai pas vu mon fils depuis des mois. Je suis en route pour aller lui acheter des trucs au magasin.

— C'est super.

— Je sais. Tu étais toujours pleine d'espoir, dit-il. Tu m'as empêché de baisser les bras. Tu le sais, n'est-ce pas ?

— C'est possible, fais-je.

Je voudrais en dire plus. Beaucoup, beaucoup plus. Au lieu de ça, je lui dis que je serai de retour à Bellevue ce soir. J'ai envie de dire *à la maison*, mais ces mots me semblent bizarres et si présomptueux.

— Tu as découvert quelque chose où tu es allée ? demande-t-il.

— Pas vraiment, éludé-je

Nous parlons encore un peu, mais en vérité, je ne fais qu'écouter. Il est si heureux. Il mérite de l'être. Je peux entendre son amour pour Samuel dans chaque syllabe qu'il prononce. Je ne peux pas imaginer le mal que lui a fait Angela. Et même si je suis maintenant sûre que Danny est impliqué dans le crime, je sais qu'elle y a joué un rôle aussi. C'est certain. De la friture grésille sur la ligne puis nous nous disons au revoir.

Ensuite, je compose le numéro d'Evan. Je tombe sur sa messagerie vocale après trois sonneries.

— C'est Nicole, lancé-je. Je suis allée à l'université de Washington. Je pense que je sais qui est derrière le meurtre de Kelsey. Ce n'était pas Alan Dawson. Evan, enchaîné-je, je suis presque certaine que Danny l'a tuée. Je suis en route pour aller chez Julian. J'y serai dans quelques heures. Je passe le col. Si tu ne me recontactes pas, tu sais où je serai. Mais je te le dis : c'était Danny.

Je raccroche et réalise que des larmes coulent sur mon visage.

J'essuie mes yeux et passe un autre coup de fil. J'appelle Stacy. Elle est la seule famille que j'ai et malgré nos différences, c'est elle qui m'aide quand j'ai l'impression que le monde est contre moi. Ma psy, Melissa, dit que je suis masochiste de tendre la main à ma sœur, mais je ne peux pas m'en empêcher. Elle est ma bouée de sauvetage.

— Stacy, commencé-je, puis je ne sais plus quoi dire ou par où commencer.

— Nicole ? Qu'est-ce qu'il y a ? Tu as bu ?

— Non, rétorqué-je. Je ne bois pas. Stacy, j'ai besoin de parler à quelqu'un.

— Quel est le problème ? demande-t-elle.

Je l'entends déglutir. Du vin, probablement.

Si l'une de nous a un problème de boisson, c'est plutôt elle.

— Tu as rejoué ?

Ma bouée de sauvetage est faite de plomb. Je le sais, mais j'y reviens toujours.

— Non, Stacy, dis-je plus fort que je ne le dois. Laisse-moi parler.

J'entends Cy se plaindre en arrière-plan.

— Ce n'est pas le bon moment, me dit-elle. Cy est en train de faire ses bagages pour un aller-retour à San Francisco.

— Stacy, j'étais à l'université de Washington. J'ai découvert qui a tué Kelsey. C'était Danny. Danny l'a tuée.

Elle ne dit rien.

— Stacy ?

Je baisse les yeux sur mon téléphone pour m'assurer que la puissance du signal ne s'est pas évaporée.

— Je suis là, fait-elle. Je suis juste sous le choc, c'est tout. Tu es sûre ?

J'enroule mon bras libre autour de mon buste. Le téléphone reste pressé contre mon oreille.

— Aussi sûre que je peux l'être. J'ai déjà appelé Cooper.

— Qu'est-ce qu'il a dit ?

— Messagerie vocale, comme d'habitude.

— Je suis choquée, dit-elle.

— Moi aussi.

— Fais attention, ajoute-t-elle.

Je suis assise là, dans une voiture que j'ai empruntée, alors qu'un cortège de camions défile sur la route. D'une manière étrange, je me sens exaltée et effrayée en même temps. C'est le même genre de sentiment que lorsque je me penchais sur le bord de ma chaise, devant mes machines à sous, et que j'écoutais le son de la pluie. Le son de la victoire. J'étais toujours persuadée qu'elle allait arriver. J'étais sûre que tout ce que j'avais toujours voulu se produirait dans ces lumières clignotantes et l'excitation qui accompagne un gros gain. Et même lorsque ça arrivait, j'avais toujours le sentiment, au fond de moi, que ce ne serait que passager.

Ou que ça ne se reproduirait peut-être jamais.

Juste au moment où je franchis le col de la montagne, mon téléphone sonne, le réseau est rétabli.

Mon compte Gmail s'est enfin synchronisé avec mon téléphone.

Une main sur le volant et un œil sur la route, je clique pour ouvrir le mail provenant de mon seul ami dans cette histoire, *Truthsayer*.

Et je comprends tout.

Le tueur n'a pas agi seul.

44

Je remonte la pente raide qui mène au sommet de la colline de Somerset. L'horizon de Seattle scintille comme la robe de soirée d'une femme mondaine. Je fais une pause après avoir ouvert la porte du garage et m'être garée sous cette boule pendante. Bien que j'aie à peine mangé de toute la journée, je me sens nauséeuse. Je sors du garage et je vomis derrière un rosier Tropicana. L'odeur de la bile et le parfum enivrant des roses me font cracher le reste de ce que j'ai mangé : des chips provenant d'une supérette de North Bend, je crois. J'ai mal aux côtes. J'asperge mon visage avec l'eau provenant du robinet d'arrosage et me rince la bouche.

Danny est coupable.

Il l'a déjà fait auparavant. Il a eu de l'aide.

Évidemment.

J'attrape mon reflet sur le métal étincelant d'une pelle de jardin qui n'a jamais vu de terre de son existence. Angela n'a jamais rien fait pousser de sa vie. J'ai une sale tête. Mes yeux en sont la preuve. Ils reflètent la peur et la déception. Je pensais que découvrir la vérité me sauverait.

Et sauverait Julian.

Réparerait ma vie brisée.

Ça n'arrivera jamais.

Les injonctions pour contrecarrer la libération conditionnelle de Tommy venaient de la police de Bellevue. Ça aurait pu être directement Danny, bien sûr. Mais si Danny avait un complice, son pote Evan pourrait correspondre au profil. Je me souviens de la rapidité avec laquelle Evan a sorti Danny du département de police, l'a placé en détention préventive, puis a orchestré l'accord sur l'accusation d'obstruction à l'enquête. C'était tellement, tellement rapide. À l'époque, je pensais que c'était parce que le commissariat de Bellevue ne pouvait pas survivre à un autre scandale. Ils en avaient essuyé un énorme l'année précédente, quand un des sergents avait pillé un fonds mis en place par la communauté pour deux officiers tués en service.

Et Julian. Je n'ai jamais pu trouver le moyen de croire qu'il ait pu être derrière la disparition de sa fille. L'homme que j'ai connu était brisé à cause de sa perte. Que j'aie même pensé qu'il ait pu être lié à ce qui est arrivé à Kelsey me rend malade.

— Nicole ?

C'est Julian. Je me retourne et lui fais face. Il me regarde avec des yeux qui, pendant un instant, semblent ne rien reconnaître. C'est comme si l'expression que mon visage arbore avait fait de moi une étrangère.

— Julian, fais-je en m'approchant de lui. Je crois que je sais ce qui est arrivé à Kelsey.

Il me regarde avec ces yeux tristes et magnifiques. Il est vêtu d'un pantalon de survêtement et d'un t-shirt, mais pour une raison inexplicable, il ne fait pas négligé. La sueur s'accumule sur ses tempes et des écouteurs pendent à son cou. Il a fait de l'exercice.

Il enroule ses bras autour de moi et me serre. Fort. C'est comme s'il essayait d'empêcher mon cœur de battre hors de ma poitrine. Je le repousse un peu. Je ne me sens pas propre et je ne me sens pas bien dans son étreinte à ce moment-là. Je suis déconcertée. Incertaine.

— Rentrons, dis-je. J'ai besoin d'une douche. On parlera après.

Il appuie doucement sa main sur mes épaules et nous entrons. Je passe devant la cuisine et un tas de courses manifestement destinées à son fils sur le comptoir. Je dépose mon sac dans la chambre de Samuel, mais je doute que je doive y dormir. Samuel va rentrer à la maison et son père n'a pas à expliquer qui je suis et pourquoi je suis là. Je ne suis pas sûre de l'endroit où je vais dormir ce soir. Peut-être sur le canapé. Peut-être chez Stacy.

45

L'eau de la douche coule sur moi. C'est presque brûlant. Un million de stalactites chaudes s'abattent sur moi depuis la pomme de douche surdimensionnée. Au lieu de m'écarter pour me soulager, je reste là et j'encaisse. J'ai l'impression d'avoir mérité cette sensation de brûlure. Qu'elle va effacer toute la honte et la confusion que j'éprouve à l'égard de Danny. Et Julian. Et Evan. J'ai toujours mal jugé les hommes. Ma sœur a raison. J'ouvre la bouche et laisse le jet chaud rincer mes dents. Je me languis de ma brosse à dents et d'une bouteille de *Scope* pour faire des bains de bouche.

Je crois maintenant que c'est Evan et Danny qui sont impliqués dans la mort de Kelsey. Mais je ne sais pas pourquoi. Evan a fait pression pour obtenir un accord avec le bureau du procureur lorsque Danny a été accusé de compromettre les preuves dans l'affaire Dawson. Il n'arrêtait pas de me dire que si Danny avait fait une erreur, ça ne voulait pas dire qu'il ne pouvait pas se racheter. Qu'après avoir purgé sa peine, il espérait que je ferais partie des amis qui l'aideraient à reprendre sa vie en main. C'était avant que je sois virée comme une malpropre, évidemment.

Lorsque je sors et pose un pied sur le tapis de bain blanc, ma peau est rouge et douloureuse. Je prends une serviette sur le support près de la porte et je fais face au miroir embué. Je veux voir cette inconnue en face de moi. Je veux voir cette femme qu'on trompe si facilement. Je frotte ma paume sur le miroir pour essuyer la condensation et la porte de l'armoire à pharmacie s'ouvre.

À l'intérieur, le diaphragme contraceptif d'Angela m'accueille.

Je ressens une secousse, un aiguillon à bétail. Un taser. Il n'était pas là quand j'ai cherché de l'aspirine une nuit où je ne pouvais pas dormir.

Je fais ensuite quelque chose de si embarrassant que je n'oserais le dire à personne. J'ouvre l'étui et je touche la surface en latex.

Elle est humide.

Angela est passée par là. Julian et Angela ont fait l'amour. Je suis la plus grosse idiote du monde.

Je me demande si elle est toujours dans la maison ou si elle s'est juste sauvée furtivement pendant que je me douchais. Et si Julian a vraiment fait de l'exercice. Je reprends mon équilibre en m'agrippant au magnifique comptoir en marbre. Mon Dieu. Aidez-moi. Je les imagine tous les deux emmêlés dans ces draps coûteux en coton égyptien et garnis de dentelle irlandaise. Même si je sais qu'elle ne pourra jamais l'aimer – elle est incapable d'aimer qui que ce soit – peut-être que dans son esprit dérangé, il pense encore qu'il a une chance de réparer sa famille. Idiote. Idiote.

Julian a ouvert une bouteille de vin rouge et en a versé deux verres. Il s'assied sur le canapé qui fait face à la vue, mais ses yeux restent fixés sur moi. Mes cheveux sont humides et j'ai enfilé un jean et un t-shirt. Je ne me soucie plus de mon apparence.

— Avant de me dire ce que tu as trouvé, dit-il en indiquant le vin, je dois moi-même te dire quelque chose.

Il semble mal à l'aise. Mais je ne lui offre aucun mot de réconfort. Je ne dirai rien pour qu'il se sente mieux. Je pourrais même ne pas lui révéler ce que je sais sur Danny. Pourquoi le ferais-je ? Julian m'a trahie. Même si cette pensée me vient, je veux la refouler. Nous n'étions pas en couple. Mon Dieu. Il a agi comme s'il tenait à moi. Il m'a sauvée d'un refuge pour sans-abris. Nous avons fait l'amour deux fois, bien qu'en ce moment même, je change tout en une simple baise. Rien de tout ce que nous avons traversé n'est la base d'une relation. Angela était peut-être avec Michael Bennett, mais ça ne voulait pas dire que Julian était vraiment avec moi.

Ou pourrait jamais l'être.

— Angela est venue aujourd'hui, me dit-il. Je pensais que c'était au sujet de la visite de Samuel demain, mais ce n'était pas le cas. Ce n'était pas ça du tout.

Le vin dans nos verres ressemble à du sang. Je bois le mien d'un trait et j'écoute. Je bouillonne toujours à l'intérieur et je ne parviens pas à le cacher. Je me demande s'il le voit ou s'il me dit ça de sa propre volonté et pas parce qu'il a été pris la main dans le sac. Je me demande s'il voit mon cœur battre à travers le t-shirt.

— Elle m'a parlé de l'argent de l'assurance, dit-il en gardant ses yeux dans les miens. Il semble nerveux, mais déterminé à cracher le morceau.

Et bien que je tienne à Samuel et Kelsey de tout mon cœur, je veux qu'il arrive rapidement à la partie de l'histoire qui explique comment le diaphragme d'Angela est devenu humide.

Il continue alors que mon esprit s'emballe.

— Elle a dit qu'elle avait falsifié ma signature parce que je voyageais beaucoup et qu'elle était inquiète pour nos finances. Elle a souscrit des contrats d'assurance sur nous tous. Honnêtement, je ne savais rien de tout ça.

Ce n'est pas le flash info que j'attendais.

— C'était beaucoup d'argent, lâché-je.

Il a l'air surpris.

— Tu étais au courant ?

— Oui. J'ai rencontré l'assureur.

— C'est vrai ?

Une drôle de lueur passe sur son visage. Je ne veux pas que ce soit le cas, mais il semble soudain très, très mal à l'aise.

Je tente de me contenir. Je suis tellement en colère. Tellement accablée. Tellement trahie.

— Oui, il pense avoir vendu la police d'assurance à toi et Angela, mais il est complètement myope et je ne sais pas qui était présent avec certitude. Je veux dire, je sais que ça ne pouvait pas être toi.

— Michael Bennett, dit-il. Ce salaud est mêlé jusqu'au cou dans les combines sordides d'Angela.

— C'est ce que je pensais. Il a dit une chose qui m'a vraiment fait réfléchir. Il a dit qu'Angela était blonde.

Encore ce scintillement dans son regard. Ou alors c'est moi qui l'imagine.

— Elle change souvent de couleur de cheveux, dit-il. J'avais l'habitude de partir au bureau et de ne pas savoir si je rentrerais chez moi pour retrouver une rousse ou une brune.

Il essaie de me faire rire, mais ça ne marche pas.

— Elle n'a pas changé de couleur de cheveux en un an, déclaré-je.

Julian hausse les épaules.

— Angela a d'autres choses en tête. Comme le fait d'avoir manigancé le meurtre de notre fille…

Je ne le dis pas, mais à l'intérieur de moi, je me dis : « Accouche et dis-moi que tu viens de la baiser. »

Il boit à petites gorgées et réfléchit. Il se prépare à m'en parler. Je pense à un talk-show télévisé que mon père regardait avant que les synapses de son cerveau ne se mettent en grève et refusent de fonctionner. L'animateur tenait une enveloppe en papier kraft et s'apprêtait à sortir des documents révélant qu'un sportif stupide était sur le point d'être proclamé père d'un bébé.

Julian pousse un soupir.

— Malgré tout ce qu'elle a fait – et je n'en sais vraiment pas plus que ce que je t'ai dit – j'ai toujours des sentiments pour Angela. C'est tordu. Je le sais. Car je ne veux plus être avec elle.

Les mots sont des bombes, lancées sur moi par un homme que

je voulais aimer. Ou peut-être que j'aimais.

Il boit un peu plus de son vin, puis pose son verre sur la table basse. Je pourrais pleurer. À bien des égards, il est tout ce que j'ai toujours voulu. Ma sœur et moi avions l'habitude de dormir dehors sur la terrasse et de parler de nos vies et des hommes que nous espérions rencontrer. Ce n'était que des mots, bien sûr. Stacy voulait un mari riche et séduisant. Elle ne pensait qu'aux choses qu'elle obtiendrait grâce à lui. Elle avait une mission, même à douze ans. J'étais d'accord avec elle lorsque nous nous asseyions dehors et regardions les étoiles au-dessus d'Hoquiam et tracions notre chemin de retour vers Seattle. Je dirais que j'acquiesçais à toutes les qualités qu'elle me présentait lorsque nous regardions les étoiles illuminer le ciel. Mais en réalité, je voulais juste trouver quelqu'un qui s'adapte à ma vie. Julian aurait pu être cet homme. Quelque chose de terrible nous a réunis, mais ça n'avait pas d'importance. Il y avait quelque chose de plus profond à l'œuvre. Stacy a été plus maligne. Elle est allée chercher les choses qu'elle désirait. Je suis allée à la recherche de quelque chose de plus insaisissable. Quelque chose qui, je le sais maintenant, a à nouveau disparu.

— Écoute, fait-il, tu ne le croiras peut-être pas, Nicole, mais je suis en train de tomber amoureux de toi.

Mon vin m'éclabousse lorsque je pose mon verre. Comme une enfant, je presse mes mains contre mes oreilles.

— Arrête ça, lui ordonné-je. Arrête ça !

Il se penche vers moi, me touche.

— C'est la vérité. C'est ce que je ressens.

— Elle était ici aujourd'hui, craché-je. Angela était ici.

Je me demande s'il sait que je suis au courant de tout.

— C'est vrai, dit-il en reculant. Juste pour mettre les choses au clair.

Les murs se referment autour de nous.

— Ne me mens pas, Julian. Je ne le mérite pas et tu vaux mieux que ça.

— C'est la seule raison, insiste-t-il.

Je tremble, mais je lâche quand même ma propre bombe.

— Alors pourquoi tu l'as baisée ?

Son visage a la couleur du cabernet. Il me suit jusqu'à la cuisine où je fixe la fenêtre. Un voile de brouillard recouvre maintenant l'horizon de Seattle. Les montagnes Olympiques ont disparu. Le lac au premier plan a perdu son éclat. Ce qui était si époustouflant n'est plus qu'un mirage. Il pose ses mains sur mes épaules, mais je le repousse.

— C'était une erreur, Nicole. Une ultime erreur. Elle a dit qu'elle m'aimait encore et que lorsque nous aurons l'argent, nous pourrons partir d'ici. Elle était désespérée.

— Est-ce que tu veux être avec elle ? Après tout ce qu'elle a fait ?

— Non, dit-il, la voix pleine de ce que j'espère être de véritables remords. Mais je voulais récupérer mon fils. Je pensais que si je jouais le jeu, elle me laisserait avoir Samuel. Qu'elle arrêterait de se comporter comme une garce et qu'elle penserait à lui. Tu peux comprendre ?

Je n'ai pas d'enfants. Je n'en aurai probablement jamais. Au fond de moi, je sais qu'une partie de moi se sent mère. C'est ce que j'ai ressenti envers ma sœur quand notre mère est partie pour la première fois. Je n'ai jamais pu comprendre comment elle pouvait nous abandonner pour assouvir ses propres besoins. J'avais l'habitude de rêver qu'elle reviendrait pour nous et que papa lui pardonnerait. De ce qui aurait pu nous rassembler en tant que famille à nouveau. Peu importe la trahison.

— Tu as couché avec elle, Julian.

Il est pris au dépourvu, mais il ne détourne pas le regard.

— C'était stupide, j'étais faible et ça ne se reproduira plus jamais. Jamais.

— Tu as raison, lâché-je. Ça ne se reproduira pas.

Je remarque que ses yeux semblent maintenant briller d'émotion.

— Tu n'as jamais fait aucune erreur, Nicole ?

Ce n'était pas un coup bas. Je ne déteste pas assez Julian en ce moment pour penser que tout ce qu'il me lance est une flèche empoisonnée. Il sait très bien que ma vie est en ruine. Il sait que chaque partie de ce que j'étais avant de m'asseoir devant ces machines à sous au casino a été réduite à néant.

Je me dirige vers la porte. Il me suit, mais je peux être rapide quand j'en ai besoin.

— Où vas-tu, Nicole ?

La question est appropriée. Mais je n'ai pas de réponse. Je n'ai nulle part où aller. De mon sac, j'extirpe le reste de l'argent qu'il m'a donné et le laisse tomber sur le carrelage devant la porte d'entrée. Je tremble. Choquée. En colère. Mais plus que tout, j'ai le cœur brisé. Être une sans-abri était finalement mieux que d'être trahie. Qui plus est par quelqu'un avec qui il n'existait qu'un lien de connexion si mince et si fragile ; c'était le summum de la bêtise.

— Tu peux prendre la voiture, crie-t-il.

— Garde la putain de voiture de ta femme, Julian !

Il fait sombre alors que je descends la colline de Somerset. Je passe devant des fenêtres éclairées qui diffusent des images de scènes de vies que j'aurais crues heureuses. Un couple dîne. Des enfants regardent la télé. Un homme souffle de la fumée par une fenêtre ouverte. Une femme arrose un bac à fleurs. Chaque personne dans ces belles maisons vit sur une corde raide et aucune ne le sait. Un jour, l'impensable leur rendra une petite visite. C'est comme ça, c'est tout. Quelques voitures me dépassent et j'envisage de faire de l'auto-stop. À chaque pas qui m'éloigne de la maison de Julian, je me sens un peu plus forte. Je tends le pouce et un adolescent dans une Mustang orange s'arrête. La vitre du conducteur se baisse.

— Vous allez où ? demande un garçon avec des lunettes de *geek*.

J'ouvre la porte côté passager. L'intérieur empeste l'herbe et les basses de sa stéréo sont tellement amplifiées que j'ai l'impression de m'être glissée dans un pot de peinture dans un magasin de bricolage. Malgré tout, je lui suis reconnaissante de m'avoir prise en stop.

— N'importe où sauf ici, déclaré-je.

Il roule des yeux et acquiesce d'un air entendu.

— Vous prêchez un converti !

46

Quand vous n'avez nulle part où aller, vous allez au dernier endroit sur terre où vous voulez être. Alors que je pourrais retourner au refuge pour me punir une fois de plus, j'amadoue plutôt Josh, le jeune de la Mustang, pour qu'il me dépose chez ma sœur. C'est beaucoup lui demander, mais il dit qu'il croit savoir qu'il y a une fête dans le coin et que ça ne le dérange pas de faire un arrêt supplémentaire.

— De toute façon, personne de cool ne sera là-bas maintenant, me dit-il.

Nous parlons à peine sur le trajet. La musique est comme une forteresse autour de moi et elle me donne le temps de réfléchir. Je n'ai aucune idée de ce que je vais raconter à Stacy ou si je dois lui dire quoi que ce soit. Je l'imagine en train d'agiter le doigt et de me démolir, puis de me prétendre que j'ai mal interprété ce qu'elle a dit ou voulu dire, alors qu'en réalité elle n'a fait que m'enfoncer jusqu'à ce que je ne puisse plus voir la lumière du jour et que je sois complètement sous terre.

En sortant de la Mustang, je remarque la nouvelle lumière d'ambiance que Stacy m'a dit qu'elle et Cy faisaient installer. Elle a lu un article au sujet de la maison de Jennifer Lopez dans le *Los Angeles Magazine* lorsqu'ils y étaient en vacances l'année dernière.

Elle n'a pas arrêté de jacasser sur l'importance de l'éclairage paysager.

À l'époque, j'étais sur le point de perdre ma maison et je voulais faire une remarque sur l'importance de l'éclairage intérieur, mais je ne l'ai pas fait. La banque Sonntag, comme elle l'avait nommée une fois, était fermée. Je n'ai demandé de l'argent qu'une seule fois ; un regret qui plane quelque part dans mon top dix personnel.

Top cinq.

— Nicole, dit Stacy en ouvrant la porte, que fais-tu ici ?

— Je peux entrer ?

Elle me regarde puis jette un œil dans l'allée. Son haleine empeste le chardonnay. Elle en est au verre numéro quatre, je crois.

— Comment diable es-tu arrivée jusqu'ici ?

— Longue histoire, éludé-je. Je peux entrer ou pas ?

Elle ouvre la porte en pivotant.

— Cy est en voyage d'affaires. Oui, bien sûr. Sois discrète par contre. Emma s'est endormie.

Je ferme la porte derrière moi et je suis Stacy dans la cuisine, où je vois une bouteille ouverte.

— Tu as une sale tête, balance-t-elle.

— Je vais prendre la même chose que toi, dis-je en ignorant sa remarque. À moins que tu aies quelque chose de plus fort.

— Scotch. Vodka. Peu importe. Je n'ai aucune idée de ce que Cy a dans son armoire à alcool. Je ne bois pas les trucs forts.

Je sais que ma sœur est alcoolique. Je ne l'ai jamais confrontée à ce sujet. Elle a commencé à boire beaucoup il y a un an. D'une certaine manière, je pense qu'elle s'est mise en tête que le vin n'était pas vraiment un problème. Et pourtant, j'ai vu les bouteilles vides dans le bac de recyclage et je sais qu'elle doit en remarquer le nombre croissant lorsqu'elle dépose bouteille vide après bouteille vide dans la poubelle.

— Scotch, dis-je en m'en servant un double. Sans glace.

Stacy regarde mon verre.

— Tu as dû avoir une sacrée journée.

C'est peu dire.

Nous restons assises en silence pendant quelques minutes. La vibration du lave-vaisselle en marche m'apaise en quelque sorte. Bien que Stacy doive savoir que quelque chose d'affreux m'a amenée ici, elle insiste pour me mettre au courant de tout ce qu'elle a fait. Un nouveau papier peint provenant d'un endroit exclusif de New York, Emma a fait quelque chose d'étonnamment « mature » et Cy est en lice pour une promotion importante chez Microsoft.

— Chef de la cybersécurité ou quelque chose comme ça, dit-elle.

— Je suis heureuse pour lui. Pour vous deux, dis-je.

Ce n'est pas un mensonge. Je le suis vraiment. Je l'aime assez pour espérer que quoi qu'elle désire pour elle et sa famille, elle l'obtienne. Je sais qu'elle est encore en train de découvrir des choses, que derrière le lustre de sa vie se cache un malheur dont elle essaie encore de se débarrasser. Comme un serpent se débarrasse de sa peau fragile.

Je finis le scotch et en verse un autre. Je veux parler de Danny, de Julian, de Tommy et du meurtre de deux petites filles. Au lieu de ça, je verse l'alcool dans ma gorge.

— Ralentis, sœurette, fait-elle.

Je hoche la tête.

— Je peux rester ici ?

— Qu'est-ce qui se passe avec Julian ? demande-t-elle.

— Je peux rester, Stacy ?

— Bien sûr. Dans la chambre d'Emma. Elle va encore dormir dans mon lit ce soir.

— Elle fait ça souvent, remarqué-je.

Stacy regarde fixement dans son verre vide.

— Oui.

Elle me surprend en posant son verre dans l'évier et en rebouchant la bouteille.

— Nous avons eu quelques problèmes.

— Quel genre de problèmes ?

— Des trucs de famille, dit-elle en me regardant attentivement.

Rien que nous ne puissions gérer par nous-mêmes. Et au sujet de Julian ? Que s'est-il passé ?

Je pourrais me tuer en ce moment. Une larme roule sur ma joue. Et ma sœur égocentrique s'approche de moi. Elle m'enlace. Je sens son souffle chaud contre mon cou.

— Je suis désolée, Nic, dit-elle.

Elle ne dit pas « je te l'avais dit », ou que je suis une parfaite idiote, ou quoi que ce soit d'autre. Au lieu de ça, elle me serre juste dans ses bras pendant une minute. Qu'elle aille au diable. Chaque fois que je pense que notre relation amour/haine est bloquée sur la haine, elle me coupe l'herbe sous le pied. Elle me donne le genre de soutien dont j'ai le plus besoin. Après le départ de maman, après que le cerveau de papa a plongé dans l'obscurité, après que Danny m'a trahie, Stacy était tout ce que j'avais. Et ce n'est pas peu dire.

— Il recouché avec sa femme, lâché-je.

— Maman Target ?

— Oui, elle.

— C'est un putain d'idiot, dit-elle. Un vrai *loser*.

J'acquiesce, même si je ne le ressens pas vraiment comme ça.

— Tu es mieux sans lui, Nicole, ajoute-t-elle.

Je ne veux pas m'effondrer, mais l'alcool a pris un peu le dessus et je ne peux pas m'en empêcher.

— Je sais que c'est stupide, avoué-je, mais je crois que je l'aime. Il est gentil, intelligent, décent.

— Il l'a baisée, dit-elle. Pas gentil, pas intelligent, pas décent.

Elle a raison.

— Tu étais en train de rebondir. Ta vie entière était foutue. Tu as rompu avec Danny, perdu ton travail, tout perdu ! Tu cherchais un moyen de t'en sortir et il est entré dans ta vie.

Elle a raison.

— Même si je m'en veux, ajouté-je, et je m'en veux beaucoup, je suis heureuse d'avoir appris à connaître Julian. Je suis contente d'avoir continué l'enquête. Je dois te remercier pour ça, Stacy.

— Moi ? demande-t-elle de cette façon désemparée qu'elle a toujours quand elle essaie de se défiler.

Je lui fais quand même un sourire d'appréciateur.

— Tu lui as dit où j'étais. Il m'a retrouvée près du refuge. Si ça n'était pas arrivé, j'aurais pu me perdre à jamais.

Stacy tripote le diamant à son doigt.

— Je ne connais personne de plus intelligent que toi, Nicole. Je le pense vraiment. Je sais que tu peux découvrir ce qui est arrivé à Kelsey Chase. Tu peux rétablir les choses.

Je veux lui en dire plus sur ce que j'ai découvert à l'université de Washington, mais je me retiens. Je suis ivre. Je suis fatiguée. Elle ressent probablement la même chose, mais elle a l'habitude de boire à l'excès. Nous en reparlerons demain matin. Elle me conduit dans la chambre d'Emma. Elsa, Anna et Sven sourient de tous les côtés.

— Qu'est-ce qui se passe avec Emma ? demandé-je. Pourquoi a-t-elle peur la nuit ?

— Elle a peur, c'est tout, répond Stacy en disparaissant pour aller me chercher une chemise de nuit.

Elle revient et se penche au-dessus de moi. Je suis ivre et j'ai mal au ventre, mais je sens que Stacy veut parler.

J'enfile la chemise de nuit et grimpe dans le lit.

— Je suis désolée, Nic, dit-elle.

Mes paupières s'alourdissent.

— À quel sujet ?

— J'ai toujours voulu que tu croies que maman te rejetait, toi, et moi pas. Que j'étais sa préférée. La jolie. Celle qui était amusante. Celle qu'elle pensait être la plus semblable à elle. Mais ce n'est pas comme ça que les choses se sont passées. Pas du tout.

Elle s'interrompt et, même dans le brouillard de ma somnolence, je vois ses larmes. Cette fois, elles semblent presque réelles. Peut-être le sont-elles ? Je veux qu'elles le soient. J'ai besoin qu'elles le soient.

— De quoi parles-tu ? Comment les choses se sont passées ? demandé-je. Comment c'était avec maman ?

Elle s'assied et me regarde droit dans les yeux.

— Ce n'était pas seulement toi et papa qu'elle a fuis. C'était nous tous. Elle n'aimait aucun de nous, Nicole.

Je ne la crois pas.

— Elle t'a toujours dit que tu étais comme elle, dis-je en essayant de la contredire. Intelligente. Jolie.

Stacy égrène lentement ses mots.

— C'est exact. C'est ce que je voulais que tu croies. Ce n'est pas la vérité. Je l'ai appelée une fois et je l'ai suppliée de me laisser venir vivre avec elle. Je lui ai dit que je pourrais être son assistante ou un truc dans le genre. Que si elle devenait une grande star de la télé ou du cinéma, peut-être que je pourrais être comme elle.

Je retiens mon souffle et les mots de Stacy s'écrasent dans le silence de la chambre d'Emma. Chaque syllabe est suspendue dans l'air alors que ma jeune sœur se ressaisit et creuse profondément en elle pour me dire quelque chose qu'elle a gardé enfoui en elle. Une arme secrète, je pense.

— Ce qu'elle m'a dit, Nicole… murmure-t-elle. Elle marque une pause, puis continue. Elle m'a dit que je n'avais pas *le* truc. Que j'étais plus comme papa ; une figurante. Comme vous. Une personne dont le seul rôle était de la faire briller elle. Une choriste. Elle disait que si je faisais de la figuration, je serais juste assez bonne pour être placée au fond, au cas où ils auraient besoin de resserrer le plan.

Je ne pouvais pas compter toutes les fois où je m'étais allongée dans mon lit en pensant à ce que ça avait dû être pour Stacy d'être idolâtrée par la femme qui nous avait rejetés, mon père et moi. Mais elle a été rejetée aussi. Sa blessure a peut-être été plus profonde. Tout le monde pensait le contraire et on lui répétait sans cesse qu'elle avait de la chance, qu'elle n'était pas ordinaire ou moyenne comme sa pauvre sœur. Personne ne pouvait nier qu'elle était destinée à quelque chose de grand.

Pendant tout ce temps, elle a vécu en sachant que notre mère ne l'aimait pas non plus. Ça l'a éloignée de moi et de notre père. Elle était prise dans la toile d'araignée de notre mère, incapable de se libérer.

Même si elle a laissé ce mensonge s'envenimer toute notre vie, je ne pouvais m'empêcher d'avoir de la peine pour ma sœur.

Quand je ne suis pas en train de la détester, je sais que je l'aime plus que tout.

Danny et Kelsey me rendent visite pendant mon sommeil. Les flashs se succèdent. Je me tiens au bout d'un long couloir sombre. J'essaie de parler, mais aucun mot ne sort de ma bouche. J'essaie de bouger, mais mes bras et mes jambes sont figés. Flash après flash. Le souffle du vent s'abat sur moi. Il souffle si fort que je peux à peine garder les yeux ouverts. Un autre flash. Kelsey se met à rire, comme si elle était chatouillée. J'ouvre les yeux du mieux que je peux. Elle ne rit pas. Encore des flashs. Je regarde droit dans l'objectif d'une caméra et j'essaie de crier.

Puis tout s'arrête.

47

La belle maison des Sonntag est silencieuse. Électrisée par mon rêve et à des kilomètres du sommeil, j'écoute le ronflement doux de Stacy en passant devant sa chambre. Lorsque nous étions enfants, je la taquinais à propos du son presque ronronnant qu'elle faisait lorsqu'elle dormait dans le lit en face du mien. Je mentais quand je lui disais qu'elle faisait le bruit d'un bûcheron. Je ne sais pas pourquoi j'ai fait ça, sauf qu'à l'époque, c'était le seul défaut que je pouvais lui trouver. J'en avais tellement. Comme autant de cibles qu'elle pouvait viser quand elle le voulait. Elle n'en avait aucune. Je n'étais pas du tout jalouse. J'étais reconnaissante du fait qu'elle ait au moins quelque chose d'un tout petit peu ennuyeux.

Mes tempes battent la chamade. Je prends un verre d'eau et je me promène dans la maison, la lueur de l'éclairage extérieur projetant une lumière douce à travers les voilages. Ma vie a été bouleversée par le meurtre de Kelsey. Je ne le savais pas à ce moment-là, bien sûr. Je ne pouvais pas savoir que l'homme dont je pensais qu'il tenait à moi avait participé au crime. Je fouille les armoires de la cuisine dans l'espoir de dénicher de l'aspirine, mais je n'en trouve pas. Je passe devant le bureau de Cy en me rendant à la salle de bains. Les lumières de son routeur WiFi scintillent comme celles des machines à sous. Enfin, de l'aspirine. J'en prends deux avec mon eau et reste ici, dans l'obscurité presque totale du couloir éclairé par le seul scintillement des diodes de l'appareil électronique. Je n'arrive pas à dormir. J'ai mal à la tête. Mon cœur est brisé. J'entends le ronronnement de ma sœur et je me retrouve assise devant l'ordinateur de Cy. Je me demande si ses collègues chez Microsoft savent qu'il utilise un Mac. L'ironie m'arrache un léger sourire, mais il ne dure pas longtemps.

Le blog *Eastside Crime Watch* s'ouvre lorsque je bouge la souris. La seule chose que j'entends pendant que je lis est mon cœur qui bat.

Puis je me rends compte que les ronflements ont cessé. Je me retourne et Stacy se tient derrière moi.

— Nicole, dit-elle, il faut qu'on parle.

Je ne l'ai jamais vue comme ça. La frivolité de son comportement habituel vient d'être éclipsée par une mine si sérieuse et si étrange que je peux à peine la reconnaître.

— Je ne comprends pas, fais-je en lui jetant un regard avant de retourner au long fil de discussion à propos d'Angela Chase, Maman Target.

Elle s'affaisse sur le sol.

— Je ne comprenais pas non plus. Pas au début en tout cas.

Je touche l'écran.

— Qu'est-ce que tu fais sur ce site ? demandé-je.

— Au départ, je cherchais une raison de ne pas y croire, répond-elle en parlant à voix basse. Ça a changé. Tout a changé.

— Pour ne pas croire quoi ?

— Cy.

— Je suis confuse. Quel rapport avec Cy ?

— Que Cy ait été mêlé à quelque chose comme ça.

Je pivote vers ma sœur. Elle me regarde avec ses yeux à elle. Ses yeux très jolis. Les yeux de notre mère. Il y a quelque chose dans ce regard maintenant. Je n'arrive pas à le distinguer. De la détermination, peut-être ? Je ne peux pas en être sûre. Mon cœur continue de battre. Mon esprit n'est plus focalisé sur le marteau-piqueur qui me fait mal au crâne. Pourtant, j'aimerais que ce soit le cas.

— Cy, je répète.

— Je suis *Truthsayer*, Nicole, déclare-t-elle.

J'oublie de respirer pendant une seconde, puis je halète. Je me lève et me dirige vers elle. Nous sommes toutes les deux assises sur le sol. Elle me regarde droit dans les yeux, sans sourciller. Plus forte, certainement, que je ne l'aie jamais vue.

— Toi, Stacy ?

Elle hoche la tête.

— Ne me hais pas.

— Je ne comprends rien à tout ça. Si je n'avais pas mal à la tête en ce moment, je dirais que c'est un mauvais rêve.

— Pas un rêve, ajoute Stacy. Un cauchemar.

— Explique-moi.

Elle se lève et prend ma main.

— Je vais te montrer.

Le garage des Sonntag est une de ces maisonnettes individuelles. Je n'ai jamais mis un pied à l'intérieur. Stacy actionne la lumière pour révéler un espace aussi agréable que la maison : une chambre d'amis qui ne m'a jamais été offerte, pas même dans mes heures les plus sombres. Je ne dis rien à ce sujet. Je suis sûre qu'il y a beaucoup d'autres choses que je ne sais pas sur ma sœur.

Elle me tend un jeté doré qui traînait sur le canapé marron et je l'enroule autour de mes épaules tandis que j'examine la pièce.

Au-dessus de la cheminée à gaz se trouve un tableau représentant un cougar. Près de l'écran plat, il y en a une sculpture.

Sans autre explication de Stacy, je reste abasourdie.

— Il appelle ça son repaire, dit-elle en prenant à peine en compte ma réaction. C'est comme si l'université de Washington avait été régurgitée ici.

Je comprends la référence. Cy n'a jamais été aussi fan de l'équipe des Cougars que Danny, mais lorsque l'heure de l'Apple Cup sonnait – le match de football annuel entre les Huskies et les Cougars – tous deux étaient pleinement investis dans l'équipe des Cougars.

Cy et Danny étaient dans la même fraternité, mais n'en ont jamais fait tout un plat. Alors que je me tiens ici maintenant, je me demande combien de fois on en a fait mention. Peut-être une ou deux fois. S'ils ont même déjà évoqué le nom, je ne m'en souviens pas.

Si je participais à un jeu télévisé et que j'avais une chance de gagner un million de dollars, je serais bien en peine de répondre si on me posait la question.

Stacy se dirige vers le bar.

— Je ne veux pas boire, dis-je. Je veux que tu me dises ce qui se passe.

— Quand j'ai fait refaire les armoires de la cuisine, nous avons fait appel au même gars qui a fait cette pièce pour Cy, explique-t-elle. Cy était parti en Thaïlande faire Dieu sait quoi et Ernesto m'a demandé si je voulais quelque chose comme dans Harry Potter.

— Harry Potter ?

— Exact. Harry Potter. J'ai eu exactement la même réaction que toi. Même réponse.

Elle montre le mur du doigt. Il est lambrissé par des lames de cerisier.

— Il me dit qu'il pourrait me faire un endroit secret. Quelque chose comme ce qu'il avait fait pour monsieur Sonntag.

Je regarde le mur que ma sœur indique.

— De quoi parlait-il ?

— J'ai fait semblant de le savoir. Je lui ai dit que oui, peut-être quelque chose de petit. Une armoire dans laquelle je pourrais ranger quelques objets de valeur. Tu sais, nos meilleurs verres à pied ou quelque chose comme ça. J'ai énuméré une liste d'objets, mais pendant tout ce temps, je pensais à ce que Cy avait fait construire. Je savais où, mais pas quoi.

Stacy se tourne vers moi. Elle n'est pas contrariée. Elle reste calme.

— Il m'a fallu une semaine pour le découvrir, dit-elle en faisant courir le bout de ses doigts sur la surface du bois comme une vendeuse de télé shopping. Tu veux essayer de l'ouvrir ?

Je frôle son épaule pour mieux voir, mais le bois, si riche et si satiné, semble sans faille. Je ne vois pas de loquet, de poignée ou quoi que ce soit qui puisse réellement s'ouvrir. Je cherche une tache qui indiquerait des traces de toucher. Je pense à mon vieux kit d'empreintes digitales de l'académie. Cela révèlerait probablement les endroits à tester.

— Je ne vois rien, dis-je en passant mes mains sur le mur.

— C'est parce que tu ne regardes qu'au niveau des yeux. J'ai fait cette erreur moi aussi. Et tu sais, Nic, je ne suis pas un génie de la mécanique. J'ai trouvé le moyen d'entrer quand je me suis assise ici et que j'ai bu un verre de vin. Je ne sais pas pourquoi j'ai autant essayé. Je devais juste savoir ce que Cy me cachait. Je n'avais aucun soupçon sur lui avant qu'Ernesto ne mentionne la pièce secrète. Mais ensuite, je ne sais pas, j'ai pensé qu'il avait peut-être une cachette d'argent ou d'or. Je ne m'attendais pas à ce que j'ai trouvé.

Stacy s'arrête et indique le sol. C'est du noyer. La lame la plus proche du mur a un gros nœud. C'est presque comme un œil. Elle se penche et appuie dessus.

Une porte s'ouvre.

À l'intérieur, il y a des rayonnages contenant probablement vingt serveurs qui ronronnent tranquillement. Toutes leurs lumières clignotent. Sur une table se trouve une pile de journaux, le *Seattle Times*.

Ma sœur reste en retrait et j'entre seule. L'espace est de la taille d'une chambre d'enfant. Les serveurs informatiques s'alignent le long d'un mur. Le journal sur le dessus du tas est le dernier dans lequel Kelsey Chase a fait la une. Ça fait plus d'un an et les pages ont déjà un peu jauni.

— Je ne comprends pas, avoué-je.

La pièce semble tourner sur elle-même. Ma sœur touche mon épaule.

— Ce genre d'horreur ne peut jamais être comprise, me dit-elle.

Je vois quelques photos sur le bureau.

— Un conseil, Nicole, dit Stacy en me tirant en arrière. Ne fais pas la même erreur que moi. Ne regarde pas ces photos.

C'est trop tard.

Une fille. Un garçon. Un homme adulte. En tant qu'officier de police, j'ai vu des choses qui doivent rivaliser avec les pires atrocités que les soldats rencontrent en temps de guerre. Une femme de Cherry Crest poignardée à tellement de reprises que son visage a dû être reconstitué à la morgue. Un accident de voiture sur la 405 qui a laissé deux enfants carbonisés, leurs visages figés dans les cris d'agonie d'avoir été brûlés vifs. Mais ma sœur a raison. Ça, c'est pire encore.

— Qu'est-ce qui se passe ici ? demandé-je, à peine capable de respirer.

Je balaie la pièce du regard. Un grand congélateur m'attire. Je l'ouvre, mais il est vide. Je pense à ce que Christine m'a dit au sujet du corps de Kelsey ; elle était sûre qu'il ne pouvait pas avoir été congelé à Rattlesnake Ridge.

« Il n'y a pas eu de neige depuis deux semaines », a-t-elle dit.

Je referme le congélateur.

Ce n'était pas Danny et Evan qui étaient complices, mais Danny et Cy.

— Le mieux que je puisse dire est que mon mari fait du trafic de pornographie infantile, dit Stacy. Enfin, non. Ce n'est pas une supposition. Pas vraiment. Je ne suis pas flic comme toi, mais je suis certaine de ce que j'ai vu.

Les souvenirs des voyages de Cy en Extrême-Orient m'apparaissent comme des flashs. Les conventions en Europe. Je pense à son expertise en matière de cybersécurité. Les prédateurs apprennent ce qu'ils doivent faire pour survivre. Ils vont là où ils peuvent trouver des victimes. Ils deviennent des enseignants. Des prêtres. Ceux qui font ça à grande échelle apprennent comment éviter de se faire prendre.

Je pense immédiatement à ma nièce.

— Emma ? demandé-je.

Stacy secoue la tête.

— J'ai dit à Cy qu'elle faisait de mauvais rêves et qu'elle devait dormir avec nous. La première nuit, j'ai versé de l'eau chaude sur le matelas et j'ai dit qu'elle avait mouillé le lit. Je l'ai fait trois nuits de suite. Il était dégoûté et a déménagé dans la chambre d'amis. Je ne peux plus prendre le risque de la faire dormir dans son propre lit. Je ne veux pas qu'il s'approche d'elle.

— Il ne sait pas que tu sais ?

— Non, dit-elle en secouant la tête. Pourquoi lui en aurais-je parlé ?

Je le sens dans mes os. L'objectif final de Stacy est quelque chose de sombre. Très sombre.

— Il ne pourrait pas nier les faits, dis-je. Tu as des preuves.

— Exact. Des preuves. J'ai ça. Mais je perdrais aussi tout ce dont j'ai toujours rêvé. Tu as tout perdu, Nicole ; qu'est-ce que ça t'a fait ? Imagine avoir une fille et devoir tout recommencer.

Notre père en a eu deux.

Je veux m'asseoir, mais je reste là.

— Tu ne perdrais pas tout, Stacy. Il irait en prison.

— L'argent, dit-elle. L'argent qui a payé tout ça est mêlé à ces activités. Je ne savais pas. J'étais stupide. Je pensais que tout le monde chez Microsoft touchait quelques millions par an.

Elle marque une pause et je la laisse se recueillir. Je ne dis rien, surtout parce que je n'arrive pas à trouver les bons mots.

— Et pour être honnête, poursuit-elle, je suppose que je pourrais vivre sans tout ça. Ce que je ne pourrais pas supporter, c'est qu'Emma grandisse en sachant que son père est un monstre et que sa mère l'a laissé s'en tirer pendant longtemps.

Je parle enfin.

— Combien de temps ?

— Trop longtemps, répond-elle, autorisant une minuscule

fissure apparaître sur sa façade impeccable. Kelsey. Elle a tout changé. Je pense qu'elle était ici.

Je craque.

— Ici ? Tu n'as rien dit ?!

— Je n'y ai pensé que plus tard. Quand j'ai lu le rapport d'autopsie en ligne. Celui qui disait ce que Kelsey avait mangé avant de mourir.

Le rapport disait des croquettes de pommes de terre et un cheeseburger. Angela a déclaré que le dernier repas qu'elle a donné à sa fille était de la pizza.

— Emma ne mangeait pas de cheeseburgers à ce moment-là. Elle se nourrissait uniquement de poulet. J'ai trouvé l'emballage dans la poubelle. Cy m'a menti. Je savais que c'était un mensonge. Au début, je pensais juste qu'il me faisait des cachoteries. Monsieur « Je mange sainement ». Monsieur « Il n'y a que les apparences qui comptent ».

Le mari de ses rêves.

Un des appareils électroniques vrombit, puis un autre.

— Il échange des fichiers, explique-t-elle, ses yeux passant des miens aux diodes clignotantes.

— C'était une petite fille, presque de l'âge de la tienne. Et tu penses qu'elle était ici ? Tu as laissé une chose pareille se produire, Stacy ?

— Pas sur le moment, dit-elle d'un ton implorant. Plus tard. Nicole, j'ai peut-être beaucoup de défauts, mais si tu me connais un tant soit peu, tu sais que jamais, au grand jamais, je ne tournerais le dos à un enfant. Jamais. Dis-moi que tu me crois. Dis-le-moi !

Je ne sais vraiment pas quoi dire. Je vois bien qu'elle est sur la corde raide et malgré toutes nos différences, je veux qu'elle sache qu'elle et moi représentons toujours quelque chose. Des sœurs. Une famille. Peu importe. Notre lien est parfois ténu, mais il est aussi indéniable.

— Dis-moi, Stacy. Quand as-tu su que Kelsey était ici ?

Ma sœur me prend par les épaules. Me berce. Elle a vraiment besoin que je la croie. Mais je repense au congélateur et à ma réaction face à lui. Je ne sais pas pourquoi, mais il m'a interpellé à la seconde où je l'ai vu. J'ai ressenti une connexion avec Kelsey. Je l'ai sentie. C'est réellement ce qui s'est passé.

— Mon Dieu, Nicole, dit-elle. Après. Longtemps après. Je n'ai rien su de tout ça au moment où ça aurait pu faire une différence. La rénovation de la cuisine avec Ernesto, c'était après. L'enquête partait en lambeaux, tout comme toi. Je ne pensais pas que tu pouvais supporter ça en plus, sinon j'aurais parlé plus tôt. La fille était morte. Alan Dawson était mort. Je ne savais pas quoi faire, mais je savais que je devais faire quelque chose. Un jour ou l'autre. Je ne savais simplement pas quand.

— Tu as vécu avec un mari meurtrier et pervers pendant des mois, Stacy. Dis-moi juste quand tu pensais que ce serait le bon moment pour l'arrêter.

Le silence dévore la pièce, à l'exception des ventilateurs des serveurs.

— Quand tu as parlé du drap dans lequel elle a été retrouvée.

Je ne dis pas un mot. Elle doit tout dire.

— Toi et Cy en parliez et moi, je préparais le dîner ou je faisais quelque chose avec Emma, et j'ai trouvé ça bizarre quand il a dit qu'il n'avait jamais entendu parler de cette marque de draps. *Boll & Branch*, c'est ça ?

— Exact, dis-je. C'est ça.

— J'ai cru avoir mal entendu ; ce n'était vraiment pas normal.

— Qu'est-ce que tu essaies de me dire, Stacy ?

— C'est la seule marque qu'il me laisse acheter. Il n'aime rien d'autre.

Les lumières clignotent à nouveau et je me demande quel enfant quelque part dans le monde est violé.

— C'était un drap-housse ou une housse de couette ? demande-t-elle. Celui dans lequel on a trouvé Kelsey.

Ça n'a jamais été révélé dans les journaux. Je ne l'ai jamais dit. Danny aurait pu. Danny aurait pu faire n'importe quoi pour se sauver.

— Il en manque un ? demandé-je.

Elle acquiesce.

— Oui. Un drap de l'assortiment.

— Lequel, Stacy ?

— Le drap-housse.

Personne d'autre que Danny, Evan, Christine et moi ne connaissait cette information. Kelsey Chase était enveloppée dans un drap-housse.

Je la regarde avec insistance.

— On doit appeler la police, dis-je.

Ces mots me semblent étranges. C'était moi la police, avant.

— Ça ne servirait pas à grand-chose. Les gens comme Cy ont des ressources.

Un réseau. De l'argent. Des avocats. Ça va s'éterniser.

Je sais où ça va nous mener.

— S'il ne quitte pas le pays, reprend-elle, il pourrait faire de la prison pour pédopornographie. Mais il ne fera jamais de prison pour le meurtre de Lisa ou de Kelsey. Un bon avocat le fera sortir. Tu le sais, Nicole.

Je le sais.

Je comprends ce qu'elle suggère. Mais je ne sais pas comment le faire.

— On peut faire en sorte que ça ait l'air d'un accident, lâche-t-elle.

Je reste là à regarder ma sœur. Elle est sérieuse. Dans un sens, je suis d'accord avec ce qu'elle pense. J'ai essayé d'aimer Cy parce que ma sœur l'aimait. J'ai vraiment, vraiment essayé. Mais je n'ai jamais pu nier qu'il était pompeux et arrogant. Et c'était avant que je sache que c'était un tueur et un pédophile.

— À quoi tu penses ? demandé-je.

Elle jette un dernier coup d'œil au dispositif de son mari et me fait sortir.

— Emma doit aller jouer avec Sidney. On passera tout en revue quand elle sera partie. Retourne te coucher, Nicole. Quand tu te réveilleras, tu pourras te dire que ce n'était qu'un mauvais rêve… ou tu pourras m'aider.

Les mots restent coincés dans ma gorge. Je ne dis rien.

La lumière s'infiltre par les fentes du volet alors que je suis allongée dans le lit de ma nièce. J'ai entendu les portes du garage s'ouvrir et se fermer il y a quelques instants. Stacy et Emma sont parties. Je suis seule dans la maison et je sais que ce qui s'est passé la nuit dernière n'était pas un rêve.

Je fais défiler mes SMS. Je lis le même message encore et encore.

« Tu te trompes au sujet d'Angela et moi. Tu me connais, Nic. Tu m'as accompagné à chaque étape du chemin. Depuis le jour où je t'ai trouvée au refuge, je savais que tu étais l'opposé d'Angela. Tu es réelle. Je t'aime vraiment. Samuel vient aujourd'hui. Je veux que tu sois là. »

Je ne réponds pas. Mon cœur me dit que deux personnes brisées comme Julian et moi ne peuvent pas se réconcilier. On ne le pourra jamais. Pas même dans un million d'années. À ce moment-là, je veux plus que tout monter dans une voiture et me rendre au casino. Mes doigts se languissent de toucher le bouton rouge clignotant. C'est comme si j'étais un de ces amputés qui peuvent sentir un membre fantôme. Je me sens bien et mal à la fois.

C'est alors que la voiture de Stacy se gare.

Stacy.

Elle est mêlée à tout ça d'une manière que je n'aurais jamais pu imaginer. Stacy a dit à Julian où me trouver. Elle a publié ces messages sur le blog, m'aiguillant vers ce qu'elle voulait que je découvre. Elle savait que ma motivation pour découvrir ce qui est arrivé à Kelsey me mènerait à Cy... et à ce qu'elle veut qu'il soit fait. Ma sœur a toujours été une manipulatrice, mais elle est aussi plus intelligente que je ne l'aurais jamais cru.

Stacy aurait pu intervenir et arrêter ma descente aux enfers à tout moment, mais elle ne l'a pas fait. Elle voulait que je tombe aussi bas que possible. Comme l'un de ces enfants retenus captifs par un monstre pendant des années, mais qui étrangement ne s'enfuient pas quand on les laisse libres un après-midi dans un centre commercial. Me démolir, pour me reconstruire. Me libérer enfin pour me faire faire ce qu'elle désire.

Tuer Cy.

Elle frappe à ma porte et entre.

— Tu es réveillée ?

— Oui, dis-je. J'essaie juste de reprendre mes esprits.

Elle s'est mise sur son trente-et-un. Les mamans de son quartier ont des standards.

— Ça fait beaucoup à encaisser, dit-elle en posant une tasse de café sur la table de nuit. J'ai raison à propos de ce qui doit être fait. Tu le sais.

Je ne le sais pas. Au lieu de ça, je m'assieds et je bois le café. Il est presque de couleur beige et contient une horrible crème à la vanille française, mais je l'avale quand même.

— Prends une douche, dit-elle en m'étudiant comme un rat de laboratoire. J'ai mis quelques vêtements dans la salle de bain pour toi.

Je hoche la tête.

— Je te ferais part de mon idée à ce moment-là.

— D'accord, fais-je.

Mais je reste là où je suis ; elle aussi.

— Comment as-tu su pour Tommy Roberts ? l'interrogé-je.

Elle s'assied sur le bord du lit.

— Je suis au courant depuis des années, dit-elle. Je suis entrée dans la pièce, surprenant Danny et Cy qui parlaient de quelque chose qui s'était passé quand ils étaient à Kappa Sigma. Je les ai entendus mentionner le nom de Tommy. Un frère de fraternité, je me suis dit. Ce qui était étrange, car ils n'ont jamais, jamais mentionné qu'ils étaient dans cette fraternité ensemble. Du moins, Cy ne l'a jamais fait.

— Danny non plus, précisé-je.

— C'est vrai, dit Stacy. Et ça m'a toujours paru bizarre. La plupart des mecs de la fraternité – du moins ceux avec qui je suis sortie – rejouaient leurs exploits en boucle, c'en était ennuyeux.

— Et ils ont simplement mentionné le nom de Tommy ?

— Non, dit-elle. C'était plus que ça.

Ma sœur fait ce truc qu'elle fait toujours. Elle se retient, comme si elle tenait une friandise pour chien et voulait que je la supplie. Enfant, Stacy jouait avec la nourriture. Désormais adulte, elle joue avec les informations. Elle les laisse échapper. Elle les garde pour elle. C'est quand elle veut.

J'attends.

Elle prend une inspiration, puis fixe ses yeux sur les miens.

— J'ai entendu Danny dire qu'ils l'avaient échappé belle, qu'ils avaient eu de la chance de s'en être tirés en toute impunité.

Je peux entendre mon pouls battre dans mes oreilles. Finalement, je dis :

— C'est assez vague.

— Son ton était tout ce qu'il y a de plus sérieux, pas comme s'il parlait d'avoir jeté des œufs sur la maison du doyen ou quelque chose dans le genre.

— Et tu es sûre que ce n'était pas ça finalement ? demandé-je en posant ma tasse.

Stacy secoue la tête.

— Non. Lorsqu'on a organisé la fête pour les quarante ans de Cy, j'ai pensé lui faire la surprise et inviter des anciens amis. Je me suis souvenue qu'ils avaient mentionné le nom de Tommy. Quand j'ai fait des recherches en ligne sur lui, j'ai trouvé les rapports sur le meurtre de sa petite sœur. J'ai trouvé étrange que Cy n'en ait pas parlé du tout. Le meurtre d'une petite fille est une grosse affaire.

— Tu étais au courant, alors ? l'interrogé-je.

Elle secoue à nouveau la tête.

— Non, je ne savais pas. Après la fête, je lui ai dit que je voulais que ses anciens amis soient présents ; les gens de Microsoft sont très fermés. Je lui ai dit que j'avais essayé de retrouver Tommy. Je n'ai rien dit de plus que ça. Que j'avais juste essayé. J'étais curieuse. Avoir un copain en prison pour meurtre n'est pas quelque chose dont on ne parle pas à sa femme, n'est-ce pas ?

Effectivement.

— Qu'est-ce qu'il a répondu à ça ?

Elle continue de me fixer, de cette façon bien à elle. Elle ne flanche jamais. Elle n'a jamais perdu un seul de nos combats de regard.

— Que Tommy était mort dans un accident de voiture sur l'autoroute entre Pullman et Moscow. Conduite en état d'ivresse. Ce que je savais être un mensonge complet. Je ne l'ai pas poussé à me donner des précisions. Je ne sais pas pourquoi. Je pense qu'une partie de moi savait qu'il y avait quelque chose de terrible derrière ce genre de mensonge. Je ne voulais presque pas savoir.

— Mais ça a changé.

Ma sœur acquiesce, puis se lève et disparaît. Quelques secondes plus tard, elle revient en tenant une pile de taies d'oreiller et un drap. Je sais tout de suite de quoi il s'agit.

— Oui, dit-elle. Ça a changé. Quand j'ai trouvé ça sous un carton destiné à l'Armée du Salut et que je savais que ce n'était pas moi qui les avais mis là, j'ai su que quelque chose clochait.

Stacy commence à craquer un peu. Elle est coriace. Mais pas aussi dure qu'elle veut l'être.

— Au début, je voulais croire qu'il avait fait venir une femme, qu'il l'avait baisée dans notre lit et qu'ils avaient peut-être taché les draps. Je lui ai même posé des questions à ce sujet.

Elle s'affaisse encore un peu et je pose ma main sur la sienne. Elle tient les draps comme une mère berce un bébé. Elle est stable, elle ne tremble pas. Mais elle ne s'éloigne pas comme elle le fait la plupart du temps lorsque j'essaie de la réconforter.

Ses yeux scrutent les draps.

— Il m'a dit qu'Emma avait encore fait pipi au lit et qu'il s'était débarrassé des draps.

— Mais elle ne fait pas pipi au lit, me rappelé-je.

Stacy laisse ma main sur la sienne.

— Non, dit-elle finalement en levant le regard vers moi. Puisque c'était mon idée. C'est comme ça que je l'ai éloignée de lui.

Je comprends. J'en sais tellement plus sur le monde de Stacy désormais. Je sais que son chardonnay est une évasion calculée. Elle ne boit pas pour oublier. Elle boit pour que son mari ne la dérange pas. Elle boit afin qu'elle puisse trouver un moyen de garder tout ce qu'elle possède.

Tout, sauf lui.

Je retire ma main de la sienne, la serre dans mes bras puis me dirige vers la salle de bains.

— Cy rentre à la maison ce soir, dit-elle.

Je sais ce que ça signifie.

La vie parfaite de ma sœur a été pire que le désastre que j'ai fait de la mienne.

48

Il est presque midi lorsque je sors de la chambre d'Emma. Stacy est assise à table, à l'endroit où j'ai entaillé la surface la dernière nuit où elle m'a laissée dormir ici avant le refuge *Chez Angeline*. Je me demande si elle sait que j'ai fait ça. Je soupçonne qu'elle le sait. Ma sœur est bien plus que ce que j'ai toujours pensé qu'elle était. Elle s'est changée et a enfilé une blouse blanche en coton avec des boutons en perles et un jean foncé. Autour de son cou pend le collier de notre mère. Je me demande pourquoi elle le porte, maintenant que je sais qu'elle le déteste autant que moi. Ses cheveux sont parfaits et son maquillage conviendrait parfaitement pour un déjeuner chic avec des épouses de millionnaires de l'Eastside.

Stacy a toujours aimé être à son avantage. Les occasions spéciales ont toujours compté pour elle.

— Tu pourrais faire ça sans moi, dis-je.

Elle hoche la tête.

– Évidemment. Tu serais surprise de ce dont je suis capable, Nic.

Plus maintenant.

— Ta logique est tordue, Stacy, fais-je en prenant place en face d'elle. Tu vas te faire prendre.

— Je ne pense pas, rétorque-t-elle. J'ai pensé à tout.

Nous sommes assises en silence. C'est une partie d'échecs, je suppose. C'est à elle de jouer.

— Ça aura l'air d'un accident, reprend-elle.

Ses yeux me supplient de demander les détails, alors je le fais.

— Quel genre d'accident ?

— Une explosion.

— Une bombe ne ressemble jamais à un accident, fais-je. Tu connais Unabomber, Timothy McVeigh et ces frères de Boston qui ont fait exploser des cocottes-minute ? Tous morts ou en prison.

Elle fait glisser un journal vers moi.

— J'ai dit une explosion, pas une bombe, Nicole.

Elle tapote du bout du doigt un article au bas de la première page. C'est au sujet d'une maison à Ellensburg qui a été presque rasée par un bidon de propane qui fuyait. Deux personnes sont mortes.

Je m'écarte de la table.

— Trop dangereux, fais-je. Ça pourrait tuer vos voisins.

Ses yeux sont rivés aux miens.

— Les Johnson font une croisière d'un mois, dit-elle. C'est un lot qu'ils ont gagné. Elle fait une pause pour laisser couler le silence. Ils étaient si excités, ajoute-t-elle en souriant. Les gens qui ont beaucoup d'argent aiment les choses gratuites encore plus que les pauvres.

Je n'ai pas besoin de demander. Je sais que Stacy était derrière leur victoire surprise.

— C'est pour les Yang que ça a été le plus difficile, me raconte-t-elle en parlant des voisins de l'autre côté de la maison des Sonntag. Il s'est avéré que la maison était infestée de termites. Cindy Yang ne supporte pas les insectes. Ils ont déménagé dans un appartement le temps de la fumigation et de la rénovation.

— Termites, répété-je.

De nouveau, un sourire.

— Tu savais qu'on peut en commander sur Internet ?

Ça ne me surprend pas. Tout ce que me dit ma sœur, si, en revanche.

— Quel est ton plan ? demandé-je.

— J'ai placé trois bidons dans son repaire secret. Sa pièce de taré à la Harry Potter. Il a un barbecue qu'il sort quand il reçoit ses amis… des pervers aussi, j'imagine. Quand il ouvrira le panneau secret, la moitié de la petite dépendance explosera en plein jour, emportant cet enfoiré et son trésor d'immondices en enfer, là où il doit être.

Je veux poser un million de questions, mais je garde la plupart d'entre elles pour moi. Je repense à ce qu'elle dit et au risque réel. L'incendie sera probablement considéré comme criminel et des enquêteurs examineront le site comme s'il s'agissait d'une scène de crime.

— Ça ne marchera pas, dis-je finalement. Fais-moi confiance, je sais ce qu'ils vont chercher.

Son regard reste d'acier.

— Je savais que tu dirais quelque chose comme ça, Nicole. Et oui, je prends un risque ici. Mais je pense que le risque est minime. Tu m'as dit que tant qu'il n'y a pas de discorde conjugale, tant qu'il n'y a pas de problèmes financiers, pas de tierce personne mêlée au mariage, la majeure partie de ce qui semble être des accidents pourrait être des homicides.

— Je parlais de noyade ou de chute dans les escaliers, précisé-je. Pas d'une bombe.

— Ce n'est pas une bombe, rétorque-t-elle.

Ses yeux me transpercent. Son visage est d'acier.

— Une explosion accidentelle comme celle-ci, fait-elle en indiquant l'article de journal du regard. Je ne sais pas si c'était un meurtre. J'ai lu sur Internet que le fils des victimes a acheté une maison à Maui.

— Trop dangereux.

— J'ai besoin qu'il disparaisse. J'ai besoin que chaque trace du mal qu'il a collecté soit effacée. J'ai besoin de repartir à zéro.

— C'est trop risqué, Stacy. Tu pourrais te faire prendre.

— On, intervient-elle. On ne se fera pas prendre.

Je secoue la tête. Il n'y a pas de « on », pas dans cette affaire. Alors pourquoi je n'arrive pas à le lui dire ?

— Pense à Emma, lâche-t-elle.

Encore une fois, je reste muette et encore une fois, elle insiste. Elle appuie sur tous les boutons de ma machine à sous personnelle, en espérant toucher le jackpot.

Ses yeux pénètrent les miens.

— Tu sais ce qu'il a fait à Lisa Roberts, n'est-ce pas ?

Je secoue la tête et hausse les épaules pour dire que non, je ne suis pas sûre. Stacy ne se laisse pas faire. Elle est déterminée à m'embobiner.

— Tu es au courant, Nicole. Je le sais. Quand tu m'as appelée et dit que Danny était coupable, je savais que tu l'aurais tué si tu avais été dans la même pièce que lui. Mais il ne s'agissait pas seulement de Danny. Je sais que Cy était impliqué aussi.

— Tu ne peux pas en être sûre, dis-je.

— Oh, j'en suis sûre. De la même façon que je sais qu'il a tué Kelsey. Il a passé un accord avec Angela Chase pour acheter cette petite fille et Danny l'a aidé. Voilà à quel point ils sont malades. Et il y en a eu d'autres. Tu le sais, Nicole. Les gens comme mon mari ne peuvent pas s'empêcher de faire ce qui est inscrit dans leur ADN.

— Comment sais-tu qu'Angela a passé un accord avec Cy ?

— Aussi intelligent que soit mon mari en matière de cybersécurité, c'est aussi un imbécile négligent. Quand j'ai pensé qu'il avait peut-être couché avec une femme ici et jeté les draps, j'ai fouillé son ordinateur. Il lui a envoyé des e-mails. J'ai lu les messages.

Cy est stupide. Un connard pompeux. Un pervers. Un tueur. La liste s'allonge.

— T'es avec moi ou pas ? demande Stacy.

Je reste là, muette.

— Pense à Emma, reprend ma sœur, sa voix déraillant désormais.

Ses yeux brillent. C'est la petite sœur que je connais. C'est la fille qui pouvait me transformer en guimauve avec un flot de larmes, puis l'interrompre quand j'avais le dos tourné. À la manière d'un interrupteur. Allumé, éteint. Je sais qu'elle pense vraiment à sa fille en ce moment ; elle a raison. Je dois penser à Emma. Quelqu'un doit le faire.

— OK, abdiqué-je. Je vais t'aider.

Elle laisse une larme éclabousser la table et la sèche rapidement en la frottant.

— Je savais que je pouvais compter sur toi, dit-elle.

Elle savait qu'elle pouvait se *servir* de moi. Bizarrement, je m'en fiche. Je sais que Tommy est allé en prison pour quelque chose qu'il n'a pas fait. Qu'Angela a déclenché la mort de sa fille en la livrant à un homme ou en la vendant. Je sais que Danny et Cy étaient derrière la mort et le coup monté d'Alan Dawson. Je sais que le meurtre de Kelsey Chase ne sera jamais vengé.

— À quelle heure rentre-t-il à la maison ? demandé-je.

— Son avion atterrit à quatre heures, dit Stacy.

Son humeur est plus légère maintenant. Comme si nous allions déjeuner ensemble. Ma sœur reprend :

— Je lui ai dit qu'Emma et moi allions à un récital et à un dîner. Que nous rentrerions tard. Je voulais qu'il ait le temps d'aller voir ce qui alimente son obsession dégueulasse.

Mon téléphone vibre. Je baisse les yeux sur un texto de Julian.

« Samuel est ici. Jusqu'à présent, ça se passe plutôt bien. J'aurais aimé que tu sois là. Le seul truc bizarre, c'est qu'il a flippé quand il a vu le sweat-shirt de l'université de Washington que tu as laissé. Il a dit que le cougar était le monstre. Il doit préférer l'équipe des Huskies LOL. Appelle-moi. Je t'aime, J. »

Évidemment.

Depuis le début, le cougar était le monstre.

49

Je suis à l'extérieur de la pièce secrète de mon beau-frère. Stacy se tient de l'autre côté de la porte sans joint. Elle me montre comment elle va tourner les boutons de chacun des bidons en acier blanc qu'elle s'est procurés, juste un peu. Les fuites doivent être lentes. Silencieusement, le propane s'accumulera sur le sol sous les rayonnages de serveurs informatiques. Le gaz inflammable enveloppera tout ce qui se trouve dans cet espace, tenant en otage tous les fichiers digitaux abjects que Cy collecte et vend, tel un serpent prêt à frapper.

Stacy croise les bras et m'observe. Elle est sûre qu'elle peut compter sur moi. Quand elle découchait, je dormais dans son lit avec les couvertures sur ma tête, sachant que maman ne passerait voir que sa fille préférée. J'ai écrit ses dissertations pour qu'elle entre à l'université. J'ai dit que c'était moi qui étais au volant la fois où elle a heurté un arbre en prenant un virage trop vite.

Il y a beaucoup de choses sur elle que je ne connaissais pas jusqu'à hier soir. Je me demande encore si je peux vraiment lui faire confiance. Je sais qu'elle est égoïste, même si elle présente tout ça comme un acte d'amour pour sa fille et un châtiment pour venger celles dont le mari a ruiné la vie.

— Tu n'as pas contracté une énorme assurance sur sa vie, n'est-ce pas, Stacy ?

— Je ne suis pas aussi stupide, répond-elle.

— Bien, dis-je, en espérant qu'elle ne ment pas.

— Je veux dire, il a bien une assurance-vie de 2,5 millions de dollars avec son boulot. Mais c'est la norme. Sa véritable fortune, c'est ce qu'il a gagné avec tout ça. Il a un compte offshore. J'ai ce dont j'ai besoin pour obtenir cet argent.

Je ne demande pas combien.

— Est-ce que Danny a eu une part de tout ça ?

Elle secoue la tête.

— Non. Cy le contrôlait. Danny a fait toutes sortes de conneries juste pour traîner avec son pote, en espérant quelques miettes, je suppose. Quand il a découvert que j'avais une sœur, Cy était furieux qu'il ait essayé de te séduire. Il m'a dit qu'il n'aimait pas que ses amis se mêlent à la famille.

Je me demande si Danny m'a accostée uniquement pour se rapprocher de Cy.

— Où est ton détonateur ? demandé-je.

Stacy brandit une paire d'allumettes.

— Allumettes sans grattoir, murmure-t-elle. J'ai fait le test dix fois et ça a fonctionné chaque fois.

Mais qui est cette femme ?

— De quelle façon ? demandé-je.

Elle se penche et place les allumettes juste sous le rebord de la porte secrète et les fixe avec un morceau de ruban adhésif qu'elle a pris dans le bureau.

— Quand il poussera la porte, les allumettes s'enflammeront, explique-t-elle.

— Et c'en sera fini de lui, dis-je. C'est donc ton plan.

Nous restons là un instant, puis elle ferme la porte d'un geste sec. J'attrape la main de ma sœur et elle serre la mienne doucement.

— Tu ne peux pas faire ça, tu sais, déclaré-je.

Elle me regarde fixement.

— Si, je peux.

— Je sais ce dont tu es capable, Stacy. Mais ce n'est pas ça. Tu ne peux pas faire ça. Et honnêtement, je ne peux pas vivre avec ça.

— Quoi ? Tu vas me dénoncer comme tu l'as fait avec papa quand j'ai avorté ?

— Pas à papa, fais-je. À la police.

Elle lâche ma main.

— Tu es un tel modèle de vertu, lâche-t-elle. Tu te soucies plus de faire ce qui est moral que de faire ce qui est nécessaire.

— Tu ne peux pas tuer Cy.

— Je ne perdrai pas tout. Et je ne permettrai pas à Emma de grandir avec un monstre pour père. Je ne veux pas de ça.

— La justice fera ce qu'il faut pour Emma.

Ma sœur rit, mais ce n'est pas le genre de rire qui invite l'auditeur à se joindre à elle. C'est le genre de rire qui donne froid dans le dos.

— Oh vraiment ? fait-elle. Tu es sûre de ça ? Comme elle l'a fait pour Lisa ? Qu'en est-il d'Angela ? Tu ne veux pas qu'elle paie pour ce qu'elle a fait ? C'est une mère, pour l'amour de Dieu.

— On peut leur remettre les preuves. Cooper écoutera. Ça marchera.

— Tu es une putain d'idiote, Nicole. Ça ne marchera pas.

— Je ne t'aiderai pas.

— Quand j'aurai besoin de toi, tu seras là

— Non.

Son visage s'affaisse.

— Peut-être qu'Emma serait mieux sans moi et Cy. Peut-être que toi aussi.

Ce genre d'apitoiement n'est pas du tout le genre de ma sœur. J'ignore sa menace peu subtile.

— Promets-moi que tu ne feras rien, dis-je. Que tu me laisseras trouver le meilleur moyen de faire payer Cy, Danny et Angela.

Son expression se ravive un peu.

— Comment ?

— Donne-moi du temps pour réfléchir.

Nous retournons dans la maison. Emma doit revenir de chez Sidney avant le dîner. Ma sœur allume le four, met un plat de lasagnes surgelé sur la grille et va chercher une bouteille de vin. Je me laisse tomber dans le canapé en me demandant qui de nous deux a raison. Elle me tend un verre en cristal de Baccarat et nous buvons.

— J'ai besoin de toi, dit-elle, une traînée de larmes scintillant sur sa peau impeccable. Toi et Emma. J'ai besoin de vous deux.

— On en a déjà parlé, fais-je.

— Tu as toujours été là pour moi. Même quand j'étais une garce avec toi.

J'ai envie de dire « ce qui est tout le temps le cas », mais je ne le fais pas.

— C'est toi et moi, dit-elle. C'est là où nous en sommes désormais.

— Tu ne vas pas rendre les choses pires qu'elles ne le sont ?

— Non, répond-elle. Je te le promets. Je ferai ce qu'il faut.

— Tu vas l'affronter ?

— Oui. Toi et Emma, allez au récital. Je reste ici. Je lui dirai de foutre le camp de nos vies. Je lui dirai qu'on sait tout.

— Tu ne devrais pas te retrouver seule avec lui.

Elle sèche ses larmes.

— Il est faible. Je peux faire face à Cy.

50

Alors que l'orchestre de l'école joue, les petites filles sur la scène pirouettent et sautent dans de délicats tutus roses et des chaussures de pointe. Je peux presque ressentir les innombrables heures de répétition dans chaque mouvement qu'elles font. Peu importe leur jeunesse. La détermination, je le sais, ne connaît pas d'âge. Le plancher vibre alors qu'elles montent et descendent de scène.

Le théâtre est plongé dans l'obscurité, mais nous sommes toutes les deux assises assez près de la scène pour que les lumières éclairent Emma, les yeux écarquillés et captivés. Je vois le regard d'émerveillement sur le petit visage de ma nièce. Elle est en train de tout absorber. Elle bouge légèrement dans son siège, comme si elle faisait partie du spectacle. Comme moi. Ou peut-être qu'elle s'imagine être le centre de l'attention, comme sa mère. On ne saura rien de tout ça tant qu'elle ne sera pas plus âgée, tant qu'elle n'aura pas assimilé son enfance et pris ses propres décisions. Je la regarde plus que je ne regarde les danseuses. Je pense à combien elle est précieuse et à quel point son monde est en train de s'écrouler en ce moment même. Elle est en sécurité dans ce siège. Insouciante. Mais tout ça est éphémère.

— J'aimerais que maman soit là, dit-elle en virevoltant alors que nous quittons le théâtre.

— Elle et papa doivent avoir une discussion, dis-je en vérifiant le journal des appels sur mon téléphone.

Rien. Pas de textos. OK. J'ai promis une glace à Emma.

— Quel est ton parfum préféré ?

— Fraise, répond-elle.

Un sourire aussi large qu'un arc-en-ciel inversé s'empare de son visage.

— La fraise était aussi mon parfum préféré quand j'étais petite, lui avoué-je.

En fait, je déteste la fraise. Je ne laissais ma mère remplir mon assiette du dessert glacé napolitain qu'elle achetait que parce que c'était le seul parfum que Stacy n'aimait pas. Je la laissais avoir le chocolat et la vanille. Toujours dans cet ordre.

Plus tard, elle m'a dit qu'elle détestait le chocolat, mais qu'elle le mangeait parce qu'elle savait que c'était mon parfum préféré.

Après nous être dirigées vers la BMW de Stacy, j'entends des mamans discuter au bout du parking.

— Vous avez vu l'explosion ? demande l'une d'elles, une rousse qui accompagne une fille dont les cheveux ont été teints de la même façon.

— Non, que s'est-il passé ? s'enquiert une autre.

La mère scrute son fil d'actualités sur Twitter.

— Ils pensent que quelqu'un était à l'intérieur d'une dépendance.

— Mon Dieu, c'est horrible.

La rousse secoue la tête et fait pivoter la porte d'une voiture pour que sa petite fille puisse grimper dans son siège auto.

— Tout simplement horrible, répète-t-elle en écho.

L'autre maman pêche ses clés dans son sac à main.

— On se retrouve à la pizzeria.

Je place Emma dans son siège. Elle n'a aucune idée de ce dont les femmes viennent de parler. Moi, si. Au lieu d'aller chercher une glace, je me retrouve à conduire vers un lieu où je sais que je ne trouverai que des problèmes.

Chez ma sœur.

Le son des sirènes s'intensifie alors que je dépasse les voitures qui bordent la rue menant chez les Sonntag. Mon cœur bat la chamade, on dirait des baskets dans un sèche-linge. Je garde un œil sur Emma, qui est assise sur son siège derrière moi, en train de pleurer. La perspective d'une glace a été supplantée par le sentiment de peur émanant de la scène qu'elle absorbe depuis l'intérieur de la voiture.

Et par ce qui se dégage de la conductrice qui ne peut cacher son propre sentiment d'effroi.

— Ça va aller, lui dis-je, bien que je sache que ce ne sera pas le cas.

— J'ai peur, dit-elle. Je veux ma maman.

Je veux sa maman aussi.

En garant le 4x4 BMW de Stacy derrière une voiture de police, j'aperçois le lieutenant Cooper. Un visage familier. Je saute du véhicule et récupère Emma à l'arrière. Elle ne pleure plus, mais gémit. C'est le son d'un animal blessé. Ça me brise le cœur et me donne de l'énergie en même temps. Je la câline en me frayant un chemin parmi les badauds et les premiers intervenants. Mon cœur est sur le point d'exploser.

Cooper s'approche. Son visage est sinistre. Ses yeux sont pleins d'une profonde inquiétude.

— La maison de ta sœur, dit-il avec un lent hochement de tête compatissant.

Je serre Emma plus fort, si fort qu'elle laisse échapper un glapissement, ce qui me ramène à l'instant présent. Je vois la fumée. J'entends le jet d'eau provenant d'un tuyau. Des cris. Des gens pointent leurs téléphones portables dans ma direction et capturent chaque détail de ce qui se passe afin de pouvoir l'échanger plus tard contre des clics. Je cherche d'autres personnes que je pourrais connaître. Lane Perry. Pas là. Julian me vient aussi à l'esprit. Non pas parce que je pense qu'il serait là, mais parce que je sais que ce qui s'est passé ici s'est produit à cause de ce que mon monstrueux beau-frère et mon ex-petit ami ont mis en branle lorsqu'ils ont enlevé Kelsey des bras trop volontaires d'Angela.

— Que s'est-il passé ? demandé-je, même si je sais exactement ce qu'il s'est passé.

Je pose la question parce que si je ne le fais pas, Cooper se demandera pourquoi. J'ai envie de pleurer, mais j'ai tellement peur en ce moment. Je suis tellement en colère. Tellement en colère contre ma sœur d'avoir fait ce qu'elle a fait.

— Explosion, répond-il. Peut-être une fuite de gaz. Ça a fait sauter le foutu toit de la dépendance.

Juste derrière Cooper, j'aperçois la voiture de Cy, une Lexus noire qu'il faisait entretenir deux fois par semaine. La force de l'explosion a produit un éclat en forme de toile d'araignée sur le pare-brise.

— Où est ma sœur ? Mon beau-frère ?

J'ai posé cette dernière question, car, encore une fois, je suis presque certaine que Stacy a mis son plan à exécution.

Comme c'était le cas lorsqu'il était mon lieutenant, mon mentor, Cooper me rappelle mon père à l'instant. Il pose sa main sur mon épaule. Je sens une larme rouler sur ma joue et je la laisse tomber sur la tête d'Emma. Je pensais avoir oublié comment pleurer. D'un air distrait, je passe ma nièce à une officière dont les bras tendus m'interpellent. Je me penche sur Emma pendant une seconde. Mon souffle est contre son oreille.

— Tout ira bien, Emma, chuchoté-je. Je te le promets.

— Je veux ma maman, répète-t-elle.

— Je sais, chérie.

Je sens la main de Cooper sur mon épaule une fois de plus. C'est une légère traction.

— Une méchante explosion, Nic, fait-il alors que ma précieuse nièce disparaît derrière un rideau d'officiers de police, puis dans une voiture de patrouille. Je ne pense pas qu'ils s'en soient sortis. Les techniciens ont trouvé des restes en dehors de la zone d'explosion.

Ils.

Je suis immobile. Je pense que mes lèvres bougent, mais rien ne sort de ma bouche.

— Les pompiers ont trouvé d'autres parties de corps dans la dépendance. On déplace les débris maintenant. On cherche ta sœur et son mari. Dieu merci, toi et la petite n'étiez pas là.

J'ai cessé de remercier Dieu pour quoi que ce soit après avoir perdu mon travail. Ma maison. Mon ancienne vie.

Toujours pas de mots qui viennent. Putain de toi, Stacy. Tu es une garce égoïste. Tu l'as fait. Tu as tout foutu en l'air. Putain de toi. Et Emma ? Tu ne pouvais pas penser à elle ?

Il me pose des questions au sujet de Cy et Stacy et je lui livre l'essentiel. Je donne son nom complet, son âge. La même chose pour Cy. Je lui dis qu'elle était mère au foyer et qu'il était cadre chez Microsoft. Je ne dis pas que c'était une meurtrière égoïste et machiavélique et que lui était un pervers pédophile et un meurtrier. Je dois penser à Emma.

Sois maudite, Stacy. Tu l'as vraiment fait. Ses mots tournent dans mon cerveau comme un tourbillon qui ne peut s'arrêter : *peut-être qu'Emma serait mieux sans nous deux.*

Je me sens avancer vers l'allée. Personne ne m'arrête. Ils pourraient être en train de me hurler dessus. Je pourrais répondre. Je ne suis pas sûre. Ça ressemble à un rêve. À la hantise du dernier essai sur une machine à sous. Je patiente alors que les images tournent derrière l'écran.

La fumée et la vapeur d'eau tourbillonnent comme un cyclone au-dessus de la maison. L'eau déversée par les tuyaux renvoie un reflet sur le trottoir, maintenant éclairé par les lumières de la porte d'entrée dont ma sœur se vantait sans cesse. Je contourne un groupe de pompiers et vois les portes ouvertes de la dépendance pour la première fois. La machine à sous s'arrête. L'air dans mes poumons s'échappe.

La voiture de Stacy n'est pas là.

Elle est vivante.

— Oh mon Dieu ! crie la foule.

C'est elle.

Je me retourne et vois ma sœur se frayer un chemin à travers la foule. Elle porte un jean et un t-shirt bleu clair. Ses cheveux virevoltent derrière elle alors qu'elle court dans ma direction.

— Oh mon Dieu ! répète-t-elle alors que ses yeux fouillent les alentours. Où est mon mari ? Où est Cy ?

Elle se jette sur moi et en une seconde, elle se retrouve dans mes bras.

— Nicole, hurle-t-elle, où est Cy ? Que s'est-il passé ?

Ma mère se trompait sur les capacités d'actrice de ma sœur.

Je trouve les seuls mots qui ont un sens pour moi.

— Stacy, dis-je en la maintenant dans mon étreinte, je suis tellement désolée.

Des larmes coulent sur son visage. Elle est dans un état lamentable. Son mascara ressemble à une éclaboussure de goudron sur son SUV blanc. Elle n'a jamais eu l'air aussi mal en point. Je me demande si elle s'est déjà sentie aussi bien de sa vie.

— Stacy, répété-je en la poussant pour pouvoir lui parler. Je pensais que tu étais morte.

De ses yeux maquillés coulent plus de larmes.

— Après ton départ, j'ai décidé de te rejoindre au récital... puis j'ai entendu parler de l'explosion et je suis revenue ici. C'était aux infos. J'avais le sentiment que quelque chose de terrible s'était produit.

Evan Cooper s'approche de nous. Stacy se mord la lèvre et se prépare.

— Nous pensons avoir trouvé votre mari, lui dit-il.

Elle s'écroule sur moi et je la soutiens. Je me demande si elle va s'évanouir.

— Oh mon Dieu non ! gémit-elle. Pas Cy. Que s'est-il passé ? Que s'est-il passé ? Pourquoi personne ne veut-il me dire ce qu'il se passe ?

Il répète ce qu'il m'a dit, ce qui correspond à leur théorie des premiers instants de l'enquête. Stacy continue de sangloter de façon incontrôlable. Elle crache quelque chose à propos des bidons de propane qui constituait pour elle un sujet d'inquiétude.

Les coupables se trahissent souvent en mettant en avant la

cause potentielle de la mort. Si je l'avais aidée, je lui aurais expliqué tout ça.

Ne jamais, jamais révéler ce que la police doit trouver par elle-même. Non seulement ça nous déplaît, mais on considérera cette déclaration comme suspecte. Vouloir se rendre utile n'est jamais utile du tout.

— Il ne les fermait jamais, dit-elle à propos des bidons de propane, les larmes coulant toujours et ses mots sortant dans un bafouillage étonnamment convaincant. Je lui ai dit et répété mille fois qu'éteindre le barbecue n'était pas la même chose que de fermer la valve.

Les yeux de Cooper rencontrent les miens. Je ne peux pas dire ce qu'il pense.

— Nous allons avoir besoin d'une déposition, dit-il.

Stacy se ressaisit et joue la carte de la mère.

— Où est Emma ?

— Elle est avec un officier, dis-je.

— On l'a emmenée au poste, ajoute Cooper.

Ma sœur enroule ses bras autour de son corps parfait. Elle a l'air petite. Perdue, même.

— J'ai besoin de ma fille, dit-elle. J'ai besoin de voir ma petite fille.

Quelques minutes plus tard, nous sommes dans la voiture. Elle pleure toujours. Ses mains sont collées sur son visage et elle tremble. Elle boucle sa ceinture de sécurité. Ma sœur est très soucieuse de sa sécurité. Elle est aussi très consciente que les gens brandissent leurs téléphones et enregistrent chacun de ses gestes.

— C'était un accident, me dit-elle alors que j'enclenche la vitesse de la BMW et commence à descendre la rue. Vraiment. Je t'ai écoutée. Tu avais raison. Tu avais raison.

Je lui lance un regard, puis je ramène mes yeux sur la route.

— Tu dois me croire, Nicole, dit-elle en posant sa main sur ma jambe pour me pousser à écouter, à accepter.

— J'aimerais pouvoir le faire, dis-je, pas pour elle, mais pour moi-même.

Je suis partie prenante dans le meurtre de son mari. Ne pas la dénoncer me rend aussi coupable qu'elle. Toutes les raisons que je lui ai données pour ne pas tuer Cy étaient inébranlables dans leur vérité. Tuer Cy ne ferait que s'assurer qu'Angela et Danny ne paient jamais pour leurs rôles dans l'enlèvement et le meurtre de Kelsey.

La voiture reste silencieuse pendant un long moment. Je suis malade et en colère. Je n'ai aucune idée de ce qu'elle ressent vraiment.

— Je suis contente qu'il soit mort, dit-elle finalement, sachant que je ne la crois pas. Je ne vais pas m'excuser pour ça, car je n'ai pas posé le piège. Je n'ai pas ouvert les boutons de ces bonbonnes.

Je ne connais pas vraiment ma sœur. Je ne l'ai probablement jamais connue.

— Tu sais ce que tu as fait, dis-je, en regardant droit devant moi.

— Je te jure que je n'ai rien fait. Je voulais le faire. J'avais prévu de le faire. Tu m'as convaincue. C'est vrai. Tu m'as fait voir que tuer Cy était une erreur. Il devait souffrir. Il devait subir l'humiliation publique qui accompagne tout ce qu'il a fait.

Elle se joue de moi.

— Maintenant, Angela et Danny peuvent être amenés à payer pour ce qu'ils ont fait. N'est-ce pas ? C'est ce que tu voulais, Nicole. On peut trouver un moyen de les dénoncer ; Danny, pour ce qu'il a fait à Alan ; Angela, pour ce qu'elle a fait à sa petite fille. Je jure que je ne voulais pas que ça explose. Je t'ai écoutée. Tu avais raison. C'était un putain d'accident.

Mon visage devient bouillant.

— Ce n'était pas un accident, Stacy. Tu l'as provoqué.

Elle ne répond pas tout de suite. Les rouages tournent. J'ai déjà vu ça tellement de fois.

— Mais je n'ai pas ouvert les réservoirs ni craqué l'allumette, dit-elle. Je n'ai rien fait. Ça a dû se passer d'une autre manière. Je le jure.

J'ignore son excuse.

— Où étais-tu ? demandé-je.

— Je te l'ai dit, répond-elle, d'un ton maintenant suppliant. Je suis allée à Forest Ridge pour te rejoindre au récital.

Je secoue la tête. J'ai déjà entendu tout ça de sa part. La fois où elle a couché avec mon petit ami au lycée. La fois où elle a volé 20 dollars dans le portefeuille de Papa et m'a accusée. La fois où elle m'a demandé de faire du baby-sitting chez nos voisins, mais m'a laissée là toute la nuit.

— Tu es une vraie menteuse, lâché-je en la regardant. Tu ne t'habillerais jamais comme ça si tu devais sortir avec les autres mamans.

Elle secoue la tête.

— Tu as tort. Tellement tort ! C'est là que j'allais, dit-elle, avant de baisser la voix. Honnêtement, tu es tellement soupçonneuse.

C'est facile de l'être quand ça fait partie de ton travail. Et que tu connais un tant soit peu ta sœur.

J'aide le véhicule de Stacy à se faufiler dans la circulation et à rejoindre le flot de voitures sur la 405, en direction du département de police. Je pense à Danny qui ronge son frein en prison et je me demande si je peux révéler des indices sur ce qu'il a fait sans ruiner la vie d'Emma. Ma sœur a posé deux pièges. Un pour Cy et un pour moi. Je me demande tout à coup si ce qu'elle m'a dit sur les activités abjectes de Cy était vrai, mais je n'en parle pas. Pas maintenant. Trop de choses à traiter. Trop de mensonges à démêler. Ma sœur est intelligente. Elle sait que si je parle, je serai impliquée. Elle dira que je l'ai conseillée. Que je lui ai dit comment faire. Le procureur s'en prendra à moi, rappelant tous mes problèmes. Que je suis une toxicomane. Que je ne vaux pas mieux que n'importe quel autre criminel.

— Ça va aller, fait Stacy. Tout ira bien.

— Ça ne va pas, Stacy ! Ce n'est pas vrai. Tu as tué un homme. Tu as commis le pire crime imaginable.

Elle s'enfonce dans son siège en silence, le trafic s'écoule de l'autoroute vers le département de police.

— Ce que Cy, Angela et Danny ont fait, c'est ça le pire crime imaginable, dit-elle. C'est vrai qu'on pourrait aller en prison à cause de ce que j'ai fait, mais on n'ira pas en enfer.

— Tu essaies de te justifier.

— J'ai raison. Tu le sais. Au fond de toi, tu le sais.

— Je ne sais rien.

— Tu te sentiras mieux quand on aura mangé quelque chose, déclare-t-elle.

Je sais maintenant que c'est une véritable sociopathe.

— Je n'ai pas faim.

— Je suis sûre qu'Emma a faim, elle, rétorque-t-elle.

— Son père vient de mourir.

— Oui, mais c'est une enfant résiliente. Tout comme moi. Comme nous.

J'engage la voiture dans le parking du lieu qui a été comme un foyer pour moi. Je me gare à côté de la voiture de Christine Seiko et nous sortons.

— Après avoir récupéré Emma et mangé quelque chose, j'ai une grande surprise pour toi.

Je déteste les surprises.

Elle me sourit pendant que nous marchons, puis tire sur mon bras comme si elle essayait de me tirer de ma torpeur.

— Tu ne me demandes pas ce que c'est ?

— Qu'est-ce que c'est ? lâché-je à contrecœur.

Elle sourit et marque une pause.

— Ta stupide chienne.

Nous nous arrêtons à la porte et je me tourne vers elle.

— Shelby ? Qu'est-ce qu'elle a ?

Stacy conserve le même sourire, son regard fouille le mien.

— C'est ma femme de ménage qui l'a chez elle. On la ramène à la maison.

Shelby ? Je sens mes genoux se dérober et mes yeux commencent à inonder mon visage. Ma sœur est peut-être la plus sournoise des garces, manipulatrice et meurtrière, mais quelque part à l'intérieur bat un cœur.

— Tu aimes cette surprise-là, n'est-ce pas ?

Je n'aime pas ça normalement. J'aime la routine. J'aime les

faits. J'aime connaître le résultat de quelque chose avant qu'il ne se produise. Comme la sensation que j'ai quand je gagne au casino. Et pourtant, j'aime mon chien. Plus que tout.

— On va faire en sorte que tout ça roule, Nicole, lâche-t-elle. N'est-ce pas ?

Je ne réponds pas. Ma sœur est aussi une joueuse. Elle veut s'assurer que je la couvre. Elle a tout misé. Quitte ou double. Un sourire vient presque à mes lèvres. Stacy prend un très gros risque. Elle pense que je n'ai plus rien à perdre.

Et je ne peux pas prétendre qu'elle a tort.

51

Il fait nuit maintenant. Emma s'est effondrée sur la banquette arrière. Ma sœur a fait une déposition à un jeune officier au sujet de ses allées et venues avant l'explosion, mais tout n'est qu'une formalité. Stacy est jolie et les personnes jolies obtiennent un laissez-passer presque chaque fois. L'officier « les yeux doux » dit à Stacy que les enquêteurs resteront sur les lieux toute la nuit et une bonne partie de la matinée. Elle réussit à sortir quelques larmes convaincantes. Quelques tremblements de lèvres aussi.

Pour l'instant, personne ne sait ce que je sais. Ou ce que Stacy a fait.

Je porte Emma jusqu'à la réception de l'Hôtel Bellevue et Stacy part à la pêche au portefeuille dans son sac. Je sortirais bien le mien pour l'aider, mais je n'ai pas d'argent. Pas de cartes de crédit. Je hume Emma une fois de plus. Ses cheveux sont blonds comme les blés et mes sens me révèlent qu'elle sent comme un fruit d'été. Une odeur si douce. L'employé à la réception agit comme s'il était dérangé par notre apparition à son comptoir. Il préférerait sans doute continuer de se plonger dans le roman *Le Trône de fer* dont nous avons interrompu la lecture.

— Je suis sûre qu'il est là-dedans, dit Stacy en plongeant sa main dans les mâchoires dorées du sac Kate Spade.

Elle laisse échapper un soupir d'exaspération ; le genre de chose qu'elle fait si bien pour garder tous les regards sur elle. Lorsqu'elle renverse son sac à main, tout son contenu se déverse sur la moquette. Emma s'agite et se réveille, je la pose.

— Laisse-moi t'aider, fais-je en remettant chaque objet dans le sac à main, tandis que Stacy tend la main vers Emma.

— On est où, maman ? demande la fillette.

Ses yeux sont encroûtés par les larmes et le sommeil. Stacy baisse les yeux pour croiser le regard de sa fille.

— Nous dormons à l'hôtel ce soir, chérie.

Emma est sur le point de pleurer.

— Où est papa ? s'interroge-t-elle.

Ma sœur prend ma nièce dans ses bras.

— C'est juste pour une nuit, dit-elle, ignorant la question de sa fille ; une question à laquelle elle devra bientôt répondre.

Papa est mort.

Parmi le maquillage, l'argent liquide, les lunettes de soleil, les mouchoirs en papier et beaucoup de brosses à cheveux, je vois deux cartes. L'une est celle de Starbucks. L'autre stoppe net mon cœur froid.

Kirk Whitmore – American Life, assurances-vie.

Je lève les yeux et le regard de Stacy accroche le mien.

— Dis-moi que tu n'as pas souscrit à une assurance-vie pour Cy, dis-je.

Elle se détourne et présente sa carte American Express platine à « *Trône de fer* ».

— Tu veux que je te prenne une chambre ? me demande-t-elle.

— Non, grincé-je, sentant la colère monter en moi. Je ne reste pas.

— Comme tu voudras, dit-elle, puis elle paie.

Je la suis dans l'ascenseur jusqu'à sa chambre au deuxième étage. Les portes se ferment et je me glisse devant elle. Je me fiche de ce que pense Emma en ce moment. Je ne me soucie de rien d'autre que de la vérité. La vérité, pour moi, compte plus que tout.

— Stacy, dis-moi que tu n'as pas contracté une assurance-vie auprès de ce type, fais-je. Je connais ce gars. Ce n'est pas seulement un escroc, c'est carrément le diable en personne.

Elle balaie ma remarque d'un revers de main.

— Bon sang, non. Je ne suis pas stupide.

— Mais tu as sa carte.

— J'avoue y avoir pensé, avoue-t-elle alors que nous sortons de l'ascenseur et qu'elle insère la clé de sa chambre dans la serrure.

Elle pousse la porte et nous entrons dans sa suite. C'est charmant et indescriptible. C'est du Stacy tout craché.

Moi, j'ai toujours été celle dont on se souvenait vaguement.

— Emma, tu as besoin d'aller aux toilettes ? demande-t-elle.

La petite fille obtempère et nous nous retrouvons seules.

Pendant que je reste là à attendre une explication, ma sœur jette un coup d'œil au minibar, puis trouve une place sur un canapé près de la fenêtre. Elle étire ses longues jambes et se penche en arrière. C'est une pose destinée à me dire qu'elle est calme. Cool. Qu'elle ne va pas s'effondrer.

— Je t'avais prévenue, me lancé-je.

Je me tiens désormais juste en face d'elle, la fixant du regard. Je cherche quelque chose dans ses yeux.

— C'est l'assurance-vie qui trahit les gens. Chaque fois.

— Comme je te l'ai dit, je n'ai pas pris d'assurance-vie pour Cy. Je le jure sur une pile de bibles. Mon Dieu, comme je déteste que tu essaies toujours de me juger, Nicole. Tu cherches toujours un moyen de me rabaisser.

— Tu as tué ton mari, Stacy. Tu as dit que tu ne le ferais pas.

On actionne la chasse d'eau.

— Qu'est-ce que ça peut faire ? Vraiment ? C'était un pervers et maintenant il n'est plus là. Pense à Emma. Pense à moi. Tu sais que quelqu'un qui aime ce genre de saleté ne peut pas changer. Ne peut pas s'arrêter. Tu le sais. Tu m'as vraiment laissée tomber, Nicole. Je ne sais pas si je peux te pardonner.

Me pardonner ?

— Tu vas te faire prendre.

— Non. Je ne me ferai jamais prendre.

Ses mots sont suspendus dans l'air. Je pense à toutes les fois où, grandissant, elle s'en est tirée en toute impunité pour des histoires que personne ne pourrait imaginer. Je suis sûre qu'il y a des choses dont je ne suis même pas au courant. Stacy la secrète. C'est elle.

— J'en ai assez. Je vais chez Julian, lui dis-je finalement. Je te verrai demain matin pour qu'on puisse aller chercher Shelby.

Je donne à Emma une accolade rapide et ferme la porte. Je me tiens devant sa chambre alors que le verrou se met en place. Ma sœur a contracté une assurance-vie auprès du vendeur le plus malhonnête de l'Eastside. Je pensais qu'elle était intelligente jusqu'à maintenant. Désormais, je me pose des questions. Et j'en suis malade.

La maison de Somerset est une glacière. Le thermostat indique dix-huit degrés, mais on a l'impression qu'il fait beaucoup plus froid. La climatisation a sérieusement besoin d'être réparée. J'appellerais un technicien si c'était chez moi. Si j'avais de l'argent. Je me sens si faible en ce moment que je me demande si ma situation justifie un passage au casino. Quand je me sentais au plus mal, quand je n'avais aucune chance de vivre un jour de plus, je trouvais la force de me rendre auprès de ma machine. Et je jure devant Dieu que je gagnais. Je gagnais vraiment. Pourtant, alors que mon corps frissonne, je ne sais pas si c'est vraiment la température ou la réaction à la journée que je viens de passer. J'ai des doutes sur ma sœur. Elle a détourné la vérité tellement de fois. Je me demande combien de mensonges elle a racontés avec ses magnifiques yeux sans sourciller. Il n'y a pas un atome de mon être qui croit qu'elle se rendait au récital de danse. Impossible. Elle doit penser que je suis sérieusement stupide.

Ou que je lui pardonnerais n'importe quoi. Parfois, je me demande si c'est l'un ou l'autre.

Ma sœur. Ma mère. Ma vie.

C'est un métronome douloureux et je ne peux échapper à rien de tout ça.

Je me verse un verre de vin. Même l'étiquette de la bouteille se moque un peu de moi. Elle me fait penser à Stacy. C'est le même vin qu'elle a acheté en caisses. Un vin prétentieux. Exclusif. Que seuls les initiés peuvent posséder. Il n'a d'ailleurs pas meilleur goût que le deuxième vin le moins cher dans le rayonnage de l'épicerie Albertsons, celui que j'achetais quand j'avais un emploi. Je regarde autour de moi. L'endroit est impeccable. Lorsque Julian quitte la maison, il s'assure que tout est en ordre pour que, à son retour, tout soit rangé. Le carillon de l'horloge renvoie un écho dans le hall. J'aimerais qu'il soit à la maison. J'ai besoin de Julian. J'ai besoin qu'il me dise que ce que je pensais était faux. Et pourtant, je sais, au fond de moi, que je ne peux pas la trahir. Trahir Stacy m'aspirerait profondément dans le vortex réservé aux personnes vertueuses. Exactement comme quand j'ai dénoncé Danny.

J'emmerde Danny !

Quand je ne supporte plus le froid de l'air, je prends mon vin et file dans le couloir pour chercher une couverture supplémentaire.

Le placard ne possède rien d'autre que des vestes sur des cintres métalliques et des jouets d'enfants éparpillés sur son étagère supérieure. Je vois une poupée et elle me fait penser à Kelsey. Je me demande si elle ressent une quelconque justice maintenant que Cy est parti. C'est possible. C'est la seule chose qui me persuaderait que ce que Stacy a fait était juste.

Ou du moins *un peu* juste.

J'avale une autre gorgée. Je suis certaine que je vais boire toute la bouteille avant de m'endormir ce soir. Enfin, si je peux dormir. Angela gardait des draps supplémentaires dans l'armoire de son bureau, alors je m'y dirige. C'est l'endroit que j'aime le moins dans la maison. Peut-être même au monde. Ça me rappelle à quel point Kelsey était insignifiante pour sa mère. Je me demande comment elle se sentait quand elle regardait le mur rempli d'images de son frère.

J'emmerde Angela !

Après avoir fouillé, je récupère une belle couverture duveteuse sur l'étagère du haut et, ce faisant, une boîte tombe sur le sol. Les photos se déversent et je tombe immédiatement à genoux. L'air s'échappe de mes poumons. Mes yeux commencent à s'inonder. J'ai l'impression que je vais vomir. Je retourne les clichés : au dos de chacun d'eux se trouvent des morceaux de ruban adhésif double face. Et collés au scotch, de minuscules fragments de rose ; la couleur des murs de cette pièce.

Je reste assise, regardant chacune des photos, essayant de comprendre la signification de ma découverte.

Ce sont des photos de Kelsey. Elles étaient toutes sur ce même mur. Toutes ont été enlevées par quelqu'un et rangées dans une boîte.

J'essaie de reprendre mon souffle. J'attrape mon verre de vin et le vide. Cette pièce est le fruit d'une mise en scène. Ça signifie une chose. En fait, ça veut tout dire. L'alcool me monte à la tête et je lutte de toutes mes forces pour ne pas vomir. Le verre tombe sur le sol et se brise.

Je suis brisée.

Ce n'est pas possible. Ce n'est pas normal. Rien de tout ça ne l'est. Je commence à m'étouffer, puis à tousser et enfin à cracher toute cette couleur rouge prétentieuse. Je glisse lentement vers le sol et reste assise là, rassemblant les pièces du puzzle. Dans mon esprit, je vois Julian, son beau visage. Ses bras qui m'enlacent. Je tremble. J'ai envie de pleurer. J'ai été si stupide.

J'emmerde Julian !

Au départ, c'est lui qui a dit à qui voulait l'entendre qu'Angela ne voulait pas parler. Il a dit qu'elle détestait Kelsey.

Il a dit que la femme de ménage était en congé le jour où les enquêteurs sont venus et ont senti l'eau de Javel. Il a dit qu'il était inhabituel pour Angela de faire la lessive. Quand Kelsey a disparu, elle l'a fait en silence. Comment est-ce possible ?

À moins que ce soit quelqu'un qu'elle connaissait qui l'ait enlevée. Quelqu'un comme son père. Mes doigts tremblent alors que je rassemble les photos et les remets dans la boîte.

Je me nettoie et je pars. Je ne jette même pas un dernier regard à la maison. Je sais que j'aurai envie de tout oublier. Le casino m'appelle, mais je ne prends pas l'autoroute I-90. Je suis sur la 405. Je vais parler à la seule personne qui peut probablement me dire ce que j'ai besoin de savoir. Que vais-je faire avec cette information ? Je n'en ai aucune idée.

Le hall d'Acadia est calme. J'attends devant la porte que quelqu'un entre ou sorte, afin de pouvoir me glisser à l'intérieur. Finalement, une jeune femme en communication sur son téléphone portable insère sa clé et ouvre ; je la suis à l'intérieur avec le genre de démarche assurée qui indique que je sais où je vais. L'appartement d'Angela se situe au deuxième étage ; j'emprunte les escaliers. Je marque une pause un instant et essaie de reprendre mes esprits. Ça fait un an que je déteste cette femme. J'ai tout fait pour découvrir ce qu'elle avait fait de Kelsey. Et maintenant, alors que je me tiens devant sa porte, j'essaie de trouver les mots que je vais lui dire.

Elle ouvre la porte.

— Qu'est-ce que vous voulez ? lâche-t-elle.

— J'ai besoin de vous parler.

— Michael est en train de dormir. Vous devez partir.

— Angela, dis-je en ouvrant la boîte contenant les photos de Kelsey.

Elle abaisse son regard et je perçois une lueur d'émotion.

— Vous ne savez pas dans quoi vous vous embarquez, dit-elle. Il va vous tuer. *Ils* vont vous tuer.

— Qui ça ?

— Je ne peux pas faire ça, dit-elle. Je ne peux pas.

— S'il vous plaît, la supplié-je en poussant légèrement mon pied contre la porte. Parlez-moi, Angela.

Angela regarde par-dessus son épaule puis ouvre la porte en grand et j'entre.

Son appartement n'est pas du tout comme je l'ai imaginé.

L'ameublement est chic, bien sûr, mais partout où je pose le regard, il y a des signes de Samuel. Des jouets sur le sol. Un bol de céréales séchées sur la table basse. Des DVD. Une PlayStation. Je m'attendais à ce que l'espace soit aseptisé. Froid. Mais il est chaleureux. Accueillant.

— Ça ne sert à rien de parler, dit-elle. Je dois vivre avec ce que j'ai fait et ce que je n'ai pas fait.

Je lui tends la boîte de photos.

— Vous n'avez pas souscrit d'assurance-vie pour Kelsey, n'est-ce pas ?

Ses yeux s'écarquillent un peu et je vois pour la première fois qu'aussi charmante qu'elle soit, il y a quelque chose derrière la façade. Peut-être était-ce là depuis le début, mais le monde s'est ligué contre Maman Target. Tout ce qu'elle faisait était vu à travers le prisme de la répulsion. Quand elle regarde dans la boîte, j'active la fonction « Enregistrement » de mon téléphone.

Une lueur de tristesse apparaît sur son visage. Elle fait un pas en arrière et se glisse dans un siège. Je la rejoins. J'ai mené des centaines d'interrogatoires, mais aucun comme celui-ci. Aucun qui avait un enjeu personnel. À une époque, je m'enorgueillissais de ma capacité à être à la fois aimable et intègre. Je pouvais aussi être dure. Face à un témoin qui ne voulait pas lâcher ce qui était pourtant évident, j'avais même la force de repousser les limites. Pas comme Danny. Mais je pouvais être tout aussi persuasive.

Je mets tout en jeu ici. Tout comme Angela.

— Non, je n'ai pas pris de contrat d'assurance.

Je commence par les bords et je travaille ensuite vers l'intérieur.

— Vous vous êtes teint les cheveux en blond ? demandé-je, bien que je sache, en passant en revue les photos dans la boîte, qu'il n'y a aucune indication qu'elle l'ait fait.

— Au collège, répond-elle. C'était horrible. Mon teint est meilleur avec des cheveux foncés. J'étais l'une des rares candidates du concours de Miss Washington à aller aussi loin l'année où j'ai concouru sans cheveux décolorés.

Elle ne manque probablement jamais l'occasion de rappeler à

tous qu'elle a été parmi les dix premières. Une coupure de presse encadrée de sa réussite dans une robe de concours est suspendue derrière elle. Je me demande si elle porte l'écharpe à la maison.

— Est-ce que Michael a souscrit l'assurance sur la vie de votre fille ? continué-je. Elle secoue la tête.

— Mon Dieu, non. C'est un homme bon. Il est de mon côté. Du côté de Samuel.

Je continue à insister. À démêler les fils. Je pense à tous les éléments du dossier qui sont contre elle. À la façon dont les histoires s'empilent les unes sur les autres, chacune la faisant paraître plus désespérée. Plus diabolique. Plus susceptible d'avoir fait l'impensable. Angela est égocentrique. Elle est jolie. Privilégiée. Elle est le genre de femme que les gens adorent détester. Les gens qui traînent sur les blogs et laissent des commentaires. Les gens qui font des commérages pendant qu'ils regardent le match de foot de leur enfant. Des gens qui ne se sentent bien qu'avec l'excitation de haïr quelqu'un d'autre.

— Vous êtes passée à ce magasin de bagages, n'est-ce pas ?

Ses yeux restent fixés sur moi. Je tiens le bon bout.

— Ce n'est vraiment pas une bonne idée, dit-elle.

— Vous étiez dans ce magasin ? répété-je.

— Oui, répond Angela, avalant presque le mot. Mais pas pour la raison évoquée dans la presse. Pas pour ce qu'ils ont dit sur ce blog.

Je me penche un peu vers elle. Pas pour être indiscrète, mais pour lui faire savoir que je compte sur elle pour répondre. Ce n'est pas un jeu.

— Ce n'était pas pour y mettre le corps de votre fille, n'est-ce pas ?

Elle secoue la tête.

— Non, je pensais à partir. Je voulais partir avant que tout ça n'arrive. Quand l'employé a dit « corps », j'ai vraiment paniqué. Pas parce que j'allais y mettre Kelsey morte. Je pensais que je pourrais la cacher dans la valise, vivante.

— Pour la sauver, ajouté-je.

Elle passe ses doigts fins sur les photos.

— Oui. Pour la sauver.

— Mais vous ne l'avez pas fait.

Elle me regarde à peine.

— Non. Non, je ne l'ai pas fait.

— Que s'est-il passé à Target ?

Les mains d'Angela tremblent un peu et elle les serre fortement l'une contre l'autre.

— Que pensez-vous qu'il se soit passé ? demande-t-elle.

— Je pense que Kelsey était là, mais qu'elle n'est jamais entrée. Je pense que vous l'avez laissée dans la voiture pour que quelqu'un puisse la prendre.

Elle reste muette pendant un long moment. Une photo de Kelsey dans une jolie robe rose retient son attention.

— Oui, répond-elle enfin. Son père. Lui et celui qui l'aidait. Je ne sais pas qui. Je ne sais vraiment pas. Je ne pouvais pas croire que c'était vraiment arrivé.

— Mais vous l'avez laissée dans la voiture pour qu'on la kidnappe.

Ses yeux quittent la photo et accrochent les miens.

— Oui, dit-elle. C'est ça. Je l'admets. Jugez-moi autant que vous voulez. Je suppose que je suis vraiment une mauvaise mère. J'ai essayé de l'aimer et une partie de moi y est probablement arrivée. Mais elle pleurait tellement quand elle est née. Jour et nuit. C'est arrivé au point où je ne pouvais même plus la regarder. J'ai essayé de me faire aider. Vraiment. J'ai vu un conseiller. J'ai rejoint un groupe en ligne pour les femmes qui ont des problèmes avec leurs enfants. Je ne pouvais pas être moi-même avec cette petite fille qui pleurait tout le temps. J'étais en train de tout perdre. S'il n'y avait pas eu Michael, je me serais suicidée. Julian m'aurait fait faire une overdose.

C'est l'Angela que je connais.

— Il vous a droguée ?

— La nuit où tout est arrivé, poursuit-elle. Je lui ai dit qu'il fallait qu'on la récupère. J'avais changé d'avis. Mais il m'a dit que c'était trop tard. Que tout s'arrangerait. Je voulais y mettre un terme, continue-t-elle alors que les larmes coulent soudainement sur son visage. Je lui ai dit que je raconterai tout à la police. Il m'a donné des somnifères. Je ne suis pas sortie du lit pendant trente-cinq heures. Quand j'y suis enfin parvenue, il m'a dit que j'étais suspecte et que personne ne croirait que je n'étais pas celle qui avait orchestré tout cela.

— Pourquoi avez-vous été d'accord avec tout ça, Angela ? lui demandé-je. Ça me rend malade. Ça ne vous rend pas malade ?

— Je ne voulais pas aller en prison. Je ne voulais pas perdre mon fils. Quand Alan Dawson s'est suicidé, Julian m'a dit que tout allait bien. Il n'arrêtait pas de me dire que si je parlais à qui que ce soit – à la police, à un avocat, à la presse – il ferait en sorte que je ne voie plus jamais la lumière du jour. Julian m'a terrorisée. Il s'est assuré que personne ne me croirait jamais. Avez-vous une idée de ce que ça fait ?

Elle a aidé à tout mettre en place et pourtant elle pense avoir les mains propres. Elle pense que je vais être désolée pour elle. Ce n'est pas le cas.

— Vous n'étiez pas obligée d'accepter tout ça, dis-je. Vous l'avez fait quand même.

Son mascara s'est transformé en une tache de peinture de guerre. Elle pense qu'elle va me convaincre.

Elle a tort.

— Je ne savais pas qu'elle allait mourir. Je n'aurais jamais fait ce que j'ai fait. Jamais. Vous devez me croire.

Avant que je puisse lui dire que ce n'est pas le cas, Samuel émerge du hall. Il regarde sa mère, puis moi. Il porte un pyjama à l'effigie de *Cars* et son regard semble hanté. Je réprime l'envie d'aller le chercher, de le prendre dans mes bras et de l'emmener loin d'ici.

— Maman, fait-il.

Angela pivote pour faire face à son fils.

— Retourne te coucher, chéri. Maman arrive tout de suite.

Les grands yeux bruns de Samuel passent sur moi, mais il ne reconnaît pas vraiment ma présence. Il fait un signe de tête à sa mère et disparaît dans le couloir.

— Vous devez partir, me dit Angela. Je ne veux pas que mon fils soit bouleversé. Ça a été très, très dur pour lui.

Je veux dire quelque chose à propos de sa petite fille qui est bien plus que bouleversée, puisqu'elle est morte. Mais je ne le fais pas. Il y a quelque chose de plus que je dois savoir.

— Je vais m'en aller, dis-je, mais je dois connaître le lien entre Julian et Cy Sonntag.

Angela me jette un regard étrange.

— Il n'y a aucun lien, dit-elle. Bien que je doive admettre que lorsque j'ai vu l'explosion aux infos, j'étais heureuse qu'il soit mort. J'aurais aimé que la petite amie de Julian parte aussi en fumée.

— Petite amie ?

Son regard s'étrécit. Je vois un sourire se dessiner faiblement sur ses lèvres.

— Vous n'êtes pas au courant, n'est-ce pas ?

Mon cœur s'emballe. Je ne sais pas pourquoi.

— Que savez-vous ? demandé-je.

Son sourire s'élargit un peu. Angela Chase a soudain l'air un peu heureuse. Elle me livre une pomme empoisonnée.

— Stacy, dit-elle. Votre sœur. Je pensais que c'était la raison de votre présence ici. Les murs autour de moi se rapprochent et je tire sur mon col comme si je ne pouvais plus respirer. J'arpente la pièce comme si j'étais dans un avion, cherchant un endroit où atterrir. Les lumières du casino clignotent dans ma tête.

Stacy.

C'est elle qui a dit à Julian que j'étais au refuge.

Stacy.

Ce n'était pas le diaphragme contraceptif d'Angela que j'ai découvert dans la salle de bain de Julian. Stacy en utilisait un parce qu'elle se plaignait que la pilule la faisait grossir.

Stacy.

Et le vin. Ils buvaient tous les deux le même putain de vin prétentieux.

Il y avait des dizaines de signes et je les ai tous manqués. J'en ai établi la liste en conduisant. Je ne perds pas de vue ma destination, même si je n'ai qu'une envie : celle d'entrer dans un bar qui vend des billets de loterie. Une église accueillant un bingo de nuit. Des tickets à gratter dans une supérette. N'importe quoi. C'est comme ça que j'ai toujours fait face. C'est une partie de qui je suis. Et je refuse d'être cette personne désormais. Je ne laisserai pas Stacy tirer les ficelles pour définir chacun de mes mouvements.

J'en ai fini avec elle.

Je gare la voiture devant l'hôtel où séjourne ma sœur. La pluie tombe, mais j'arrête les essuie-glaces et je garde le chauffage à basse température. Je n'ai aucune idée de l'endroit où je vais passer la nuit. Probablement là où je suis. Je repense à la voiture vandalisée de son petit ami et au fait que la vidéo montrait Angela, mais qu'elle avait nié. Ce n'était pas du tout elle.

Je lève les yeux vers ce que je suppose être sa chambre et j'appelle son portable.

— Il est tard, Nic, dit-elle quand elle répond enfin.

Sa voix est éraillée par le sommeil.

— Qu'est-ce que tu veux ? enchaîne-t-elle.

— Quand je viendrai demain, je récupérerai Shelby et Emma.

— Pas Emma, dit-elle. Je l'emmène faire du shopping.

— Non. Je l'emmène loin de toi, espèce de monstre.

Elle marque une courte pause et continue :

— Je te l'ai déjà dit, c'était un accident.

— Ce n'est pas à propos de Cy, fais-je en tripotant le téléphone pour appuyer sur le bouton « Play » de l'application d'enregistrement.

Ma batterie est faible et je ressens un élan de panique. J'ai besoin que ça marche.

— Je parle de Kelsey. Je parle de Julian, enchaîné-je.

Silence.

— Stacy ?

— Je ne sais pas de quoi tu parles.

Je resserre tellement ma prise sur mon téléphone que je pense que je vais briser le verre.

— J'ai été tellement stupide au sujet des draps, du putain de hamburger et des croquettes de pommes de terre qui ont été le dernier repas de Kelsey. Ton congélateur en est plein ! Tu semblais toujours avoir un coup d'avance sur moi, même après que Danny a royalement bousillé l'enquête. Ta patte était partout dans cette affaire, Stacy. Depuis le début. Toi, Danny, Julian.

Prononcer le nom de Julian a été comme recracher un noyau de pêche logé dans ma gorge. Ça m'a fait un mal de chien.

— Et alors, qu'est-ce que ça fait si je baisais ton petit ami ? lance-t-elle. Tu t'en es remise dans le passé.

— Depuis combien de temps as-tu une relation avec Julian ?

— On s'est rencontrés cet été.

— Tu vas tomber, Stacy.

Silence pendant un instant.

— Tu ne peux rien prouver.

— Je parie que Kirk Whitmore te pointerait du doigt dans une séance d'identification, dis-je. Tu lui as fait une sacrée impression.

La Stacy que je connais considérerait ça comme un compliment. Mais je ne connais plus cette femme.

— Alors quoi ? demande-t-elle.

— Alors ça, terminé-je en lançant l'enregistrement.

Je m'enfonce dans le siège de la BMW alors que les larmes coulent sur mon visage. Je ne suis pas une pleurnicharde. Je ne suis plus flic. Je vais devoir recommencer à zéro. J'ai une sœur que je ne reverrai jamais. J'ai un père qui ne connaît pas mon nom. L'enregistrement dans lequel Angela déballe chaque point de l'affaire se termine et il n'y a plus que du silence.

— Je serai là à dix heures. Je me fiche de ce que tu fais. Je me fiche d'où tu vas aller. N'importe où, mais loin d'Emma, Stacy. C'en est fini pour toi. Je vous dirais bien quelque chose comme « *bon vent* » à toi et Julian, mais ce serait un mensonge. J'espère que tu pourriras en enfer pour ce que tu as fait.

Stacy tente le coup. Elle pense qu'elle peut regagner ma confiance, mais ses efforts sont vains.

À la fin, elle est juste ridicule.

— Tu as toujours eu la vie si facile, dit-elle. Tu ne sais pas ce que c'est d'être le centre d'attention et de toujours avoir l'impression que ce que tu as n'est pas suffisant. J'ai fait ce que je devais faire pour survivre. C'est ce que nous faisons tous.

— Cy n'était pas un pédophile, n'est-ce pas ?

Je l'entends jouer avec le bracelet en or que Cy lui a offert, celui dont elle m'a dit un jour qu'il coûtait plus d'un semestre de mon salaire.

— Nous n'allons pas avoir cette conversation maintenant, dit-elle.

Je ne crie pas, mais mon ton est plus qu'emphatique.

— Si !

— Oh, Nic, arrête. Laisse tomber. Tu ne veux pas savoir. Tu as seulement besoin de savoir ce que j'ai voulu que tu saches.

Je connais ma sœur. Elle veut tout me dire parce qu'elle pense que tout ce qu'elle a fait la rend plus intelligente que moi. Je n'ai pas besoin de la pousser à continuer. C'est un jeu. Mais je le fais quand même.

— Dis-moi, Stacy. Dis-moi simplement.

— Cy était ennuyeux. Tu n'as jamais connu l'excitation d'une véritable relation, Nicole. Tu ne peux pas comprendre ce que c'est que d'être coincée avec quelqu'un de si inférieur à toi et pourtant tu restes pour le bien de ton enfant.

Pour autant que je puisse le voir, elle ne se souciait pas d'Emma. Elle se souciait de Stacy. Et elle aimait l'argent. Cy était ennuyeux, mais il subvenait bien à ses besoins et il adorait sa petite fille. Du moins, c'est ce que je pensais, vu de l'extérieur.

— Qu'est-il arrivé à Kelsey ? demandé-je.

Ma sœur prend une longue pause. Je sais qu'elle sait exactement ce qui est arrivé à Kelsey, mais elle veut me faire croire qu'il lui est difficile de s'en souvenir. C'est un jeu.

— Elle est morte, Nicole, dit-elle. Tu sais ça.

Bien que je m'effondre maintenant, j'insiste quand même. J'ai besoin de savoir.

— Comment ? demandé-je. Comment est-elle morte ?

Son doux soupir emplit le téléphone. Elle attend.

— Ton stupide petit-ami flic, dit-elle. Voilà comment. Elle n'arrêtait pas de pleurer. Danny pensait que le jardinier ou les voisins allaient l'entendre. Il a mis sa main sur sa bouche. C'est ce qu'il m'a dit. Je n'en suis pas sûre. Elle était morte et l'instant d'après, elle était dans le congélateur. Il a pleuré comme un gros bébé et j'ai dû rattraper ses conneries. Il a tout fait foirer.

Je pense à Kelsey à ce moment-là. Comme je le fais toujours. Danny l'a tuée. Tout comme il a tué Lisa, à l'université. Je me demande si Cy était même au courant de tout ça. Danny savait comment nettoyer le corps pour qu'il n'y ait aucune trace. Danny et ma sœur étaient comme une meute de chiens sauvages chassant ensemble, mais se trahissant l'un l'autre à mesure qu'ils se rapprochaient de l'os.

— Tu dois bien comprendre que personne n'était censé être blessé. C'était seulement un moyen d'obtenir de l'argent, dit-elle.

— De l'argent, répété-je.

— 5 millions de dollars, ajoute-t-elle en élevant soudain la voix d'un ton léger, comme si elle pensait que je comprenais. On pensait pouvoir faire payer les parents d'Angela. Ils sont pleins aux as. Ils sont dans l'import/export. On n'en a jamais eu l'occasion. Kelsey est morte la nuit même où elle a été enlevée.

C'est une vraie menteuse.

— Vous avez contracté une assurance-vie, dis-je. Toi et Danny.

— Et alors ?

— Alors la mort de Kelsey n'était pas un accident, Stacy. Ça faisait partie du plan. Va au diable ! Qui es-tu ? Quelle chose es-tu ?

Je suis contente qu'elle ne puisse pas voir que je pleure maintenant. Je déteste le pouvoir qu'elle a sur moi. Personne sur terre ne pourra jamais me faire plus mal que ma sœur. C'est comme ça depuis qu'on est petites. Je donnais. Elle prenait. Elle me brûlait. J'en redemandais. J'étais tellement concentrée sur mes tentatives de réparer les choses que notre mère nous a faites que j'imaginais que Stacy était aussi blessée que je l'étais.

Pourtant, ce n'était pas le cas. Pas du tout. Elle ne s'en souciait même pas. Elle ne voyait qu'elle-même dans cet univers qui lui appartenait.

— Tu as du sang sur les mains, fais-je, crachant maintenant mes mots. Tu as participé au meurtre d'une petite fille. Mon Dieu, c'est quoi ton problème ?

Elle me fait taire comme une bibliothécaire.

— Calme-toi ! C'était un accident, Nicole. Je le jure. Tu me connais.

Calme-toi.

Je ne réponds pas. Je reste assise là, dans la BMW, à l'endroit où se trouvait Kelsey le jour où elle a disparu sur le parking du Target. Je la sens à ce moment-là. C'est comme un vent qui souffle en moi, me rappelant la fille qui hante mes rêves. La fille que je pensais pouvoir venger.

— Qu'Emma soit prête demain, dis-je enfin. Tu pourras m'envoyer les papiers pour me confier la garde de n'importe où. Mais Stacy, tu dois partir. Tu dois foutre le camp et ne jamais revenir.

J'imagine que ma sœur est debout maintenant. Qu'elle se regarde dans le miroir pendant qu'elle me parle. Vérifiant que son comportement est assez intimidant pour que j'abdique et que je me plie à ses désirs.

— Tu me menaces ? demande-t-elle.

— On n'en est plus aux menaces. Tu viens de perdre la guerre.

— Je n'ai pas peur de toi, Nic. Tu es une perdante, tu es brisée, accro aux jeux d'argent. Tu le seras toujours. Va juste jouer aux machines à sous. Va-t'en.

Elle se bat, mais je ne veux pas perdre. J'ignore ses piques.

— Je veux de l'argent aussi, lâché-je. 50 000 dollars.

Je sais que j'aurais pu demander plus, mais Stacy est avide et j'ai juste besoin de ce qu'il faut pour recommencer ailleurs. Si j'obtenais plus, je serais peut-être tentée de tout jouer au casino sur un quitte ou double. Avec Emma, je ne peux pas prendre ce risque. Je ne peux plus rien risquer.

— Tu as toujours été une telle garce pendant notre enfance, dit-elle. Et tellement ennuyeuse. Bien. Je te donne l'argent.

J'ai gagné.

C'est moi qui ai gagné.

— J'envoie cet enregistrement au bureau de mon avocat, dis-je, ma voix débordant de détermination. Si jamais il m'arrive quelque chose, tu seras en prison pour le reste de ta vie. Au revoir, Stacy.

Je termine l'appel, me penche en arrière et ferme les yeux.

J'imagine Hoquiam et la petite maison que nous partagions avant que maman parte en quête de célébrité. La ville ne possède pas de centre commercial. Il n'y a pas de bons restaurants. Les écoles ont besoin de financement. C'est loin de Bellevue. Mais c'est un lieu où les gens sont heureux avec juste assez, c'est un bon endroit pour élever une famille. Recommencer avec Emma est ma dernière chance. Mon meilleur espoir.

FIN

PAS ENVIE D'EN RESTER LÀ ?

Pour retrouver Nicole Foster et obtenir des réponses à toutes vos questions, plongez-vous dès maintenant dans la suite et fin de cette duologie, déjà disponible en librairie.

Scannez-moi !

ET MAINTENANT ?

Toute l'équipe des éditions de L'Oiseau Noir tient à vous remercier pour cette lecture et espère de tout cœur que vous l'avez appréciée. N'hésitez pas à publier un avis et une note à propos de ce roman dès maintenant, alors que vos souvenirs sont encore frais !

Prenez également quelques secondes de plus pour en parler sur vos réseaux sociaux ou sur des sites spécialisés comme **Babelio, Goodreads** ou **Bepolar.**

D'un côté, vous aiderez les éventuels lecteurs·rices à faire leur choix et d'un autre, vous permettrez à une petite structure indépendante comme la nôtre de bénéficier d'un peu plus de visibilité dans cet océan de livres où les grandes maisons d'édition et les auteurs célèbres tiennent le haut du pavé.

Merci d'avance et à très vite pour une prochaine lecture.

POLARS & THRILLERS

L'OISEAU
NOIR
465 route d'Epagny, 74320 Sevrier

www.loiseaunoireditions.com

Achevé d'imprimer en Pologne
Dépôt légal mars, 2023